AFGESCHREVEN

D1357409

Lauren Weisberger

Champagne in Chateau Marmont

BIBLIOTHEEK DEN HAAG

SCHEVE-
NINGEN

ISBN 978-90-225-5279-7
NUR 302

Oorspronkelijke titel: *Last Night at Chateau Marmont* (Atria Books)
Vertaling: Sabine Mutsaers
Omslagontwerp: marliesvisser.nl
Omslagbeeld: Shutterstock
Zetwerk: Mat-Zet bv, Soest

© 2010 by Lauren Weisberger
© 2010 voor de Nederlandse taal: De Boekerij bv, Amsterdam

Niets uit deze uitgave mag openbaar worden gemaakt door middel van druk,
fotokopie, internet of op welke andere wijze ook, zonder voorafgaande
schriftelijke toestemming van de uitgever.

Voor Dana, mijn zus en voor altijd mijn beste vriendin

1

De jongen achter de piano

Toen de metro eindelijk met piepende remmen stopte op het station van Franklin Street, was Brooke bijna misselijk van de zenuwen. Ze keek voor de tiende keer in even zoveel minuten op haar horloge en probeerde zichzelf ervan te overtuigen dat dit niet het einde van de wereld was; haar beste vriendin Nola zou het haar heus wel vergeven – móést het haar vergeven, ook al was ze onaanvaardbaar laat. Terwijl ze zich door de drommen forenzen in het spitsuur een weg baande naar de uitgang hield ze instinctief haar adem in tussen al die vreemde lijven, en ze liet zich meevoeren naar het trappenhuis. Op de automatische piloot haalden Brooke en haar medereizigers allemaal hun mobiele telefoon uit hun tas of jaszak; ze vormden zwijgend een lange, rechte rij en beenden zombieachtig als geoefende soldaten via de rechterzijde de betonnen trap op, uitdrukkingsloos naar het schermpje in hun handpalm starend.

'Shit!' hoorde ze een dikke vrouw ergens vooraan uitroepen, en een paar tellen later wist ze wat de reden van die kreet was. De regen striemde zonder waarschuwing in haar gezicht zodra ze het portiek uit kwam. Wat twintig minuten nog eerder een tamelijk frisse, maar niet onaardige avond voor maart was geweest, werd nu beheerst door een ijskoude, ellendige plensbui, met striemende wind en harde regen die het onmogelijk maakten om droog te blijven.

'Godver!' luidde haar bijdrage aan de kakofonie van krachttermen die overal om haar heen werden geuit door mensen die moeizaam een paraplu uit hun aktetas tevoorschijn haalden of een krant boven hun hoofd hielden. Aangezien ze na haar werk eerst naar huis was gesneld om zich om te kleden, had Brooke niets anders bij zich dan een minuscuul (zij het schattig) tasje om zich te beschermen tegen de plensbui. *Vaarwel, kapsel,* dacht ze toen ze begon aan de sprint van drie straten naar het restaurant. *Ik zal je missen, oogmake-up. Het was leuk jullie ontmoet te hebben, schitterende nieuwe suède laarzen die me een half weeksalaris hebben gekost.*

Brooke kwam drijfnat aan bij Sotto, het piepkleine, eenvoudige buurtrestaurantje waar Nola en zij twee of drie keer peer maand afspraken. Hun pasta was niet de beste van de stad – waarschijnlijk niet eens de beste van de straat – en de inrichting was niets bijzonders, maar Sotto had andere, belangrijkere pluspunten: redelijk geprijsde wijn per goed gevulde karaf, tiramisu om een moord voor te doen en een zeer aantrekkelijke gastheer, die voor Brooke en Nola altijd het rustigste tafeltje achterin reserveerde, louter omdat ze er al zo lang kwamen.

'Hallo, Luca,' begroette Brooke de eigenaar, terwijl ze haar wollen jasje uittrok en haar best deed niet de hele boel nat te spatten. 'Is ze er al?'

Luca legde onmiddellijk een hand over de telefoon en wees met een potlood over zijn schouder. 'Vaste tafel. Vanwaar dat sexy jurkje, *cara mia*? Wil je je eerst even afdrogen?'

Ze streek met vlakke handen haar getailleerde zwarte jersey jurkje glad en hoopte vurig dat Luca gelijk had: dat het jurkje sexy was en dat ze ermee door kon. Ze was het jurkje gaan beschouwen als haar 'uniform': ze droeg het naar vrijwel ieder optreden van Julian, met hoge hakken, sandaaltjes of laarzen eronder, afhankelijk van het weer.

'Ik ben al zo laat. Doet ze moeilijk en aangebrand?' vroeg Brooke, terwijl ze met beide handen haar haar kneedde in een wanhopige poging het te behoeden voor een pluisaanval.

'De karaf is al halfleeg en ze heeft haar telefoon nog niet één keer weggelegd. Ik zou maar gauw naar binnen gaan.'

Ze gaven elkaar drie zoenen op de wang – in het begin had Brooke bezwaar gemaakt tegen dat aantal, maar Luca stond erop – alvorens Brooke diep inademde en naar hun tafeltje liep. Nola zat er keurig bij op het bankje: het jasje van haar pak hing over de rugleuning en haar donkerblauwe kasjmier truitje liet haar strakke, welgevormde armen bloot en stak mooi af bij haar schitterende olijfkleurige huid. Haar schouderlange haar was in laagjes geknipt, stijlvol en sexy; de highlights glansden onder de zachte verlichting van het restaurant en haar make-up zag er dauwfris uit. Als je haar zo zag zitten, zou je niet zeggen dat Nola nog niet zo lang geleden twaalf uur op de effectenbeurs in een headset had zitten brullen.

Brooke en Nola hadden elkaar pas leren kennen in het tweede semester van hun laatste jaar op Cornell, al kende Brooke – net als de rest van de school – Nola voor die tijd wel van gezicht; ze had altijd evenveel angst als fascinatie bij haar opgeroepen. Anders dan haar medestudenten, die rondliepen in hoodies en op Uggs, droeg Nola – met haar modellenfiguur – altijd laarzen met hoge hakken en een blazer, en nooit, maar dan ook nooit een paardenstaart. Ze had in haar jeugd op chique kostscholen gezeten in New York, Londen, Hongkong en Dubai, de plaatsen waar haar vader werkte voor een belegginsmaatschappij, en ze had de vrijheid genoten die hoort bij het leven van een enig kind van wie beide ouders het buitengewoon druk hebben.

Het was dan ook een raadsel hoe ze op Cornell terechtgekomen was, in plaats van Cambridge of Georgetown of de Sorbonne, maar er was niet veel fantasie voor nodig om in te zien dat het haar weinig deed. Terwijl de andere studenten probeerden lid te worden van een studentenvereniging, samen gingen lunchen bij de Ivy Room en dronken werden in de diverse bars van Collegetown, was Nola erg op zichzelf. Af en toe vingen ze wel een glimp op van haar leven – de veelbesproken verhouding met een docent archeologie en het veelvuldig verschijnen van sexy, mysterieuze mannen op de campus die net zo snel weer verdwenen – maar Nola woonde voornamelijk gewoon colleges bij, haalde hoge cijfers en maakte op vrijdagmiddag altijd meteen dat ze wegkwam, terug naar Manhattan. Toen de twee meiden in het laatste jaar elkaars werk moesten beoordelen tijdens een workshop creatief schrijven, was Brooke zo onder de indruk dat ze haast geen woord kon uitbrengen. Nola leek zoals gewoonlijk tamelijk onaangedaan, maar toen ze een week later Brookes eerste artikel terugkreeg – een fictief verhaal waarin de hoofdpersoon worstelde met haar uitzending naar Congo voor het Peace Corps – was dat voorzien

9

van doordacht commentaar en suggesties die getuigden van inzicht. Op de laatste bladzijde, na haar uitgebreide, serieuze feedback, had Nola neergekrabbeld: 'PS: misschien nog een seksscène in Congo?' Daar had Brooke zo hard om moeten lachen dat ze even het lokaal uit was gelopen om tot bedaren te komen.

Na de les had Nola Brooke uitgenodigd om mee te gaan naar de koffiehoek in het souterrain van een van de faculteitsgebouwen, een plek waar Brooke en haar vriendinnen nooit kwamen, en binnen een paar weken ging ze ieder weekend met Nola mee naar New York. Na al die jaren was Nola nog steeds te *fabulous* voor woorden, maar Brooke putte troost uit het feit dat haar vriendin in tranen uitbarstte als het journaal soldaten toonde die terugkeerden uit oorlogsgebied, dat ze stiekem verlangde naar huisje-boompje-beestje in een buitenwijk, hoewel ze daar in het openbaar altijd heel neerbuigend over deed, en dat ze als de dood was voor keffende hondjes (behalve voor Walter, de hond van Brooke).

'Helemaal goed. Nee, aan de bar is prima,' zei Nola in haar mobieltje, en ze keek even naar Brooke voordat ze geërgerd haar opsloeg. 'Nee, je hoeft geen tafeltje te reserveren, we zien wel hoe het loopt. Ja, klinkt goed. Tot dan.' Ze verbrak de verbinding en greep meteen naar de rode wijn en schonk voor zichzelf een nieuw glas in, voordat ze aan Brooke dacht en ook voor haar een glas pakte.

'Ben je erg kwaad op me?' vroeg Brooke, die haar jas over de stoel naast de hare vlijde en haar natte tasje op de zitting legde. Ze nam een grote slok en genoot van het gevoel van de alcohol die over haar tong gleed.

'Kwaad, waarom? Omdat je me hier een half uur in mijn eentje hebt laten zitten?'

'Ik weet het, het spijt me echt. Het was vandaag een ramp op mijn werk. Twee fulltimers hadden zich ziek gemeld – nogal verdacht, als je het mij vraagt – en de rest moest hun diensten opvangen. Maar ja, als we ook eens bij mij in de buurt zouden afspreken, zou ik misschien op tijd zijn…'

Nola stak een hand op. 'Je boodschap is duidelijk. Ik waardeer het heus wel dat je helemaal hierheen komt. Maar ik heb weinig zin om in Midtown West te gaan eten.'

'Wie had je aan de telefoon? Was dat Daniel?'

'Daniel?' Nola keek haar niet-begrijpend aan. Ze staarde naar het plafond terwijl ze haar geheugen leek af te speuren. 'Daniel, Daniel… o, die! Nee, die ben ik alweer vergeten. Begin vorige week heb ik hem meegenomen naar een feestje van mijn werk en toen deed hij heel raar. Superverlegen. Nee, dit ging over een date voor morgen, via Match.com. De tweede deze week. Sinds wanneer ben ik zo'n treurig geval geworden?' verzuchtte ze.

'Kom op, zeg. Je bent helemaal geen…'

'Wel waar. Het is treurig dat ik mijn vriendje uit mijn studententijd nog steeds beschouw als mijn enige "echte" relatie terwijl ik bijna dertig ben. En het is ook treurig dat ik me heb ingeschreven bij allerlei datingsites en dat ik van al hun diensten gebruik maak. Maar het allertreurigst – dat grenst aan het onaanvaardbare – is nog wel dat ik bereid ben dat op te biechten aan iedereen die het horen wil.'

Brooke nam nog een slok wijn. 'Ik ben niet bepaald "iedereen die het horen wil".'

'Je weet best wat ik bedoel,' zei Nola. 'Als jij nou de enige was die op de hoogte is van mijn vernedering, zou ik er nog wel mee kunnen leven, maar het lijkt wel of ik zo gehard ben door de humiliante…'

'Goed woord.'

'Dank je, dat was vandaag het woord van de dag op mijn taalkalender. Maar goed, ik ben dus zo gehard door die *humiliante* situatie dat ik geen filter meer heb. Gisteren nog heb ik een kwartier lang aan een van de hoogste bazen van Goldman staan uitleggen wat het verschil is tussen de mannen op Match en de mannen op Nerve. Onvergeeflijk.'

'Vertel eens wat meer over je date van morgen,' zei Brooke, in een poging van onderwerp te veranderen. De situatie rondom Nola's vriendjes was niet bij te houden. Het was niet alleen lastig te onthouden om wie het deze week weer ging – op zich al een hele uitdaging – maar het was ook onduidelijk of ze nu snakte naar een vaste relatie of dat ze juist niets moest hebben van vastigheid en alleen maar single en *fabulous* wilde zijn, om van het ene bed in het andere te duiken. Nola was zo veranderlijk als het weer; haar stemming kon omslaan als een blad aan een boom. Brooke vroeg zich voortdurend af of de man van de week nou 'fantastisch' of 'een complete ramp' was.

Nola sloeg haar lange wimpers neer en vormde met haar glanzende lippen dat typische pruilmondje, waarmee ze erin slaagde van alles tegelijk uit te drukken: 'ik ben kwetsbaar', 'ik ben lief' en 'ik wil dat je me verslindt'. Het was duidelijk dat ze van plan was zeer uitgebreid antwoord te geven.

'Bewaar dat maar voor de mannen, schat. Bij mij werkt het niet,' loog Brooke. Nola was niet knap in traditionele zin, maar dat deed er niet veel toe. Ze had zo'n fantastische uitstraling en kwam zo zelfverzekerd over dat zowel mannen als vrouwen regelmatig van haar in de ban raakten.

'Hij klinkt veelbelovend,' zei ze een tikkeltje treurig, 'maar het zal wel weer een kwestie van tijd zijn voordat hij met iets onvergeeflijks op de proppen komt. Tot die tijd ga ik ervan uit dat hij perfect is.'

'Wat voor iemand is het?' drong Brooke aan.

'Hmm, even denken. Hij heeft in zijn studietijd in het skiteam gezeten; dat is de reden dat ik hem überhaupt heb aangeklikt. Verder is hij twee seizoenen skileraar geweest, eerst in Park City en later in Zermatt.'

'Tot nu toe alleen maar perfectie.'

Nola knikte. 'Juist. Hij is ongeveer een meter tachtig, goed gebouwd – althans, dat beweert hij – met asblond haar en groene ogen. Hij woont pas een paar maanden in New York en kent hier nog niet zo veel mensen.'

'Daar ga jij verandering in brengen.'

'Ja, ik denk het wel…' Weer dat pruilmondje. 'Maar…'

'Wat is nou het probleem?' Brooke schonk hun glazen weer vol en knikte naar de ober toen die vroeg of hij hun vaste bestelling kon brengen.

'Nou, zijn baan… Bij "beroep" heeft hij "artiest" ingevuld.' Ze sprak het woord uit alsof ze 'pornograaf' zei.

'Ja, en?'

'En? Wat moet dat voorstellen, "artiest"?'

'Eh, volgens mij kan het een heleboel betekenen. Schilder, beeldhouwer, muzikant, schrij–'

Nola sloeg een hand tegen haar voorhoofd. 'Hou toch op. Het betekent maar één ding en dat weet jij net zo goed als ik: werkloos.'

'Iedereen is tegenwoordig werkloos. Het wordt bijna chic.'

'Schei uit. Iemand die even geen baan heeft door de recessie, daar kan ik wel mee leven. Maar een *artiste*? Daar word ik niet goed van.'

'Nola, wat een onzin! Er zijn genoeg mensen – duizenden, misschien wel miljoenen – die de kost verdienen met hun kunst. Ik bedoel, neem nou Julian, die is muzikant. Had ik dan nooit iets met hem moeten beginnen?'

Nola deed haar mond open om iets te zeggen, maar bedacht zich. Er viel een ongemakkelijke stilte.

'Wat wilde je zeggen?' vroeg Brooke.

'Niks. Nee, niks, je hebt gelijk.'

'Wacht even. Wat wilde je zeggen? Zeg het nou maar gewoon.'

Nola draaide haar wijnglas rond aan de steel, en ze zag eruit alsof ze overal liever had willen zijn dan hier. 'Ik wil niet zeggen dat Julian niet heel veel talent heeft, maar…'

'Maar wat?' Brooke boog zich dichter naar Nola toe, zodat ze haar wel moest aankijken.

'Ik weet niet of ik hem wel muzikant zou noemen. Toen je hem leerde kennen, was hij iemands assistent, en nu moet jij hem onderhouden.'

'Inderdaad, toen ik hem leerde kennen was hij stagiair,' zei Brooke, die haar irritatie maar moeilijk kon verbergen. 'Hij had een stageplaats bij Sony om de muziekindustrie beter te leren kennen. Te kijken hoe het er daar aan toe gaat. En zal ik je eens wat zeggen? Dankzij de relaties die hij daar heeft opgedaan, heeft hij eindelijk écht aandacht gekregen. Als hij daar niet iedere dag zijn best had gedaan om zich onmisbaar te maken, denk je dat het hoofd A&R dan de tijd genomen zou hebben om naar zijn optreden te gaan kijken?'

'Dat weet ik wel, alleen…'

'Hoe kun je dan zeggen dat hij niks uitvoert? Denk je er echt zo over? Ik weet niet of je het beseft, maar hij heeft zich de afgelopen acht maanden opgesloten in een studio in Midtown om een album op te nemen. En heus niet zomaar uit ijdelheid. Sony heeft hem een *artiesten*contract aangeboden – daar heb je dat woord weer – en hem een voorschot betaald. Als dat in jouw ogen geen werken is, weet ik het ook niet meer.'

Nola stak haar handen op om aan te geven dat ze zich gewonnen gaf en liet haar hoofd hangen. 'Natuurlijk. Je hebt gelijk.'

'Je klinkt niet erg overtuigd.' Brooke begon op de nagel van haar duim te bijten. Er was niets meer over van de verlichting die de wijn haar had bezorgd.

Nola speelde met haar salade. 'Er worden toch tig platencontracten uitgeschreven, voor iedereen die maar het kleinste beetje talent heeft? Ze gaan ervan uit dat één grote hit de kosten van al die kleine flops ruimschoots zal dekken.'

Brooke stond versteld van de kennis van de muziekwereld die haar vriendin tentoonspreidde. Julian sloeg haar voortdurend met diezelfde theorie om de oren wanneer hij het belang van zijn eigen platencontract wilde afzwakken; hij noemde het zelf 'de verwachtingen temperen' van wat zo'n deal eigenlijk inhield. Maar uit Nola's mond klonk het op de een of andere manier nog erger.

'"Het kleinste beetje talent"?' Brookes stem was niet meer dan een fluistering. 'Denk je echt zo over hem?'

'Naúúrlijk denk ik zo niet over hem! Vat het nou niet persoonlijk op. Ik vind het alleen moeilijk, als je vriendin, om toe te zien hoe jij je nu al jarenlang uit de naad werkt om hem te onderhouden. Vooral omdat de kans dat het ooit wat wordt heel klein is.'

'Ik stel je bezorgdheid op prijs, maar ik hoop dat je beseft dat ik er zelf voor heb gekozen om die tweede baan op een particuliere school erbij te nemen. Ik doe het niet omdat ik zo'n goed mens ben, maar omdat ik geloof in Julian en zijn talent en omdat ik weet – ook al ben ik kennelijk de enige – dat hij een fantastische carrière in het verschiet heeft.'

Brooke was onbeschrijfelijk gelukkig geweest – misschien nog wel blijer dan Julian zelf – toen hij haar acht maanden eerder had gebeld om over het aanbod van Sony te vertellen. Tweehonderdvijftigduizend dollar was meer dan ze samen in de komende vijf jaar zouden verdienen, en Julian kreeg de vrijheid om met dat geld te doen wat hij wilde. Hoe had ze ooit kunnen voorzien dat dat enorme bedrag hun alleen nog maar een grotere schuld zou opleveren dan ze al hadden? Van het voorschot moest Julian de studiohuur betalen, dure producers en geluidstechnici en alle apparatuur, reiskosten en de begeleidingsband.

Binnen een paar maanden was het geld al op geweest, lang voordat ze ook maar één dollar hadden kunnen besteden aan hun huur, vaste lasten of zelfs een etentje om het te vieren. En toen er eenmaal zo veel geld was uitgegeven om Julian te helpen doorbreken, leek het onzinnig om niet door te zetten. Ze hadden er al dertigduizend dollar eigen geld in gestoken – al hun spaargeld, dat ooit bedoeld was geweest als eerste inleg voor een eigen appartement – en nu ging er iedere dag méér doorheen. Het angstaanjagendst van alles was datgene wat Nola daarnet zo bruut had uitgesproken: de kans dat die enorme hoeveelheid tijd en geld ooit iets zou gaan opleveren, was vrijwel nihil.

'Ik hoop alleen dat hij beseft hoe enorm hij het heeft getroffen met een vrouw zoals jij,' zei Nola, iets milder nu. 'Ik kan je vertellen dat ik niet zo'n steun en toeverlaat zou zijn. Maar ja, dat is waarschijnlijk ook de reden waarom ik eeuwig alleen zal blijven…'

Gelukkig werd op dat moment hun pasta gebracht en ging het gesprek over op veiliger onderwerpen: de vraag of de vleessaus een dikmaker was, of Nola al dan niet om opslag moest vragen op haar werk en het feit dat Brooke zo'n hekel had aan haar schoonouders. Toen Brooke begon over de rekening zonder tiramisu en zelfs geen koffie te bestellen, keek Nola haar bezorgd aan.

'Je bent toch niet boos op me?' vroeg ze toen ze haar creditcard in het leren mapje met de rekening schoof.

'Nee,' loog Brooke. 'Ik heb gewoon een lange dag achter de rug.'

'Waar ga je nu naartoe? Zullen we nog wat gaan drinken?'

'Julian heeft een… Hij moet optreden.' Brooke bedacht zich op het allerlaatste moment. Het liefst had ze helemaal niets gezegd over vanavond, maar het voelde raar om tegen Nola te liegen.

'O, leuk!' zei Nola opgewekt, en ze goot haar laatste beetje wijn naar binnen. 'Kun je gezelschap gebruiken?'

Ze wisten allebei dat Nola eigenlijk geen zin had om naar het optreden te gaan, en dat was niet erg, want Brooke had ook liever niet dat ze meeging. Haar vriendin en haar echtgenoot konden best goed met elkaar opschieten, en dat was genoeg. Ze stelde Nola's beschermde opstelling op prijs en wist dat die goed bedoeld was, maar het was geen prettig idee dat je beste vriendin voortdurend kritiek had op je man – en dat hij nooit goed genoeg was.

'Trent is in de stad,' zei Brooke. 'Hij werkt hier tijdelijk of zoiets, dus ik heb met hem afgesproken.'

'Ach, die goeie ouwe Trent. Hoe bevalt zijn studie medicijnen hem?'

'Daar is hij al mee klaar, hij loopt nu coschappen. Volgens Julian vindt hij het geweldig in Los Angeles. Dat is verrassend, want mensen die geboren en getogen zijn in New York vinden LA nóóit geweldig.'

Nola stond op en trok haar jasje aan. 'Heeft hij een vriendin? Als ik het me goed herinner, was hij dodelijk saai, maar wel een lekker ding…'

'Hij is pas verloofd. Met een collega coassistente, een zekere Fern. Fern de maag-darmspecialiste. Ik wil er niet eens aan denken wat voor gesprekken die twee voeren.'

Nola trok een vies gezicht. 'Bedankt voor dat beeld. En dan te bedenken dat hij de jouwe had kunnen zijn…'

'Hmm.'

'Als je maar niet vergeet dat ik degene ben die jou aan je echtgenoot heeft voorgesteld. Als jij die avond niet met Trent op stap was gegaan, was je nu nog steeds een ordinaire Julian-groupie geweest.'

Brooke begon te lachen en gaf haar vriendin een kus op haar wang. Ze viste twee briefjes van twintig dollar uit haar portemonnee en gaf die aan Nola. 'Ik moet gaan. Als ik niet binnen een halve minuut in de metro zit, kom ik te laat. Spreek ik je morgen?' Ze griste haar jas en tasje mee, zwaaide op weg naar buiten haastig naar Luca en stormde de straat op.

Na al die jaren ging er nog steeds een huivering door Brooke heen als ze eraan dacht hoe weinig het had gescheeld of Julian en zij hadden elkaar nooit ontmoet. Het was juni 2001, slechts een maand na haar afstuderen, en Brooke kon maar moeilijk wennen aan haar kersverse zestigurige werkweek, waarvan de uren ongeveer gelijk verdeeld waren tussen haar postdoctoraal, de stage-uren en haar bijbaan in een koffietent bij haar in de buurt om de eindjes aan elkaar te knopen. Ze had geen illusies gehad over de twaalfurige werkdagen voor een inkomen van tweeëntwintigduizend dollar per jaar – althans, dat had ze gedacht – maar toch viel het haar alles bij elkaar tegen: de lange dagen, het krappe salaris, het slaaptekort en de logistieke problemen van een flatje van nog geen zestig vierkante meter, met één slaapkamer, waar ze woonde met Nola en nog een andere vriendin. Dat was de reden waarom ze ronduit had geweigerd toen Nola er op een zondagavond op had gestaan dat ze met haar meeging naar een optreden.

'Kom op, Brookie, je moet een keer de deur uit,' had Nola gezegd terwijl ze een strak zwart truitje aantrok. 'Er speelt een jazzkwartet dat heel goed schijnt te zijn, en Benny en Simone zouden een plekje voor ons vrijhouden. Vijf dollar entree en het is twee drankjes halen, één betalen. Daar is toch weinig op aan te merken?'

'Ik ben gewoon te moe,' verzuchtte Brooke, en ze zapte lusteloos langs de tv-kanalen vanaf hun slaapbank in de huiskamer. 'Ik moet nog een verslag schrijven en over elf uur moet ik alweer aan het werk.'

'Doe niet zo dramatisch. Je bent verdorie tweeëntwintig. Kom van dat bed af en ga je aankleden. We vertrekken over tien minuten.'

'Het regent dat het giet en…'

'Tien minuten en geen seconde later, of je bent mijn vriendin niet meer.'

Tegen de tijd dat ze samen met een paar vriendinnen van school aan een te klein tafeltje bij Rue B in de East Village zaten, had Brooke spijt van haar zwakte. Waarom gaf ze Nola altijd haar zin? Waarom zat ze hier verdorie in zo'n propvolle, rokerige bar een waterige wodka-tonic te drinken en te wachten op een jazzkwartet waarvan ze nooit had gehoord? En ze hield niet eens echt van jazz. Trouwens, ze hield sowieso niet van livemuziek, tenzij het ging om een concert van Dave Matthews of Bruce Springsteen, waar ze vrolijk alle nummers kon meezingen. Dit was duidelijk niet zo'n avond. Daarom voelde ze een mengeling van ergernis en opluchting toen de blonde barvrouw met de lange benen met een lepeltje tegen een waterglas tikte.

'Mensen! Mag ik even jullie aandacht?' Ze veegde haar vrije hand af aan haar spijkerbroek en wachtte geduldig tot de aanwezigen wat minder luidruchtig werden. 'Ik weet dat jullie je allemaal hebben verheugd op het optreden van Tribesman van vanavond, maar we hebben net te horen gekregen dat de band muurvast staat in de file en dat het niet meer gaat lukken.'

Boegeroep en afkeurend gefluit.

'Ik weet het, ik weet het, dat is balen. Een gekantelde aanhanger, grote verkeersopstopping, bla bla bla.'

'Een rondje van de zaak om het goed te maken?' riep een man van middelbare leeftijd achter in de zaak, en hij hield zijn glas omhoog.

De barvrouw lachte. 'Helaas. Maar als er iemand is die voor ons wil optreden…' Ze keek de man recht aan, maar hij schudde zijn hoofd.

'Serieus, we hebben een goede piano. Is er iemand die kan spelen?'

Het bleef stil, en iedereen keek elkaar aan.

'Brooke, jij speelt toch piano?' fluisterde Nola, zo hard dat de rest van de tafel het ook kon horen.

Brooke sloeg haar ogen ten hemel. 'Ik ben vroeger op school uit de band getrapt omdat ik geen noten kan lezen. Wie wordt er nou uit de schoolband gezet?'

De barvrouw gaf het niet snel op. 'Toe nou, mensen! Het stortregent buiten en we zijn allemaal in de stemming om naar muziek te luisteren. Ik zal er een paar karaffen bier van de zaak tegenaan gooien als iemand hier een kort optreden wil verzorgen.'

'Ik kan wel wat spelen.'

Brooke volgde de stem en zag een wat sjofel uitziende jongen die in zijn eentje aan de bar zat. Hij droeg een spijkerbroek, een effen wit T-shirt en een gebreide muts, ook al was het zomer. Ze had hem niet eerder gezien, maar bedacht dat hij misschien – misschien – best knap zou kunnen zijn, als hij zich zou douchen en scheren en die muts zou afzetten.

'Graag…' De barvrouw gebaarde naar de piano. 'Hoe heet je?'

'Julian.'

'Julian, ga je gang.' Ze ging weer achter de bar staan toen Julian plaatsnam aan de piano. Hij speelde een paar noten, rommelde wat met de timing en het ritme en algauw verloor het publiek zijn belangstelling en werden de gesprekken hervat. Zelfs toen hij zachtjes een heel nummer speelde (een of andere ballad die ze niet kende) was de muziek niet meer dan achtergrondgeluid. Maar na tien minuten zette hij de eerste noten van 'Hallelujah' in en begon hij met verrassend heldere, krachtige stem de tekst te zingen, en toen viel de hele bar stil.

Brooke kende het nummer nog uit de tijd dat ze helemaal bezeten was geweest van Leonard Cohen. Toen had ze het al prachtig gevonden, maar dat ze kippenvel over haar hele lijf kreeg was nieuw voor haar. Ze keek vluchtig om zich heen. Hadden andere mensen dit ook? Julians handen gleden moeiteloos over de toetsen terwijl hij erin slaagde ieder woord gevoel mee te geven. Pas toen hij het laatste, langgerekte *hallelujah* had gemompeld, reageerde het publiek: er werd geklapt, gefloten en gejoeld, en bijna iedereen sprong op van zijn stoel. Julian leek opgelaten, een beetje schaapachtig, en na een nauwelijks waarneembaar buiginkje liep hij terug naar zijn barkruk.

'Shit, dat was goed,' zei een jong meisje aan het tafeltje achter hen tegen haar date; haar blik was strak op de pianist gericht.

'Toegift!' riep een knappe vrouw, die stevig de hand van haar man vasthield. De man knikte en riep hetzelfde. Binnen een paar tellen was het gejuich in volume verdubbeld en riep de hele zaak om een volgend nummer.

De barvrouw pakte Julians bij de hand en trok hem terug naar de microfoon. 'Hij is goed, hè?' riep ze, stralend van trots vanwege haar ontdekking. 'Zullen we Julian samen overhalen om nog wat voor ons te spelen?'

Brooke keek Nola aan, enthousiaster dan ze in tijden was geweest. 'Zou hij nog ergens anders spelen? Het is toch niet te geloven dat iemand die op een willekeurige zondag zomaar ergens in een bar zit – nota bene voor een optreden van ánderen – zo kan zingen?'

Nola glimlachte en boog zich naar haar toe om zich verstaanbaar te maken boven het lawaai uit. 'Hij heeft inderdaad talent. Jammer dat hij er niet uitziet.'

Brooke voelde zich bijna persoonlijk beledigd. 'Hoe bedoel je? Ik vind dat sjofele juist wel leuk. En met zo'n stem wordt hij vast nog eens een ster.'

'Kansloos. Hij is goed, maar dat zijn duizenden anderen die extravert zijn en er stukken beter uitzien ook.'

'Het is een lekker ding,' zei Brooke een tikkeltje verontwaardigd.

'Voor een muzikant in een barretje in de East Village, ja. Niet voor een internationale rockster.'

Voordat ze voor Julian kon opkomen, liep hij terug naar voren en begon weer te spelen. Deze keer was het een cover van 'Let's Get It On', en op de een of andere manier slaagde hij erin het nummer nog beter te laten klinken dan Marvin Gaye: een zwaardere, sexy stem, een iets trager ritme, en met een blik van opperste concentratie op zijn gezicht. Brooke ging er zo in op dat ze amper merkte dat haar vriendinnen de draad van hun gesprek weer oppakten toen de beloofde karaf gratis bier de ronde deed. Ze schonken in en dronken en schonken nog eens in, maar Brooke kon haar ogen niet van die slonzige jongen achter de piano afhouden.

Toen hij twintig minuten later de bar uit liep, met een kleine buiging naar zijn tevreden publiek en een heel vaag glimlachje, overwoog Brooke serieus om achter hem aan te gaan. Zoiets had ze haar hele leven nog nooit gedaan, maar het voelde goed.

'Zal ik me aan hem gaan voorstellen?' vroeg ze aan de rest van het tafeltje, en ze boog zich zo ver naar voren dat de anderen hun gesprek wel moesten onderbreken.

'Aan wie?' vroeg Nola.

'Aan Julian!' Het was om gek van te worden. Hadden ze dan niet eens gemerkt dat hij al buiten stond en ieder moment voorgoed kon verdwijnen?

'Julian de *Piano Man*?' vroeg Benny.

Nola rolde geërgerd met haar ogen en nam een grote slok bier. 'Wat was je van plan dan? Achter hem aan gaan om te zeggen dat je het niet erg vindt dat hij erbij loopt als een zwerver, zolang hij maar met je vrijt op zijn piano?'

Benny begon te zingen: '*Well it's nine o'clock on a Sat-… Sunday, regular crowd shuffles in…*'

'En naast me zit een slonzig type met onze vriendin Brooke te rotzooien,' maakte Nola lachend de songtekst af. Ze proostten met hun bierpullen.

'Goh, wat zijn jullie lollig.' Brooke stond op.

'Wacht! Je gaat toch niet achter hem aan, hè? Benny, ga met haar mee. De Piano Man kan wel een seriemoordenaar zijn,' zei Nola.

'Ik ga niet achter hem aan,' zei Brooke. Maar ze liep wel naar de bar, en nadat ze haar nagels in haar handpalmen had gedrukt en vijf keer van gedachten veranderd was, had ze eindelijk genoeg moed verzameld om aan de barvrouw te vragen of zij iets wist over de geheimzinnige pianist.

De vrouw keek niet op van de mojito's die ze aan het maken was. 'Ik heb hem hier vaker gezien, meestal als er een blues- of rockband optreedt. Hij praat nooit met anderen. Is altijd alleen, als je dat graag wilt weten…'

'Nee, nee, ik eh… Nee, dat bedoel ik niet. Ik was gewoon benieuwd,' stamelde ze, en ze voelde zich een idioot.

Brooke was al teruggelopen naar hun tafeltje toen de barvrouw haar achterna riep: 'Hij zei wel dat hij regelmatig optreedt in een bar in de Upper East Side, bij een tent die Trick of Rick heet of zoiets. Op dinsdag. Ik hoop dat je er wat aan hebt.'

Brooke kon het aantal keren dat ze naar een live-optreden was geweest op één hand tellen. Ze had nog nooit een onbekende opgespoord en gevolgd, en behalve wanneer ze tien minuten of een kwartier moest wachten op een vriendin of een date zat ze niet vaak in haar eentje in een bar. Toch weerhield dat haar er niet van om diverse telefoontjes te plegen tot ze de juiste tent had gevonden, en na nog eens drie weken moed verzamelen, op een bloedhete dinsdagavond in juli, nam ze de metro en liep ze het laatste stuk naar Nick's Bar and Lounge.

Toen ze eenmaal zat, op een van de laatste vrije plaatsen helemaal achteraan in een hoekje, wist ze dat het de moeite waard was geweest. De bar zag er hetzelfde uit als honderden andere aan Second Avenue, maar het publiek was verrassend gemengd. In plaats van de gebruikelijke Upper East Side-kliek van pas afgestudeerden die bier kwamen hijsen nadat ze hun gloednieuwe Brooks Brothers-stropdas hadden losgemaakt, leek de bar vanavond gevuld te zijn met een bijna eigenaardige mengeling van NYU-studenten, stelletjes van in de dertig die hand in hand martini's dronken en hordes hippe types op All Stars, die je buiten de East Village of Brooklyn zelden in zulke hoeveelheden bij elkaar zag. Nick's Bar zat algauw bomvol; iedere stoel was bezet en daarnaast stonden er nog vijftig of zestig mensen tussen de tafeltjes in, en ze kwamen allemaal voor maar één ding. Het was een schok voor Brooke dat haar reactie op Julians optreden een maand eerder bij Rue B niet uniek was. Tientallen mensen hadden al van hem gehoord en waren bereid de hele stad door te reizen om hem te zien optreden.

Tegen de tijd dat Julian had plaatsgenomen achter de piano en was begonnen aan een kleine soundcheck, steeg er een verwachtingsvol geroezemoes op in de ruimte. Toen hij begon te spelen, leek iedereen het ritme meteen op te pikken: sommige mensen deinden mee, soms met gesloten ogen, en iedereen leunde naar voren, naar het podium toe. Brooke, die nooit had begrepen wat het inhield om helemaal op te gaan in muziek, voelde dat haar hele lijf zich ontspande. Of het nu kwam door de rode wijn, de sexy zang of het feit dat ze werd omringd door volslagen onbekenden – iets wat nieuw voor haar was – Brooke was verslaafd.

De rest van de zomer ging ze iedere dinsdag naar Nick's Bar. Ze vroeg nooit iemand om met haar mee te gaan; toen haar huisgenotes wilden weten waar ze toch elke week naartoe ging, verzon ze een geloofwaardig verhaal over een leesclub met oude schoolvriendinnen. Door alleen maar aanwezig te zijn, naar hem te kijken en naar de muziek te luisteren, kreeg ze het gevoel dat ze Julian kende. Tot die tijd had muziek nooit meer dan een bijrol gespeeld in haar leven: een beetje afleiding op de crosstrainer, een lekker dansnummer op een feest, tijdverdrijf tijdens lange autoritten. Maar dit? Het was fantastisch. Zonder dat ze elkaar ooit zelfs maar hadden begroet kon Julian met zijn muziek haar stemming beïnvloeden, haar van gedachten doen veranderen en haar gevoelens bezorgen die volledig buiten haar dagelijkse routine vielen.

Tot aan die solo-avonden bij Nick's Bar had iedere week er hetzelfde uitgezien: eerst werken, en na het werk heel af en toe happy hour met hetzelfde groepje studievrienden en dezelfde luidruchtige huisgenotes. Ze was best tevreden geweest, maar soms had ze het verstikkend gevonden. Nu had ze Julian, en ze zat er totaal niet mee dat ze nooit ook maar een blik hadden gewisseld. Ze had er genoeg aan om naar hem te kijken. Hij liep na ieder optreden de bar door – een beetje schoorvoetend, leek het – om handen te schudden en bescheiden alle lof in ontvangst te nemen, maar Brooke overwoog nooit om hem te benaderen.

Twee weken na 11 september 2001 splitste Nola haar een blind date in de maag met een jongen die ze had ontmoet op een bijaankomst van haar werk. Al hun vriendinnen waren New York uit gevlucht voor familiebezoek of om de relatie met een ex nieuw leven in te blazen, en de stad was nog in de greep van de scherpe, bijtende rook en een allesoverheersend verdriet. Nola had een nieuwe vlam en bleef bijna iedere nacht bij hem slapen; Brooke voelde zich verloren en eenzaam.

'Een blind date?' vroeg Brooke, zonder op te kijken van de televisie.

'Het is een schat van een jongen,' zei Nola. Ze zaten samen op de bank *Saturday Night Live* te kijken. 'Hij zal niet je toekomstige echtgenoot zijn, maar hij is heel aardig en best knap, en hij neemt je vast mee naar een leuke tent. Wees nou niet zo'n frigide trut, dan valt er misschien nog wat te scoren.'

'Nola!'

'Ik zeg het maar. Je kunt het goed gebruiken. En nu we het er toch over hebben: een douche en een manicure zouden je ook geen kwaad doen.'

Brooke hield haar handen omhoog en zag voor het eerst hoe afgekloven haar nagels en nagelriemen waren. Het was geen gezicht. 'Is die jongen soms een van je afdankertjes?' vroeg ze.

Nola snoof.

'Ja, dus! Jij hebt het met hem gedaan en nu schuif je hem door naar mij. Wat een rotstreek. En ik kijk ervan op, moet ik zeggen. Zelfs jij verlaagt je daar meestal niet toe.'

'Stel je niet aan,' zei Nola, en ze rolde theatraal met haar ogen. 'Ik heb hem een paar weken geleden ontmoet op een bijeenkomst van mijn werk. Hij was toen met een van mijn collega's.'

'Je hebt het dus toch met hem gedaan.'

'Niet! Misschien wel met die collega…'

Brooke sloeg kreunend een hand voor haar ogen.

'… maar dat doet er niet toe. Ik weet nog dat hij heel leuk was, en single. Studeert medicijnen, geloof ik, maar eerlijk gezegd ben jij niet in de postie om kieskeurig te zijn op dat gebied. Zolang hij ademt…'

'Bedankt, schat.'

'Dus je doet het?'

Brooke graaide naar de afstandsbediening. 'Als je dan nu je mond houdt, zal ik het overwegen.'

Vier dagen later zat ze op een terrasje in MacDougal Street. Trent was inderdaad een schat van een jongen, zoals Nola haar had beloofd. Best knap, buitengewoon beleefd, goed gekleed en dodelijk saai. Het gesprek was net zo nietszeggend als de pasta met tomaten en basilicum die hij voor hen allebei had besteld, en hij was zo serieus dat ze enorme zin kreeg om haar vork in zijn ogen te steken. En toch, al wist ze zelf niet waarom, zei ze ja toen hij voorstelde om na het eten nog ergens wat te gaan drinken.

'Echt waar?' vroeg hij; het klonk net zo verbaasd als zij zich voelde.

'Ja, waarom niet.' En inderdaad, waarom ook niet? Ze kon niet bepaald beweren dat ze andere vooruitzichten had, of zelfs maar de verwachting om later die avond nog een film te kijken met Nola. De volgende dag zou ze beginnen aan de opzet van een paper van vijftien bladzijden die ze over twee weken moest inleveren, en verder had ze geen spannender plannen dan de was doen, naar de sportschool gaan en een dienst van vier uur draaien bij de koffiezaak. Wat zou ze thuis gaan doen?

'Mooi, ik weet een leuke tent.' Trent stond erop het eten te betalen, en toen konden ze eindelijk gaan.

Ze hadden nog maar twee straten gelopen toen Trent zich voor haar langs boog om de deur van een tamelijk beruchte universiteitsbar voor haar open te houden. Het was zo'n beetje de laatste tent in die buurt waar je een date mee naartoe zou nemen (tenzij je van plan was iets in haar drankje te gooien), maar Brooke was blij dat hij had gekozen voor een bar waar het zo luidruchtig was dat ze geen geprek zouden hoeven voeren. Ze zou een biertje drinken, misschien twee, luisteren naar een paar leuke eightiesnummers op de jukebox en voor twaalf uur in bed liggen – alleen.

Haar ogen moesten even wennen aan het donker, maar Julians stem herkende ze meteen. Toen ze eindelijk het podium kon zien, staarde ze vol ongeloof naar hem. Daar zat hij, in die vertrouwde houding achter de piano. Zijn vingers vlogen over de toetsen en hij drukte zijn mond tegen de microfoon terwijl hij het nummer zong dat ze het mooist vond van al zijn eigen werk:

The woman sits alone in a room
Alone in a house like a silent tomb
The man counts every jewel in his crown
What can't be saved is measured in pounds

Ze wist niet hoe lang ze als aan de grond genageld in de deuropening had gestaan, onmiddellijk volledig in beslag genomen door zijn optreden, maar het was in ieder geval zo lang dat Trent er wat van zei.

'Wat is hij goed, hè? Kom mee, ik zie daar een paar vrije stoelen.'

Hij pakte haar bij de arm en ze liet zich meesleuren door de menigte. Ze ging zitten op de stoel die Trent haar aanwees en had net haar tas op het tafeltje gelegd toen het nummer afgelopen was en Julian een pauze aankondigde. Ze was zich er vaag van bewust dat Trent tegen haar praatte, maar door het lawaai in de bar en doordat ze scherp iedere beweging van Julian volgde, hoorde ze er niets van.

Het ging allemaal zo snel dat ze het bijna niet kon bevatten. Het ene moment pakte hij zijn mondharmonica van de standaard en het volgende moment stond hij lachend aan hun tafeltje. Hij droeg zoals gewoonlijk een effen wit T-shirt, een spijkerbroek en een gebreid mutsje, deze keer een auberginekleurig exemplaar. Er stond een dun laagje zweet op zijn gezicht en onderarmen.

'Hé, leuk dat je bent gekomen,' zei Julian. Hij gaf Trent een mep op zijn schouder.

'Ja, vind ik ook. Zo te zien hebben we de eerste set gemist.' Aan het tafeltje naast hen was net iemand weggelopen, en Trent trok de vrijgekomen stoel bij voor Julian. 'Ga zitten.'

Julian aarzelde, keek even glimlachend naar Brooke en ging toen zitten. 'Julian Alter,' zei hij, en hij stak zijn hand naar haar uit.

Brooke wilde net iets terugzeggen, toen Trent het woord nam. 'Jezus, wat ben ik een eikel! Ik heb ook helemaal geen manieren. Julian, dit is mijn, eh… Dit is Brooke. Brooke…'

'Greene,' zei ze, blij dat Trent zo duidelijk aan Julian liet blijken dat ze bijzonder weinig van elkaar wisten.

Julian en zij schudden elkaar de hand, wat een raar gebaar leek in een drukke studentenbar, maar Brooke voelde niets anders dan opwinding. Ze bekeek hem aandachtiger toen Trent en en hij samen grappen maakten over een jongen die ze allebei kenden. Julian was waarschijnlijk maar een paar jaar ouder dan zij, maar hij had iets waardoor hij verstandiger leek, *ervaren*, al kon Brooke niet precies zeggen wat dat was. Zijn neus was te groot en zijn kin een tikkeltje aan de slappe kant, en zijn bleke huid viel nu nog meer op, zo aan het einde van de zomer, nadat iedereen een seizoenlang vitamine D had op-gedaan. Zijn ogen waren groen maar onopvallend, een beetje troebel zelfs, omringd door fijne lachrimpeltjes. Als ze hem niet zo vaak had horen zingen, hem niet zo vaak met zijn hoofd in zijn nek teksten had horen uitschreeuwen met die warme stem, die stem die de woorden een eigen betekenis meegaf – als ze hem zomaar zou zijn tegengeko-men in een anonieme bar, met die gebreide muts op zijn hoofd en een biertje in zijn hand, dan zou ze hem geen blik waardig hebben ge-keurd en hem totaal niet aantrekkelijk hebben gevonden. Maar van-avond kreeg ze bijna geen lucht meer.

De tweede mannen praatten nog wat terwijl Brooke toekeek. Juli-an, niet Trent, was degene die zag dat ze niets te drinken had.

'Zal ik een biertje voor jullie bestellen?' vroeg hij, en hij keek om zich heen op zoek naar een serveerster.

Trent stond meteen op. 'Ik ga wel wat halen. We zijn net binnen en er is nog niemand langs geweest. Brooke, wat wil jij?'

Ze mompelde het eerste biermerk dat in haar opkwam, en Julian hield een leeg bekertje omhoog waar zo te zien water in had gezeten. 'Kun je voor mij een Sprite meebrengen?'

Brooke voelde een vlaag van paniek toen Trent wegliep. Waar moesten ze het in vredesnaam over hebben? Maakt niet uit, bracht ze zichzelf in herinnering, zolang ze hem maar niet vertelde dat ze hem de halve stad door was gevolgd.

Julian keek haar glimlachend aan. 'Trent is leuk, hè?'

Brooke haalde haar schouders op. 'Ja, hij lijkt me heel aardig. Ik ken hem pas sinds vanavond.'

'Aha, de altijd weer leuke blind date. Is het voor herhaling vatbaar?'

'Nee,' zei Brooke zonder enige emotie. Ze was ervan overtuigd dat ze in shock was; ze wist amper wat ze zei.

Julian begon te lachen en Brooke lachte met hem mee. 'Waarom niet?' vroeg hij.

Ze haalde haar schouders op. 'Geen bijzondere reden. Hij lijkt me prima gezelschap. Alleen een beetje saai.' Het was niet haar bedoeling geweest om dat te zeggen, maar ze kon niet fatsoenlijk nadenken nu.

Er brak een enorme grijns door op Julians gezicht, zo breed en stralend dat Brooke vergat om zich opgelaten te voelen. 'Het is wel mijn neef, hoor, die je daar saai noemt,' zei hij lachend.

'O shit, zo bedoelde ik het niet. Hij is echt heel... leuk. Alleen...'
Hoe erger ze begon te hakkelen, hoe harder hij moest lachen.

'Hou maar op.' Hij onderdrak haar gestamel door een grote, warme hand op haar onderarm te leggen. 'Je hebt helemaal gelijk. Het is een prima kerel – een goeie jongen, betere zijn er niet – maar niemand heeft hem ooit de gangmaker van het feest genoemd.'

Er viel een stilte, waarin Brooke koortsachtig nadacht over wat ze zou kunnen zeggen. Het deed er niet toe waarover ze praatte, als hij er maar niet achter zou komen dat ze een fan van hem was.

'Ik heb je al eerder zien spelen,' flapte ze eruit, waarna ze geschrokken een hand voor haar mond sloeg.

Hij keek haar met samengeknepen ogen aan. 'O ja? Waar dan?'

'Elke dinsdagavond bij Nick's Bar.' Haar laatste kans om niet over te komen als een complete stalker was hiermee verkeken.

'Echt waar?' Hij leek verbaasd maar blij.

Ze knikte.

'Waarom?'

Brooke overwoog even om te liegen en te zeggen dat haar beste vriendin in die buurt woonde, dat ze er elke week met een groepje naartoe ging vanwege het happy hour, maar om een reden die ze zelf niet helemaal kon bevatten antwoordde ze geheel naar waarheid. 'Ik was bij Rue B die avond dat het jazzkwartet afbelde en jij onverwacht een paar nummers zong. Ik vond je... eh, ik vond het te gek, dus heb ik aan de bar gevraagd hoe je heette en of je wel eens ergens anders optrad. Sindsdien probeer ik zo vaak mogelijk naar je optreden te gaan.' Ze dwong zichzelf om op te kijken, ervan overtuigd dat hij haar vol afschuw en misschien wel een beetje bang zou aanstaren, maar Julians gezichtsuitdrukking verried niets, en zijn stilzwijgen maakte haar alleen maar vastbeslotener om dat te doorbreken.

'Daarom was het heel raar dat Trent me vanavond hier mee naartoe nam... wat een idioot toeval...' Ze liet de zin onhandig wegsterven en werd meteen overmand door spijt van alles wat ze zojuist had prijsgegeven.

Toen ze genoeg moed had verzameld om hem weer aan te kijken, schudde Julian zijn hoofd.

'Je zult wel de kriebels van me krijgen,' zei ze met een nerveus lachje. 'Ik beloof je dat ik nooit bij je op de stoep zal staan of zal opduiken op je werk. Ik bedoel, niet dat ik weet waar je woont, en zelfs of je een baan hebt. Natuurlijk is de muziek al een baan op zich, serieus werk, zoals iedereen zou…'

Weer die hand op haar arm, en Julian keek haar aan. 'Ik zie je daar iedere week,' zei hij.

'Huh?'

Hij knikte en glimlachte weer, deze keer een beetje hoofdschuddend, alsof hij wilde zeggen: Ik kan zelf niet geloven dat ik dit toegeef. 'Ja. Je zit altijd helemaal achteraan in een hoekje, bij de pooltafel, en je bent altijd alleen. Vorige week had je een blauw jurkje aan, met witte bloemetjes of zoiets erop genaaid aan de onderkant, en je zat in een tijdschrift te lezen, maar dat heb je weggelegd zodra ik opkwam.'

Brooke dacht aan het zomerjurkje, dat ze van haar moeder had gekregen om te dragen tijdens haar afstudeerbrunch. Nog maar een paar maanden eerder had ze het heel stijlvol gevonden, maar als ze het hier in de stad droeg, voelde ze zich er nogal onvolwassen in. Door het blauw leek haar haar nog feller rood, dat was wel positief, maar het model deed haar heupen en benen weinig goeds. Ze ging zo op in haar poging zich voor de geest te halen hoe ze er die avond had uitgezien, dat ze pas zag dat Trent was teruggekomen aan het tafeltje toen hij een flesje Bud Light naar haar toe schoof.

'Heb ik iets gemist?' vroeg hij toen hij ging zitten. 'Wat is het hier druk. Julian, man, je weet een zaak wel vol te krijgen.'

Julian tikte met zijn bekertje tegen Trents bierflesje en nam een grote slok. 'Bedankt, jongen. Ik zie je straks weer.' Hij gaf een knikje naar Brooke en wierp haar een vluchtige blik toe waarvan ze zou zweren – en vurig hoopte – dat die veelbetekenend was, waarna hij naar het podium liep.

Toen wist ze nog niet dat hij Trent toestemming zou vragen om haar te bellen; ze wist nog niet dat ze na zijn eerste telefoontje het gevoel zou hebben dat ze zweefde; dat hun eerste date haar hele leven zou veranderen. Ze zou op dat moment nooit hebben voorspeld dat ze nog geen drie weken later al samen in bed zouden belanden, na een handjevol marathonafspraakjes waarvan ze steeds wilde dat er geen einde aan kwam, of dat ze samen bijna twee jaar zouden sparen om heel Amrika door te trekken; dat ze zich zouden verloven tijdens een live-optreden in een vaag tentje in de West-Village, met een eenvoudige gouden ring die hij helemaal van zijn eigen geld had betaald; of dat ze zouden trouwen in het schitterende strandhuis van zijn ouders in de Hamptons, want wat wilden ze nou eigenlijk bewijzen door zo'n prachtig aanbod af te slaan? Die avond wist ze alleen heel zeker dat ze hem dolgraag nog eens wilde zien, dat ze twee dagen later naar Nick's Bar zou gaan, wat er ook gebeurde, en dat ze niet kon ophouden met grijnzen, hoe hard ze ook haar best deed.

2

Ik hoef toch niet in mijn eentje te lijden?

Brooke liep de gang op van de afdeling verloskunde van NYU Langone Medical Center en trok het gordijntje achter zich dicht. Dat was nummer acht, nog drie te gaan. Ze bladerde in de resterende dossiers: een zwangere tiener, een vrouw met zwangerschapsdiabetes en een moeder die problemen had met de borstvoeding voor haar pasgeboren tweeling. Ze keek op haar horloge en maakte een rekensommetje: als alles zo soepel verliep als ze verwachtte, zou ze zowaar op een fatsoenlijke tijd weg kunnen.

'Mevrouw Alter?' riep haar patiënte van achter het gordijn.

Brooke liep terug naar binnen.

'Ja, Alisha?' Ze trok haar witte jas steviger om zich heen en begreep niet dat de jonge vrouw niet lag te bibberen in haar flinterdunne onderzoekshemd.

Alisha staarde handenwringend naar haar schoot en zei: 'Die vitaminen die ik tijdens de zwangerschap moet slikken, die zo belangrijk zijn… ook al heb ik ze niet vanaf het begin geslikt…'

Brooke knikte. 'Ik weet dat het niet meevalt om positief te blijven als je een stevige griep hebt,' zei ze terwijl ze naar het bed van het meisje liep, 'maar daardoor ben je in ieder geval wel bij ons terechtgekomen en heb je de kans gekregen om alsnog met vitaminen te beginnen en een planning te maken voor de rest van je zwangerschap.'

'Ja, maar eh… hebben jullie niet iets van monsterverpakkingen voor me?' Alisha meed haar blik.

'O, ik denk dat dat geen probleem is.' Brooke glimlachte vanwege haar patiënte, maar ze was kwaad op zichzelf omdat ze niet had gevraagd of Alisha de supplementen wel kon betalen. 'Eens kijken, je hebt nog zestien weken te gaan… Ik zal de juiste hoeveelheid bij de zusterspost klaarleggen, is dat goed?'

Alisha keek opgelucht. 'Dank u wel,' zei ze zacht.

Brooke gaf een kneepje in de arm van het meisje en liep weer achter het gordijn vandaan. Nadat ze de vitaminepillen voor Alisha had klaargelegd, trok ze een sprintje naar het kale pauzekamertje van de diëtisten op de vijfde verdieping: een hok zonder ramen met een vierpersoons formica tafel, een kleine koelkast en een rij kledingkastjes. Als ze opschoot, kon ze snel wat te eten en een kop koffie naar binnen werken zonder te laat te komen voor haar volgende afspraak. Tot haar opluchting was de pauzeruimte verlaten en de koffiepot vol, en Brooke pakte een Tupperware-bakje met voorgesneden appelpartjes uit haar kastje en begon ze te besmeren met biologische pindakaas uit een kleine meeneemverpakking. Net toen ze haar mond vol had, ging haar telefoon.

'Is er iets gebeurd?' vroeg ze zonder begroeting. Het klonk gedempt door het eten.

Haar moeder zweeg even en zei toen: 'Moet dat dan?'

'Ik heb het nogal druk hier, mam, en je weet dat ik niet graag telefoneer op mijn werk.' De ziekenhuisintercom overstemde de tweede helft van haar zin.

'Wat was dat? Ik kan je niet verstaan.'

Brooke zuchtte. Niks, laat maar. Vertel het eens.' Ze zag in gedachten haar moeder door het keukentje van haar appartment in Philadelphia ijsberen, in haar eeuwige kakibroek en op gezondheidssandalen, dezelfde stijl die ze al haar hele leven droeg. Hoewel ze haar dagen vulde met een oneindige stroom leesclubs, theaterclubjes en vrijwilligerswerk, leek het wel of haar moeder tegenwoordig veel te veel tijd over had, die ze grotendeels vulde met het bellen van haar kinderen, om hun te vragen waarom ze háár niet belden. Het was heel fijn dat haar moeder genoot van haar pensioen, maar voor Brooke was het een stuk gemakkelijker geweest toen ze nog dagelijks van zeven tot drie lesgaf.

'Wacht even…' Haar moeders stem stierf weg en maakte even plaats voor die van Oprah, voordat ook zij er abrupt het zwijgen toe deed. 'Zo.'

'Jee, je hebt *Oprah* afgezet. Dan moet het wel belangrijk zijn.'

'Ze heeft alweer een interview met Jennifer Aniston. Ik kan er niet meer naar luisteren. Ze is over de breuk met Brad heen, ze vindt het heerlijk om veertigplusser te zijn en ze heeft zich nog nooit zo goed gevoeld. Dat weten we nu wel. Waarom moet ze daar dan steeds weer over beginnen?'

Brooke moest lachen. 'Mam, vind je het goed als ik je vanavond terugbel? Ik heb nog maar een kwartier pauze.'

'Natuurlijk, lieverd. Dan vertel ik je straks wel over je broer.'

'Is er iets vervelends met Randy?'

'Niks vervelends – integendeel. Maar ik weet dat je het druk hebt, dus we hebben het er straks wel over.'

'Mam…'

'Het was stom van me om je te bellen terwijl je dienst hebt. Ik had er niet…'

Brooke zuchtte diep en glimlachte in zichzelf. 'Moet ik gaan smeken?'

'Liefje, als het nu niet uitkomt, dan komt het niet uit. Ik spreek je wel als je wat minder gespannen bent.'

'Oké mam, ik smeek je om me te vertellen wat er met Randy is. Letterlijk. Vertel me alsjeblieft wat er aan de hand is. Alsjeblieft.'

'Nou, omdat je zo aandringt… Goed, ik zal het je vertellen. Randy en Michelle zijn in verwachting. Zo, je hebt het uit me gekregen.'

'Wát zeg je?'

'Zwanger, schat. Ze verwachten een kind. Het is nog heel pril – zeven weken, geloof ik – maar volgens de dokter ziet het er goed uit. Is het niet fantastisch?'

Brooke hoorde dat op de achtergrond de televisie weer werd aangezet, zachter deze keer, maar ze kon duidelijk de herkenbare lach van Oprah horen.

'Fantastisch?' Brooke legde het plastic mesje weg. 'Ik weet niet of ik dat woord zou gebruiken. Ze hebben pas een half jaar iets met elkaar. Ze zijn niet getrouwd. Ze wonen niet eens samen!'

'Sinds wanneer ben jij zo preuts?' vroeg mevrouw Greene, en ze klakte met haar tong. 'Als iemand me had verteld dat mijn hoogopgeleide, stadse dochter van dertig zo traditioneel ingesteld was, zou ik het niet geloofd hebben.'

'Mam, zo "traditioneel" is het nou ook weer niet dat mensen wachten met het verwekken van kinderen tot ze een stabiele relatie hebben.'

'Brooke, maak je niet zo druk. Niet iedereen is in de gelegenheid om al op zijn vijfentwintigste te trouwen – en misschien is dat maar goed ook. Randy is achtendertig en Michelle bijna veertig. Denk je dat iemand zich dan druk maakt om zo'n stom boterbriefje? We weten inmiddels allemaal dat dat ook weinig garanties biedt.'

Brookes hoofd vulde zich met de gedachte aan een aantal zaken: de scheiding van haar ouders bijna tien jaar geleden, nadat haar vader bij haar moeder was weggegaan voor de verpleegster van de middelbare school waar ze allebei lesgaven; de dag dat haar moeder tegen Brooke had gezegd, vlak na haar verloving met Julian, dat vrouwen tegenwoordig ook heel gelukkig konden zijn zonder te trouwen, en de vurige wens van haar moeder dat ze zou wachten met kinderen tot haar carrière rotsvast was. Het was interessant om te merken dat er voor Randy kennelijk heel andere regels en adviezen golden.

'Weet je wat ik echt grappig vind?' vroeg haar moeder meteen er achteraan. 'De gedachte dat Cynthia en je vader misschien, heel misschien, ook wel een baby krijgen. Gezien haar jonge leeftijd, bedoel ik. Dan heb je een broer en een vader die allebei een kind verwachten. Hoeveel vrouwen kunnen dat nou zeggen, Brooke?'

'Mam…'

'Serieus, lieverd, het is toch behoorlijk ironisch – hoewel, ik weet niet of "ironisch" het juiste woord is, maar het is zeker toevallig – dat de vrouw van je vader een jaar jonger is dan Michelle?'

'Mam! Hou alsjeblieft op. Je weet best dat pa en Cynthia geen kinderen nemen – hij is verdorie bijna vijfenzestig en zij wil niet eens…' Brooke hield glimlachend haar mond en schudde haar hoofd. 'Ach trouwens, misschien heb je wel gelijk. Misschien doen pa en Cynthia er ook aan mee. Dan kunnen Randy en pa samen innige gesprekken voeren over voedingstijden en middagslaapjes. Schattig, hoor.'

Ze wachtte even en werd niet teleurgesteld.

Haar moeder snoof. 'Schei toch uit. In de tijd dat jullie nog een baby waren heeft die kerel nooit een luier van dichtbij gezien, behalve in de Pampers-reclame. Mannen veranderen niet, Brooke. Je vader bemoeit zich niet met dat kind tot het oud genoeg is om zich een politieke mening te vormen. Maar voor je broer is er wel hoop, denk ik.'

'Ja, laten we het hopen. Ik bel hem vanavond wel om hem te feliciteren, maar nu…'

'Nee!' krijste mevrouw Greene. 'Dit gesprek heeft nooit plaatsgevonden. Ik heb hem beloofd jou niks te vertellen, dus reageer alsjeblieft verbaasd als hij je belt.'

Brooke zuchtte glimlachend. 'Heel loyaal van je, mam. Wil dat zeggen dat je al mijn vertrouwelijke mededelingen ook doorbrieft aan Randy?'

'Natuurlijk niet. Alleen als ze heel interessant zijn.'

'Je wordt bedankt.'

'Ik hou van je, lieverd. En denk erom: dit blijft onder ons.'

'Beloofd. Erewoord.'

Brooke hing op en keek op haar horloge: vijf voor vijf. Nog vier minuten tot haar volgende consult. Ze wist dat ze niet meteen zou moeten bellen, maar ze kon gewoon niet wachten.

Zodra ze het nummer had ingetoetst, schoot het haar te binnen dat Randy soms na zijn werk op school bleef om het voetbalelftal te coachen, maar hij nam al na één keer rinkelen zijn telefoon op. 'Hé Brookie, heb je nieuws?'

'Of ík nieuws heb? Ik niet, nee. Maar het gaat er nu even om wat jij voor nieuws te melden hebt.'

'Jezus! Ik heb haar acht hele minuten geleden ingelicht en ze heeft me gezwóren dat ik het jou zelf zou mogen vertellen.'

'Ach ja, en ik heb gezworen dat ik niet tegen jou zou zeggen dat ze het toch heeft doorverteld, bla bla bla. Gefeliciteerd, grote broer van me!'

'Dank je wel. We zijn allebei behoorlijk opgewonden. We hebben wel de zenuwen – het is een stuk sneller gegaan dan we hadden verwacht – maar we zien het helemaal zitten.'

Brooke hield even haar adem in. 'Hoe bedoel je, sneller dan verwácht? Hadden jullie dit *gepland* dan?'

Randy moest lachen. Ze hoorde hem 'een ogenblikje' zeggen tegen iemand op de achtergrond, een leerling waarschijnlijk, en toen antwoordde hij: 'Ja, ze is vorige maand gestopt met de pil. Volgens de dokter zou het zeker een paar maanden duren voordat haar cyclus weer regelmatig werd, en het was niet eens zeker dat ze zwanger kon worden, gezien haar leeftijd. We hadden nooit gedacht dat het meteen raak zou zijn…'

Het was onwerkelijk om haar grote broer – een gezworen vrijgezel die zijn huis vol had staan met oude voetbaltrofeeën en die meer vierkante meters had ingeruimd voor zijn pooltafel dan voor zijn keuken – te horen vertellen over menstruatiecycli, de pil en de mening van de dokter. Vooral omdat iedereen zijn geld zou hebben gezet op Brooke en Julian als de meest voor de hand liggende kandidaten om met zo'n belangrijke mededeling te komen…

'Wauw. Wat kan ik nog meer zeggen? Wauw.' Het was inderdaad het enige wat ze nu durfde te zeggen; ze was bang dat haar stem zou haperen en dat Randy dat verkeerd zou opvatten.

Ze was zo blij voor hem dat ze een brok in haar keel kreeg. Toegegeven, hij had altijd goed voor zichzelf gezorgd en had niet ongelukkig geleken, maar Brooke had zich vaak zorgen gemaakt omdat hij zo alleen was. Hij woonde in een buitenwijk, omringd door gezinnetjes, en al zijn oude studiegenoten hadden al lang kinderen. Haar band met Randy was niet zo hecht dat ze zulke dingen samen bespraken, maar ze had zich altijd afgevraagd of hij graag een gezin zou willen, of dat hij tevreden was met zijn leventje als single. Nu ze hem zo enthousiast hoorde praten, bevestigde dat voor haar dat hij er vreselijk naar verlangd moest hebben, en ze was bang dat ze in tranen zou uitbarsten.

'Ja, cool hè? Zie je het al voor je, dat ik die kleine leer rugbyen? Ik ga al heel vroeg een bal voor hem kopen. Van leer, geen goedkope rommel. Tegen de tijd dat zijn handjes groot genoeg zijn, is hij er helemaal klaar voor.'

Brooke begon te lachen. 'Je hebt er dus nog niet bij stilgestaan dat er ook een behoorlijk grote kans bestaat dat het een meisje is?'

'Er zijn nog drie andere docenten op school die een kind verwachten, en zij krijgen allemaal een jongen,' zei hij.

'Interessant. Maar ben je ervan op de hoogte dat er geen natuurwet bestaat die garandeert dat het feit dat jullie dezelfde werkomgeving hebben er ook toe leidt dat jullie toekomstige kinderen allemaal van hetzelfde geslacht zijn?'

'Daar ben ik nog niet zo zeker van…'

Ze moest weer lachen. 'Willen jullie weten wat het is? Of is het te vroeg om die vraag te stellen?'

'Nou, aangezien ik toch al weet dat het een jongetje is, is dat eigenlijk niet relevant. Maar Michelle wil dat het een verrassing blijft, dus we wachten af.'

'Ha, leuk. Wanneer wordt de kleine verwacht?'

'Op 25 oktober. Een Halloween-kindje. Dat brengt geluk, denk ik.'

'Dat denk ik ook,' zei Brooke. 'Ik noteer het meteen op de kalender: 25 oktober word ik tante.'

'Hé Brookie, hoe zit het met jullie? Het zou leuk zijn als we neefjes en nichtjes hadden in dezelfde leeftijdscategorie. Zit dat er nog in?'

Ze wist dat het voor Randy niet gemakkelijk was om haar zo'n persoonlijke vraag te stellen, dus ze keek wel uit om hem erop aan te vallen, maar hij had een gevoelige snaar geraakt. Toen Julian en zij gingen trouwen, respectievelijk zeventwintig en vijfentwintig jaar oud, had ze altijd gedacht dat ze rond haar dertigste een kind zouden krijgen. Maar haar dertigste verjaardag was al voorbij en ze waren er nog helemáál niet mee bezig. Een paar keer had ze het onderwerp bij Julian aangesneden, terloops, om hem én zichzelf niet te veel onder druk te zetten, maar zijn reactie was al even terloops geweest: ja, een baby zou leuk zijn, 'ooit', maar nu konden ze zich beter op hun carrière richten. Dus hoewel ze graag een kind wilde – eerlijk gezegd wilde ze niets liever, zeker nu, nu ze het nieuws van Randy had gehoord – maar ze had Julians tekst overgenomen.

'O, ik wil zeker ooit een kind,' zei ze zo nonchalant mogelijk, precies het tegenovergestelde van hoe ze zich voelde. 'Maar dit is voor ons niet het juiste moment. We zijn erg op ons werk gericht, weet je wel?'

'Tuurlijk,' zei Randy, en Brooke vroeg zich af of hij wist hoe het echt zat. 'Jullie moeten doen wat voor jullie het beste is.'

'Ja. Zeg, eh… sorry dat ik zo gehaast ben, maar mijn pauze is voorbij en ik ben al laat voor een consult.'

'Geeft niet, Brookie. Bedankt voor het bellen. En voor je enthousiasme.'

'Doe niet zo raar. Jíj bedankt voor het geweldige nieuws. Je hebt mijn dag goedgemaakt – nee, mijn hele maand. Ik vind het fantastisch voor jullie! Ik bel vanavond nog wel om Michelle te feliciteren, goed?'

Ze hingen op en Brooke begon aan de tocht terug naar de vijfde verdieping. Ze bleef maar vol ongeloof haar hoofd schudden terwijl ze daar liep. Waarschijnlijk zag ze eruit als een gestoorde, maar dat zou amper de aandacht trekken in het ziekenhuis. Randy werd vader!

Het liefst had ze Julian gebeld om hem het nieuws te vertellen, maar hij had daarstraks heel gestrest geklonken en ze had nu sowieso geen tijd. Een van de andere voedingsdeskundigen was op vakantie en er was die ochtend een onverklaarbaar hoog aantal geboortes geweest – bijna twee keer zo veel als anders – waardoor haar dag om leek te vliegen. Gelukkig maar; hoe drukker ze het had, hoe minder tijd ze overhield om te beseffen hoe uitgeput ze was. Bovendien was het een heerlijke uitdaging, die bedrijvigheid op de afdeling, en ook al klaagde ze tegen Julian en haar moeder, stiekem genoot ze ervan: al die verschillende patiënten uit alle lagen van de bevolkings, die om de meest uiteenlopende redenen in het ziekenhuis waren, maar allemaal behoefte hadden aan iemand die een dieet voor hen kon samenstellen dat nauwkeurig was afgestemd op hun specifieke situatie of aandoening.

De cafeïne had de gewenste uitwerking, en Brooke handelde haar laatste drie afspraken snel en efficiënt af. Ze had net haar witte jas uitgetrokken en verruild voor een spijkerbroek en trui toen een van haar collega's, Rebecca, in de koffiekamer kwam melden dat hun baas haar wilde spreken.

'Nu?' vroeg Brooke. Ze zag in gedachten haar avond al in het water vallen.

De dinsdag en donderdag waren heilig voor haar: het waren de enige twee dagen in de week dat ze niet vanuit het ziekenhuis naar de andere kant van de stad hoefde voor haar tweede baan als extern voedingsdeskundige aan Huntley Academy, een van de meest elitaire particuliere meisjesscholen in de Upper East Side. De ouders van een oud-leerling die aan anorexia was gestorven toen ze in de twintig was, hadden een fonds opgezet voor een experimenteel programma waarin twintig uur per week een voedingsdeskundige aanwezig was op school, om de meisjes bij te staan op het gebied van gezonde voeding en de manier waarop ze tegen hun figuur aan keken. Brooke was de tweede werknemer binnen dat tamelijk nieuwe programma, en al had ze de baan aanvankelijk alleen aangenomen om het gezamenlijke inkomen van Julian en haar aan te vullen, ze merkte dat ze langzamerhand gehecht begon te raken aan de leerlingen. Natuurlijk kreeg ze wel eens genoeg van de woede, de pijnlijke situaties en de niet-aflatende obsessie met eten, maar ze probeerde zichzelf er altijd aan te herinneren dat deze jonge patiënten niet beter wisten. Bovendien had de baan een bonus: ze kon ervaring opdoen met tieners en pubers, iets waar het haar nog aan ontbrak.

Maar op dinsdag en donderdag werkte ze dus alleen in het ziekenhuis, van negen tot zes. De andere drie dagen van de week begon ze eerder, in verband met haar tweede baan. Dan was ze van zeven uur 's morgens tot drie uur 's middags in het ziekenhuis te vinden, waarna ze twee treinen en een bus dwars door de stad nam naar Huntley, waar ze leerlingen – en soms hun ouders – ontving tot een uur of zeven 's avonds. Hoe vroeg ze zichzelf ook dwong om naar bed te gaan en hoeveel koffie ze ook naar binnen goot na het opstaan, ze was voortdurend uitgeput. Het leven met twee banen was slopend, maar ze schatte dat ze nog maar een jaar hoefde te werken voordat ze genoeg ervaring zou hebben opgedaan om een eigen praktijk als pre- en postnatale voedingsdeskundige te openen, iets waarvan ze al droomde sinds de allereerste dag van haar studie en waar ze sinds die tijd ijverig naartoe aan het werken was.

Rebecca knikte medelevend. 'Ze vroeg of je wilde langskomen voor je vertrekt.'

Brooke pakte snel haar spullen bij elkaar en ging weer naar de vijfde verdieping.

'Margaret?' riep ze toen ze op de deur van het kantoor klopte. 'Rebecca zei dat je me wilde spreken.'

'Kom binnen, kom binnen,' zei haar baas, en ze schoof wat papieren opzij op haar bureau. 'Sorry dat ik je ophoud, maar ik nam aan dat je wel de tijd zou willen nemen voor goed nieuws.'

Brooke liet zich in de stoel tegenover Margaret zakken en wachtte af.

'Ik ben klaar met de berekeningen van alle patiëntenevaluaties en het doet me deugd je te melden dat jij de hoogste cijfers hebt gekregen van alle medewerkers van de afdeling diëtetiek.'

'Echt waar?' Brooke kon haast niet geloven dat ze, met zes collega's, op de eerste plaats was gekomen.

'De anderen kwamen niet eens in de buurt.' Margaret deed afwezig wat lippenbalsem op, smakte even haar lippen op elkaar en richtte haar blik toen weer op de papieren. 'Eenennegentig procent van je patiënten noemt je consulten "uitstekend" en de andere negen procent vond ze "goed". De nummer twee op de lijst had een percentage "uitstekend" van tweeëntachtig.'

'Goh,' zei Brooke. Ze was zich ervan bewust dat ze nu moest proberen bescheiden over te komen, maar ze kon de glimlach niet van haar gezicht af krijgen. 'Wat een goed nieuws. Daar ben ik heel blij mee.'

'Wij ook, Brooke. Buitengewoon blij, en ik wilde je laten weten dat je prestaties niet onopgemerkt blijven. Je krijgt nog steeds patiënten van de intensive care, maar vanaf volgende week mag je van de psychiatrische afdeling overstappen naar neonatologie. Ik neem aan dat je het daar wel mee eens bent?'

'O ja, dat zou ik heel fijn vinden!'

'Zoals je weet, hebben twee van je collega's een hogere senioriteit dan jij, maar niemand anders heeft jouw achtergrond en ervaring. Ik denk dat je er zeer geschikt voor bent.'

Brooke kon er niets aan doen: ze straalde. Eindelijk wierp het vruchten af, haar extra studiejaar voedingsleer gericht op kinderen, tieners en pasgeborenen, en haar vrijwillige dubbele stage op de kinderafdeling. 'Margaret, ik weet niet hoe ik je moet bedanken. Voor alles. Beter nieuws had je me niet kunnen bezorgen.'

Haar baas begon te lachen. 'Nog een fijne avond. Ik zie je morgen.'

Terwijl ze naar de metro liep, zond Brooke stilzwijgend een bedankje naar boven, zowel voor haar semipromotie als voor het feit – bijna nog fijner – dat ze van die gevreesde diensten op psychiatrie af was.

Nadat ze was uitgestapt op Times Square baande ze zich snel een weg door de mensenmeningte naar de uitgang van de metro, waarbij ze strategisch koos voor haar vaste trap aan de kant van 43rd Street, die het dichtst bij haar appartement lag. Er ging geen dag voorbij dat ze hun oude flat in Brooklyn niet miste; ze had vrijwel alles leuk gevonden aan Brooklyn Heights en vond bijna alles in Midtown West vreselijk – maar zelfs zij moest toegeven dat de dagelijkse reis van en naar hun werk voor Julian en voor haar iets minder hels was geworden.

Het verbaasde haar dat Walter, haar driekleurige spaniël met een zwarte vlek rondom één oog, niet blafte toen ze haar sleutel in het slot van de voordeur stak. Hij kwam ook niet aangehold om haar te begroeten.

'Walter Alter! Waar zit je?' Ze maakte kusgeluidjes en wachtte af. Ergens in het appartement klonk muziek.

'We zitten in de huiskamer,' riep Julian terug. Zijn antwoord ging vergezeld van wild gekef van Walter.

Brooke liet haar tas vallen zodra ze binnen was, schopte haar hakken uit en zag toen dat de keuken aanmerkelijk schoner was dan ze hem had achtergelaten.

'Hé! Ik wist niet dat jij vanavond vroeg thuis zou zijn,' zei ze toen ze naast Julian op de bak ging zitten. Ze boog zich naar hem toe om hem te kussen, maar Walter kwam ertussen en likte aan haar mond.

'Hmm, dank je wel, Walter. Ik voel me echt welkom.'

Julian zette het geluid van de televisie uit en keek haar aan. 'Ik wil ook best aan je gezicht likken, hoor. Waarschijnlijk kan mijn tong niet tippen aan die van een spaniël, maar ik wil het graag proberen.' Hij grijnsde naar haar, en Brooke verwonderde zich over de vlinders die ze nog steeds voelde als hij zo glimlachte, na al die jaren nog.

'Verleidelijk, moet ik zeggen.' Ze dook om Walter heen en slaagde er zowaar in Julian op zijn mond te kussen, die vlekkerig was van de wijn. 'Je klonk zo gestrest daarstraks. Ik ging ervan uit dat je veel later thuis zou zijn. Er is toch niets gebeurd?'

Hij stond op, liep naar de keuken en kwam terug met een tweede wijnglas, dat hij inschonk en aan Brooke gaf. 'Nee, hoor. Ik besefte vanmiddag toen we hadden opgehangen dat het al bijna een week geleden is dat we een avond samen zijn geweest. Daar wilde ik wat aan doen.'

'Echt waar?' Ze had al dagenlang dezelfde gedachte, maar ze had niet willen klagen nu Julian op een cruciaal punt in het productieproces was aanbeland.

Hij knikte. 'Ik mis je, Roek.'

Ze sloeg haar armen om zijn nek en kuste hem nogmaals. 'Ik mis jou ook. Ik ben zo blij dat je vanavond vroeg naar huis gekomen bent. Zullen we noedels gaan eten?'

Met het oog op hun budget kookten Julian en zij zo vaak mogelijk zelf, maar ze waren het erover eens dat het goedkope noedeltentje op de hoek niet echt telde als uit eten gaan.

'Vind je het erg om thuis te blijven? Ik heb me verheugd op een rustig avondje samen.' Hij nam nog een slokje wijn.

'Tuurlijk, prima. Ik zal het goed met je maken...'

'O jee, nou komt het.'

'Ik ga wel staan sloven boven dat warme fornuis om een heerlijke, voedzame maaltijd voor je te bereiden als jij belooft straks een half uur lang mijn rug en mijn voeten te masseren.'

'Sloven boven een warm fornuis? Jij hebt binnen twee minuten een roerbakschotel met kip op tafel staan. Dat is geen eerlijke ruil.'

Brooke haalde haar schouders op. 'Dan niet. Er staat nog een pak cornflakes, maar de melk is op, geloof ik. Ach, je kunt altijd nog popcorn maken.'

Julian zei tegen Walter: 'Jij beseft niet hoe goed je het hebt, jongen. Jou laat ze niet werken in ruil voor je brokken.'

'De prijs is zojuist gestegen naar een half uur.'

'Het was al een half uur,' zei Julian klaaglijk.

'Dat was in totáál. Nu is het een half uur voeten en een half uur rug.'

Julian deed alsof hij een afweging maakte. 'Als je er drie kwartier van maakt...'

'Iedere poging tot afdingen voegt alleen maar extra tijd toe.'

Hij stak zijn handen op. 'Dan hebben we helaas geen deal.'

'O nee? Ga je vanavond voor jezelf zorgen?' vroeg ze met een grijns. Julian leverde een gelijke bijdrage als het ging om schoonmaken, rekeningen betalen en de zorg voor de hond, maar koken kon hij niet, en dat wist hij zelf ook.

'Toevallig wel, ja. Voor ons allebei, eigenlijk. Sterker nog: ik heb voor je gekookt vanavond.'

'Wat zeg je?'

'Je hebt me wel gehoord.' Ergens in de keuken begon een timer te piepen. 'En het is net klaar. Gaat u zitten,' zei hij hoogdravend, met een zogenaamd Brits accent.

'Ik zit al.' Ze leunde achterover op de bank en legde haar voeten op de salontafel.

'O ja,' riep Julian opgewekt vanuit hun krappe keukentje. 'Ik zie dat je de chique eetkamer al hebt gevonden. Mooi zo.'

'Kan ik je ergens mee helpen?'

Julian kwam teruggelopen met een glazen ovenschaal tussen twee ovenwanten. 'Eenmaal *penne al forno* voor mijn liefje…' Hij wilde de schaal op het onbehandelde hout zetten; Brooke kon nog net op tijd met een geschrokken kreet opspringen om een onderzetter te gaan pakken. Julian begon de dampende pasta op te scheppen.

Brooke kon er alleen maar naar staren. 'Ga je me nu vertellen dat je al ons hele huwelijk lang een verhouding hebt met een andere vrouw en wil je me zo om vergiffenis vragen?'

Julian zei grinnikend: 'Mond dicht en eten jij.'

Ze ging weer zitten en schepte sla op terwijl Julian nog meer pasta op haar bord deed. 'Schat, het ziet er verrukkelijk uit. Waar heb je dat geleerd? En waarom doe je dit niet iedere avond?'

Hij lachte schaapachtig. 'Het zou kunnen dat ik de pasta vandaag kant-en-klaar heb gekocht en hem alleen in de oven heb gezet. Dat zou kunnen. Maar dan heb ik hem wel met liefde gekocht en opgewarmd.'

Brooke hief haar wijnglas en wachtte tot Julian met haar proostte. 'Het kan niet beter,' zei ze, en ze meende het. 'Echt, het kan niet beter.'

Onder het eten vertelde Brooke hem over Randy en Michelle, en het deed haar goed om te zien hoe blij hij was; hij ging zelfs zo ver om voor te stellen dat ze naar Pennsylvania zouden rijden om op hun nieuwe nichtje of neefje te passen. Julian praatte haar bij over de plannen van Sony nu het album bijna af was en hij vertelde haar over de nieuwe manager die hij in de arm had genomen, op aanbeveling van zijn agent.

'Het is de allerbeste, zeggen ze. Hij heeft de reputatie soms wat al te ambitieus te zijn, maar dat lijkt me juist wel een pluspunt voor een manager.'

'Hoe kwam hij op je over tijdens het sollicitatiegesprek?'

Daar dacht Julian even over na. 'Ik geloof dat "sollicitatiegesprek" niet het juiste woord is. Hij had eigenlijk al een heel plan voor me uitgewerkt. We staan op een kritiek punt, zegt hij, en het wordt tijd dat we "de boel een duwtje in de juiste richting geven".'

'Ik wil hem heel graag ontmoeten,' zei Brooke.

'Ja. Hij heeft duidelijk dat gladde van Hollywood – je weet wel, altijd proberen je van je beste kant te laten zien en zo – maar zijn zelfvertrouwen bevalt me wel.'

Julian verdeelde het laatste beetje wijn uit de fles gelijk over hun glazen en leunde weer achterover in zijn stoel. 'Hoe gaat het in het ziekenhuis? Heb je weer een hectische dag gehad?'

'Dat wel, maar… ik heb de hoogste patiëntenevaluatiescore van de hele afdeling gehaald en nu krijg ik meer diensten op de kinderafdeling.' Ze nam nog een slokje wijn; het was de hoofdpijn van de volgende dag wel waard.

Julian lachte breed. 'Wat een goed nieuws, Roek. Het verbaast me niets, maar het is wel heel fijn. Ik ben hartstikke trots op je.' Hij boog zich over de tafel heen om haar te kussen.

Brooke deed de afwas en ging daarna in bad terwijl Julian iets afmaakte voor de nieuwe website die hij aan het opzetten was, en ze troffen elkaar weer op de bank, allebei in een flanellen pyjamabroek en een t-shirt. Julian trok het dekentje over hun benen en pakte de afstandsbediening.

'Filmpje?' vroeg hij.

Ze keek naar het klokje op de dvd-speler: kwart over tien. 'Ik vind het een beetje laat om er nu nog een op te zetten, maar we kunnen wel een aflevering van *Grey's Anatomy* kijken.'

Hij keek haar vol afgrijzen aan. 'Dat meen je niet. Laat je geweten het toe om mij daarmee op te zadelen nadat ik voor je heb gekookt?'

Ze schudde glimlachend haar hoofd. 'Volgen mij was er geen sprake van koken, maar je hebt gelijk. Vanavond mag jij kiezen.'

Julian koos voor een recente aflevering van csi. 'Kom eens hier, dan masseer ik je voeten onder het kijken.'

Brooke draaide zich om, zodat ze haar benen bij hem op schoot kon leggen. Ze had wel kunnen spinnen van genot. Op televisie onderzochten de rechercheurs het verminkte lijk van een vermeende prostituee die was aangetroffen op een vuilstortplaats even buiten Las Vegas. Julian keek aandachtig. Ze was niet zo dol als hij op moord- en misdaadgedoe met al die technische snufjes – hij kon de hele nacht door kijken hoe ze moordenaars opspoorden door te scannen en te laseren en te traceren – maar vanavond vond ze het niet erg. Ze vond het fijn om stilletjes naast haar echtgenoot te zitten en zich te concentreren op het heerlijke gevoel van zijn voetmassage.

'Ik hou van je,' zei ze, en ze legde haar hoofd op de armleuning en sloot haar ogen.

'Ik ook van jou, Brooke. En nu je mond houden, ik zit te kijken.'

Maar ze was al weggedommeld.

Ze was net klaar met aankleden toen Julian hun slaapkamer binnenkwam. Ondanks het feit dat het zondag was, zag hij er vreselijk gestrest uit.

'We moeten nu gaan, anders komen we te laat,' zei hij, en hij griste een paar sneakers uit hun gezamenlijke kast. 'Je weet dat mijn moeder er een hekel aan heeft als mensen te laat komen.'

'Ja ja, ik ben bijna klaar,' zei ze, en ze probeerde zich er niet druk om te maken dat ze nog nazweette van de vijf kilometer hardlopen een uur eerder. Ze liep achter Julian aan de slaapkamer uit, trok de wollen jas aan die hij haar aangaf en volgde hem naar buiten.

'Ik weet nog steeds niet goed waarom je vader en Cynthia vandaag in de stad zijn,' zei Julian toen ze, half op een drafje, van hun appartement naar het metrostation van Times Square liepen. De trein reed binnen op het moment dat ze het perron op liepen.

'Het is vandaag hun trouwdag,' antwoordde Brooke schouderophalend. Het was ongewoon koud voor een ochtend in maart en ze snakte naar een beker thee van het stalletje op de hoek, maar ze hadden geen seconde over.

'En dus komen ze hierheen? Op een ijskoude winterdag?'

Brooke zuchtte. 'Hier is meer te beleven dan in Philadelphia, denk ik. Het schijnt dat Cynthia *The Lion King* nog nooit heeft gezien, en mijn vader vond het wel een mooie gelegenheid om met ons af te spreken. Ik ben blij dat je hun het nieuws persoonlijk kunt vertellen…'

Ze gluurde naar Julian en zag hem glimlachen, heel even maar. Hij was terecht trots op zichzelf, dacht ze. Hij had zojuist het beste nieuws in zijn hele carrière gekregen, en hij had het verdiend.

'We kunnen rustig alvast zeggen dat mijn ouders niet bepaald enthousiast zullen reageren, maar die van jou begrijpen het misschien wel,' zei hij.

'Mijn vader zegt nu al tegen iedereen die het horen wil dat jij het songwriterstalent hebt van Bob Dylan, en een stem die anderen aan het huilen maakt,' zei ze lachend. 'Dus hij zal gegarandeerd laaiend enthousiast zijn.'

Julian gaf een kneepje in haar hand. Zijn opwinding was tastbaar.

Brooke wist er moeizaam een lachje uit te persen terwijl ze overstapten op lijn 6.

'Wat is er?' vroeg Julian.

'O, niks. Ik kijk er zo naar uit om het hun allemaal te vertellen dat ik bijna niet kan wachten. Ik zie er alleen een beetje tegenop om met alle ouders in één ruimte te moeten zitten.'

'Zo erg zal het toch niet zijn? Ze hebben elkaar allemaal al eerder ontmoet.'

Brooke zuchtte diep. 'Dat weet ik wel, maar altijd in grote gezelschappen: op onze bruiloft en op feestdagen. Nooit één op één, zoals nu. Mijn vader praat alleen maar over football en de verwachtingen voor de Philadelphia Eagles van het volgende seizoen. Cynthia verheugt zich nota bene op *The Lion King*, en in haar ogen is een uitstapje naar New York niet compleet zonder een lunch bij de Russian Tea Room. Dan hebben we jouw ouders: de meest felle, intimiderende New Yorkers die ik ooit heb meegemaakt, die nul-komma-nul van football weten en geen enkele musical meer hebben gezien sinds de jaren zestig, en die niets eten dat niet is klaargemaakt door een beroemde chef-kok. Dus zeg jij het maar: wat hebben zij elkaar te vertellen?'

Julian gaf een kneepje in haar nek. 'Het is maar een brunch, schat. Koffie met een paar bagels en we zijn weer weg. Het zal heus wel meevallen.'

'Ja hoor, met mijn vader en Cynthia die non-stop heel opgewekt zitten te kwetteren terwijl jouw ouders ijzig en afkeurend zwijgen. Dat wordt een heerlijke zondagochtend.'

'Cynthia kan met mijn ouders over hun werk praten,' opperde Julian gedwee. Hij trok er een gezicht bij alsof hij wilde zeggen: Ik geloof er zelf ook niks van. Brooke begon te lachen.

'Zeg me dat ik dat verkeerd verstaan heb!' zei ze, en ze moest zo hard lachen dat ze er tranen van in haar ogen kreeg. Ze stapten uit in 77th Street, vlak bij Lexington Avenue, en liepen in de richting van Park Avenue.

'Het kan toch!'

'Grapjas.' Brooke boog zich naar hem toe om hem een kus op zijn wang te geven. 'Cynthia is verpleegster op een middelbare school. Ze houdt zich bezig met leerlingen die een zere keel of buikpijn hebben. Die weet echt niet of je voor diepere lachrimpels beter botox of restylane kunt toepassen. Hun professionele achtergrond verschilt behoorlijk.'

Julian reageerde quasibeledigd. 'Vergeet niet dat mijn moeder tevens benoemd is tot een van de beste spataderverwijderaars van het land,' zei hij grijnzend. 'Dat was heel wat, hoor.'

'Dat weet ik. Heel wat.'

'Goed, de boodschap is duidelijk. Maar mijn vader kan met iedereen een gesprek voeren, je weet hoe makkelijk hij is. Cynthia vindt hem vast heel leuk.'

'Je vader is een fijne man,' gaf Brooke toe. Ze pakte Julians hand toen ze bijna bij het gebouw waren waar de familie Alters woonde. 'Maar hij is en blijft een wereldwijd vermaard specialist in borstvergrotingen. Het is toch logisch dat je als vrouw denkt dat hij voortdurend je borsten bekijkt en dat hij ze nooit goed genoeg vindt.'

'Brooke, wat een onzin. Denk je soms ook dat iedere tandarts die je in zijn vrije tijd tegenkomt naar je gebit staat te gluren?'

'Ja.'

'Of dat iedere psycholoog die je op een feestje ontmoet je analyseert?'

'Zeker weten, honderd procent, geen twijfel mogelijk.'

'Dat slaat echt nergens op.'

'Jouw vader is acht uur per dag bezig met borsten: onderzoeken, betasten en evalueren. Ik wil niet zeggen dat hij een gluurder is of zo, maar het zit nu eenmaal in zijn instinct om borsten te beoordelen. En vrouwen voelen dat, wilde ik alleen maar zeggen.'

'Dat roept natuurlijk maar één vraag bij me op.'

'O?' Ze keek vluchtig op haar horloge toen de luifel van de entree in zicht kwam.

'Heb je het gevoel dat hij jouw borsten bekijkt als hij je ziet?' Die arme Julian leek zo aangedaan bij de gedachte alleen al dat Brooke hem het liefst een knuffel had gegeven.

'Nee schat, natuurlijk niet,' fluisterde ze, en ze leunde even tegen hem aan. 'Tenminste, nu niet meer, na al die jaren. Hij kent de situatie en hij weet dat hij ze nooit in handen zal krijgen. Volgens mij heeft hij zich daar nu wel bij neergelegd.'

'Je borsten zijn precies goed, Brooke. Echt waar,' zei Julian automatisch.

'Dat weet ik. Daarom bood je vader me ten tijde van onze verloving natuurlijk aan om ze tegen kostprijs onder handen te nemen.'

'Hij bood de diensten van zijn colléga aan, en niet omdat hij het nodig vond.'

'Wat dan, omdat hij dacht dat jíj het nodig vond?' Brooke wist dat dat helemaal niet het geval was; ze hadden het er vele malen over gehad en ze begreep best dat dokter Alter zijn diensten had aangeboden zoals een kleermaker korting geboden zou hebben op het maken van een pak – maar toch zat het haar dwars.

'Brooke…'

'Sorry. Ik heb gewoon honger. En ik ben nerveus.'

'Het wordt vast lang niet zo erg als jij denkt.'

De portier begroette Julian met een high five en een joviale mep op zijn rug. Pas toen hij hen de lift in had geholpen en ze naar de achttiende verdieping zoefden, drong het tot Brooke door dat ze niets hadden meegebracht.

'We moeten gauw ergens bonbons of bloemen of zoiets gaan halen,' zei ze, en ze trok Julian ongeduldig aan zijn arm.

'Welnee, Roek, het geeft niet. Het zijn mijn óúders, het kan ze echt niet schelen.'

'Dat denk je maar. Als jij echt gelooft dat het je moeder niet opvalt dat we met lege handen komen, dan lijd je aan waanideeën.'

'We zijn er zelf toch? Dat is het enige wat telt.'

'Goed, maak jij jezelf dat maar lekker wijs.'

Julian klopte aan en de voordeur zwaaide open. Daar in de deuropening, glimlachend, stond Carmen, al dertig jaar het kindermeisje en de huishoudster van de familie Alter. Op een bijzonder intiem moment, aan het begin van hun relatie, had Julian Brooke in vertrouwen verteld dat hij Carmen tot zijn vijfde verjaardag 'mama' had genoemd, puur omdat hij niet beter wist.

Carmen sloeg meteen haar armen om Julian heen. 'Hoe gaat het met mijn schatje?' vroeg ze aan hem, nadat ze Brooke had begroet met een glimlach en een kus op haar wang. 'Geeft je vrouw je wel genoeg te eten?'

Brooke gaf Carmen een kneepje in haar arm en vroeg zich voor de duizendste keer af waarom Carmen niet écht Julians moeder was, waarna ze zei: 'Ziet hij eruit alsof hij omkomt van de honger, Carmen? Ik moet soms de vork uit zijn hand wrikken.'

'Zo mag ik het horen,' zei Carmen, en ze keek vol trots naar Julian.

Uit de eetkamer aan het einde van de gang klonk een schelle stem: 'Carmen, meisje, stuur de kinderen eens door. En vergeet niet de stelen schuin af te snijden voordat je de bloemen in een vaas zet. Neem die nieuwe maar, van Michael Aram.'

Carmen keek om zich heen op zoek naar bloemen, maar Brooke stak alleen maar haar lege handen uit. Ze wierp Julian een veelbetekenende blik toe.

'Zeg maar niks,' mompelde hij.

'Goed, ik zal niet zeggen: "Zie je nou wel?" Omdat ik van je hou.'

Julian ging haar voor naar de huiskamer – Brooke had gehoopt dat ze dat gedeelte zouden overslaan en meteen aan tafel zouden gaan – waar beide ouderparen tegenover elkaar zaten op identieke, ingetogen, ultramoderne banken.

'Brooke, Julian.' Zijn moeder glimlachte, maar ging niet staan. 'Fijn dat jullie je bij ons voegen.'

Brooke vatte dat op als kritiek op hun late komst. 'Sorry dat we zo laat zijn, Elizabeth. De metro is altijd…'

'Ach, jullie zijn er nu toch,' zei dokter Alter, die een beetje verwijfd beide handen om een groot glas sinaasappelsap geklemd hield, precies zoals ze zich voorstelde dat hij al die borsten beetpakte.

'Brooke! Julian! Alles goed?' Brookes vader sprong op en nam hen beiden in een grote omhelzing. Het was duidelijk dat hij het campgehalte opschroefde voor het oog van de familie Alters, maar Brooke kon het hem niet echt kwalijk nemen.

'Hallo, pap.' Ze beantwoordde zijn omhelzing en liep toen naar Cynthia toe, die klem zat achter al die lijven en onhandig half staand, half zitten haar armen om Brooke heen sloeg. 'Hoi Cynthia, leuk om je te zien.'

'Vind ik ook, Brooke. Wat is het heerlijk om in de stad te zijn! Je vader en ik hadden het er net over dat we niet eens meer weten wanneer we voor het laatst in New York zijn geweest.'

Pas op dat moment kreeg Brooke de gelegenheid om Cynthia's verschijning in zich op te nemen. Ze droeg een brandweerrood broekpak, waarschijnlijk van polyester, met een witte blouse, zwarte lakleren flatjes en drie rijen nepparels om haar hals. Het geheel werd afgemaakt met een torenhoge toef krulletjes, stijf van de haarlak. Ze zag eruit alsof ze een belangrijke toespraak van Hillary Clinton bijwoonde en vastbesloten was op op te vallen in een zee van donkere pakken. Brooke wist dat Cynthia alleen maar probeerde te beantwoorden aan het beeld dat ze had van rijke vrouwen in Manhattan, maar ze sloeg de plank volledig mis, zeker in het strakke, Aziatisch aandoende appartement van de familie Alters. Julians moeder was twintig jaar ouder dan Cynthia, maar ze zag er tien jaar jonger uit, in haar nauwsluitende donkere spijkerbroek, met een vederlichte kasjmier omslagdoek over een mouwloos stretchtuniekje. Ze droeg er fijne ballerina's onder met een discreet Chanel-logo en haar enige accessoires waren een gouden armbandje en haar gigantsiche diamanten ring. Haar gezicht had een gezonde bruine gloed en was heel licht opgemaakt, en haar haar viel soepel over haar rug. Brooke voelde zich meteen schuldig: ze wist hoe geïntimideerd Cynthia zich moest voelen – per slot van rekening voelde Brooke zich ook altijd geïntimideerd in aanwezigheid van haar schoonmoeder – maar ook opgelaten vanwege haar enorme inschattingsfout. Zelfs Brookes vader leek zich er pijnlijk van bewust dat zijn kakibroek en stropdas misplaatst waren naast de polo met korte mouwen van dokter Alter.

'Julian, liever, ik weet dat jij een bloody mary wilt. Brooke, voor jou een mimosa?' vroeg Elizabeth Alter. Het was een eenvoudige vraag, maar zoals alles wat uit de mond van deze vrouw kwam leek het een strikvraag.

'Eigenlijk wil ik ook wel een bloody mary.'

'Nauurlijk.' Julians moeder perste haar lippen op elkaar bij wijze van ondefinieerbare drankkeuze-afwijzing. Brooke wist tot op de dag van vandaag niet of de afkeer die haar schoonmoeder van haar had werd veroorzaakt door het feit dat Brooke Julians muzikale ambities steunde of dat zijn moeder haar los daarvan ook afkeurenswaardig vond.

Omdat ze niets te kiezen hadden, namen ze plaats op de laatste twee vrije stoelen: van hout, met een hoge, rechte rug, niet bepaald uitnodigend. Ze zaten tegenover elkaar, maar wel tussen twee banken ingeklemd. Ze voelde zich kwetsbaar en opgelaten en probeerde snel een gesprek op gang te brengen.

'Hoe was het deze week?' vroeg ze aan meneer en mevrouw Alter, en ze glimlachte naar Carmen toen ze haar hoge glas met dikke bloody mary in ontvangst nam, compleet met een schijfje citroen en een steel bleekselderij. Ze moest zich inhouden om het niet in één teug leeg te drinken. 'Net zo druk als anders?'

'Poeh, ik kan me gewoon niet voorstellen dat u het volhoudt!' zei Cynthia net iets te hard. 'Brooke heeft me verteld hoeveel, eh… behandelingen u op een dag hebt. Je zou er doodmoe van worden! Als er bij mij op school keelontsteking heerst, sta ik al op instorten, maar jullie…! Potverdorie, dat moet een gekkenhuis zijn.'

Er brak een brede, aanmatigende glimlach door op het gezicht van Elizabeth Alter. 'Ach ja, we hebben het nog altijd druk. Maar dat is toch niet interessant om te horen! Ik wil veel liever weten hoe het met de kinderen gaat. Brooke? Julian?'

Cynthia zonk diep weg in haar stoel, berispt als een klein kind. Het arme mens bevond zich in een mijnenveld en had geen idee welke kant ze op moest. Afwezig wreef ze over haar voorhoofd en ze zag er plotseling erg moe uit. 'Ja, natuurlijk. Hoe gaat het met jullie?'

Brooke wist wel beter dan gedetailleerd over haar eigen werk te vertellen. Ook al was haar schoonmoeder degene die destijds een toelatingsgesprek voor haar had geregeld op Huntley, dat had ze pas gedaan nadat ze alles in het werk had gezet om Brooke te interesseren voor een carrière bij een tijdschrift of een veilinghuis, of in de mode of de pr. En als Brooke dan toch zo nodig iets wilde doen met haar studie voedingsleer, waarom werd ze dan geen adviseur bij *Vogue* of privéconsulente voor het legioen vriendinnen van mevrouw Alter in de Upper East Side? Alles met een beetje glamour was beter dan – in haar woorden – 'zo'n aftands ziekenhuisje waar het wemelt van de daklozen en alcoholisten'.

Julian had ervaring met dit soort situaties en hij schoot te hulp. 'Ik heb jullie iets te vertellen,' zei hij met een kuchje.

Plotseling vond Brooke het zo spannend voor hem dat ze het bijna niet meer hield, en ze werd overmand door een vlaag van paniek. Ze betrapte zich erop dat ze vurig hoopte dat hij niets zou zeggen over zijn presentatie, want hij zou zonder twijfel teleurgesteld worden door hun reactie en dat kon ze niet aanzien. Niemand riep die instinctieve beschermingsdrang zo sterk bij haar op als Julians ouders: bij de gedachte alleen al aan wat ze zouden zeggen had ze hem het liefst bij de hand gepakt en mee naar huis gesleurd, waar ze hem kon afschermen voor hun hatelijkheden en, erger nog, hun onverschilligheid.

Ze zwegen allemaal even toen Carmen binnenkwam met een nieuwe karaf versgeperst grapefruitsap en richtten daarna hun aandacht weer op Julian.

'Ik eh… heb net van Leo, mijn nieuwe manager, gehoord dat Sony deze week een presentatie met me wil geven. Donderdag, om precies te zijn.'

Er viel een korte stilte, waarin iedereen verwachtte dat de anderen iets zouden zeggen, en Brookes vader was de eerste die het woord nam. 'Goh, ik weet niet precies wat zo'n presentatie inhoudt, maar het lijkt me goed nieuws. Gefeliciteerd, jongen!' zei hij, en hij boog zich langs Cynthia heen om Julian een klopje op zijn rug te geven.

Dokter Alter, geërgerd om de joviale toon van Brookes vader, tuurde kwaad in zijn kop koffie alvorens zich tot Julian te wenden. 'Zou je ons leken niet eens uitleggen wat dat wil zeggen?' zei hij.

'Ja, betekent het dat er eindelijk iemand naar je muziek gaat luisteren?' vroeg Julians moeder; ze trok haar benen onder zich als een klein meisje en keek haar zoon glimlachend aan. Iedereen negeerde zorgvuldig het nadrukkelijk uitgesproken 'eindelijk' – behalve Julian, van wiens gezicht was af te lezen dat het hard was aangekomen, en Brooke, die dat had gezien.

Na al die jaren was ze eraan gewend geraakt om Julians ouders de vreselijkste dingen te horen zeggen, maar dat maakte het niet minder ergerlijk. Toen ze pas verkering had gehad met Julian, had hij langzaam onthuld hoezeer zijn ouders zijn manier van leven en zijn keuzes afkeurden. Bij de verloving hadden ze zichtbaar bezwaar gehad tegen de eenvoudige gouden ring die Julian Brooke per se had willen geven, in plaats van een van de 'erfstukken van de familie Alter' waarop zijn moeder had aangedrongen. Zelfs toen Brooke en Julian er uiteindelijk mee hadden ingestemd om in het huis van de familie Alter in de Hamptons te trouwen, hadden zijn ouders vol afschuw gereageerd op hun wens om de bruiloft klein en bescheiden te houden, in het laagseizoen. Na hun huwelijk en in de jaren daarna, toen Julians ouders zich wat vrijelijker gingen gedragen ten opzichte van haar, had ze tijdens talloze etentjes, brunches en feestdagen gezien hoeveel schade ze konden aanrichten.

'Het komt er in grote lijnen op neer dat Sony weet dat het album bijna af is en dat het hun tot nu toe goed bevalt. Ze organiseren een presentatie voor mensen uit het vak, om me voor te stellen tijdens een soort privéoptreden, en dan peilen ze de reacties.' Julian, die normaal gesproken nog te bescheiden was om Brooke te vertellen dat hij een goede dag had gehad in de studio, straalde nu van trots. Ze had hem ter plekke willen zoenen.

'Ik weet niet zo veel van het muziekwereldje, maar dat lijkt me een belangrijk teken van vertrouwen,' zei Brookes vader, en hij hief zijn glas.

Julian kreeg de glimlach niet meer van zijn gezicht. 'Inderdaad,' zei hij met een brede grijns. 'Dit is het best denkbare scenario op dit moment. En ik hoop...'

Hij brak zijn zin af toen de telefoon ging en zijn moeder onmiddellijk op zoek ging naar het toestel. 'Verdorie, waar is dat ding? Dat zal L'Olivier zijn om een tijd af te spreken voor morgen. Ogenblik, lieverd. Als ik nu de reservering niet bevestig, heb ik morgenavond voor het diner geen bloemen.' En met die woorden stond ze op van de bank en verdween in de keuken.

'Je weet hoe je moeder is met haar bloemen,' zei dokter Alter. Hij nam een slokje van zijn koffie, en het was niet duidelijk of hij Julians aankondiging zelfs maar had gehoord. 'Morgen komen de Bennetts en de Kamens eten en ze maakt zich vreselijk druk over de planning. Jezus, je zou bijna denken dat de keuze tussen gevulde zeetong en geroosterde lamsribbetjes een zaak van landsbelang is. En dan de bloemen! Vorig weekend heeft ze de halve dag met die *fegelas* doorgebracht en ze twijfelt nog steeds. Ik heb het al zo vaak gezegd: de bloemen interesseren geen mens, niemand ziet ze. De mensen geven uitgebreide trouwfeesten en besteden tienduizenden dollars aan hele bergen orchideeën of wat er tegenwoordig ook in de mode mag zijn, en wie heeft er oog voor die rommel? Enorme geldverspilling, als je het mij vraagt. Geef dat bedrag liever uit aan eersteklas eten en drank – daar genieten de mensen tenminste van.' Hij nam nog een slok, keek de kamer rond en kneep zijn ogen tot spleetjes. 'Waar hadden we het over?'

Cynthia was zo lief hem te hulp te schieten en de spanning van het moment te verjagen. 'Dat is wel het beste nieuws dat ik in jaren heb gehoord!' riep ze overdreven enthousiast uit. Brookes vader knikte al even geestdriftig. 'Waar wordt die presentatie gehouden? Hoeveel mensen zijn er uitgenodigd? Weet je al welke nummers je gaat spelen?' Cynthia bestookte hem met vragen, en deze keer vond Brooke het verhoor niet irritant. Het waren allemaal dingen die Julians ouders hadden moeten vragen, maar dat zouden ze nooit doen. Julian was zichtbaar blij met zo veel belangstelling.

'Het is in een klein, intiem tentje downtown en volgens mijn agent worden er zo'n vijftig mensen uit het muziekwereldje uitgenodigd: tv- en radioboekers, platenbazen en een paar medewerkers van MTV, dat soort dingen. Er zal wel niets bijzonders uit voortkomen, maar het is een goed teken dat het label blij is met het album.'

'Zoiets doen ze zelden voor debuutartiesten,' verkondigde Brooke vol trots. 'Julian is veel te bescheiden. Het is niet niks.'

'Nou, dát is tenminste goed nieuws,' zei zijn moeder, en ze nam weer plaats op de bank.

Julians kaak verstakte en hij balde zijn vuisten. 'Mam, ze steunen me al maanden bij de totstandkoming van het album. De hoogste bazen wilden wat meer nadruk op de gitaar, maar verder is het prima verlopen, dus ik snap niet wat je daar mee wilt zeggen.'

Elizabeth Alter keek haar zoon aan en leek even niet te begrijpen waar hij op doelde. 'Ach lieverd, ik had het over L'Olivier. Het is goed nieuws dat ze genoeg van de callalelies hebben die ik graag wilde, en mijn favoriete bloemschikker is beschikbaar om ze hier te komen plaatsen. Wat ben je toch snel op je teentjes getrapt.'

Brookes vader wierp haar een blik toe alsof hij wilde zeggen: Wie is die vrouw? Brooke haalde haar schouders op. Net als Julian had ze zich erbij neergelegd dat zijn ouders nooit zouden veranderen. Dat was de reden dat ze honderd procent achter hem had gestaan toen hij hun aanbod afsloeg om voor het pasgetrouwde stel een appartement in de Upper East Side te kopen, vlak bij dat van hen. Het was tevens de reden dat ze ervoor had gekozen om twee banen aan te houden, in plaats van de 'toelage' aan te nemen die Julians ouders ooit hadden voorgesteld, want ze begreep dat die nooit geheel vrijblijvend zou zijn.

Tegen de tijd dat Carmen kwam zeggen dat de brunch klaar was, was Julian heel stil geworden en helemaal in zichzelf gekeerd – als een schildpad, zei Brooke altijd – en zag Cynthia er verkreukeld en uitgeput uit in haar polyester broekpak. Zelfs Brookes vader, die nog steeds naarstig op zoek was naar een neutraal gespreksonderwerp ('Wat een ongelooflijk strenge winter hebben we dit jaar, hè?' en: 'Hou je van honkbal, William? Je zou verwachten dat je als New Yorker voor de Yanks bent, maar ik weet dat iemands voorkeur voor een bepaald team niet altijd wordt bepaald door de plaats waar hij vandaan komt...') leek verslagen. Onder normale omstandigheden zou Brooke zich verantwoordelijk hebben gevoeld voor het ongemak van de anderen – ze waren per slot van rekening allemaal hier vanwege Julian en haar – maar vandaag liet ze het los. Ik hoef toch niet in mijn eentje te lijden? dacht ze, en ze verontschuldigde zich om naar het toilet te gaan, maar ze sloop meteen door naar de keuken.

'Hoe gaat het daarbinnen, liefje?' vroeg Carmen, die abrikozenjam in een zilveren schaaltje schepte.

Brooke stak haar lege bloody mary-glas uit en trok er een smekend gezicht bij.

'Is het zo erg?' vroeg Carmen lachend, en ze gebaarde dat Brooke zelf de wodka uit de vriezer moest pakken, waarna ze tomatensap inschonk en er tabasco bij deed. 'Redden je ouders het een beetje? Cynthia lijkt me heel aardig.'

'Ja, het is een schat. Ze zijn volwassen en ze hebben zelf de idiote keuze gemaakt om hierheen te komen. Ik maak me meer zorgen om Julian.'

'Voor hem is het niet nieuw, lieverd. Niemand kan die twee zo goed aan als hij.'

Brooke zuchtte. 'Dat weet ik wel, maar naderhand is hij nog dagenlang terneergeslagen.'

Carmen stak een stengel bleekselderij in de dikke bloody mary en gaf het glas aan Brooke. 'Versterking,' zei ze, en ze drukte een kus op haar voorhoofd. 'Ga maar gauw terug om je man in bescherming te nemen.'

De eigenlijke brunch was niet half zo erg als het borreluur dat eraan voorafgegaan was. Julians moeder deed nog even moeilijk over de vulling van de crêpes (hoewel iedereen Carmens chocoladevulling heerlijk vond, vond Elizabeth die veel te dikmakend voor een brunchgerecht) en dokter Alter verdween een hele tijd naar zijn werkkamer, maar het gevolg was wel dat ze ruim een uur lang geen van beiden hun zoon beledigden. Het afscheid verliep heerlijk pijnloos, maar tegen de tijd dat Julian en Brooke haar vader en Cynthia in een taxi hadden gezet, zag ze dat Julian teruggetrokken en ongelukkig was.

'Gaat het een beetje, schat? Mijn vader en Cynthia vonden het geweldig nieuws. En zelf kan ik...'

'Ik wil het er niet over hebben, oké?'

Ze liepen een paar minuten zwijgend verder.

'We hebben nog een hele dag voor ons liggen. Geen verplichtingen. Zullen we naar een museum gaan, nu we hier toch zijn?' Brooke pakte zijn hand en trok zachtjes aan zijn arm toen ze naar de metro liepen.

'Nee, ik heb nu geen zin in de zondagsdrukte.'

Ze dacht even na. 'Je wilt die 3D-film in het IMAX-theater al een hele tijd zien. Ik vind het niet erg om mee te gaan,' loog ze. Als de nood hoog was, moest je wat voor elkaar overhebben.

'Het is al goed, Brooke, echt,' zei Julian zacht, en hij trok aan zijn wollen sjaal. Ze wist dat hij nu degene was die loog.

'Mag ik Nola uitnodigen voor de presentatie? Het lijkt me fantastisch, en je weet dat ze geen gelegenheid voorbij laat gaan om te schitteren.'

'Van mij wel, maar Leo zegt dat ze het heel klein willen houden en ik heb Trent ook al gevraagd. Hij heeft nog maar een paar weken dienst in New York en hij werkt zich rot. Die jongen kan wel een avondje uit gebruiken, dacht ik zo.'

Ze praatten nog wat over de presentatie en bespraken wat Julian zou aantrekken, welke nummers hij zou spelen en in welke volgorde. Ze was blij dat ze hem uit zijn schulp kreeg, en tegen de tijd dat ze bij hun appartment aankwamen, leek Julian bijna weer zichzelf te zijn.

'Heb ik je al verteld hoe trots ik op je ben?' vroeg Brooke toen ze in hun eigen lift stapten, allebei zichtbaar opgelucht dat ze weer thuis waren.

'Ja,' zei Julian met een flauw lachje.

'Kom binnen, schat,' zei Brooke, en ze trok hem aan de hand de gang in. 'Dan wordt het tijd dat ik het je ook laat blijken.'

3

Bij hem vergeleken is John Mayer een amateur

'Waar zijn we eigenlijk?' bromde Brooke, en ze stapte uit de taxi en keek om zich heen in de donkere, verlaten zijstraat in West-Chelsea. De hoge zwarte laarzen die ze had gescoord aan het eind van de uitverkoop zakten telkens af.

'In het hart van de galeriebuurt, Brooke. Avenue en 1 OAK zijn hier om de hoek.'

'En ik hoor natuurlijk te weten wat dat voor tenten zijn?'

Nola schudde haar hoofd. 'Je ziet er in ieder geval goed uit. Julian kan trots zijn dat hij zo'n lekkere vrouw heeft.'

Brooke wist dat haar vriendin dat alleen maar zei om aardig te zijn. Zelf zag Nola er zoals gewoonlijk oogverblindend uit. Ze had het jasje van haar mantelpakje samen met haar degelijke pumps in een enorme Louis Vuitton-tas geropt en een paar torenhoge Louboutin-hakken aangetrokken; van die schoenen die ergens tussen laars en sandaal in zaten en waarop misschien zes vrouwen op aarde konden rondlopen zonder te worden aangezien voor een sm-meesteres. Dingen die bij ieder ander goedkoop en ordinair stonden – knalrode lippenstift, huidkleurige netkousen en een zwartkanten beha die door haar doorzichtige topje heen scheen – maakten Nola juist spannend en speels. Haar kokerrokje, dat als de helft van een duur mantelpakje niet had misstaan op de meest conservatieve werkvloer van Wall Street, accentueerde nu haar gespierde billen en haar volmaakte benen. Als Nola iemand anders was geweest, zou Brooke haar intens gehaat hebben.

Brooke keek op haar BlackBerry. 'Tussen 10th en 11th. Daar zijn we nu toch? Waar is het dan?' Ze zag vanuit haar ooghoek een schaduw wegschieten en slaakte een gilletje.

'Rustig maar, Brooke, dat beest is banger voor jou dan jij voor hem.' Nola wuifde de rat weg met de hand waaraan ze een joekel van een cocktailring droeg.

Brooke haastte zich naar de overkant van de straat toen ze zag dat daar de even huisnummers waren. 'Jij hebt makkelijk praten, je kunt met één trap van die hak zijn hart doorboren. Ik loop een verhoogd risico met mijn suffe platte schoenen.'

Nola lachte en volgde Brooke met elegante tred. 'Volgens mij is het daar,' zei ze, en ze wees naar het enige gebouw in dat gedeelte van de straat dat er niet onbewoonbaar en verlaten uitzag.

De meiden liepen vanaf het trottoir een trapje af naar een souterraindeur zonder ramen. Julian had uitgelegd dat dit soort presentaties steeds op andere locaties werden gehouden en het muziekwereldje altijd op zoek was naar de nieuwste, hipste plek waar veel over gepraat zou worden, maar toch had ze een locatie in gedachten gehad die eruitzag als een kleinere versie van Joe's Pub. Wat wás dit? Geen rij tot aan de hoek van de straat. Geen aankondiging op de gevel. Niet eens de geijkte chagrijnige medewerkster met een klembord voor de deur die kregelig iedereen opdroeg een stap achteruit te doen en netjes op zijn beurt te wachten.

Brooke kreeg even de zenuwen, totdat ze de zware deur, die aan een kluisdeur deed denken, openduwde en ze werd opgenomen in een warme cocon, schemerduister, met zacht gelach en de subtiele maar onmiskenbare geur van marihuana. De ruimte was niet groter dan een flinke huiskamer, en alles – de muren, de bankjes en zelfs de panelen van de kleine bar in de hoek – was bekleed met donkerrood fluweel. Op de piano stond één lamp, die een zacht schijnsel wierp op een lege kruk. Honderden theelichtjes werden weerspiegeld in de glimmende tafelbladen en in het plafond; het geheel was op de een of andere manier ontzettend sexy, zonder ook maar de minste jaren-tachtiguitstraling.

Het publiek leek rechtstreeks afkomstig van een cocktailparty aan een zwembad ergens in Santa Barbara. Veertig of vijftig voornamelijk jonge, aantrekkelijke mensen liepen wat rond, nipten aan hun glas en bliezen loom sigarettenrook uit. De mannen droegen bijna allemaal een spijkerbroek, en de weinigen die in pak waren omdat ze rechtstreeks van hun werk kwamen, hadden hun das afgedaan en het bovenste knoopje van hun overhemd opengeknoopt. Vrijwel niemand van de vrouwen droeg het geijkte Manhattanuniform van naaldhakken en een kort zwart jurkje; ze liepen rond in prachtig bedrukte tunieken, met rinkelende kraaltjesoorbellen en spijkerbroeken, die zo goed stonden dat Brooke ernaar snakte zich ter plekke van haar tricot jurkje te ontdoen. Sommigen hadden een hippie-chique haarband om hun voorhoofd en schitterend lang haar tot aan hun middel. Niemand leek zich ook maar enigszins ongemakkelijk of gespannen te voelen – ook ongekend in Manhattan – en natuurlijk werd Brooke daar juist dubbel nerveus van. Dit was heel wat anders dan Julians gebruikelijke publiek. Wie waren al die mensen, en waarom zagen ze er stuk voor stuk duizend keer beter uit dan zij?

'Gewoon doorademen,' fluisterde Nola in haar oor.

'Als ík al zo nerveus ben, kan ik me niet voorstellen hoe Julian zich moet voelen.'

'Kom, dan gaan we wat te drinken halen.' Nola zwiepte haar blonde haar over haar schouder en stak een hand uit naar Brooke, maar voordat ze zich een weg konden banen door de menigte hoorde Brooke een bekende stem.

'Rood, wit of sterker?' vroeg Trent, die uit het niets naast hen was opgedoken. Hij was een van de weinige mannen in pak en leek slecht op zijn gemak. Waarschijnlijk was dit de eerste keer in weken dat hij het ziekenhuis uit was.

'Hé, hallo!' zei Brooke, en ze sloeg haar armen om zijn hals. 'Je kent Nola nog wel, hè?'

Trent glimlachte. 'Natuurlijk.' Hij kuste Nola op de wang. Iets in zijn toon zei: Natuurlijk ken ik je nog, want die avond ging je zomaar met mijn vriend mee naar huis en hij was zwaar onder indruk – zowel van gewilligheid als van je creativiteit in de slaapkamer. Maar Trent was veel te discreet om daar grapjes over te maken, zelfs na al die jaren.

Maar Nola had er geen moeite mee. 'Hoe gaat het met Liam? God, die was leuk, zeg,' zei ze met een brede grijns. 'Echt leuk, bedoel ik.'

Trent en Nola wisselden een veelbetekenende blik en begonnen te lachen.

Brooke stak een hand op. 'Zo kan ie wel weer. Trent, gefeliciteerd met je verloving! Wanneer krijgen we haar te zien?' Ze durfde Ferns naam niet te noemen, uit angst dat ze in lachen zou uitbarsten. Wie heette er nou Fern?

'Aangezien we vrijwel nooit *niet* in het ziekenhuis zijn, zal dat voor de bruiloft wel niet lukken.'

De ober gebaarde naar Trent, die hen vragend aankeek. 'Rood graag,' zeiden ze tegelijk, en gedrieën keken ze toe hoe hij Californische cabernet inschonk. Trent gaf hun ieder een glas en dronk dat van hem in twee gulzige slokken leeg.

Toen kijk hij Brooke schaapachtig aan. 'Ik ga niet zo vaak op stap.'

Nola zei dat ze even een rondje ging lopen.

Brooke lachte naar Trent. 'Vertel eens over je aanstaande. Wanneer is de bruiloft?'

'Fern komt uit Tennessee en heeft enorm veel familie, dus ik denk dat we bij haar ouders thuis trouwen. In februari, waarschijnlijk.'

'Zo, je laat er geen gras over groeien. Wat een goed nieuws.'

'We krijgen alleen coschappen in hetzelfde ziekenhuis als we getrouwd zijn.'

'Dus je blijft bij je maag-darmspecialisatie?'

'Dat is wel de bedoeling. Mijn belangstelling ligt vooral bij scopiën en onderzoek – dat is tegenwoordig behoorlijk geavanceerd – maar Fern heeft meer met de ziekte van Crohn en coeliakie.' Trent zweeg even en leek over zijn eigen woorden na te denken, waarna hij breed begon te grijnzen. 'Ze is echt heel leuk. Ik denk dat je het goed met haar zult kunnen vinden.'

'Ha, jongen!' zei Julian, en hij gaf Trent een mep op zijn rug. 'Natuurlijk kunnen we het goed met haar vinden, ze wordt je vróúw. Is dat geen maf idee?' Hij boog zich voorover en kuste Brooke vol op de mond. Hij smaakte verrukkelijk, naar pepermunt en chocola, en zodra ze hem zag werd ze rustiger.

Trent moest lachen. 'Niet zo maf als het feit dat mijn sociaal gemankeerde neef al vijf hele jaren een vrouw heeft, maar het komt in de buurt.'

Op avonden als deze was Brooke trotser dan ooit dat ze Julians vrouw was. Hij droeg zijn 'uniform', dat na al die jaren nog onveranderd was: wit T-shirt, Levi's en een gebreid mutsje. Het geheel had niet minder bijzonder kunnen zijn, maar voor Brooke was het puur sexy. De muts was Julians handselmerk, zijn eigen look, al was dat een groot woord, maar Brooke was die enige die wist dat het er meer achter zat. Vorig jaar had Julian tot zijn enorme schrik een kaal plekje ontdekt – het kleinste kale plekje in de geschiedenis van de haaruitval. Brooke had geruststellend gezegd dat je het bijna niet zag, maar daar wilde Julian niets van horen. En eerlijk gezegd was het niet uitgesloten dat het een tikkeltje groter was geworden sinds hij haar erop had gewezen, al zou ze dat nooit toegeven.

Als je de weelderige zwarte krullen onder zijn muts uit zag komen, zou je nooit vermoeden wat Julian onder zijn hoofddeksel probeerde te verbergen, en voor Brooke maakte het hem alleen maar aantrekkelijker – kwetsbaarder en menselijker. Stiekem vond ze het heerlijk dat zij de enige was die Julian zonder zijn mutsje te zien kreeg, wanneer hij dat veilig thuis afzette en alleen voor haar zijn krullen losschudde. Als iemand een paar jaar eerder tegen haar gezegd zou hebben dat ze de toenemende kaalheid van haar tweeëndertigjarige echtgenoot zou beschouwen als een van zijn aantrekkelijke eigenschappen, zou ze die persoon vol ongeloof uitgelachen hebben, maar toch was het zo.

'Hoe voel je je? Ben je nerveus?' vroeg Brooke nu, en ze speurde zijn gezicht af op zoek naar een aanwijzing. Hij was de hele week een wrak geweest – had amper gegeten en geslapen en die middag had hij zelfs overgegeven – maar als Brooke er met hem over wilde praten, had hij zich weer in zijn schild teruggetrokken. Die avond was ze graag samen met hem naar zijn presentatie gegaan, maar Julian had erop gestaan dat ze met Nola ging. Hij moest nog het een en ander doornemen met Leo, had hij gezegd, en hij zou vroeg vertrekken om te kijken of alles naar behoren was opgesteld. Het moest hem goed gedaan hebben, want hij zag er iets minder gespannen uit.

'Ik ben er klaar voor,' zei hij met een vastberaden knikje. 'Ik voel me goed.'

Brooke gaf hem een kus op zijn wang; ze wist dat hij op was van de zenuwen, maar ze was er trots op dat hij die wist te onderdrukken. 'Je ziet er ook goed uit. Ik kan zien dat je er klaar voor bent. Het wordt een fantastische avond.'

'Zou je denken?' Hij nam een slokje van zijn bronwater, en Brooke zag dat zijn knokkels wit waren. Ze wist dat hij snakte naar iets sterkers, maar hij dronk nooit voor een optreden.

'Ik weet het zeker. Als jij achter de piano zit, denk je alleen maar aan de muziek. Vanavond is niet anders dan een optreden in Nick's bar. Het publiek is altijd weg van je, schat, vergeet dat niet. Blijf gewoon jezelf, dan zullen ze je hier ook te gek vinden.'

'Luister goed naar haar,' zei een onbekende mannenstem. Toen Brooke zich omdraaide, stond daar een van de knapste mannen die ze ooit had gezien. Hij was zeker vijftien centimeter langer dan zij, waardoor ze zich onmiddellijk meisjesachtig en frêle voelde. Voor de zoveelste keer wenste ze dat Julian zo lang was als deze geheimzinnige onbekende, maar ze dwong zichzelf meteen om die gedachte uit haar hoofd te zetten. Waarschijnlijk zou Julian ook wel willen dat zij net zo'n figuur had als Nola, dus ze had geen recht om te klagen. De man sloeg zijn arm om haar heen en kneep even in haar rechterschouder; hij was zo dichtbij dat ze zijn aftershave kon ruiken. Mannelijk, subtiel en duur. Ze bloosde.

'Jij bent vast en zeker zijn vrouw,' zei hij, en hij bukte om haar kruin te kussen, een gebaar dat vreemd intiem en tegelijkertijd onpersoonlijk voelde. Hij had lang niet zo'n zware stem als Brooke had verwacht van iemand die zo lang en zichtbaar fit was.

'Leo, mag ik je voorstellen aan Brooke,' zei Julian. 'Brooke, dit is Leo, mijn nieuwe topmanager.'

Precies op dat moment liep er een bloedmooi Aziatisch meisje langs, en Brooke en Julian zagen allebei dat Leo naar haar knipoogde. Waar was Nola verdorie? Ze moest haar op tijd waarschuwen dat Leo verboden terrein was. Dat zou niet meevallen: Leo was precies haar type. Zijn roze overhemd stond één knoopje verder open dan de meeste mannen het zouden durven dragen, hetgeen zijn mooi gebruinde huid benadrukte – heel donker, maar het zag er niet uit alsof het uit een flesje of tube kwam. Zijn broek had een lage taille en Europees smalle pijpen. Bij dit soort kleding zou je achterovergekamd haar met veel gel verwachten, maar Leo's dikke, donkere lokken vielen losjes net over zijn ogen. De enige zichtbare oneffenheid was een litteken dat zijn rechterwenkbrauw in tweeën deelde; een wit streepje waar geen haar groeide. Maar zelfs dat werkte in zijn voordeel; het maakt dat hij er niet verwijfd of té verzorgd uitzag. Op zijn hele lijf was geen grammetje vet te vinden.

'Leuk je te ontmoeten, Leo,' zei Brooke. 'Ik heb veel over je gehoord.'

Hij leek het niet te horen. 'Oké, luister,' zei hij tegen Julian. 'Ik heb net gehoord dat jij de afsluiter bent vanavond. Er is al één optreden geweest, dadelijk komt er nog een en dan ben jij aan de beurt.' Leo tuurde over Julians schouder terwijl hij tegen hem praatte.

'Is dat goed nieuws?' vroeg Brooke beleefd. Julian had haar al verteld dat de andere muzikanten die vanavond optraden geen serieuze concurrentie vormden. Er was een R&B-groepje bij dat klonk als een moderne Boyz II Men en de ander was een countryzangeres met veel tatoeages, een ruchesjurk en twee vlechtjes in haar haar.

Brooke keek naar Leo, maar zijn blik was weer afgedwaald. Toen ze die volgde, zag ze dat hij naar Nola stond te staren. Of, om precies te zijn, naar Nola's achterste in het strakke kokkerrokje. Ze nam zich voor Nola te dreigen met verbanning en erger als ze ook maar bij Leo in de buurt durfde te komen.

Leo schraapte zijn keel en nam een grote slok whisky. 'Die zangeres is al geweest en ze was niet slecht. Niks wereldschokkends, maar best vermakelijk. Ik denk...'

Hij werd onderbroken door een samenzang. Er was niet echt een podium, maar voor de piano was een plek vrijgemaakt waar vier zwarte mannen van begin twintig samen om één centraal opgestelde microfoon heen stonden. Heel even klonk het als een erg goed studentenkoor, a capella, en toen deden drie van de vier mannen een stapje terug en zong de leadzanger in zijn eentje verder over zijn jeugd in Haïti. Het publiek knikte en deinde goedkeurend mee.

'Oké, Julian,' zei Leo. 'Vergeet waar je bent en waarom, en doe gewoon wat je moet doen. Begrepen?'

Julian knikte en tikte nerveus met zijn voet op de grond. 'Begrepen.'

Leo gebaarde naar een hoek achter in de ruimte. 'Kom, dan gaan we de boel klaarzetten.'

Brooke ging op haar tenen staan om Leo op zijn mond te kussen. *Julian*
Ze gaf een kneepje in zijn hand en zei: 'Ik blijf hier, maar vergeet dat wij er zijn. Doe gewoon je ogen dicht en zing met hart en ziel.'

Hij keek haar dankbaar aan, maar kon het niet opbrengen iets terug te zeggen. Leo leidde hem naar achteren, en voordat ze haar wijn had kunnen opdrinken kondigde iemand van A&R Julian aan door de microfoon.

Brooke keek weer om zich heen op zoek naar Nola en zag dat ze stond te praten met een groepje mensen aan de bar. Die meid kende ook iedereen. Brooke was blij dat Trent er was, en ze liep met hem mee naar een bank waar nog net één zitplaats vrij was. Hij gebaarde dat ze moest gaan zitten. Ze wurmde zich op het puntje van de fluwelen sofa en draaide nerveus haar haar in een knotje. Ze graaide in haar tas op zoek naar iets om het mee vast te maken, maar ze kon niets vinden.

'Hier,' zei het mooie Aziatische meisje naar wie Leo had geknipoogd. Ze trok een bruin elastiekje van haar pols en gaf het aan Brooke. 'Ik heb er genoeg.'

Brooke aarzelde even en wist niet wat ze moest doen. Het meisje glimlachte. 'Pak het nou maar aan. Niets is zo irritant als wanneer je je haar niet uit je gezicht kunt doen. Hoewel… als ik jouw haar had, zou ik het altijd los dragen.'

'Dank je,' zei Brooke, en ze pakte het elastiekje aan en deed meteen haar haar in een staart. Ze wilde nog iets zeggen, misschien zichzelf omlaag halen met de opmerking dat ze niemand haar rode haar toewenste, maar op dat moment nam Julian plaats achter de piano en hoorde ze hem, met een lichte trilling in zijn stem, de aanwezigen bedanken voor hun komst.

Het meisje nam een slok uit haar flesje bier en vroeg: 'Heb je hem al vaker zien optreden?'

Brooke kon alleen maar knikken. Ze hoopte vurig dat de vrouw verder haar mond zou houden. Ze wilde geen seconde van het optreden missen, en ze was afgeleid door de vraag of andere mensen ook de trilling in Julians stem konden horen.

'Want anders zul je ervan opkijken. Hij is de meest sexy zanger die ik ooit heb gezien.'

Nu had ze Brookes aandacht. 'Hè?' vroeg ze.

'Julian Alter.' Het meisje wees naar de piano. 'Ik heb hem een paar keer zien optreden in verschillende tenten in de stad. Hij heeft ook vaste avonden. Ik kan je vertellen dat hij belachelijk goed is. Bij hem vergeleken is John Mayer een amateur.'

Julian was begonnen met 'For the Lost,' een gevoelig nummer over een jongetje dat zijn oudere broer verliest, en ze voelde dat Trent haar kant op keek. Hij was waarschijnlijk de enige andere aanwezige in het hele vertrek die wist waarop dat nummer écht was geïnspireerd. Julian was enig kind, maar Brooke wist dat hij vaak dacht aan het broertje dat aan wiegendood was gestorven voordat Julian werd geboren. De familie Alters praatte tot op de dag van vandaag nooit over James, maar Julian had een fase doorlopen waarin hij zich voortdurend afvroeg, soms op het obsessieve af, hoe James nu geweest zou zijn en hoe anders zijn eigen leven had kunnen verlopen als hij een oudere broer had gehad.

Zijn handen gleden over de toetsen en brachten de eerste indringende noten voort die uiteindelijk zouden uitmonden in een krachtig crescendo, maar Brooke kon alleen nog maar aan de jonge vrouw naast haar denken. Ze kon haar wel zoenen en tegelijkertijd kon ze haar wel slaan. Het was verontrustend om te horen dat deze bloedmooie vrouw Julian sexy vond – hoe lang ze ook samen waren, dat was een aspect waaraan ze nooit zou wennen – maar het kwam zelden voor dat iemand Brooke volkomen eerlijk en ongefilterd zijn mening gaf.

'Vind je?' vroeg ze, en opeens wilde ze niets liever dan een bevestigend antwoord.

'Absoluut. Ik heb het al zo vaak tegen mijn baas gezegd, maar nu heeft Sony hem gestrikt.' Haar aandacht voor Brooke verslapte toen Julians stem in volume toenam, en tegen de tijd dat hij met een schuin hoofd het rauwe, emotionele refrein zong, had ze alleen nog maar oog voor hem. Brooke vroeg zich af of het meisje in haar roes van aanbidding Julians trouwring wel zag.

Ze keek weer naar Julian en moest zich inhouden om niet hardop mee te gaan zingen. Ze kende de tekst van buiten.

They say Texas is the promised land
In the highway's dust you become a man
Blind and blue, lonely in love
Scars on your hands, broken above

He was a mother's dream, he was a fist of sand
My brother, you slipped away with the second hand
Like parallel lines that never cross
For the lost, for the lost

The woman sits alone in a room
Alone in a house like a silent tomb
The man counts every jewel in his crown
What can't be saved is measured in pounds

He was a father's dream, he was a fist of sand
My brother, you slipped away with a second hand
Like parallel lines that never cross
For the lost, for the lost

In my dreams the voices from beyond the door
I remember them saying you weren't coming no more
You wouldn't believe how quiet it's become
The heart obscure fills with shame

He was a brother's dream
My brother, you slipped away with a second hand
Like parallel lines that never cross
For the lost, for the lost

Hij sloot het nummer af onder daverend applaus – welgemeend en enthousiast – en ging moeiteloos door met het volgende. Nu hij op dreef was, was er geen spoor van zenuwen meer te bekennen. Zijn onderarmen glommen van het zweet en hij had een geconcentreerde frons in zijn voorhoofd terwijl hij de teksten zong waaraan hij maanden, soms jaren had geschaafd. Het tweede nummer was in een oogwenk voorbij, en toen het derde, en voordat ze het wist stond het publiek laaiend enthousiast te juichen en werd er om een toegift geroepen. Julian keek blij en leek niet goed te weten wat hij ermee aan moest – de instructies om drie nummers te spelen in maximaal twaalf minuten waren overduidelijk geweest – maar waarschijnlijk kreeg hij groen licht van iemand in de coulissen, want hij glimlachte en knikte en ging soepeltjes over naar een van zijn snellere nummers. Het publiek joelde goedkeurend.

Tegen de tijd dat hij het pianokrukje naar achteren schoof om een bescheiden buiging te maken, was de sfeer in het zaaltje veranderd. Sterker nog dan het gejoel, het applaus en het gefluit was dat opwindende gevoel deel uitgemaakt hebben van iets belangrijks. Brooke was aan alle kanten ingesloten door bewonderaars van haar man toen Leo aan kwam lopen. Hij begroette het elastiekmeisje door haar naam te brommen – Umi – maar ze rolde geërgerd met haar ogen en liep meteen weg. Voordat Brooke de kans kreeg om daar bij stil te staan pakte Leo haar iets te stevig bij de arm en boog hij zich zo dicht naar haar toe dat ze heel even dacht dat hij haar ging zoenen.

'Bereid je maar vast voor, Brooke. Bereid je er maar op voor dat het gaat losbarsten. Vanavond is nog maar het begin, het wordt een fucking gekkenhuis.'

4

Op mooie roodharigen

'Kaylie, lieverd, ik weet niet hoe ik het je duidelijk moet maken: je hoeft niet af te vallen. Kijk maar eens naar deze cijfers en tabellen. Je bent precies goed zoals je nu bent.'

'Niemand hier ziet eruit zoals ik.' Kaylie sloeg haar ogen neer en draaide afwezig een plukje dun bruin haar middelvinger, vast en weer los, vast en weer los. Haar gezicht was één brok spanning.

'Hoe bedoel je?' vroeg Brooke, al wist ze precies wat Kaylie bedoelde.

'Gewoon... voordat ik hier kwam heb ik me nooit dik gevoeld. Op mijn vorige school was ik doorsnee, misschien zelfs aan de dunne kant! Maar dit jaar moest ik ineens naar deze zogenaamd chique school en nu ben ik de dikke.' Haar stem brak bij het laatste woord, en Brooke had het liefst haar armen om het meisje heen geslagen.

'Ach lieverd, dat is helemaal niet waar. Kijk nou eens naar deze tabel. Zevenenvijftig kilo bij een lengte van één tweeënvijftig is een gezond gewicht.' Brooke hield het geplastificeerde kaartje omhoog, maar Kaylie keek er amper naar.

Brooke wist dat het niet gemakkelijk was om haar gerust te stellen, gezien het aantal schrikbarend magere meisjes bij Kaylie in de derde klas. Kaylie had een studiebeurs en kwam uit de Bronx, als dochter van een aircoreparateur die haar alleen opvoedde, nadat haar moeder was omgekomen bij een auto-ongeluk. Haar vader pakte het kennelijk niet slecht aan, want ze haalde alleen maar negens, deed het goed in het hockeyelftal en speelde ook nog eens viool, waarvoor ze meer talent had dan haar leeftijdgenoten, had Brooke gehoord van de andere docenten. Toch had deze leuke, begaafde dochter kennelijk het gevoel dat ze hier niet thuishoorde.

Kaylie plukte aan de zoom van haar geruite rokje, dat tot halverwege haar sterke, gespierde en beslist niet dikke bovenbenen kwam, en ze zei: 'Het zal wel in mijn genen zitten. Mijn moeder was ook veel te dik.'

'Mis je haar?' vroeg Brooke. Kaylie kon alleen maar knikken, met tranen in haar ogen.

'Ze zei altijd dat ik perfect was, maar ik vraag me af wat ze gezegd zou hebben als ze de meisjes hier had kunnen zien. Die zijn pas echt perfect. Hun haar is perfect, hun make-up is perfect en hun figuur is perfect, en ook al dragen we allemaal exact hetzelfde uniform, zelfs de manier waarop zij het dragen is perfect.'

Het was een kant van haar baan die Brooke niet had verwacht, maar die ze meer was gaan waarderen dan ze onder woorden kon brengen: de combinatie van voedingsdeskundige en vertrouwenspersoon. Ze had tijdens haar opleiding geleerd dat iedereen die regelmatig in contact kwam met tieners en die bereid was een luisterend oor te bieden een belangrijke rol kon vervullen als zorgzame, betrokken volwassene, maar ze wist pas echt wat dat betekende sinds ze op Huntley werkte.

Ze praatte nog vijf minuten op Kaylie in en legde uit dat hoewel zij het misschien anders ervoer, ze wel degelijk ruimschoots binnen de grenzen van een gezond gewicht viel. Kaylie was moeilijk te overtuigen, vooral omdat haar gespierde, atletische lijf breder was dan dat van haar klasgenootjes, maar Brooke deed haar best. Kon ik er maar voor zorgen dat ze een aantal jaren verder was, dacht ze. Als ze straks studeert, zal ze vanzelf inzien dat al die tienerzorgen op de langere termijn niks voorstellen.

Maar ze wist uit ervaring dat dat onmogelijk was. Zelf was Brooke ook aan de forse kant geweest op de middelbare school en de eerste jaren daarna, en daar had ze zich heel ongemakkelijk bij gevoeld, tot vlak voor haar afstuderen, toen ze met een drastisch dieet bijna tien kilo afgevallen was. Maar ze was er niet in geslaagd op gewicht te blijven en was vrijwel meteen weer ruim zes kilo aangekomen. En hoewel ze nu gezond at en trouw haar hardloopschema volgde, zat Brooke aan de bovengrens van wat een gezond gewicht was voor iemand van haar lengte, en net als Kaylie was ze zich daar sterk van bewust. Het voelde hypocriet om Kaylie voor te houden dat ze zich niet druk moest maken, terwijl ze er zelf dagelijks mee bezig was.

'Je bent inderdaad perfect, Kaylie. Ik weet dat je het niet altijd zo zult ervaren, zeker niet nu je tussen allemaal meisjes zit die erg goed bedeeld zijn, maar neem alsjeblieft van me aan dat je er prachtig uitziet. Je krijgt hier vanzelf wel vriendinnen, meisjes met wie het klikt, en dan zul je je beter thuis voelen. En voordat je het weet heb je de examens en het eindfeest gehad, neem je afscheid van een of ander stom vriendje en ga je lekker studeren, ergens waar iedereen op zijn eigen manier perfect is, helemaal naar eigen wensen. Dan zul je het enorm naar je zin hebben, neem dat maar van mij aan.'

Brookes telefoon ging; het was de speciale pianoringtone die ze aan Julians nummer had gekoppeld. Hij belde nooit als ze aan het werk was, want hij wist dat ze dan niet kon opnemen. Zelfs sms'en beperkte hij onder werktijd tot een minimum. Ze wist onmiddellijk dat er iets mis moest zijn.

'Sorry, Kaylie, ik moet even opnemen.' Ze draaide haar stoel zo ver mogelijk weg om een beetje privacy te hebben in het kleine spreekkamertje. 'Hallo? Is er iets? Ik heb een patiënte.'

'Brooke, je zult het niet geloven...' Hij zweeg en ademde theatraal heel diep in.

'Julian, serieus, als dit geen noodgeval is, moet ik je straks terugbellen.'

'Leo belde net. Een van de hoofdboekers van Leno was vorige week bij de presentatie en ze willen me in het programma hebben!'

'Dat méén je niet!'

'Echt waar. En het is al honderd procent zeker. Volgende week dinsdag. De opnamen beginnen om vijf uur. Ik ben het enige optreden van die avond, waarschijnlijk meteen na de interviews. Niet te geloven, hè?'

'*O, my god!*'

'Brooke, zeg nog eens wat.'

Even vergat ze waar ze was. 'Ik geloof het gewoon niet. Jawel, natuurlijk gelóóf ik het wel, maar het is ongelooflijk.' Ze hoorde Julian lachen en bedacht hoe lang dat geleden was. 'Hoe laat ben je thuis vanavond? We moeten dit vieren. Ik heb wel een idee…'

'Is het iets met je speciale pakje?'

Brooke glimlachte in de telefoon. 'Ik dacht meer aan die fles Dom Pérignon die we cadeau gekregen hebben en waarvan we het altijd zonde vinden om hem open te maken.'

'Het pakje. Dit is een gelegenheid voor champagne én je pakje. Zie ik je om acht uur thuis? Ik regel wel iets te eten.'

'Dat hoeft niet, ik haal wel wat. Of we gaan uit eten! Zullen we ergens naartoe gaan om het écht te vieren?'

'Laat het nou maar aan mij over,' zei Julian. 'Alsjeblieft? Ik heb al wat in gedachten.'

Brookes hart maakte een sprongetje. Misschien zou hij nu wat minder tijd in de studio gaan doorbrengen en wat vaker thuis zijn. Ze voelde de verwachtingsvolle opwinding die ze eerder in hun huwelijk had gehad, voordat de routine binnensloop. 'Zeker weten, acht uur. En Julian? Ik kan niet wachten.'

'Ik ook niet.' Hij maakte een kusgeluidje in de telefoon – iets wat hij in jaren niet meer had gedaan – en hing op. En toen herinnerde Brooke zich voor het eerst in vijf volle minuten weer waar ze was.

'Zo, dat klinkt spannend,' zei Kaylie met een grijns. 'Belangrijk afspraakje vanavond?'

Brooke verbaasde zich er iedere keer weer over hoe jong de meisjes op school waren, ondanks hun zelfverzekerde, brutale antwoorden en een schrikbarende bekendheid met de meest uiteenlopende onderwerpen, van extreem streng lijnen tot de beste pijptechnieken. (Brooke had een zeer gedetailleerde instructielijst gezien die een van de leerlingen achter in een schriftje had laten zitten – zo gedetailleerd dat ze even had overwogen om voor zichzelf aantekeningen te maken, totdat het tot haar doordrong dat het in vele opzichten té erg was om seksadviezen op te volgen van een schoolmeisje.)

'Belangrijk afspraakje met mijn échtgenoot,' verbeterde Brooke haar, in een poging nog een enigszins professionele indruk te maken. 'Sorry voor het telefoontje. Waar waren we ge…'

'Het klonk echt spannend,' zei Kaylie. Ze liet de pluk haar lang genoeg los om even op een nijnagel aan haar rechterwijsvinger te bijten. 'Was er iets gebeurd?'

Brooke was zo opgelucht om het meisje te zien lachen dat ze antwoordde: 'Het is inderdaad nogal spannend. Mijn man is muzikant. Hij heeft net te horen gekregen dat hij in het programma van Jay Leno mag optreden.' Ze hoorde de trots in haar eigen stem, en al besefte ze dat het onprofessioneel en zelfs dom was om het nieuws te vertellen aan een patiënte, een tiener nog maar, ze was veel te gelukkig om zich daar druk om te maken.

Kaylie was nu een en al aandacht. 'Komt hij bij Leno?'

Brooke knikte en schoof wat met de papieren op haar bureau, in een mislukte poging om haar blijdschap te verhullen.

'Fuck! Zoiets cools heb ik nog nooit gehoord!' riep het meisje uit, en haar paardenstaart wipte heen en weer alsof ze daarmee haar woorden onderstreepte.

'Kaylie!'

'Sorry, maar ik meen het! Hoe heet hij en wanneer is de uitzending? Ik ga zeker kijken.'

'Volgende week dinsdag. Hij heet Julian Alter.'

'Dat is echt fuck… vet cool. Gefeliciteerd. Uw man moet wel supergoed zijn, dat Leno hem in zijn programma wil. U gaat toch wel met hem mee naar LA?'

'Wat?' Brooke had nog geen seconde stilgestaan bij de praktische kant van het verhaal, maar Julian had er ook niets over gezegd.

'Leno wordt toch opgenomen in LA? U moet echt met hem meegaan, hoor.'

'Natuurlijk ga ik met hem mee,' antwoordde Brooke automatisch, al had ze het vervelende, knagend gevoel dat het uitblijven van Julians uitnodiging niet zomaar een detail was dat in alle opwinding verloren was gegaan.

Brooke had nog tien minuten met Kaylie, en daarna een vol uur met een turnster van Huntley bij wie de weegsessies van de trainer een rampzalige uitwerking hadden op haar zelfvertrouwen, maar Brooke wist dat ze zich er geen seconde op zou kunnen concentreren. Met de gedachte dat ze toch al over de schreef was gegaan door hun tijd te gebruiken om over haar privéleven te vertellen, wendde Brooke zich weer tot Kaylie.

'Ik vind het heel vervelend, maar ik moet ons gesprek vanmiddag een beetje inkorten. Vrijdag ben ik er weer; ik zal je docent van het zesde lesuur laten weten dat we het vandaag niet hebben kunnen afmaken, dan kunnen we voor vrijdag een vol uur reserveren, is dat goed?'

Kaylie knikte en Brooke meende zelfs weer een lachje bij het meisje te bespeuren voordat ze haar spreekkamer uit liep. Al leek ze er totaal niet mee te zitten dat hun sessie was ingekort, Brooke voelde zich vreselijk schuldig. Het viel niet mee om deze meisjes aan het praten te krijgen, en ze had het gevoel dat ze met Kaylie eindelijk iets bereikte.

Met het vaste voornemen vrijdag alles goed te maken, stuurde Brooke een kort mailtje naar Rhonda, het schoolhoofd, waarin ze zei dat ze zich niet goed voelde. Ze propte haar spullen in een canvas tas en sprong in een taxi die voor de school stond. Als Leno geen goede reden was om uit de band te springen, wat dan wel?

Hoewel het spitsuur was, viel de doorsteek door het park bij 86th Street best mee en had het verkeer op de West Side Highway een snelheid van maar liefst dertig kilometer per uur (een droomtempo voor dat tijdstip van de avond) en Brooke stond tot haar grote vreugde om half zeven in haar appartement. Ze ging op haar hurken zitten om Walter even aan haar gezicht te laten likken en gaf hem toen voorzichtig een dikke, gedraaide, extra stinkende kauwstick – daar was hij gek op. Nadat ze voor zichzelf een glas pinot grigio had ingeschonken uit een aangebroken fles die nog in de koelkast stond en ze langzaam een grote slok had genomen, speelde ze met het idee om Julians nieuws op Facebook te melden, maar dat verwierp ze al snel weer. Ze wilde niets plaatsen zonder met hem te overleggen.

De eerste update op haar homepage was jammer genoeg van Leo. Hij had kennelijk zijn Twitter-account aan zijn Facebook gekoppeld, en hoewel hij normaal gesproken nóóit iets te melden had, maakte hij nu volop gebruik van de mogelijkheid om doorlopend te updaten.

Leo Walsh… HEEFT GEREGELD DAT JULIAN ALTER VOLGENDE WEEK DINSDAG BIJ LENO IN HET PROGRAMMA KOMT. AL, HERE WE COME…

Alleen al de associatie met haar man maakte Brooke een beetje draaierig, net als de boodschap die nu wel duidelijk was: Julian was inderdaad van plan om naar Los Angeles te gaan, Leo ging zeker met hem mee en Brooke was de enige die niet was uitgenodigd.

Ze nam een douche, schoor wat er geschoren moest worden, poetste haar tanden, floste en doogde zich af. Was het zo raar om ervan uit te gaan dat ze met Julian meeging naar Los Angeles voor de opnamen? Ze had geen idee of hij haar steun kon gebruiken of dat hij dit beschouwde als werk en vond dat hij met zijn manager hoorde te gaan in plaats van met zijn vrouw.

Terwijl ze haar pasgeschoren benen insmeerde met door Julian goedgekeurde bodylotion – hij kon niet tegen geurstoffen in verzorgingsproducten – zag Brooke dat Walter naar haar zat te kijken. 'Heeft het baasje er verkeerd aan gedaan om Leo in te huren?' vroeg ze hem met een hoog stemmetje.

Walter tilde zijn kop van de zachte badmat, waarvan zijn vacht altijd naar schimmel ging ruiken, en hij kwispelde en blafte.

'Betekent dat nee?'

Walter blafte nog een keer.

'Of ja?'

Nog een blaf.

'Bedankt voor je inzicht, Walter. Ik zal het koesteren.'

Hij beloonde haar met een lik over haar enkel en liet zich weer op de mat zakken.

Een snelle blik op de klok leerde dat het tien voor acht was. Nadat ze een minuutje de tijd had genomen om zich op te peppen, haalde Brooke een hoopje verkeukelde zwarte stof achter uit haar ondergoedla tevoorschijn. De laatste keer dat ze dit geval had aangetrokken was meer dan een jaar geleden geweest, toen ze Julian had verweten geen belangstelling voor seks meer te hebben. Hij was rechtstreeks naar die la gelopen, had de bodysuit eruit getrokken en iets gezegd in de trant van: 'Het is misdadig om zoiets in huis te hebben en het niet te dragen.' Dat had onmiddellijk de spanning verbroken, en Brooke herinnerde zich dat ze het pakje had aangetrokken en met overdreven stripteasepasjes door hun slaapkamer had gedanst, onder luid gefluit en gejoel van Julian.

Op de een of andere manier was die bodysuit symbool geworden voor hun seksleven. Ze had het ding gekocht in het eerste jaar dat ze getrouwd waren, na een gesprek waarin Julian had opgebiecht, alsof het iets schandaligs was, dat hij vrouwen het liefst zag in strakke zwarte lingerie… en dat hij misschien niet zo dol was op de felgekleurde boxershorts en hemdjes die Brooke in bed droeg, en waarvan ze gezworen zou hebben dat die tienermeisjeslook juist sexy was. Hoewel ze er destijds absoluut het geld niet voor had gehad, was Brooke onmiddellijk op lingeriejacht gegaan, en binnen twee dagen had ze een superzacht hemdje van zwarte jersey met spaghettibandjes gekocht bij Bloomingdale's; een zwarte babydoll met ruches van Victoria's Secret en een kort, zwartkatoenen nachthemdje met de opdruk JUICY SLEEPER dwars over haar kont. Julian had de outfits stuk voor stuk tamelijk lauw ontvangen, met zinnetjes als: 'O ja, leuk', waarna hij zich weer op zijn tijdschrift had gericht. Toen zelfs de babydoll geen belangstelling opriep, had Brooke de volgende ochtend Nola gebeld.

'Zeg al je afspraken voor zaterdagmiddag af,' had Nola verkondigd. 'We gaan shoppen.'

'Ik heb al geshopt en ik heb een kapitaal uitgegeven,' jammerde Brooke, en ze vormde een waaier van de aankoopbonnetjes alsof het een stok kaarten was.

'Kunnen we het gesprek even terugspoelen? Je echtgenoot zegt dat hij je graag in sexy zwarte lingerie ziet en jij komt thuis met een náchthemd van Juicy Couture? Dat meen je niet!'

'Wat nou? Hij heeft niets specifieks genoemd, hij zei alleen dat hij liever zwart heeft dan felle kleuren. Het is allemaal zwart en kort en strak. En die letters JUICY zijn nog wel uitgevoerd in glittersteentjes. Wat is daar nou mis mee?'

'Daar is niets mis mee… als je eerstejaars studente bent en je er goed uit wilt zien voor een logeerpartijtje in een studentenhuis. Of je het nou leuk vindt of niet, je bent een volwassen vrouw. Wat Julian je probeert duidelijk te maken, is dat hij wil dat je eruitziet als een vrouw. Een aantrekkelijke, sexy vrouw.'

Brooke zuchtte. 'Oké, oké, zeg jij het dan maar. Hoe laat zaterdag?'

'Om twaalf uur op de hoek van Spring en Mercer. We gaan naar Kiki De Montparnasse, La Perla en Agent Provocateur. Het kost in totaal nog geen uur en dan heb je precies wat je nodig hebt. Tot zaterdag.'

Hoewel ze zich de hele week op het winkeluitstapje had verheugd, was het uitgedraaid op een enorm fiasco. Nola, met haar bankierssalaris en enorme bonussen, had Brooke niet verteld dat uit hoe minder stof een stuk lingerie bestond, hoe duurder het was. Brooke was verbijsterd toen ze zag dat het 'kamermeisjesuniform' bij Kiki waar Nola helemaal weg van was 650 dollar kostte, en een eenvoudig zwart hemdje – dat niet veel verschilde van haar Bloomsgdale's-versie – was 375 dollar. Waar moest ze – als studente! – een eenvoudige zwartkanten string van 115 dollar van betalen (of 135 dollar als ze er een zonder kruis wenste)? Na twee van de drie winkels had ze vastberaden tegen Nola gezegd dat ze haar hulp op prijs stelde, maar dat er die middag niets gekocht ging worden. Pas de week erop, toen Brooke voor het vrijgezellenfeest van een andere vriendin in een afgescheiden gedeelte van Ricky's stond, had de oplossing zich aangediend.

Daar, in een kamerhoog display tussen de vibrators en de papieren bordjes met penismotief, hing een hele wand vol voorverpakte 'fantasie-outfits'. Ze zaten in dikke, envelopachtige pakketjes die haar aan pantyverpakkingen deden denken, maar op de plaatjes waren mooie vrouwen afgebeeld in de meest uiteenlopende sexy outfits: kamermeisjes, schoolmeisjes, brandweervrouwen, gevangenen, cheerleaders en cowgirls, plus een heleboel outfits zonder speciaal thema, en allemaal kort, strak en zwart. Het mooiste van alles: de duurste kostte 39,99 en de meeste pakjes waren onder de 25 dollar geprijsd. Ze stond net de plaatjes te bekijken en probeerde zich voor te stellen waar Julian het meest van hield toen de verkoper, met blauw haar en dikke eyeliner, door het kralengordijn binnenkwam en recht op Brooke af liep.

'Kan ik je ergens mee helpen?' vroeg hij.

Brokke richtte haar blik snel op een doos rietjes met penisopdruk en schudde haar hoofd.

'Ik wil je wel wat aanbevelen,' kweelde hij. 'Kleding, seksspeeltjes, zeg het maar. Ik kan je laten zien wat het beste loopt.'

'Bedankt, ik kom alleen wat flauwekul inkopen voor een vrijgezellenfeest,' zei ze snel, en ze kon het niet uitstaan van zichzelf dat ze dat gênant vond.

'Oké. Geef maar een gil als je iets nodig hebt.'

Hij liep heupwiegend terug naar het andere gedeelte van de winkel, en Brooke kwam onmiddellijk in actie. Ze wist dat ze niet meer zou durven als hij terugkwam – of als er iemand anders naar haar toe zou komen – dus pakte ze het eerste doosje zonder speciaal thema en gooide het in haar mandje. Ze rénde bijna naar de kassa en griste onderweg nog een fles shampoo, een pakje papieren zakdoekjes en wat losse scheermesjes mee, om de caissière af te leiden. Pas in de metro naar huis, helemaal achterin, ver weg van andere mensen, durfde ze voorzichtig in het tasje te gluren.

De vrouw op de verpakking had rood haar en zag er niet eens veel anders uit dan Brooke – op haar ellenlange benen na. Ze droeg een bodysuit van een soort gaas, hooggesloten en met lange mouwen. Ze stak uitdagend haar heup opzij en keek recht in de camera, maar ondanks die theatrale pose slaagde ze erin er sexy en zelfverzekerd uit te zien, in plaats van hoerig en goedkoop. *Dat kan ik ook*, dacht Brooke bij zichzelf, en nog diezelfde avond, toen ze de badkamer uit kwam in haar nieuwe bodysuit en op hoge hakken, viel Julian bijna van het bed.

Brooke had de inmiddels beruchte bodysuit in de loop der jaren een paar keer gedragen op Julians verjaardag, op hun trouwdag en zo nu en dan tijdens een vakantie in een warm land, maar de laatste tijd was hij, net als de overblijfselen van hun oude seksleven uit de tijd van vóór de totale uitputting, helemaal achteraan in de la terechtgekomen. Terwijl ze het materiaal over haar benen afrolde en vervolgens eerst haar heupen en toen haar armen in het pakje wurmde, wist ze dat het luid en duidelijk haar boodschap zou overbrengen: *Ik ben trots op je, op wat je hebt bereikt. Kom hier, dan zal ik het je laten zien.* Ook al sneed de bodysuit in haar dijen en deed hij iets raars met haar bovenarmen, ze voelde zich evengoed sexy. Net toen ze haar haar had losgeschud en op het dekbed was gaan liggen, ging de vaste telefoon. Dat was natuurlijk Julian om te zeggen dat hij onderweg was naar huis, dus ze nam na één keer rinkelen op.

'Roek? Lieverd, hoor je me?' klonk de stem van haar moeder door de hoorn.

Brooke haalde diep adem en vroeg zich af waar haar moeder het talent vandaan haalde om op de ongelukkigste momenten te bellen. 'Hoi, mam. Ja, ik hoor je.'

'Mooi zo, ik hoopte al dat je thuis zou zijn. Luister, pak even je agenda om een datum te prikken. Ik weet dat je er een hekel aan hebt om ver vooruit te plannen, maar ik probeer iets te regelen voor...'

'Mam! Sorry dat ik je onderbreek, maar het komt nu nogal ongelegen. Julian kan ieder moment thuiskomen en ik ben al laat met omkleden,' loog ze.

'Dus jullie gaan uit om het te vieren? Wat een geweldig nieuws, hè? Jullie zullen wel dolblij zijn.'

Brooke had haar mond al opengedaan om antwoord te geven, toen ze zich herinnerde dat ze haar moeder het goede nieuws over Julian nog helemaal niet had verteld. 'Hoe wist je dat?' vroeg ze.

'Via Randy, lieverd. Hij heeft een bericht gezien op Julians fansite – zo noemen jullie dat toch? Ik wou dat ik kon zeggen dat mijn dochter me zelf heeft gebeld om het me te vertellen, maar gelukkig dacht Randy nog wel aan zijn oude moedertje.'

'Aha, Facebook. Dat was ik alweer bijna vergeten. Ja, we zijn allebei heel blij.'

'Hoe ga je het vieren vanavond? Gaan jullie uit eten?'

Brooke keek naar haar met gaas omhulde lichaam, en alsof nog eens benadrukt moest worden hoe belachelijk het was om met je moeder te liggen praten in een bodysuit van gaas zonder kruis, piepte er een tepel door het materiaal heen. 'Ik geloof dat Julian iets te eten meebrengt. We hebben al een fles goede champagne in huis, dus ik denk dat we die zullen openmaken.'

'Dat klinkt goed. Geef hem een kus van me. Zodra je even een minuutje hebt, wil ik graag een datum afspreken voor...'

'Ja mam, dat is goed. Ik bel je morgen.'

'Want het is zo gebeurd en...'

'Mam...'

'Oké, bel me morgen maar. Ik hou van je, Roekie.'

'Ik ook van jou, mam.' Op het moment dat ze de verbinding verbrak, hoorde ze de voordeur opengaan.

Ze wist dat Julian zijn jas nog moest uittrekken en dat hij eerst Walter zou begroeten, en dat gaf haar precies genoeg tijd om de folie van de fles te pulken en het netje om de kurk los te draaien. Ze had twee glazen meegenomen naar de slaapkamer, die ze op het nachtkastje klaarzette voordat ze zich als een kat uitstrekte op het bed. Haar nervositeit duurde maar even, totdat Julian de deur opendeed.

'Raad eens wie er in hotel Chateau Marmont gaat logeren?' vroeg hij met een brede grijns.

'Wie dan?' Ze ging rechtop in bed zitten en vergat even haar outfit.

'Ik,' antwoordde hij, en ze kreeg meteen een rotgevoel.

'Dat meen je niet.' Meer kon ze niet opbrengen.

'Nou en of. In een suite. We worden opgehaald met een limousine en die brengt ons ook naar de NBC-studio's voor de opnamen van Leno.'

Ze dwong zichzelf om zich te concentreren op het goede nieuws; het ging nu niet om haar. 'Wauw, Julian, wat goed! Dat hotel wordt heel vaak genoemd in *Last Night* en *US Weekly* en zo. Kate Hudson heeft pas nog een feest gegeven in de bungalows. J.Lo en Marc Anthony kwamen er laatst Ben Affleck tegen bij het zwembad en toen zocht Marc ruzie. Belushi heeft er nota bene een óverdosis genomen! Het is echt legendarisch.'

'En zal ik je nog eens wat vertellen?' Julian kwam naast haar op bed zitten en streelde haar in gaas gestoken bovenbeen.

'Nou?'

'Mijn bijzonder lekkere echtgenote mag me vergezellen, zolang ze belooft deze outfit mee te nemen,' zei hij, en hij bukte om haar te kussen.

'Niet waar!' gilde ze.

'Alleen als ze zelf mee wil, natuurlijk.'

'Dat meen je niet!'

'Jawel. Ik heb Samara gesproken, mijn nieuwe pr-dame – hij trok grijnzend zijn wenkbrauwen naar haar op – en zij vindt het prima, zolang we jouw vlucht maar zelf betalen. Leo vindt het beter dat ik alleen ga, zodat ik niet word afgeleid, maar ik heb gezegd dat ik zoiets belangrijks nooit zonder jou zou doen. Wat zeg je ervan?'

Ze negeerde de opmerking over Leo. 'Niet te geloven!' riep ze uit, en ze sloeg haar armen om zijn hals. 'Ik kan niet wachten om met je te *vozen* aan de bar en de hele nacht te feesten in de bungalows.'

'Gaat het daar echt zo?' vroeg Julian. Hij schoof haar naar achteren in de kussens en kwam boven op haar liggen, nog helemaal aange-kleed.

'Nou en of. Als ik het goed heb begrepen in de bladen, kunnen we zwembaden verwachten die zijn gevuld met Cristal-champagne, plus bergen cocaïne, meer overspelige beroemdheden dan bij een duur es-cortbureau en ieder uur genoeg roddels om tien bladen mee te vullen. O ja, en orgieën. Daar heb ik niks over gelezen, maar die zijn er vast en zeker. Waarschijnlijk midden in het restaurant.'

Walter sprong overeind op het bed, stak zijn kin in de lucht en be-gon te janken als een wolf. 'Dat klinkt goed, hè Walter?' zei hij, en hij kuste Brooke in haar hals.

Walter jankte terug en Brooke moest lachen.

Julian stak zijn vinger in zijn champagneglas, bracht die naar Brookes lippen en kuste haar weer. 'Zullen we alvast even oefenen?' vroeg hij.

Brooke beantwoordde zijn zoen en trok zijn t-shirt uit. Haar hart zwol bij de gedachte aan alles wat voor haar lag. 'Dat is het beste idee dat ik in tijden heb gehoord.'

'Wilt u nog een cola light?' vroeg de ober in bermuda die naast Brookes ligstoel opdook, waardoor ze in zijn schaduw kwam te lig-gen. In de zon was het best warm, en hoewel ze zelf 22 graden aan de frisse kant vond voor een bikini, dachten haar medegasten aan het zwembad daar anders over.

Ze keek om zich heen naar het handjevol mensen die nipten aan verleidelijke cocktails en herinnerde zichzelf eraan dat hoewel het nog vroeg in de middag was, op een dinsdag, het toch een soort va-kantie was. Ze zei: 'Doe maar een bloody mary. Met extra tabasco en twee stelen selderij.'

Een lang, soepel meisje – dat wel model moest zijn, aan haar schit-terende figuur te zien – liet zich elegant in het water zakken. Brooke keek toe hoe ze schattig op z'n hondjes naar de kant krabbelde, waar-bij ze grote moeite deed om haar haar droog te houden. Ze riep in het Spaans iets naar haar metgezel. De man antwoordde in het Frans, zonder op te kijken van zijn laptop. Ze trok een pruilmondje, de man bromde wat en binnen een halve minuut liep hij naar het zwembad met haar enorme Chanel-zonnebril in zijn hand. Toen ze hem bedankte, zou Brooke gezworen hebben dat ze dat in het Russisch deed.

Haar telefoon ging. 'Hallo?' zei ze zacht, al leek niemand zich wat van haar aan te trekken.

'Roekie? Hoe is het daar?'

'Hallo, pap. Ik moet je eerlijk zeggen dat het verdomd goed bevalt hier.'

'Heeft Julian al opgetreden?

'Leo en hij zijn al een tijdje geleden vertrokken, dus ze zullen wel bijna in Burbank zijn. De opnamen beginnen pas om een uur of vijf, half zes. Zo te horen wordt het een lange dag, dus ik wacht in het hotel op hen.'

De ober kwam terug met haar bloody mary, die werd geserveerd in een glas dat net zo lang en slank was als de vrouwen die ze tot nu toe in Los Angeles had gezien. Hij zette het neer op het tafeltje naast haar, samen met een schaaltje met drie vakjes, gevuld met gemarineerde olijven, gemengde noten en groentechips. Brooke kon hem wel zoenen.

'Hoe is het daar? Zeker wel een chique boel?'

Ze nam eerst een klein slokje en toen een flinke teug. Godver, wat lekker. 'Ja, inderdaad. Je zou de mensen bij het zwembad moeten zien. De een is nog mooier dan de ander.'

'Wist je dat Jim Morrison heeft geprobeerd daar van het dak te springen? En dat de leden van Led Zeppelin ooit op hun motor door de lobby zijn gereden? Ik heb me laten vertellen dat het dé plek is waar muzikanten zich graag misdragen.'

'Hoe kom je aan die informatie, pap? Van Google?' vroeg Brooke lachend.

'Nou ja! Wat een belediging om te denken dat ik...'

'Wikipedia?'

Een korte stilte. 'Zou kunnen.'

Ze praatten nog even terwijl Brooke toekeek hoe het mooie meisje in het zwembad gilde als een klein kind toen haar vriend in het water sprong en probeerde haar nat te spetteren. Haar vader wilde Brooke alles vertellen over de surpriseparty die Cynthia over een paar maanden voor hem zou geven, wat allang geen verrassing meer was. Ze was vastbesloten zijn vijfenzestigste verjaardag te vieren, aangezien hij dat jaar ook met pensioen ging, maar Brooke kon zich er moeilijk op concentreren. Het kindvrouwtje was uit het water gekomen, en Brooke was duidelijk niet de enige die zag dat de natte stof van haar witte bikini volkomen doorschijnend was. Ze keek naar haar eigen badstof joggingpak en vroeg zich af wat ze er voor over zou hebben om er zo goed uit te zien in bikini, al was het maar een uur. Ze hield haar buik in en bleef kijken.

De tweede bloody mary gleed net zo vlot naar binnen als de eerste, en algauw was ze zo lekker aangeschoten dat ze bijna Benicio Del Toro niet had herkend toen hij uit een van de huisjes aan het zwembad kwam en neerplofte op een ligbedje pal tegenover dat van haar. Helaas hield hij zijn spijkerbroek en t-shirt aan, maar Brooke was er al tevreden mee om door haar zonnebril naar hem te gluren. Het zwembad zelf was niets bijzonders – ze had wel mooiere en grotere gezien bij mensen thuis in doodgewone buitenwijken – maar het was discreet, rustig en sexy op een manier die moeilijk uit te leggen was. Hoewel het hotel maar zo'n honderd meter boven Sunset Boulevard lag, voelde alles er verscholen, als een open plek die was weggekapt uit een dicht oerwoud van hoge bomen, aan alle kanten omringd door planten in gigantische terracotta potten en zwart-wit gestreepte parasols.

Ze had wel de hele middag aan het zwembad bloody mary's kunnen blijven drinken, maar toen de zon lager aan de hemel kwam te staan en het wat frisser werd, pakte ze haar boek en haar iPod en ging naar hun kamer. Toen ze op weg naar de lift om zich heen keek in de lobby, zag ze LeAnn Rimes zitten met een drankje, in spijkerbroek, samen met een oudere, goedgeklede vrouw. Het scheelde niet veel of Brooke had haar BlackBerry tevoorschijn gehaald om Nola een foto te sturen.

Toen ze op hun kamer kwam – een suite in het hoofdgebouw, met een aparte slaapkamer en schitterend uitzicht over de heuvels – trof ze daar tot haar grote vreugde een enorme mand aan met een kaartje erbij: 'Welkom, Julian! Van je vrienden bij Sony.' Er zat een fles Veuve Cliquot en een fles Patrón-tequila in, plus een doosje kleine, heel mooi beschilderde chocoladetruffels, een assortiment energierepen en andere tussendoortjes, genoeg flesjes Vitaminwater om een super-markt mee te bevoorraden en een doos cupcakes van Sprinkles. Ze nam een foto van de uitgestalde inhoud op de salontafel en stuurde die naar Julian, met als bijschrift: 'Ze zijn gek op je.' Toen rukte ze de doos cakejes open en werkte er binnen tien seconden een naar bin-nen, eentje met rood glazuur.

Uiteindelijk werd ze wakker van de hoteltelefoon.

'Brooke? Leef je nog?' klonk Julians stem door de hoorn.

'Ja, ik leef nog,' wist ze uit te brengen. Toen ze versuft om zich heen keek, zag ze tot haar verbazing dat ze onder het dekbed lag, in alleen haar ondergoed, en dat het pikdonker was in de kamer. Rondom haar kussen was het bed bezaaid met cakekruimels.

'Ik probeer je al zeker een half uur te bereiken op je mobiel. Er is toch niets?'

Ze ging met een ruk overeind zitten en keek op de klok. Half acht, ze had bijna drie uur geslapen. 'Shit dat komt natuurlijk door die tweede bloody mary,' mompelde ze in zichzelf, maar Julian begon te lachen.

'Ik laat je één middagje alleen en jij zet het op een zuipen?'

'Niet waar! Maar hoe waren de opnamen? Is het goed gegaan?'

In de korte stilte die volgde zag Brooke alles voor zich wat er maar mis had kunnen gaan, maar Julian begon weer te lachen. Het klonk bijna als gegiechel.

'Roek, het was te gek! Ik was helemaal in vorm en de begeleiding-band was beter dan ik had verwacht met zo weinig repetitietijd.' Brooke hoorde stemmen op de achtergrond in de auto, en Julian dempte zijn stem. 'Jay kwam aan het eind van het nummer naar me toe, sloeg een arm om me heen, wees naar de camera en zei dat hij het fantastisch vond, dat hij wel zou willen dat ik iedere avond daar kwam optreden.'

'Nee!'

'Echt waar! Het publiek klapte als een idioot, en toen we na de op-namen nog wat rondhingen achter de schermen, kwam Jay naar me toe om me te bedanken en hij zei dat hij bijna niet kan wachten tot het hele album uit is.'

'Julian, wat goed! Gefeliciteerd, dat is echt geweldig.'

'Ja, hè? Ik ben zo opgelucht. Zeg, we zijn over een minuut of twintig in het hotel. Kom je naar het terras voor een borrel?'

Bij alleen al de gedachte aan alcohol kreeg ze nog meer hoofdpijn – wanneer had ze voor het laatst rond etenstijd een kater gehad? – maar ze rechtte haar rug. 'Ik kleed me even om en dan zie ik je beneden zodra ik klaar ben,' zei ze, maar de verbinding was al verbroken.

Het viel niet mee om onder het warme, zachte dekbed uit te komen, maar na drie aspirines en een stortdouche voelde ze zich beter. Ze trok snel een skinny jeans aan die zo strak zat als een legging, met een zijden topje en een blazer, maar bij nadere inspectie bleek haar kont er niet uit te zien in de spijkerbroek. Het was al moeilijk geweest om dat rotding aan te trekken, maar uitdoen was helemaal een ramp, en Brooke ramde bijna haar knie in haar gezicht toen ze het kreng heel pijnlijk centimeter voor centimeter van haar benen probeerde te pellen. Ze rolde met haar buik en zwaaide met haar benen, en toch gaf de broek amper mee. Zou het meisje van de witte bikini zich ooit in zo'n vernederende situatie bevinden? Vol afkeer smeet ze de broek de kamer door. Het enige wat ze nog in haar koffer had was een zomerjurkje. Daar was het te koud voor, maar met een blazer, een katoenen sjaal en een paar platte laarzen moest het kunnen.

Het kan erger, dacht ze toen ze nog één keer in de spiegel keek. Haar haar was inmiddels droog, en zelfs Brooke moest toegeven dat het verdomd goed zat zonder dat ze er iets voor had hoeven doen. Ze deed mascara op en een beetje van de glansblusher die Nola haar een paar weken geleden in de hand had gedrukt, met het beleefde verzoek die te gaan gebruiken. Ze griste haar telefoon en haar tas mee en snelde de kamer uit. Lipgloss deed ze in de lift op. De mouwen van haar blazer rolde ze op terwijl ze de lobby door liep. Ze schudde nog één keer haar haar los en voelde zich zowaar fris en aantrekkelijk toen ze Julian met zijn gevolg aan een van de beste tafeltjes van het terras zag zitten.

'Brooke!' Hij stond op en zwaaide.

Ze kon zijn grijns van vijftien meter afstand zien, en het laatste restje onzekerheid verdween toen ze op hem af rende. 'Gefeliciteerd!' riep ze uit, en ze sloeg haar armen om hem heen.

'Bedankt, schat,' fluisterde hij in haar oor. En toen zei hij, wat harder: 'Kom de anderen eens begroeten. Ik geloof dat je nog niet iedereen hebt ontmoet.'

'Hallo,' zei ze zangerig, waarbij naar de hele tafel tegelijk zwaaide. 'Ik ben Brooke.'

Het groepje zat aan een eenvoudige houten tafel, onder een soort privéoverkapping van bloeiende bomen. De weelderig beplante patio stond vol met zitjes, waarvan de meeste bezet werden door zongebruinde, lachende mensen. Toch ademde het terras rust uit, geen enkele haast. In het donker flakkerden fakkels en de aanwezigen werden flatteus belicht door het schijnsel van de kaarsjes die overal brandden. De glazen tinkelden, uit de boxen die tussen de bomen verscholen waren klonk zachte muziek en als je goed luisterde, kon je de gestage ruis van Sunset Boulevard in de verte horen. Hoewel ze nooit in Toscane was geweest, stelde Brooke zich voor dat een restaurant ergens midden in de Chianti-streek er zo uit zou zien.

Ze voelde Julians hand op haar onderrug; hij duwde haar zachtjes naar de stoel die hij had bijgeschoven. Ze ging zo op in de magische aanblik van de verlichte patio dat ze bijna vergat wat ze hier kwam doen. Toen ze even om zich heen keek, zag ze Leo, die haar verrassend chagrijnig bekeek, plus een vrouw van in de dertig – of in de veertig met heel goede botox? – met een prachtige olijfkleurige huid en gitzwart haar; dat moest Julians pr-dame Samara zijn. Verder zat er nog een man die haar bekend voorkwam, maar die ze niet kon plaatsen... O, mijn god, dat is toch niet...

'Leo ken je al,' zei Julian toen Leo haar smalend aankeek. 'En dit is de lieftallige Samara. Iedereen zei al dat ze de allerbeste was, maar dat kan ik nu zonder enige twijfel beamen.'

Samara stak over de tafel heen glimlachend een hand naar Brooke uit. 'Hallo,' zei ze kortaf, al was haar lach best hartelijk.

'Ik heb veel over je gehoord.' Brooke gaf Samara een hand en deed haar best om zich op haar te concentreren, in plaats van op de vierde persoon aan het tafeltje. 'Het is waar: toen Julian hoorde dat jij zijn pr zou gaan verzorgen, kwam hij helemaal enthousiast thuis en zei: "Ze zeggen allemaal dat ze de beste is."'

'Ach, dat is lief van je,' zei Samara met een wegwerpgebaar. 'Maar hij maakt het me heel gemakkelijk, want hij was vandaag ontzettend professioneel.'

'Jullie moeten allebei ophouden,' zei Julian, en Brooke kon horen dat hij ervan genoot. 'Brooke, ik wil je ook even voorstellen aan Jon. Jon, dit is mijn vrouw Brooke.'

Goeie god, hij was het echt. Ze had geen idee hoe of waarom het was gebeurd, maar daar aan het tafeltje van haar echtgenoot, volkomen ontspannen met een biertje in de hand, zat Jon Bon Jovi. Wat moest ze tegen hem zeggen? Wat moest ze doen? Waar was Nola verdomme nu ze haar nodig had? Brooke dacht koortsachtig na. Zolang ze niet zoiets vreselijks zou zeggen als: 'Ik ben een enorme fan van je' of: 'Ik vind het zo mooi dat je al jaren getrouwd bent met dezelfde vrouw, daar heb ik echt respect voor', dan zat ze waarschijnlijk wel goed, maar het gebeurde nu eenmaal niet iedere dag dat ze met een superster aan de borrel zat.

'Hallo,' zei Jon met een knikje in haar richting. 'Wat heb jij te gek haar. Is dat je eigen kleur?'

Brookes hand ging onmiddellijk naar haar golvende lokken, en ze wist zonder het te hoeven zien dat haar gezicht nu net zo rood was als haar haar. Dat had zo'n pure kleur en bevatte zo veel pigment dat je het óf prachtig óf afschuwelijk vond. Zij vond het prachtig. Julian vond het prachtig. En Jon Bon Jovi blijkbaar ook. Nola! brulde ze in gedachten. Dit moet je horen, nu meteen!

'Ja, het is echt,' zei ze, en ze rolde met haar ogen van zogenaamde afkeer. 'Bron van vele wrede kindergrappen, maar het went.' Ze zag Julian vanuit haar ooghoek naar haar lachen; hopelijk was hij de enige die wist hoe vals haar bescheidenheid was.

'Ik vind het vet cool,' verklaarde Jon, en hij hief zijn hoge, taps toelopende bierglas. 'Proost, op rood haar van boven en...' Hij hield gauw zijn mond en er verscheen een schattige, schaapachtige uitdrukking op zijn gezicht. Brooke had het liefst willen zeggen dat hij zijn zin gerust af mocht maken.

'We proosten op mooie roodharigen en op het eerste optreden bij

Leno. Gefeliciteerd, man. Wat een mijlpaal.' Jon hield zijn glas omhoog en iedereen tikte ertegen met zijn eigen glas. Brooke was de laatste met haar champagneflute, en ze vroeg zich af of ze het mee naar huis zou kunnen smokkelen.

'Proost!' riep iedereen uit. 'Gefeliciteerd!'

'Hoe is het gegaan?' vroeg Brooke aan Julian, blij dat ze hem zijn verhaal nog eens kon laten vertellen in gezelschap. 'Ik wil er alles over horen.'

'Hij heeft het perfect gedaan,' antwoordde Samara op die afgemeten, professionele toon van haar. 'Het optreden kwam na erg goede gasten.' Ze zweeg even en zei toen tegen Julian: 'Hugh Jackman was charmant, vond je ook niet?'

'Ja, heel goed. En die meid uit *Modern Family* ook,' zei Julian met een knikje.

'Daarmee hebben we geluk gehad: twee interessante, beroemde gasten, niet van die kindsterretjes of goochelaars of dierentrainers,' zei Samara. 'Neem maar van mij aan dat niets zo erg is als afgetroefd worden door een studio vol chimpansees.'

Iedereen moest lachen. Er verscheen een ober aan het tafeltje en Leo bestelde voor iedereen, zonder te vragen wat de anderen wilden. Normaal gesproken had Brooke er een hekel aan als mensen dat deden, maar zelfs zij kon geen bezwaar maken tegen zijn keuze: nog een fles champagne, een rondje tequilacocktails en een schaal hapjes, uiteenlopend van bruschetta met porcini en truffel tot buffelmozzarella met rucola. Tegen de tijd dat de krabkoekjes met avocadopuree werden gebracht, had Brooke haar aangename roes van die middag hervonden en was ze bijna euforisch. Julian – haar Julian, die elke nacht met sokken aan sliep – had vandaag opgetreden in *The Tonight Show*. Ze verbleven in een schitterende suite in het roemruchte Chateau Marmont, waar ze aten en dronken als rocksterren. Een van de beroemdste muzikanten van de twintigste eeuw had gezegd dat hij haar haar te gek vond. Natuurlijk was haar bruiloft de mooiste dag van haar leven geweest (dat hoorde je toch te zeggen?), maar dit kwam met stip op de tweede plaats.

Haar telefoon begon te krijsen in haar tas op de grond, de schelle ringtone van een brandalarm die ze had ingesteld uit angst dat ze er nog eens doorheen zou slapen.

'Neem je niet op?' vroeg Julian met volle mond toen hij Brooke naar haar telefoon zag kijken. Ze wilde niet opnemen, maar ze was bang dat er iets aan de hand was; thuis was het al na middernacht.

'Hoi mam,' zei ze zo zacht als ze kon. 'We zitten net te eten, is alles goed daar?'

'Brooke! Julian is op televisie en het is fantastisch. Hij ziet er heel goed uit en de band speelt super. Mijn god, hij is om op te vreten. Zo goed heeft hij nog nooit gespeeld.' Haar moeders woorden buitelden chaotisch over elkaar heen en Brooke moest grote moeite doen om haar te kunnen volgen.

Ze keek op haar horloge. Toen voor half tien in Californië, dat wilde zeggen dat *The Tonight Show* op dat moment werd uitgezonden aan de Oostkust. 'Echt waar? Ziet hij er goed uit?' vroeg Brooke.

Nu had ze ieders aandacht.

'Ach natuurlijk, aan de Oostkust wordt het nu uitgezonden,' zei Samara, en ze haalde haar BlackBerry tevoorschijn, die prompt begon te trillen als een vaatwasmachine.

'Fantastisch,' zei Brookes moeder. 'Hij ziet er fantastisch uit. En Jay heeft hem heel leuk ingeleid. Wacht... het nummer is afgelopen.'

'Mam, ik bel je straks terug, goed? Ik gedraag me nu heel onbeleefd.'

'Goed, lieverd. Het is hier al laat, dus bel me morgenvroeg maar. En feliciteer Julian van me.'

Brooke verbrak de verbinding, maar haar telefoon ging oniddellijk weer. Nola. Toen ze naar de anderen aan het tafeltje keek, zag ze dat iedereen zat te bellen, met uitzondering van Jon, die een ander groepje was gaan begroeten.

'Kan ik je straks terugbellen? We zitten net aan tafel.'

'Hij is belachelijk goed!' gilde Nola.

Brooke moest lachen. Nola was nog nooit zo enthousiast geweest over een optreden van Julian, in de verste verte niet. 'Ja, hè?'

'Holy shit, Brooke, ik zit op het puntje van mijn stoel. Als hij zich helemaal laat gaan en hij zingt dat laatste couplet, met zijn ogen dicht en zijn hoofd in zijn nek...? Goeie god, ik kreeg er kippenvel van.'

'Wat heb ik nou steeds gezegd? Hij is top.'

Brooke hoorde dat Julian iemand bedankte, met een opgelaten maar trotse glimlach op zijn gezicht. Leo brulde dat Julian 'retegoed' was en Samara zei in haar telefoon dat ze zou kijken wanneer Julian beschikbaar was en dat ze de volgende ochtend zou terugbellen. Brookes toestel ontplofte bijna van de binnenkomende sms'jes en e-mail, en nog terwijl ze Nola aan de lijn had, stroomden de berichtjes binnen.

'Ik moet nu ophangen, het is hier een gekkenhuis. Ben je over een uur nog op?' Ze ging over op een nauwelijks hoorbare fluistertoon. 'Ik zit in Chateau Marmont te eten met Jon Bon Jovi. En hij schijnt van vrouwen met rood haar te houden.'

'Hou je kop. Hou je kop, jij!' riep Nola door de telefoon. 'Om te beginnen: sinds wanneer is mijn beste vriendin zo *fabulous*? "Ik zit te eten in Chauteau Marmont," dat meen je niet! En dan nog iets: ik moet onmiddellijk ophangen, want ik ga nu meteen een vlucht naar Los Angeles boeken en mijn haar rood verven.'

Brooke lachte.

'Serieus, Brooke, je moet niet raar opkijken als ik daar morgenvroeg met knalrood haar op de stoep sta om bij jullie op de bank te komen pitten. Je bent gewaarschuwd.'

'Je bent een schat, Nol. Ik bel je straks terug.'

Ze hing op, maar alle telefoons aan tafel bleven rinkelen, trillen en zingen en iedereen nam telkens weer op om de volgende ronde lof en pluimstrijkerij aan te horen. Het winnende mailtje van die avond – met afstand – was dat van Julians moeder, verstuurd naar hen beiden, dat luidde: *Je vader en ik hebben je vanavond bij Leno gezien. Hoewel we niet onder de indruk waren van de gasten die hij interviewde, vonden we je optreden tamelijk goed. Natuurlijk wisten we dat alles mogelijk was met de kansen en de steun die we je al sinds je prille jeugd hebben geboden. Gefeliciteerd met deze prestatie!* Brooke en Julian lazen het bericht tegelijk, ieder op hun eigen toestel, en ze moesten zo hard lachen dat ze een paar minuten lang geen woord konden uitbrengen.

Pas een uur later werd het weer wat rustiger. Tegen die tijd was Jon terug komen slenteren naar hun tafeltje, had Samara Julian geboekt voor twee andere tv-programma's en had Leo hun derde fles champagne besteld. Julian zat alleen maar achterovergeleund in zijn stoel, even verbaasd als verrukt.

'Allemaal heel erg bedankt,' zei hij uiteindelijk, terwijl hij zijn glas naar hen hief en iedereen een knikje gaf. 'Ik heb er geen woorden voor, maar dit is, eh… de meest fantastische avond die ik ooit heb meegemaakt.'

Leo schraapte zijn keel en stak ook zijn glas omhoog. 'Sorry jongen, maar ik denk dat je het mis hebt,' zei hij met een knipoog naar de anderen. 'Vanavond is pas het begin.'

5

Ze zullen om je zwijmelen, schat

Het was nog geen half elf 's ochtends, in mei, en de hitte in Texas was al verpletterend. Julian zweette dwars door zijn t-shirt heen en Brooke dronk liters water, ervan overtuigd dat ze allebei zwaar uitgedroogd waren. Ze had geprobeerd die ochtend te gaan hardlopen, maar na tien minuten was ze gestopt omdat ze draaierig werd en tegelijkertijd rammelde van de honger en zich misselijk voelde. Toen Julian, misschien wel voor de allereerste keer in vijf jaar huwelijk, had voorgesteld om een paar uur te gaan shoppen, wist ze niet hoe snel ze in de lelijke groene huurauto moest springen. Shoppen betekende airconditioning, dus graag.

Ze reden eerst door de woonwijk waar het hotel stond, toen een heel stuk over de snelweg en ten slotte, na bijna twintig minuten, nog een paar kilometer over een kronkelweggetje dat deels geasfalteerd was en deels niet meer dan een zand- of grindpad. Al die tijd smeekte Brooke Julian om haar te vertellen waar ze naartoe gingen, en zijn grijns werd steeds breder, maar hij weigerde te antwoorden.

'Wie had nou gedacht dat het er tien minuten buiten Austin zo zou uitzien?' zei Brooke toen ze langs velden vol wilde bloemen reden, met aan de andere kant een vervallen oude schuur.

'Ik niet. Het landschap lijkt rechtstreeks uit een film te komen, precies het beeld dat je hebt van het platteland in Texas, tussen de ranches, in plaats van de rand van een grote, moderne stad. Maar daarom filmen ze natuurlijk ook hier.'

'Ja, op mijn werk geloofde niemand dat *Friday Night Lights* hier wordt opgenomen.'

Julian keek even opzij. 'Gaat het wel goed op je werk? Je zegt er de laatste tijd zo weinig over.'

'Grotendeels gaat het goed. Weet je nog die patiënte op Huntley over wie ik je heb verteld? Dat meisje dat een heel andere achtergrond heeft dan de meeste anderen daar? Ze voelt zich niet thuis op die school, in heel veel opzichten, maar ze heeft het het moeilijkst met haar gewicht. Nu is ze ervan overtuigd dat ze moddervet is, ook al heeft ze een tamelijk normaal figuur.'

'Wat kun je voor haar doen?'

Ze zuchtte. 'Eigenlijk niet veel. Behalve naar haar luisteren en haar geruststellen moet ik haar goed in de gaten houden en ervoor zorgen dat het niet uit de hand loopt. Ik weet heel zeker dat ze geen serieus eetprobleem heeft, maar het is eng als iemand zo gefocust is op haar gewicht, vooral wanneer het om een tienermeisje gaat. Ik maak me zorgen om haar, want volgende maand begint de zomervakantie.'

'En in het ziekenhuis?'

'Gaat wel. Margaret was er niet blij mee dat ik twee dagen vrij nam, maar wat had ik dan moeten doen?'

Hij keek haar aan. 'Twee dagen stelt toch niet zo veel voor?'

'Op zich niet, maar voor Los Angeles en Leno had ik al drie dagen vrij genomen, en een dag voor de opnamen van je albumcover. Allemaal in de afgelopen zes weken. Maar het geeft niet. Ik heb je sindsdien amper gezien en ik had dit voor geen goud willen missen.'

'Roek, dat is niet waar, dat we elkaar amper hebben gezien. Het is gewoon een hectische tijd geweest, in positieve zin.'

Ze was het niet met hem eens – niemand kon beweren dat zo nu en dan een glimp van elkaar opvangen, wanneer Julian om de paar dagen door hun flat vloog, hetzelfde was als 'elkaar zien' – maar het was niet haar bedoeling geweest om zo kritisch te klinken.

'Zo bedoelde ik het niet, echt niet,' zei ze sussend. 'We zijn nu samen, dus laten we ervan genieten, oké?'

Ze zwegen een tijdje, totdat Brooke haar vingertoppen tegen haar voorhoofd zette en zei: 'Ik kan haast niet geloven dat ik straks Tim Riggins ontmoet.'

'Welke is ook alweer Riggins?'

'Ach, schei toch uit.'

'Is het de coach of de quarterback? Ik haal ze altijd door elkaar,' zei Julian lachend. Alsof er ook maar iemand was die niet wist wie Tim Riggins was.

'Pfff. Als hij vanavond binnenkomt op het feest en iedere vrouw begint te zwijmelen, dan weet je het vanzelf. Neem dat maar van mij aan.'

Julian sloeg zogenaamd woest op het stuur. 'Moeten ze niet om míj zwijmelen? Ik bedoel, ik ben hier de rockster.'

Brooke boog zich over de middenconsole naar hem toe en gaf hem een kus op zijn wang. 'Natuurlijk zullen ze om je zwijmelen, schat. Als ze lang genoeg hun blik van Riggins af kunnen houden, zullen ze zwijmelen als gekken.'

'Nu vertel ik je helemáál niet meer waar we naartoe gaan,' zei Julian.

Hij fronste geconcentreerd zijn wenkbrauwen terwijl hij probeerde de diepe kuilen te omzeilen die om de paar meter in de weg zaten, en waarvan de meeste vol water stonden door het noodweer van afgelopen nacht. Julian was het niet gewend om auto te rijden. Brooke dacht paniekerig dat ze misschien wel zouden gaan wandelen of raften of vissen of iets dergelijks, maar ze herinnerde zichzelf er snel aan dat haar echtgenoot een geboren New Yorker was; zijn idee van contact met de natuur was wekelijks het bonsaiboompje op zijn nachtkastje water geven. Zijn kennis van wilde dieren was beperkt: hij zag het verschil tussen een kleine rat en een grote muis op het perron in de metro en hij leek instinctief aan te voelen welke katten in de kroeg vriendelijk waren en welke zouden blazen en krabben als je te dicht in de buurt kwam, maar verder hield hij graag zijn schoenen schoon en zijn bed binnenshuis, en hij waagde zich alleen in de buitenlucht – bijvoorbeeld in Central Park bij SummerStage of de Boat Basin, wanneer vrienden daar een feest gaven – met een handvol tabletten tegen hooikoorts en een pas opgeladen telefoon. Hij had er een hekel aan als Brooke hem 'stadsprins' noemde, maar hij kon die benaming ook nooit goed ontkrachten.

Het grote, lelijke complex leek rechtstreeks te ontspruiten aan een open plek in het struikgewas. De naam stond erop in felle neonletters: Lone Star Western Wear. Het geheel bestond uit twee gebouwen die net niet aan elkaar grensden, maar wel een gezamenlijk, ongeasfalteerd parkeerterrein hadden. Er stonden een paar auto's.

'We zijn er,' zei Julian, en hij reed van het ene zandpad het volgende op.

'Dat meen je niet. Zeg me dat dit een geintje is.'

'Wat nou? We gaan shoppen, dat had ik toch gezegd?'

Brooke keek naar de lage, lompe gebouwen en de pick-uptrucks die ervoor stonden. Julian stapte uit, kwam naar de passagierskant gelopen en stak zijn hand uit om Brooke op haar teenslippers over de modderige plassen heen te helpen.

'Toen je zei dat we gingen shoppen, dacht ik meer aan een luxe warenhuis.'

Het eerste wat Brooke zag na de welkome stoot aircondioning was een knap jong meisje in een strakke spijkerbroek, een mouwloos, getailleerd geruit hemd en cowboylaarzen. Ze kwam meteen naar hen toe gelopen en zei: 'Goedemorgen! Als ik jullie ergens mee kan helpen, hoor ik het graag.'

Brooke knikte glimlachend. Julian begon te grinniken en ze gaf een stomp tegen zijn arm. Uit de speakers in het plafond klonk jengelende gitaarmuziek.

'Nou, we kunnen je hulp wel gebruiken,' zei Julian tegen de blonde verkoopster.

Ze sloeg haar handen in elkaar en legde er toen één bij Julian op de schouder en de andere bij Brooke. 'Goed zo, laten we beginnen. Waarnaar zijn jullie op zoek?'

'Ja Julian, waarnaar zijn we op zoek?' vroeg Brooke.

'We zoeken een outfit in westernstijl voor mijn vrouw. Het is voor een feest.' Julian weigerde Brooke aan te kijken.

De verkoopster grijnsde breed en zei: 'Mooi, daar heb ik wel wat voor!'

'Julian, ik heb mijn kleding voor vanavond al uitgezocht. Dat zwarte jurkje dat ik je laatst heb geshowd, met die leuke tas die ik van Randy en Michelle voor mijn verjaardag heb gekregen, weet je nog?'

Hij zei handenwringend: 'Jawel, maar... ik was vanmorgen al vroeg wakker en toen heb ik even mijn mail bekeken. Ik opende eindelijk de bijlage bij de uitnodiging voor het feest van vanavond en toen zag ik de dresscode: Cowboy Couture.'

'O, god.'

'Geen paniek! Ik wist wel dat je in paniek zou raken, maar…'

'Ik heb een zwart strapless jurkje en gouden sandaaltjes gekocht!' krijste Brooke, zo hard dat een paar andere klanten naar hen omkeken.

'Dat weet ik, Roek. Daarom heb ik onmiddellijk Samara gemaild en haar gevraagd of ze me wilde helpen. Dat heeft ze gedaan. En hoe.'

'Echt waar?' Brooke hield haar hoofd schuin, verbaasd maar ook enigszins gerustgesteld.

'Echt waar.' Julian haalde zijn iPhone tevoorschijn en scrolde wat alvorens hij het scherm aantike en voorlas: 'Hallo schatje – zo noemt ze iedereen – het team van *Friday Night Lights* heeft een themafeest georganiseerd, om dicht bij hun Texaanse *roots* te blijven. Leef je gerust helemaal uit met je kleding. Cowboyhoeden, laarzen, chaps en heel strakke, sexy spijkerbroeken: je zult het allemaal zien vanavond. Zeg maar tegen Brooke dat ze een leuk afgeknipt spijkerbroekje nodig heeft. Coach Taylor kiest hoogst persoonlijk een winnaar uit, dus hou je niet in! Ik kan niet wachten om…' Julian brak de zin af en las het laatste gedeelte niet hardop voor. 'De rest is niet interessant, dat gaat over de planning. Maar goed… nu weet je waarom we hier zijn. Fijn, toch?'

'Nou, ik ben blij dat je er nog achter kwam voordat we vanavond…' Ze zag Julians nerveuze blik; hij wilde haar goedkeuring horen. 'Ik ben heel blij dat je me een afgang hebt bespaard. Bedankt dat je al die moeite hebt gedaan.'

'Het is geen moeite.' Julians opluchting was overduidelijk.

'Je had vandaag eigenlijk moeten repeteren.'

'Dat kan straks nog, daarom zijn we vroeg vertrokken. Ik ben sowieso blij dat je bij me bent.' Hij gaf haar een lief kusje en stak toen zijn hand op naar de verkoopster. Ze kwam met een brede glimlach weer aangesneld.

'Zijn we zover?' vroeg ze.

'We zijn zover,' zeiden Brooke en Julian tegelijk.

Toen ze een uur later vertrokken, had Brooke een kleur van opwinding. Het shoppen was duizend keer leuker geweest dan ze had gedacht, een spannende combinatie van Julians goedkeurende blikken wanneer ze heel korte broekjes, strakke topjes en sexy laarzen aantrok, en de pure, kinderlijke vreugde dat het verkleedpartijtje met zich nmeebracht. Mandy, de verkoopster, had voor Brooke vakkundig de ideale party-outfit bij elkaar gezocht: een kort spijkerrokje – Brooke voelde zich te onzeker voor shorts – en een geruit overhemd, precies zo een als Mandy zelf droeg, sexy geknoopt boven de navel (maar in Brookes geval wel met een wit hemdje eronder, zodat ze het zachte vlees van haar buik niet hoefde te ontbloten), een riem met een enorme gesp in de vorm van een sheriffster, een combowhoed met omgekrulde zijkanten en een bungelend koordje onder de kin, en de meest uitdagende cowboylaarzen die Brooke ooit had gezien, met sierstiksel. Mandy had haar aangeraden haar haar in twee lage vlechtjes te dragen en had haar 'een rode bandana overhandigd, die ze om haar hals moest knopen. 'En vergeet niet om heel, heel veel mascara op te doen,' had ze er met een vermanend vingertje bij gezegd. 'Cowgirls zijn dol op smoky eyes.' Hoewel Julian niet verkleed zou optreden, had Mandy hem geleerd een pakje sigaretten in de mouw van zijn t-shirt te stoppen, en hij had de bijpassende mannenversie van Brookes cowboyhoed gekocht.

Ze lachten de hele weg terug naar het hotel. Toen Julian zich naar haar toe boog om haar een kus te geven, met de mededeling dat hij om zes uur terug zou zijn om te douchen, had Brooke hem het liefst gesmeekt om bij haar te blijven, maar ze pakte haar winkeltasjes en gaf hem een kus terug. 'Succes,' zei ze. 'Ik vond het heel leuk vandaag.' En ze kon de grijns niet van haar gezicht krijgen toen Julian zei dat dat voor hem ook gold.

Hij was later terug dan gepland en moest zich haasten met douchen en aankleden, en ze merkte dat hij nerveus werd toen ze in de gereedstaande auto met chauffeur stapten.

'Ben je zenuwachtig?' vroeg ze.

'Ja, wel een beetje.'

'Onhoud één ding: van alle nummers op aarde hebben ze dat van jou uitgekozen. Telkens wanneer iemand naar een aflevering van de serie kijkt, hoort hij jóúw lied. Dat is fantastisch, schat. Ech fantastisch.'

Julian legde een hand op de hare. 'Het wordt vast een heel leuke avond. En jij ziet eruit als een model. De camera's zullen wel overuren draaien.'

Brooke had de vraag nog niet gesteld –'welke camera's? – of de auto hield halt voor de ingang van de Hula Hut, een tent die beroemd was in de wijde omgeving en erom bekendstond de beste *queso* ten noorden van Mexico te serveren. Ze werden begroet door een stuk of tien paparazzi.

'O, god, gaan ze foto's van ons nemen?' vroeg Brooke, die plotseling als de dood was voor deze mogelijkheid, die haar compleet ontgaan was. Toen ze opkeek, zag ze een lang, smal tapijt in koeienprint liggen – waarschijnlijk de Texaanse versie van een rode loper. Een meter of wat verderop, tussen de weg en de deur van het restaurant, poseerden een paar acteurs uit de serie voor de camera's.

'Wacht even, dan hou ik het portier voor je open,' zei Julian. Hij stapte uit en liep om naar haar kant van de auto. Daar hield hij het portier open en stak zijn hand naar haar uit. 'Wees maar niet bang, ze zullen niet veel aandacht voor ons hebben.'

Brooke was opgelucht toen ze zag dat hij daar gelijk in had. De fotografen die hen hadden belaagd in de hoop dat er een belangrijk iemand uit de auto zou komen, verdwenen al net zo snel als ze gekomen waren. Er was er maar één die vroeg of ze wilden poseren, voor een grote wand vlak bij de ingang die was bedrukt met de namen *Friday Night Lights* en NBC. Nadat hij halfslachtig een paar plaatjes had geschoten, vroeg hij hun hun namen te spellen in een taperecorder en weg was hij. Ze waren net binnen, Brooke stevig bij Julian aan de hand, toen ze aan de andere kant van het vertrek Samara zag staan. Brooke wierp één blik op haar elegante zijden jurkje, haar gladiatorsandalen en rinkelende oorbellen en voelde zich meteen belachelijk. Waarom was zij gekleed alsof ze naar een linedance-avond ging terwijl die meid eruitzag alsof ze rechtstreeks van de catwalk kwam? Stel je voor dat er sprake was van een vreselijk misverstand en Brooke de enige was die hier vanavond verkleed rondliep. Ze voelde haar ademhaling vertragen en de paniek toeslaan.

Pas na een tijdje durfde ze om zich heen te kijken. Overal waar ze keek zag ze kort afgeknipte spijkerbroekjes en joekels van cowboyhoeden.

Ze pakte een fruitig uitziende cocktail van een passerend dienblad en zweefde tevreden door het daaropvolgende uur van kennismaken, rondlopen, drinken en lachen. Het was een van die zeldzame feesten waarop iedereen het oprecht naar zijn zin leek te hebben – niet alleen de acteurs en medewerkers van de tv-serie, die elkaar duidelijk goed kenden en het goed met elkaar konden vinden, maar ook hun wederhelften en vrienden en het handjevol beroemdheden dat was gekomen omdat ze iets hadden met een van de acteurs of omdat ze door hun pr-mensen min of meer waren gedwongen vanwege de publiciteit. Brooke zag honkballer Derek Jeter bij een overvolle schaal nachos staan en probeerde zich te herinneren met welke *Friday Night Lights*-actrice hij ook alweer verloofd was. Julian meldde dat hij Taylor Swift halfnaakt op het terras had gespot met een aantal bewonderaars. Maar het was voornamelijk een lekker luidruchtige groep mensen die chaps, geruite hemden en afgeknipte broeken droegen, bier dronken, queso aten en meedeinden op de eightiesmuziek die uit de boxen schalde. Brooke had zich nog nooit zo ontspannen en zelfverzekerd gevoeld tijdens een optreden van Julian, en ze genoot van het zeldzame gevoel lekker aangeschoten en charmant en gewoon *aanwezig* te zijn. Tegen de tijd dat Julian en zijn band het provisorische podium betraden, hoorde Brooke er helemaal bij, mede doordat ze zich had laten overhalen tot een spontane margaritaproeverij samen met een aantal vrouwen uit het schrijversteam van de serie. Pas op het laatste moment besefte ze dat ze Julian nog niet had zien spelen met zijn nieuwe begeleidingsband, behalve op de opnames van zijn optreden bij Jay Leno.

Ze keek aandachtig toe toen de bandleden het podium op gingen om hun instrumenten te testen, en het verbaasde haar enigszins dat ze er niet echt uitzagen als een rockband, maar eerder als een groepje twintigers die al sinds hun elitekostschool in New England bevriend waren. De drummer, Wes, had wel het vereiste lange haar, maar dat hing niet in vette slierten om zijn gezicht. De donkerbruine lokken van Wes waren dik en golvend en weelderig; hij had haar dat alleen vrouwen verdienden. Hij droeg een sportief groen poloshirt met een schone, gestreken spijkerbroek en een paar klassieke grijze sneakers van New Balance. Hij zag eruit als iemand die in de zomervakantie van de middelbare school een bijbaantje had gehad als caddy – niet om geld te verdienen, maar om 'karakter te kweken' – en daarna nooit meer had hoeven werken tot het tijd werd om zich aan te sluiten bij het advocatenkantoor van zijn vader. De leadgitarist was de oudste van het stel, waarschijnlijk begin dertig, en al was hij minder kakkerig dan Wes, zijn aftandse kakibroek, zwarte All Stars en T-shirt met de opdruk JUST DO IT! waren niet bepaald rebels. In tegenstelling tot zijn drummende collega beantwoordde de gitarist, Nate, aan geen enkel stereotype van de rocker: hij was aan de mollige kant en had een schuchter lachje en neergeslagen ogen. Brooke kon zich nog herinneren hoe geschokt Julian was geweest toen Nate tijdens de auditie begon te spelen, nadat Julian hem van top tot teen had bekeken toen hij het podium op liep. 'Die jongen komt aangelopen en je ziet meteen dat hij zijn hele leven gepest is. Hij was nog bang voor zijn eigen schaduw, bij wijze van spreken. Tot hij begon te spelen. Man, wat vet! Niet van deze wereld.' Het trio werd aangevuld door Zack, de bassist, die er meer uitzag als een muzikant dan zijn tegenhangers, maar zijn coole stekeltjekapsel, de grove ketting aan zijn broeksriem en zijn subtiele eyeliner maakten hem eigenlijk alleen nog maar meer tot een poseur. Hij was het enige bandlid over wie Julian niet laaiend enthousiast was, maar Sony was bang dat de bassiste van zijn eerste keus – een meisje, dus – hem zou overschaduwen, en Julian had er niet over in discussie willen gaan. Het was een vreemd allegaartje, deze groep muzikanten die ogenschijnlijk niet bij elkaar pasten, maar je kon niet zeggen dat het geen intrigerend geheel was. Brooke keek om zich heen en zag dat iedereen stil was geworden.

Julian stelde zich niet voor en leidde het nummer niet in, zoals hij normaal gesproken deed bij een optreden. Hij knikte alleen maar naar zijn bandleden en begon toen zijn eigen versie van 'Achy Breaky Heart' te zingen. Het was een riskante keus, maar een briljante zet. Hij maakte van een treurig kitschnummer iets wat heel serieus klonk, bijna diepzinnig, zodat er een frisse, nieuwe uitvoering ontstond die samenzweerderig cool en ironisch klonk. Alsof hij wilde zeggen: Jullie dachten dat wij hier heel serieus het nummer zouden spelen dat jullie hebben uitgekozen als openingslied van de serie, of misschien iets van het toekomstige album, maar wij staan hier niet om onszelf bloedserieus te nemen. Het publiek lachte en juichte en zong mee, en na afloop werd er enthousiast geapplaudisseerd.

Brooke klapte met de anderen mee en genoot van al die mensen om zich heen die zeiden dat Julian zo goed was dat ze wel de hele avond naar hem zouden willen luisteren. Het enthousiasme van de anderen verbaasde haar niet in het minst; hoe zouden ze er ánders over kunnen denken? Maar het verveelde nooit. En nu Julian bij de microfoon stond en breed en lief lachte, voelde Brooke de hele zaal naar hem teruglachen.

'Hallo, *y'all*,' zei hij, en hij tikte overdreven tegen zijn cowboyhoed. 'Wat fijn dat jullie deze *Yankee-boy* verwelkomen hier in de stad.'

Het publiek joelde en klapte. Brooke zag dat Tim Riggins zijn bierflesje naar Julian hief, en ze moest zich inhouden om niet te gaan gillen. Derek Jeter zette zijn handen aan zijn mond en riep heel hard 'Woe-hoe!' Een deel van het schijverteam, de vrouwen met wie Brooke eerder op de avond margarita's had geproefd, ging op een rij voor het podium staan joelen en fluiten naar de band. Julian beloonde hen met alweer zo'n charmante glimlach.

'Ik denk dat ik namens ons allemaal spreek als ik zeg hoe trots en vereerd we zijn dat jullie mijn nummer tot júllie nummer hebben verkozen.' Er barstte nog meer gejoel en gejuich los, maar Julian stak zijn hand op. 'Ik kan niet wachten om het vanavond te zingen, hier voor jullie allemaal. Maar ik hoop dat jullie me nog een paar minuutjes de tijd geven voordat ik "For the Lost" ga spelen. Ik wil eerst iets zingen voor mijn lieftallige echtgenote Brooke. Ze is de laatste tijd heel geduldig met me geweest – héél geduldig, neem dat maar van mij aan – en het is alweer even geleden dat ik haar daarvoor heb bedankt. Roekie, deze is voor jou.'

Bij het horen van haar koosnaampje voelde Brooke dat ze bloosde, en een fractie van een seconde vond ze het vervelend dat Julian haar publiekelijk zo had genoemd. Maar voordat ze er langer over kon nadenken hoorde ze de openingsklanken van 'Crazy Love' van Van Morrison – het eerste nummer waarop ze samen hadden gedanst op hun bruiloft – en ze was meteen gebiologeerd door zijn optreden. Julian keek haar recht aan terwijl hij het nummer langzaam opbouwde, en pas toen hij bij het refrein was aanbeland en hij zijn hoofd in zijn nek legde om klaaglijk de tekst te zingen, maakte Brooke zich los van hun heerlijke onderonsje en zag ze dat alle aanwezigen naar haar stonden te staren. Nee, niet alle aanwezigen. De mannen in de zaal verplaatsten hun gewicht van de ene voet op de andere, namen grote slokken bier en keken toe hoe de bandleden hun instrumenten bespeelden, en de vrouwen waren degenen die Brooke bekeken met onverholen jaloezie en bewondering. Het was een onwerkelijk gevoel; ze had bij andere optredens al heel wat Julian-aanbidding meegemaakt, maar het was nooit eerder voorgekomen dat ze de spotlights rechtstreeks op zichzelf gericht voelde. Ze glimlachte en danste wat en keek hoe Julian haar toezong. Op de een of andere manier, ondanks het feit dat er honderden mensen getuige van waren, voelde het als een van de intiemste momenten die ze ooit samen hadden beleefd. Dit behoorde tot de mooiste momenten die ze zich kon herinneren.

Toen Julian ten slotte aan 'For the Lost' begon, was Brooke ervan overtuigd dat de hele zaal helemaal weg van hem was. De energie was tastbaar en intens, maar ongeveer halverwege het nummer voelde ze een nog heviger opwinding door het publiek gaan. De mensen schuifelden, draaiden zich om, keken en fluisterden. Sommigen rekten hun hals. Er was zelfs iemand die wees. Er was daarginds iets aan de hand, maar Brooke kon in de drukte niet zien wat het was, totdat... Wacht even. Was dat echt...

Layla Lawson? Ja, ze was het, en al begreep Brooke niet wat Layla Lawson in godsnaam te zoeken had op het feest voor de seizoenspremière van *Friday Night Lights*, ze was er... en ze zag er fantastisch uit. Ze droeg een gebloemd zomerjurkje met cowboylaarzen eronder, en Brooke wist niet of ze speciaal zo gekleed was vanwege het cowboythema of niet, maar je kon niet ontkennen dat ze er fit, tevreden en zeer, zeer beroemd uitzag. De hele zaal keek toe hoe Layla Samara begroette met een stevige omhelzing alvorens door de menigte heen naar voren lopen, naar de plek vlak voor het podium waar Brooke stond.

Het gebeurde voordat iemand – inclusief Julian – er erg in had. Een paar tellen na het beëindigen van het nummer, toen de band het applaus in ontvangst nam, liep Layla het trapje van het podium op, beende zelfverzekerd naar Julian toe en sloeg haar armen om hem heen. Ze lachte, en nadat ze hem op zijn wang had gekust en met twee handen zijn bovenarm had vastgepakt, draaide ze zich om naar het publiek. Het zag eruit alsof ze zich letterlijk aan hem vastklampte, en ze keek naar hem op met die stralend witte lach en met een blik van pure bewondering in haar ogen. Tot dat moment was Julian stokstijf blijven staan, vol ongeloof, maar er moest ergens een knop omgegaan zijn, want binnen een paar seconden beantwoordde hij haar bewonderende blik – en hoe.

Ze boog zich naar de microfoon toe alsof die daar speciaal voor haar stond en riep: 'Wat een lekker ding, hè? Een applaus voor Julian Alter!'

De zaal ging uit zijn dak. Alle fotografen die eerder geen acht op hen hadden geslagen gingen door het lint. Ze vochten om een goed plekje en namen foto na foto; de camera's flitsten alsof dit de Oscaruitreiking was.

Het was bijna net zo snel voorbij als dat het was begonnen. Layla fluisterde Julian iets in zijn oor en beende het podium weer af. Brooke had gedacht dat ze nog wel zou blijven om iets te drinken, maar het sterretje stevende rechtstreeks op de uitgang af.

Tien minuten later stond Julian weer naast Brooke, bezweet en lachend; de blos die hij na een optreden altijd op zijn wangen had werd nog versterkt door de opwinding. Hij kuste haar en keek haar aan met een blik die zei: *Ik kan niet wachten om het hier met je over te hebben,* en hij kneep in haar hand terwijl hij lachend aan alle kanten felicitaties en schouderklopjes in ontvangst nam.

Ze waren geen seconde alleen tot tegen één uur, toen Samara en Leo afscheid namen en naar hun hotelkamer vertrokken (Leo uiteraard in gezelschap van een nieuwe vriendin, die hij op het feest had opgedaan). Zodra de deur van hun eigen kamer achter hen dichtviel, zei Julian tegen Brooke: 'Het is toch niet te gelóven dat Layla Lawson bij mij op het podium is geklommen?'

'Als ik het niet met eigen ogen had gezien, zou ik het niet geloven. Ik twijfel trouwens nog steeds.' Brooke schopte haar laarzen uit en liet zich op het bed vallen.

'Layla fucking Lawson. Onwerkelijk. Wat dééd ze daar in godsnaam?'

'Ik heb geen idee, maar ik kan je wel vertellen dat die meid kan dansen. Zag je hoe ze draaiend en heupwiegend naast je stond? Ik kon mijn ogen niet van haar afhouden. Het is alsof ze het niet kan laten zodra ze een microfoon in haar handen geduwd krijgt.'

Er werd op de deur geklopt.

Julian keek Brooke aan, die haar schouders ophaalde. Hij liep naar de deur en deed open. Leo stormde ongevraagd naar binnen. Brooke moest bijna hardop lachen: zijn overhemd hing open tot aan zijn navel en aan de binnenkant van zijn kraag zat een veeg van iets wat verdacht veel op lippenstift leek.

'Moet je horen,' zei hij tegen Julian, zonder een begroeting of een verontschuldiging omdat hij hen stoorde. 'Ik weet dat het kort dag is, maar Samara vertelt me net dat ze morgen het een en ander voor je heeft geregeld in LA. Die stunt met Layla was geniaal, iedereen gaat uit zijn dak. We vertrekken om negen uur naar het vliegveld, oké?'

'Morgenvroeg?' wist Julian uit te brengen, en hij keek net zo verbaasd als Brooke zich voelde.

'Klokslag negen uur in de lobby. De vluchten zijn allemaal geregeld. Je vliegt over een dag of drie, vier terug naar New York, denk ik. Goed gedaan vanavond, man. Ik zie je morgen.' En weg was hij. Brooke bedankte in stilte het meisje dat vannacht bij hem in bed lag, wie het ook mocht zijn.

'Goh,' zei ze toen de deur met een klap achter Leo was dichtgevallen.

'Goh. Ik geloof dat ik morgen naar Los Angeles ga.'

'Oké.' Brooke wist niet wat ze anders moest zeggen. Ze zou het etentje moeten afzeggen dat ze voor de volgende dag had gepland, met oude studievrienden van Julian die buiten de stad woonden. En hij zou ook niet mee kunnen naar het feest waarvoor Nola hen had uitgenodigd, in het museum waar ze in het juniorbestuur zat. De kaartjes hadden een klein fortuin gekost.

Er werd weer op de deur geklopt.

Brooke kreunde. 'Wat nu weer?'

Deze keer was het Samara, druk en levendig als altijd. Ook zij beende meteen door naar binnen, zonder hen te begroeten, en ze keek in haar aantekenblok met leren omslag en zei: 'Dat fotomoment met Lawson heeft beter gewerkt dan ik had gehoopt, iedereen heeft het opgepakt. Iedereen.'

Julian en Brooke staarden haar allebei aan.

'Ik heb al honderd telefoontjes gekregen met verzoeken voor interviews en foto's. Brooke, ik overweeg een artikel over jou, een interview in de trant van: "Wie is de vrouw achter Julian Alter?", dus houd daar vast rekening mee. Julian, we boeken je voor de komende week flink vol. Dit is goed nieuws, met absoluut fantastische resultaten en ik kan je vertellen dat ze bij Sony héél blij zijn.'

'Wauw,' zei Julian.

'Fijn,' voegde Brooke er zwakjes aan toe.

'De paparazzi liggen letterlijk op de loer in de lobby, dus wees daar morgenvroeg op voorbereid. Ik kan wel wat mensen aanbevelen die je in de arm kunt nemen voor je privacy en bescherming, stuk voor stuk erg goed.'

'O, ik denk niet dat dat nodig zal zijn,' zei Brooke.

'Hm. Ik hoor het wel. Intussen wil ik jullie aanraden om onder een andere naam in te checken in hotels en heel voorzichtig te zijn met wat je in je e-mail schrijft. Aan iedereen.'

'Nou, dat is wel...'

Samara legde Julian het zwijgen op en sloeg haar aantekenblok dicht. Gesprek officieel beëindigd.

'Brooke, Julian...' Ze sprak hun namen heel langzaam uit, met een glimlach waarvan Brooke de kriebels kreeg. 'Het feest kan beginnen.'

6

Hij had nu dókter kunnen zijn

'Zal ik ze achter de gewone gordijnen hangen of wilt u dat ik die er eerst afhaal?' vroeg de installateur en hij gebaarde achter zich, naar de slaapkamer van Brooke en Julian.

Het was geen al te belangrijke beslissing, maar Brooke vond het vervelend dat ze die in haar eentje moest nemen. Julian zat ergens in het Noordwesten – ze kon het de laatste tijd bijna niet meer bijhouden – en op huishoudelijk gebied had ze de laatste tijd bijzonder weinig aan hem.

'Ik weet niet, wat doen de meeste mensen?'

De jongen haalde zijn schouders op. Zijn uitdrukking zei: Het interesseert me geen reet, kies nou maar, dan kan ik hier weg en dan heb ik tenminste nog wat aan mijn zaterdag. Brooke wist precies hoe hij zich voelde.

'Eh, ik denk achter de gewone gordijnen. Die zijn mooier om te zien.'

Hij bromde wat en verdween, op de voet gevolgd door Walter. Ontrouwe hond. Brooke richtte zich weer op haar boek, maar ze was blij toen de telefoon ging.

'Hé papa, is alles goed?' Het leek wel of ze hem in geen tijden meer had gesproken, en als ze hem aan de lijn had, wilde hij het altijd over Julian hebben.

'Brooke? O, hoi, met Cynthia.'

'Hé, Cynthia! Ik zag het nummer van pa op de nummermelder. Hoe is het met jou? Wanneer komen jullie weer eens naar New York?'

Cynthia lachte geforceerd. 'Dat zal nog wel even duren. De vorige keer was nogal… vermoeiend. Maar je bent hier altijd welkom.'

'Ja, dat weet ik.' Het klonk botter dan ze het had bedoeld, al was het nogal zuur om een uitnodiging te krijgen om je eigen vader te bezoeken in het ouderlijk huis. Cynthia moest het gehoord hebben, want ze verontschuldigde zich snel, waardoor Brooke zich onmiddellijk onnodig kattig voelde.

'Ja, sorry,' zei Brooke met een zucht. 'Het is hier op het moment een beetje een gekkenhuis.'

'Dat kan ik me voorstellen! Zeg, moet je horen, het zal wel niet kunnen, maar ik vraag het toch maar. Het is namelijk voor een goed doel.'

Brooke ademde diep in en wachtte af. Daar had je het weer, die totaal onverwachte kant van samenleven met iemand die sinds kort beroemd was – hij was nu toch beroemd? Dit was iets waarvoor niemand haar had gewaarschuwd.

'Ik weet niet of je het weet, maar ik ben medevoorzitter van de vrouwengroep van de Beth Shalom-synagoge.'

Brooke wachtte, maar Cynthia zei niets meer.

'Eh ja, dat wist ik geloof ik wel,' zei Brooke, die probeerde zo weinig mogelijk enthousiasme in haar stem te leggen.

'Over een paar weken is onze jaarlijkse liefdadigheidslunch en de spreker die we hadden geboekt heeft afgezegd. Die vrouw die koosjere kookboeken schrijft, weet je wel? Hoewel, ik geloof niet dat ze per se koosjer zijn, althans niet heel streng. Ze heeft er een geschreven voor Pascha, een voor Chanoeka en een speciaal voor kinderen.'

'Hmm.'

'Afijn, nou blijkt dat mens volgende week geopereerd te moeten worden, aan een knobbel op haar voet of zoiets, en dan kan ze tijdelijk niet lopen, al denk ik eerder dat ze eigenlijk een liposuctiebehandeling laat doen.'

Brooke dwong zichzelf om geduldig te blijven. Cynthia was een lief mens en ze wilde alleen maar geld inzamelen voor de minderbedeelden. Ze haalde langzaam heel diep adem, voorzichtig, zodat Cynthia het niet zou horen.

'Maar misschien is het wel echt voor een knobbel. Of ze heeft gewoon geen zin om van Shaker Heights naar Philadelphia te reizen, dat kan ook. Maar wie ben ik om daarover te oordelen? Als er iemand zou komen die mij een gratis buikcorrectie zou aanbieden, zou ik waarschijnlijk mijn eigen moeder er nog wel voor opofferen.' Stilte. 'O jee, dat klonk heel akelig, hè?'

Brooke kon haar haar wel uit haar hoofd trekken. Ze forceerde een lach. 'Je bent vast niet de enige, maar je hebt het niet nodig. Je ziet er hartstikke goed uit.'

'Ach, dat is lief van je!'

Brooke wachtte even tot Cynthia zich weer zou herinneren waarvoor ze had gebeld. 'O! Afijn, hij heeft het vast idioot druk de laatste dagen, maar mocht Julian een gaatje kunnen vinden om zijn gezicht te laten zien bij onze lunch, dan zou dat fantastisch zijn.'

'Zijn gezicht laten zien?'

'Ja, of optreden, wat hij zelf het liefste doet. Misschien dat nummer waar hij bekend mee is geworden? De brunch begint om elf uur met een veiling in de grote zaal, waar Gladys en ik een toespraak houden over het werk van de vrouwengroep tot nu toe, het lidmaatschap van Beth Shalom in het algemeen, en we nemen wat data door voor de…'

'Goed, ik begrijp het. Dus je wilt dat hij komt… optreden? Bij een dameslunch? Je weet toch dat dat nummer gaat over een overleden broertje, hè? Denk je dat, eh… dat de mensen dat op prijs zullen stellen?'

Gelukkig vatte Cynthia het niet persoonlijk op. 'Op prijs stellen? Ach Brooke, ze zullen het geweldig vinden.'

Twee maanden eerder zou Brooke het niet hebben geloofd als iemand haar had verteld dat ze dit gesprek ooit zou voeren, maar ze was intussen benaderd door de directeur van Huntley, een oud-klasgenote van de middelbare school, een ex-collega en maar liefst twee neven – die allemaal een handtekening of cd van Julian wilden – dus Brooke keek nergens meer van op. Maar toch was dit wel een uitschieter. Ze probeerde zich voor te stellen hoe Julian een akoestische versie van 'For the Lost' zou zingen op de bema van de synagoge, voor vijfhonderd joodse moeders en oma's, trots aangekondigd door de rabbi en de voorzitster van de vrouwengroep. Na afloop zouden de vrouwen tegen elkaar zeggen: 'Ach, hij is dan wel geen dokter, maar hij kan er tenminste van leven', en: 'Ik heb gehoord dat hij medicijnen wilde gaan studeren, maar hij heeft nooit doorgezet. Eeuwig zonde.' Daarna zouden ze om hem heen drommen, en bij het zien van zijn trouwring zouden ze alles willen weten over zijn vrouw. Was zij ook een fijn joods meisje? Hadden ze kinderen? Waarom niet? En wat belangrijker was: wanneer wilden ze eraan beginnen? De vrouwen zouden vol afkeuring zeggen dat hij veel beter bij hun dochter of nichtje of de dochter van een vriendin paste. En ook al woonden zij in Philadelphia en was Julian opgegroeid in Manhattan, zeker tien van hen zouden beweren verre familie te zijn van Julians ouders, grootouders of allebei. Julian zou 's avonds helemaal in shock thuiskomen, veteraan van een oorlog die slechts weinigen begrepen, en Brooke zou niets kunnen zeggen of doen om hem te troosten.

'Ik zal het hem vragen. Ik weet dat hij het een eer zal vinden dat je aan hem hebt gedacht en ik weet zeker dat hij het graag zou doen, maar volgens mij zit hij de komende weken behoorlijk volgeboekt.'

'Als je echt denkt dat hij het graag wil doen, kan ik misschien met de anderen overleggen om de datum op te schuiven. Misschien kunnen we...'

'Nee, dat zou ik niet doen,' zei Brooke snel. Deze kant van Cynthia had ze nooit eerder gezien en ze wist niet goed wat ze ervan moest denken. 'Hij is heel onvoorspelbaar de laatste tijd. Maakt steeds afspraken die hij moet afzeggen. Dat vindt hij erg vervelend, maar hij kan nu gewoon zijn eigen tijd niet meer indelen, snap je?'

'Tuurlijk,' mompelde Cynthia, en Brooke probeerde er niet aan te denken hoe ironisch het was dat ze Cynthia nu afscheepte met dezelfde smoes die Julian voor haar gebruikte.

Ergens op de achtergrond klonk een deurbel. Cynthia zei dat ze moest ophangen en Brooke bedankte telepathisch het bezoek. Ze las nog twee hoofdstukken in haar boek, een non-fictierelaas over de ontvoering van Etan Patz die maakte dat ze ervan overtuigd was dat iedere engerd op straat een potentiële pedofiel was, en ze ging samen met de installateur van de verduisteringsgordijnen-annex-paparazziwering de deur uit toen hij klaar was.

Het alleen zijn begon te wennen. Nu Julian zo veel weg was, zei Brooke vaak voor de grap dat het haar deed denken aan de tijd dat ze single was geweest, maar dan een stuk minder sociaal. Nu liep ze over

Ninth Avenue, en toen ze bij de Italiaanse banketbakker op de hoek kwam, met het handbeschilderde bordje PASTICCERIA en de zelfgemaakte gordijntjes, kon ze zichzelf er met geen mogelijkheid van weerhouden naar binnen te gaan. Het was een schattig zaakje met een Europees aandoende koffiebar, waar de mensen 's morgens cappuccino en de rest van de dag espresso bestelden, die ze staand opdronken.

Ze bekeek de enorme gebaksvitrine en kon de boterkoekjes, de met jam gevulde croissants en de ricottataart met bosvruchten bijna proeven. Natuurlijk was er geen twijfel mogelijk: als ze maar één ding mocht kiezen, zou ze een verrukkelijk rijk gevulde cannoli met zo'n lekker zondig gefrituurd korstje nemen. Eerst zou ze de room eraf likken en daarna, nadat ze haar smaakpapillen had geneutraliseerd met een slokje koffie, zou ze zichzelf een grote hap van beide uiteinden toestaan, waarna ze uitgebreid...

'*Dimmi!*' riep de Italiaanse mama uit, daarmee Brookes gebaksfantasie verstorend.

'Een grote koffie verkeerd met magere melk alstublieft, en zo een,' zei Brooke, en ze wees met een zucht naar de kale biscotti die treurig op een dienblad bij de kassa lagen, zonder glazuur en zonder zoete vulling. Ze wist dat het amandelkoekje vers en lekker zou zijn, met precies de juiste knapperigheid, maar het was een sneu alternatief voor de cannoli. Ze had helaas weinig keus: ze was in het weekend in Austin bijna twee kilo aangekomen en ze kon wel gillen als ze daaraan dacht. Bij de gemiddelde vrouw zouden die paar pondjes extra amper opvallen, maar voor haar – ze was niet alleen voedingsdeskundige, maar ook nog eens getrouwd met een beroemdheid – was het onaanvaardbaar. Na haar terugkeer uit Austin was ze meteen met een eetdagboek begonnen, in combinatie met een streng 1300-calorieën-per-dag-dieet. Geen van beide had tot nu toe erg veel effect, maar ze was vastbesloten het vol te houden.

Brooke betaalde haar bestelling en was bijna bij de koffiebar toen ze haar naam hoorde.

'Brooke! Hier.'

Toen ze zich omdraaide, zag ze Heather zitten, een van de decanen op Huntley. Hun werkkamers lagen tegenover elkaar op dezelfde gang. Normaal gesproken kwamen ze zo nu en dan bij elkaar om een gezamenlijke leerling te bespreken, maar de laatste tijd hadden ze elkaar vaker gezien dan anders, vanwege Kaylie. Heather had als eerste gemerkt dat Kaylie geobedeerd was door haar gewicht en zij was degene die het meisje had doorgestuurd naar Brooke. Nu maakten ze zich allebei zorgen om haar. Hoe vaak ze elkaar op school ook hadden gesproken de afgelopen maanden, ze waren geen vriendinnen, en Brooke voelde zich een beetje ongemakkelijk nu ze haar collega op zaterdag in een lunchroom tegenkwam.

'Hé, hallo!' zei ze, en ze ging op het houten stoeltje naast Heather zitten. 'Ik had je helemaal niet gezien. Alles goed?'

Heather zei lachend: 'Heel goed! Ik ben zo blij dat het weekend is. Het is toch ongelooflijk dat we over twee weken drie maanden vakantie hebben?'

'Zeg dat wel,' zei Brooke, en ze besloot er niet over te beginnen dat ze al die tijd fulltime moest werken in het ziekenhuis.

Maar Heather wist het nog. 'Ja, ik heb ook wat privéklanten deze zomer, maar dan kan ik tenminste zelf mijn uren bepalen. Ik weet niet of het door die verschrikkelijke winter komt of doordat ik zo langzamerhand opgebrand begin te raken, maar ik kan niet wáchten tot het vakantie is.'

'Ik weet er alles van,' zei Brooke. Ze voelde zich een beetje opgelaten omdat ze verder niets te bespreken hadden.

Het leek alsof Heather gedachten kon lezen. 'Gek om elkaar buiten school te zien, hè?'

'Inderdaad! Ik ben altijd bang om een van de leerlingen tegen te komen op straat of in een restaurant. Weet je nog hoe het was om als kind je leraar tegen te komen in een winkel? Dan besefte je tot je verbazing dat die mensen ook een eigen leven hadden buiten school.'

Heather moest lachen. 'Helemaal waar. Gelukkig komen we niet veel op dezelfde plekken.'

Brooke zuchtte. 'Idioot, hè?' Toen zei ze: 'Ik heb eind vorige week een heel productief gesprek gehad met Kaylie. Ik sta nog steeds niet graag toe dat ze afvalt, maar ik heb gezegd dat ze wel een eetdagboek mag bijhouden, zodat we kunnen kijken of ze misschien betere, voedzamere producten kan gaan eten. Daar leek ze wel blij mee te zijn.'

'Dat is fijn om te horen. We weten eigenlijk allebei wel dat haar gewicht het probleem niet is; het gaat erom dat ze zich begrijpelijkerwijs niet thuis voelt tussen haar klasgenootjes, die uit een heel andere sociaal-economische wereld komen. Dat zien we helaas vaak bij leerlingen die een beurs hebben gekregen, maar uiteindelijk vinden ze altijd wel hun plekje.'

Brooke was het tot op zekere hoogte niet met haar eens – ze had met heel wat tienermeisjes gewerkt en was van mening dat Kaylie zich bovenmatig druk maakte om haar figuur – maar die discussie wilde ze nu niet aangaan. Dus glimlachte ze en zei: 'Nou zitten we hier op zaterdag nog over ons werk te praten. We moesten ons schamen!'

Heather nam een slokje van haar koffie. 'Ik weet het, maar ik kan aan niets anders denken. Ik overweeg zelfs om binnen een paar jaar terug te gaan naar een basisschool. Daar ben ik beter op mijn plaats. En jij, heb jij enig idee hoe lang je hier wilt blijven werken?'

Brooke speurde Heathers gezicht af op zoek naar een aanwijzing dat ze indirect naar Julian informeerde. Suggereerde ze nou op de een of andere manier dat Brooke wel kon stoppen met werken nu Julian geld verdiende als muzikant? Had Brooke haar ooit verteld dat ze deze baan aanvankelijk had genomen om Julian financieel te steunen? Ze besloot dat ze zich nu te paranoïde opstelde. Als ze zelf niet op een normale manier over Julian praatte, hoe kon ze dat dan van anderen verwachten?

'Ik weet het niet. Op dit moment is het allemaal een beetje… hectisch.'

Heather keek haar meelevend aan, maar was zo vriendelijk om niet aan te dringen. Brooke besefte dat dit de eerste keer in drie of vier weken was dat iemand – wie dan ook – haar niet rechtstreeks naar Julian had gevraagd. Ze was Heather er dankbaar voor en wilde het gesprek graag weer op een minder gevoelig onderwerp brengen. Ze keek om zich heen en dacht na over wat ze zou kunnen zeggen, maar ze kwam niet verder dan: 'Ga je nog wat doen vandaag?' Ze nam snel een hap van haar biscotto, zodat ze even niet hoefde te praten.

'Niet veel. Mijn vriend is dit weekend op pad met zijn familie, dus ik ben alleen. Gewoon een beetje niksen, denk ik.'

'Heerlijk. Dat zijn de fijnste weekenden,' loog Brooke. Ze beet op het puntje van haar tong om er niet uit te flappen dat ze in razend tempo een expert aan het worden was als het ging om de beste manieren om het weekend door te brengen zonder je wederhelft. 'Wat zat je te lezen?'

'O, dit?' Heather gebaarde naar het tijdschrift dat ondersteboven bij haar elleboog lag, zonder het om te draaien. 'Niks bijzonders. Een dom roddelblaadje. Niet interessant.'

Brooke wist meteen dat het hét nummer van *Last Night* was. Ze vroeg zich af of Heather wist dat ze twee weken achterliep.

'Aha,' zei ze geforceerd opgewekt, en ze hoorde zelf hoe ongeloofwaardig het klonk. 'De beruchte foto.'

Heather vouwde haar handen in elkaar en staarde naar haar schoot, alsof ze zojuist was betrapt op een afschuwelijke leugen. Ze deed haar mond open om iets te zeggen, bedacht zich en zei toen: 'Ja, het is wel een rare foto.'

'Raar? Hoe bedoel je?'

'O, ik eh… ik bedoelde er niks mee. Julian staat er goed op!'

'Ik snap wat je bedoelt, de foto heeft iets raars.' Brooke begreep zelf niet waarom ze hier iemand die ze amer kende zat uit te horen, maar het leek ineens van het grootste belang dat ze wist wat Heather ervan vond.

'Dat bedoel ik niet. Ik denk dat de foto gewoon is genomen toen Julian haar net een fractie van een seconde zo… aanstaarde.'

Dus dat was het. Andere mensen hadden soortgelijke opmerkingen gemaakt. De woorden 'vervoering' en 'aanbidding' waren al gevallen. Wat natuurlijk grote onzin was.

'Ja, mijn man vindt Layla Lawson een lekker ding. Net als zo'n beetje honderd procent van alle warmbloedige Amerikaanse mannen,' zei Brooke lachend, en ze probeerde het zo nonchalant mogelijk te laten klinken.

'Nou en of!' Heather knikte instemmend, overdreven enthousiast. 'Het is natuurlijk heel goed voor zijn carrière om op die manier in het nieuws te komen.'

Brooke glimlachte. 'Dat kun je wel zeggen, ja. Deze foto heeft in één avond… alles veranderd.'

Die bekentenis leek Heather tot bezinning te brengen. Ze keek Brooke aan en zei: 'Ik weet dat het allemaal heel spannend en opwindend is, maar voor jou moet het verschrikkelijk zwaar zijn. Iedereen heeft het natuurlijk alleen nog maar over Julian. Het gaat waarschijnlijk elke seconde van de dag over hem.'

Brooke was van haar stuk gebracht. Niemand – Randy niet, haar ouders niet en zelfs Nola niet – besefte dat Julians kersverse roem niet alleen maar fantastisch was. Ze keek Heather dankbaar aan. 'Inderdaad, maar dat gaat vast wel weer over. Het is komkommertijd, weet je wel? Straks is het volgende nieuwtje aan de beurt.'

'Je moet je privacy heel goed beschermen. Ken je Amber, mijn oude schoolvriendin? Op een dag trouwde ze gewoon met haar schoolvriendje, in de kerk met alles erop en eraan, en nog geen jaar later won haar kersverse echtgenoot *American Idol*. Haar hele leven stond compleet op z'n kop.'

'Is jouw vriendin getrouwd met Tommy? Van een paar seizoenen geleden?'

Heather knikte.

Brooke floot. 'Goh, ik wist niet eens dat hij getrouwd is.'

'Nee, dat is logisch. Hij heeft letterlijk elke week een ander, al vanaf de dag dat hij dat programma heeft gewonnen. Die arme Amber was nog zo jong – pas tweeëntwintig – en zo naief dat ze niet bij hem weg wilde gaan, hoeveel vriendinnen hij ook had. Ze dacht dat als ze het maar genoeg tijd gaf, hij vanzelf wel rustiger zou worden en alles weer zou worden als vroeger.'

'En toen?'

'O, het was vreselijk. Hij neukte alles wat los en vast zat, en ook steeds openlijker. Herinner je je de foto's niet waarop hij naakt aan het zwemmen was met dat model? De bladen hadden de geslachtsdelen onzichtbaar gemaakt, maar verder kon je alles zien.'

Brooke knikte. Ook al was de stroom paparazzifoto's de laatste tijd enorm, ze wist nog dat dit geval een groot schandaal had veroorzaakt.

'Het is ruim een jaar zo doorgegaan en het werd niet minder. Op een gegeven moment was het zo erg dat haar vader tijdens een tour naar Tommy toe is gevlogen en onaangekondigd naar zijn hotelkamer is gegaan. Hij gaf hem vierentwintig uur de tijd om de scheidingspapieren te tekenen. Haar vader wist dat Amber dat zelf nooit zou doen – het was een schat van een meid en ze kon het allemaal nog steeds niet bevatten – en Tommy tekende. Ik weet niet of hij nou wel zo deugde voordat hij beroemd werd, maar nu is het in ieder geval een enorme eikel.'

Brooke probeerde haar gezicht in de plooi te houden, maar ze had Heather het liefst een klap in haar gezicht gegeven. 'Waarom vertel je me dit?' vroeg ze zo kalm als ze kon opbrengen. 'Zo is Julian helemaal niet.'

Heather sloeg een hand voor haar mond. 'Ik wilde absolúút niet suggereren dat Julian ook maar enigszins op Tommy lijkt. Natuurlijk niet. Ik vertel je dit verhaal alleen omdat Amber vlak na hun scheiding een mailtje heeft gestuurd naar al haar vrienden en familie, met het verzoek haar niet langer foto's, links of krantenknipsels te sturen, en haar niet meer te bellen om door te geven wat er allemaal met Tommy aan de hand was. Ik weet nog dat ik dat destijds een beetje raar vond – waren er dan zo veel mensen die haar interviews en dergelijke toestuurden? – maar later heeft ze me een keer haar mailbox laten zien en toen begreep ik het maar al te goed. Die mensen wilden haar niet kwetsen, ze waren gewoon niet erg gevoelig. Op de een of andere manier dachten ze dat ze het wel zou willen weten. Maar daarna heeft ze de draad van haar eigen leven weer opgepakt, en waarschijnlijk begrijpt ze nu beter dan wie dan ook hoe eh... overrompelend die hele roem kan zijn.'

'Ja, dat gedeelte is niet echt leuk.' Brooke dronk het laatste bodempje van haar koffie verkeerd op en veegde het schuim van haar mond. 'Als je het me een paar weken geleden zou hebben verteld, zou ik het waarschijnlijk niet geloofd hebben, maar ik ben dus echt de hele morgen in de weer geweest om speciale verduisteringsgordijnen te laten installeren. Een paar avonden geleden liep ik van de badkamer naar de koelkast met alleen een handdoek om, en opeens zag ik felle flitslichten. Er bleek een fotograaf op het dak van een auto pal onder ons raam te zitten, duidelijk in de hoop dat hij een plaatje kon schieten van Julian. Ik heb nog nooit zoiets angstaanjagends meegemaakt.'

'Wat erg! Wat heb je gedaan?'

'Het wijkbureau van de politie gebeld en gezegd dat er een man voor de deur stond die me wilde fotograferen terwijl ik geen kleren aan had. Ze zeiden iets in de trant van "Tja, dit is New York" en raadden me aan de gordijnen dicht te doen.' Ze vertelde er bewust niet bij dat ze eerst Julian had gebeld, die haar te verstaan had gegeven dat ze overdreef en dat ze dit soort dingen zelf maar moest oplossen, in plaats van hem 'atijd' in paniek te bellen over 'de kleinste dingen'.

Heather huiverde zichtbaar. 'Getver. Ik hoop wel dat je alarm hebt of zoiets?'

'Ja, dat is de volgende stap.' Brooke hoopte stiekem dat ze zouden verhuizen voordat dat nodig was – gisteravond aan de telefoon had Julian nog in bedekte termen iets gezegd over de 'opstap' naar een beter appartement – maar ze betwijfelde of dat echt zou gebeuren.

'Ik ga even naar de wc,' zei Heather, en ze pakte haar tas van de rugleuning van de stoel.

Brooke keek haar na toen ze de deur van het damestoilet door liep. Zodra ze die in het slot hoorde vallen, pakte ze het tijdschrift op. Het was hooguit een uur geleden dat ze de foto had gezien, maar ze kon het niet laten meteen door te bladeren naar pagina 14. Haar ogen gleden automatisch naar de linkerbenedenhoek, waar de foto onschuldig was geplaatst tussen een kiekje van Ashton Kutcher die in Demi Moores gespierde billen kneep en een foto van Suri Cruise die op de schouders van vader Tom zat, terwijl Katie en Posh toekeken.

Brooke vouwde het blad plat open op tafel en boog zich eroverheen om de foto beter te kunnen bekijken. Hij was nog net zo verontrustend als zestig minuten eerder. Als ze er vluchtig naar gekeken zou hebben, als het niet toevallig een foto van haar eigen man met een wereldberoemd sterretje was geweest, zou ze er niets bijzonders aan hebben gezien. Onder in beeld zag je de opgestoken armen van de voorste rijen publiek. Julian stak triomfantelijk zijn rechtervuist de lucht in, met de microfoon in zijn hand geklemd alsof het een sabel was met bijzondere krachten. Brooke kreeg de rillingen telkens wanneer ze naar Julian in die pose keek; hij leek onvoorstelbaar veel op een echte rockster.

Layla droeg een schrikbarend kort gebloemd zomerjurkje dat ook een kruippakje had kunnen zijn, met witleren cowboylaarzen met sierbeslag eronder. Ze was bruin, zwaar opgemaakt en behangen met sieraden en extensions alsof haar leven ervan afhing, en ze keek naar Julian op met een uitdrukking van pure vreugde op haar gezicht. Het was misselijkmakend, maar wat nog veel verontrustender was, was Julians gezichtsuitdrukking. De bewondering, de aanbidding, de blik van *mijn god, jij bent het mooiste wezen dat ik ooit heb gezien* was onmiskenbaar, op zijn gezicht gebeiteld in felle kleuren, dankzij de professionele Nikon. Het was het soort blik dat je als echtgenote een paar keer in je leven hoopte te zien: op je trouwdag en misschien bij de geboorte van je eerste kind. Het was precies het type blik die je nooit op het gezicht van je echtgenoot wilde zien op een foto in een internationaal tijdschrift, waarop hij naar een andere vrouw stond te kijken.

Brooke hoorde achter de houten deur de kraan lopen. Ze sloeg snel de *Last Night* dicht en legde hem weer ondersteboven voor Heathers stoel. Toen Heather terugkwam, keek ze eerst naar Brooke en toen naar het tijdschrift; met een blik die leek te zeggen: dat had ik daar niet moeten laten liggen. Brooke wilde zeggen dat het niet erg was, dat ze aan al dat gedoe begon te wennen, maar natuurlijk zei ze dat niet. In plaats daarvan flapte ze er het eerste uit dat in haar opkwam, om de ongemakkelijke stilte te doorbreken.

'Ik vond het heel leuk om je hier tegen te komen. Jammer eigenlijk dat we elkaar buiten school nooit zien, terwijl we toch zoveel uren samenwerken. Daar moeten we verandering in brengen! Misschien een keer samen brunchen in het weekend, of een etentje…'

'Klinkt goed. Veel plezier nog vanavond.' Heather zwaaide even en liep de deur uit. 'Ik zie je volgende week op Huntley.'

Brooke zwaaide terug, maar Heather liep al over het trottoir. Zelf maakte ze zich ook klaar om te vertrekken, en ze deed haar uiterste best om niet te piekeren over de vraag of ze niet te veel of juist te weinig had verteld, of dat ze Heather misschien op een andere manier zenuwachtig had gemaakt, toen haar telefoon ging. Ze zag in het display dat het Neha was, een vriendin uit haar studententijd.

'Neha!' riep Brooke uit, en ze legde een paar dollar op de bar en liep naar buiten. 'Hoe is het met je?'

'Brooke! Ik bel zomaar even. Het is al zo lang geleden dat we elkaar hebben gesproken.'

'Inderdaad. Hoe is het in Boston? Bevalt de kliniek waar je werkt? Wanneer kom je nou eens langs?'

Het was wel een half jaar geleden dat de meiden elkaar hadden gezien, toen Neha en haar man Rohan in New York waren geweest voor de kerst. Ze waren tijdens hun studie dikke vriendinnen geweest en hadden een paar straten bij elkaar vandaag gewoond in Brooklyn, maar het viel niet mee om contact te houden sinds Neha en Rohan twee jaar geleden naar Boston waren verhuisd.

'Ja, de kliniek bevalt prima – een stuk beter dan ik had verwacht zelfs – maar ik heb veel zin om terug te verhuizen naar New York. Boston is leuk, maar het is toch niet hetzelfde.'

'Overweeg je echt om terug te komen? Wanneer? O, vertel!'

Neha moest lachen. 'Voorlopig niet. We zouden eerst allebei werk moeten vinden, en dat is voor mij waarschijnlijk makkelijker dan voor Rohan. Maar met Thanksgiving komen we die kant op, want dan zijn we allebei vrij. Zijn Julian en jij er dan?'

'Meestal gaan we naar mijn vader in Pennsylvania, maar hij viert Thanksgiving dit jaar misschien bij de familie van mijn stiefmoeder. Dus het zou kunnen dat we zelf een etentje geven in New York. Komen jullie dan? Alsjeblieft?' Brooke wist dat hun beider families in India woonden en dat ze Thanksgiving niet echt vierden, maar ze zouden een welkome afleiding vormen voor al die heftige familietoestanden.

'Natuurlijk komen wij! Maar wacht even, je gaat te snel. Kun je eigenlijk wel geloven wat je allemaal meemaakt? Knijp je jezelf niet iedere dag? Ik vind het zo maf! Hoe is het om een beroemde man te hebben?'

Brooke haalde diep adem. Ze overwoog om Nela een eerlijk antwoord te geven en haar te vertellen dat die ene foto hun hele wereld op z'n kop had gezet, dat het allemaal heel dubbel voelde, maar ineens leek het te vermoeiend. Omdat ze niet precies wist wat ze moest zeggen, lachte ze alleen even en loog: 'Het is fantastisch, Nela. Het coolste dat je je maar kunt voorstellen.'

Niets was zo erg als op zondag moeten werken. Omdat Brooke een van de hogere functies had op haar afdeling had ze al jaren geen vaste zondagsdiensten meer gedraaid, en ze was bijna vergeten hoe vervelend het was. Het was een schitterende juni-ochtend; iedereen die ze kende ging vandaag brunchen op een terras, picknicken in Central Park of joggen langs de Hudson. Bij een cafeetje vlak bij het ziekenhuis zat een groep tienermeisjes in spijkershorts en teenslippers smoothies te drinken, en Brooke had het liefst haar witte jas en die vreselijke klompen uitgetrokken en een portie pannenkoeken besteld.

Toen ze het ziekenhuis binnen wilde gaan, ging haar telefoon. Ze keek naar het schermpje en twijfelde of ze zou opnemen; het was een onbekend nummer in New York. Ze dacht er blijkbaar te lang over na, want de voicemail werd ingeschakeld. Toen de beller geen bericht insprak en meteen nog een keer belde, werd Brooke ongerust.

'Hallo, met Brooke,' zei ze, en ineens was ze ervan overtuigd dat ze niet had moeten opnemen, dat de onbekende beller een journalist was.

'Mevrouw Alter?' klonk een verlegen stemmetje. 'Met Kaylie Douglas. Van Huntley.'

'Kaylie! Hoe gaat het met je? Er is toch niets aan de hand?'

Een paar weken eerder, tijdens hun laatste gesprek voor de zomervakantie, leek het slechter te gaan met Kaylie. Ze hield haar eetdagboek niet meer bij, wat ze tot die tijd nauwgezet had gedaan, en ze had aangekondigd dat ze de hele zomer keihard zou gaan sporten en meedere strenge diëten wilde gaan volgen. Brookes pogingen om haar dat uit het hoofd te praten leken niet te werken; het meisje was in tranen uitgebarsten, had uitgeroepen dat niemand begreep hoe het was om arm en dik te zijn op een school waar iedereen rijk en mooi was. Brooke had zich zo ongerust gemaakt dat ze Kaylie haar mobiele nummer had gegeven en had gezegd dat ze haar die zomer altijd mocht bellen, ook als er niets bijzonders aan de hand was. Ze had het oprecht gemeend, maar toch was ze nu verbaasd dat ze haar jonge patiënte aan de lijn had.

'Nee, dat niet...'

'Hoe gaat het? Heb je een fijne vakantie?'

Het meisje begon te huilen. Met diepe uithalen, zo nu en dan onderbroken door de woorden 'sorry, hoor'.

'Kaylie, wat is er nou? Vertel het me alsjeblieft.'

'O, mevrouw A, het is verschrikkelijk! Ik werk bij Taco Bell en als ik dienst heb, mag ik gratis taco's eten. Mijn vader zegt dat ik daarvan moet profiteren, dus dat doe ik. Maar als ik thuiskom, heeft mijn oma ook eten klaargemaakt, allemaal dingen waar je dik van wordt, en als ik bij mijn vrienden van mijn vorige school thuis kom, staan daar bakken vol gefrituurde kip, en burrito's en koekjes en ik eet alles, omdat ik sterf van de honger. Het is pas een paar weken vakantie en ik ben al bijna vier kilo aangekomen!'

Vier kilo in drie weken klonk inderdaad alarmerend, maar Brooke probeerde geruststellend en kalm te reageren. 'Dat zal wel meevallen. Vergeet niet waar we het over hebben gehad: een stukje vlees zo groot als je handpalm, zo veel sla en groente als je maar wilt, zolang je er niet te veel dressing op doet, en koekjes met mate. Ik ben nu niet thuis, maar ik kan wel eens voor je kijken of ze bij Taco Bell niet iets gezonders op het menu hebben staan, als je wilt. Het is belangrijk dat je niet in paniek raakt. Je bent jong en gezond, ga lekker wandelen met vriendinnen of een potje voetballen in het park. Dit is niet het einde van de wereld, Kaylie, echt niet.'

'Ik kan na de vakantie niet terug naar school als ik er zo uitzie. Ik zit over mijn grens heen! Eerst viel ik nog net in de categorie "normaal" en dat was al erg genoeg, maar nu ben ik officieel zwaarlijvig!' Ze klonk bijna hysterisch.

'Kaylie, je bent absoluut niet zwaarlijvig,' zei Brooke. 'En het nieuwe schooljaar wordt fantastisch. Ik zal straks het een en ander voor je uitzoeken en dan bel ik je terug, is dat goed? Maak je alsjeblieft niet zo druk, lieverd.'

Kaylie snifte. 'Sorry dat ik u ermee lastigval,' zei ze zacht.

'Je valt me helemaal niet lastig! Ik heb je niet voor niets mijn nummer gegeven, ik ben blij dat je belt. Nu voel ik me populair,' zei Brooke glimlachend.

Ze hingen op en Brooke stuurde een e-mail naar haar eigen computer om zichzelf eraan te herinneren de voedingswaarden van de gerechten bij fastfoodzaken op te zoeken en die door te geven aan Kaylie.

Ze kwam een paar minuten te laat aan in de pauzeruimte van het ziekenhuis. Alleen haar collega Rebecca was er.

'Wat doe jij hier vandaag?' vroeg ze.

'Ik moet een paar gemiste diensten inhalen. Helaas was de ruil drie gewone tegen een dubbele op zondag.'

'Oei, dat was een stevige onderhandelaar. Maar is het de moeite waard?'

Brooke lachte wrang. 'Jawel. Ik ben halfdood, maar het was cool om Julian te zien optreden op Bonnaroo.' Ze zette haar tas en haar lunchpakket in haar kastje en liep achter Rebecca aan de gang op. 'Heb jij enig idee of Margaret er vandaag is?'

'Ik ben hier!' klonk een opgewekte stem achter hen. Brookes bazin droeg een zwarte pantalon, een lichtblauwe blouse en zwarte loafers, met daaroverheen een keurig gesteven witte jas waarop haar naam en functie geborduurd waren.

'Hallo, Margaret,' zeiden Rebecca en Brooke in koor, waarna Rebecca afhaakte met de mededeling dat ze al laat was voor haar eerste patiënt.

'Brooke, loop je even mee naar mijn kamer? Daar kunnen we rustig praten.'

Nachtmerrie. Ze had moeten weten dat Margaret bijna altijd langskwam op zondag, om zich ervan te verzekeren dat alles soepel verliep.

'O, eh, er is niets aan de hand,' stamelde ze. 'Ik… wilde alleen weten of je er was zodat ik je even kon gaan begroeten.'

Haar bazin liep al de lange gang in op weg naar haar kamer. 'Kom,' riep ze naar Brooke, die geen andere keus had dan haar te volgen. Margaret voelde waarschijnlijk al aankomen dat Brooke nog meer vrije dagen wilde aanvragen.

Margarets kamer lag aan een donkere gang, naast de voorraadkast, op dezelfde verdieping als de afdeling verloskunde, wat betekende dat de kans groot was dat het gesprek zo nu en dan onderbroken zou worden door een gil of gekreun. Het enige lichtpuntje was dat ze in het voorbijgaan de baby's kon zien. Misschien zou ze straks even de tijd hebben om er een paar te bekijken en ze even vast te houden…

'Kom binnen,' zei Margaret, en ze zwaaide de deur open en deed het licht aan. 'Je komt op het goede moment.'

Brooke liep aarzelend achter haar bazin aan naar binnen en wachtte tot Margaret een stapel papieren van de bezoekersstoel had gepakt, zodat ze kon gaan zitten.

'Vanwaar deze eer?' vroeg Margaret met een glimlach, maar Brooke kon tussen de regels door lezen. Ze hadden altijd een probleemloze, ongedwongen relatie gehad, maar de laatste tijd voelde Brooke wat spanningen tussen hen.

Ze dwong zichzelf om te glimlachen en hoopte dat dit geen verkeerd begin was van het gesprek waar veel van afhing – het móést gunstig verlopen. 'Nou, een eer... ik wilde je graag spreken over...'

Margaret glimlachte. 'Het is wel degelijk een beetje een eer, want ik zie je de laatste tijd erg weinig. Ik ben blij dat je er bent, ik moet iets met je bespreken.'

Brooke haalde diep adem en herinnerde zichzelf eraan rustig te blijven.

'Brooke, je weet dat ik je erg graag mag en ik hoef je niet te zeggen dat ik buitengewoon tevreden ben over je prestaties in al die jaren dat je hier nu werkt. En je patiënten uiteraard ook, dat is wel gebleken uit de lovende evaluaties van een paar maanden geleden.'

'Dank je,' zei Brooke. Ze wist niet goed hoe ze moest reageren, maar ze was ervan overtuigd dat dit niet de goede kant op ging.

'Daarom vind ik het zo verontrustend dat je bent gezakt van op één na de beste naar de positie van op één na de slechtste van het hele programma. Alleen Perry scoort nog lager dan jij.'

Meer hoefde ze niet te zeggen. De collega's hadden eindelijk te horen gekregen wat er aan de hand was met Perry, en iedereen was opgelucht dat het niet erger was. Ze bleek een half jaar eerder een miskraam gehad te hebben, die haar veelvuldige afwezigheid verklaarde. Nu was ze opnieuw zwanger, en ze had verplichte bedrust opgelegd gekregen vanaf de derde maand. Dat betekende dat haar vijf collega's extra uren moesten draaien om voor Perry in te vallen, waar niemand bezwaar tegen had, gezien de omstandigheden. Brooke deed haar best om zich te houden aan die extra dag per week en haar extra oproepdienst in het weekend – voortaan één keer in de vijf weken in plaats van iedere zes weken – maar dat was bijna onmogelijk nu ze Julians reisschema probeerde te volgen. Ze wilde deze bijzondere periode graag samen met hem meemaken.

Geen verklaring geven, niet je excuses aanbieden, verzeker haar er alleen van dat je het beter zult gaan doen, hield Brooke zichzelf voor. Een bevriend psycholoog had haar ooit verteld dat vrouwen zich vaak geroepen voelden om met ellenlange verklaringen en excuses te komen wanneer ze te maken kregen met negatief nieuws, en dat het veel meer effect had om iets te melden zonder verontschuldiging of reden. Brooke probeerde dat vaak toe te passen – met weinig succes.

'Het spijt me vreselijk!' Het was eruit voordat ze het wist. 'Ik heb de laatste tijd veel… toestanden thuis en ik doe mijn best om het allemaal op te lossen. Ik hoop echt dat het binnenkort rustiger wordt.'

Margaret trok één wenkbrauw op en keek Brooke aandachtig aan. 'Denk je dat ik me er niet van bewust ben wat er speelt?' vroeg ze.

'Nee, jawel, natuurlijk wel. Alleen is er nu veel…'

'Dan zou ik wel ergens in een grot moeten wonen.' Margaret lachte, en Brooke voelde zich iets beter. 'Maar ik moet de boel hier draaiende houden en ik maak me zorgen. Je hebt in de afgelopen zes weken zeven vrije dagen opgenomen – dan tel ik de drie dagen dat je je ziek gemeld hebt aan het begin van het jaar niet eens mee – en ik neem aan dat je hier zit om alweer vrij te vragen. Klopt dat?'

Brooke woog snel haar opties af. Ze had geen keus, stelde ze vast, dus ze knikte alleen.

'Wanneer en hoe lang?'

'Over drie weken, alleen de zaterdag. Ik weet dat ik het hele weekend zou werken, maar ik kan ruilen met Rebecca. Het is dus eigenlijk maar één dag.'

'Maar één dag.'

'Ja. Het is voor een belangrijke… eh… familiebijeenkomst, anders zou ik het niet vragen.' Ze knoopte in haar oren dat ze nog fanatieker dan anders de camera's moest mijden op het verjaardagsfeest van Kirsten Stewart in Miami, waarvoor Julian was gevraagd om vier nummers te spelen. Toen hij had gezegd dat hij het niet zag zitten om op te treden op de verjaardag van een jong sterretje, had Leo hem gesmeekt het wel te doen. Brooke begreep Julians weerstand wel, dus het minste wat ze kon doen was meegaan om hem te steunen.

Margaret wilde iets terugzeggen, maar ze bedacht zich. Ze tikte met haar potlood tegen haar droge, gesprongen onderlip en staarde Brooke aan. 'Je bent je er toch wel van bewust dat je bijna al je vrije dagen hebt opgenomen, terwijl het pas juni is?'

Brooke knikte. Margaret tikte nu met het potlood op haar bureau.

Tik-tik-tik, op de maat van Brookes bonkende hoofdpijn.

'En ik hoef je er niet op te wijzen dat het niet meer mag voorkomen dat je je ziek meldt om met je man naar een feest te gaan, hè? Het spijt me, Brooke, maar ik kan je geen voorkeursbehandeling geven.'

Oei. Dat had ze maar één keer gedaan en ze was ervan overtuigd geweest dat Margaret er niets van wist, maar ze was zeker van plan geweest om zich weer ziek te melden als ze door haar vrije dagen heen was. Dat kon ze nu dus wel vergeten. Ze deed haar best om onaangedaan te reageren en zei: 'Natuurlijk niet.'

'Goed dan. Die zaterdag kun je krijgen. Is er verder nog iets?'

'Nee, hoor. Bedankt voor je begrip.' Brooke stak haar voeten weer in de klompen die onder Margarets bureau stonden en stond op. Ze zwaaide even en liep de kamer uit voordat Margaret nog iets kon zeggen.

7

Verraden door een stel meiden van in de twintig

Toen Brooke bij Lucky's nagelstudio op Ninth Avenue naar binnen liep, zat haar moeder daar al in de *Last Night* te lezen. Nu Julian zo vaak weg was, had haar moeder aangeboden om naar de stad te komen en Brooke na haar werk mee te nemen voor een manicure/pedicure, om daarna samen sushi te gaan halen. Ze zou blijven slapen en de volgende morgen weer vertrekken naar Philadelpha.

'Hallo.' Brooke bukte om haar een kus te geven. 'Sorry dat ik zo laat ben. De trein was idioot langzaam vandaag.'

'O, dat valt best mee, lieverd. Ik ben er net en ik zat even de roddels over de sterren te lezen.' Ze hield de *Last Night* omhoog. 'Niks over Julian of over jou, maak je geen zorgen.'

'Dank je, maar ik heb hem al gelezen,' zei ze terwijl ze haar voeten in het warme sop stak. 'Met de post heb je hem een dag eerder dan wanneer je hem koopt. Ik geloof dat ik mezelf nu wel officieel een autoriteit mag noemen op dat gebied.'

Mevrouw Greene moest lachen. 'Als je dan toch zo'n expert bent, kun je misschien uitleggggen hoe het zit met al die figuren uit die realityprogramma's. Ik kan ze niet uit elkaar houden.' Ze sloeg met een zucht de bladzijde om naar een groot artikel over de tieneracteurs uit de nieuwste vampierenfilm. 'Ik mis de goeie oµwe tijd, toen Paris Hilton nog regelmatig haar slipje liet zien en George Clooney op de proppen kwam met het zoveelste serveerstertje. Ik voel me verraden door een stel meiden van in de twintig.'

Brookes telefoon ging. Ze overwoog om te wachten tot de voicemail werd ingeschakeld, maar omdat er een klein kansje bestond dat het Julian was, viste ze het toestel uit haar tas.

'Hoi! Ik hoopte al dat jij het was. Hoe laat is het daar?' Ze keek op haar horloge. 'Hoe kun je me op dit tijdstip bellen? Moet je je niet voorbereiden op vanavond?'

Ook al was het sinds het feest van *Friday Night Lights* de vijfde of zesde keer dat Julian zonder haar in Los Angeles zat, Brooke had nog steeds moeite met het tijdverschil. Als Julian 's morgens opstond aan de Westkust zat haar lunchpauze er net op en ging ze weer aan het werk voor de rest van de middag. Ze belde hem meestal 's avonds zodra ze thuiskwam; vaak zat hij dan midden in een bespreking, en hij ging uit eten als zij naar bed ging; dan kon er nooit meer af dan een gefluisterd 'welterusten', met op de achtergrond tinkelende glazen en lachende mensen. Het scheelde maar drie uur, maar voor mensen die zo'n andere dagindeling hadden, was het alsof ze de internationale datumgrens moesten overbruggen. Ze probeerde geduldig te zijn, maar alleen al de afgelopen week waren er drie avonden voorbijgegaan met niet meer dan een paar sms'jes en een vluchtig 'Ik bel je nog wel'.

'Brooke, het is een gekkenhuis, er gebeurt hier van alles tegelijk.' Hij klonk alsof hij al nachten niet had geslapen.

'Toch wel leuke dingen, hoop ik?'

'Méér dan leuk! Ik had je gisteravond willen bellen, maar tegen de tijd dat ik terug was in het hotel was het bij jou vier uur 's nachts.'

De pedicure was klaar met het bijwerken van haar nagelriemen en trok met een ruk Brookes voet in haar schoot. Ze spoot knalgroene zeep op een stuk puimsteen en schuurde er ruw mee over het gevoelige middenste deel van de voetzool. Brooke slaakte een kreet.

'Au! Nou, ik kan wel wat goed nieuws gebruiken. Vertel.'

'Het is nu officieel: ik ga touren.'

'Wat? Nee! Ik dacht dat je zei dat de kans dat dat ging gebeuren voordat het album uit is vrijwel nihil is. Dat platenmaatschappijen er geen geld meer in steken.'

Het was even stil. Julian klonk geërgerd toen hij antwoordde: 'Ik weet dat ik dat heb gezegd, maar dit is anders. Ik sluit me aan bij Maroon 5, halverwege hun tour. De zanger van hun eerste openingsact heeft blijkbaar een of andere inzinking gehad, dus toen heeft Leo contact gezocht met zijn mensen bij Live Nation, en raad eens wie het gat mag opvullen? Er is schijnbaar nog een kans dat we het belangrijkste voorprogramma mogen vervangen, als die band zelfstandig gaat touren, maar zo niet, dan is dit op zich al belachelijk goede publiciteit.'

'O Julian, gefeliciteerd!' Brooke probeerde haar eigen stem te beoordelen, om zich ervan te verzekeren dat ze enthousiast klonk en niet radeloos. Maar haar moeder keek haar zo bevreemd aan dat ze betwijfelde of ze erin was geslaagd.

'Ja, krankzinnig, hè? Deze week gaan we repeteren en dan begint de tour. Na een paar weken komt het album uit, dus de timing is perfect. En zal ik je nog eens wat zeggen, Roek? Ik krijg er dik voor betaald.'

'O?'

'Heel dik. Een percentage van de ticketomzet. Dat wordt nog hoger als we het echte voorprogramma zouden worden. Als je weet dat Maroon 5 speelt voor grote, uitverkochte zalen... dus dat wordt een smak geld. En weet je wat gek is?' Julian ging zachter praten. 'Het is net of iedereen me aanstaart. Ze herkennen me nu.'

De pedicure smeerde warme crème op Brookes kuiten en begon ze te kneden. Op dat moment wilde Brooke niets liever dan de verbinding verbreken, achteroverleunen in de massagestoel en genieten. Ze voelde alleen maar spanningen. Natuurlijk had ze moeten informeren naar de fans en de pers, maar het enige wat ze kon uitbrengen was: 'Dus je gaat deze week beginnen met de repetities? Kom je straks niet met de nachtvlucht naar huis? Ik dacht dat ik je morgen voor mijn werk nog zou zien.'

'Brooke...'

'Ja?'

'Niet doen.'

'Wat niet? Vragen wanneer je naar huis komt?'

'Bederf het nou niet voor me. Ik ben echt superblij. Dit is het belangrijkste wat er is gebeurd sinds het platencontract van vorig jaar. Misschien nog wel belangrijker. Wat maken die zes of zeven dagen nou nog uit, op mijn hele carrière?'

Zes of zeven dagen tot hij naar huis kwam misschien, maar hoe zou het met de tour gaan? Ze raakte al in paniek als ze eraan dacht. Hoe moest hun relatie dat doorstaan? Zou dat wel lukken? Maar op hetzelfde moment dacht ze terug aan de avond, jaren geleden in Sheepshead Bay, toen er maar vier mensen naar Julians optreden waren gekomen en het hem moeite had gekost om niet in tranen uit te barsten. Om maar te zwijgen van de vele uren die ze toch al zonder elkaar doorgebrachten vanwege hun drukke werkzaamheden, en de stress vanwege geld en tijd, en alle 'hadden we maar'-s wanneer een van beiden een negatieve bui had. Allemaal offers die hadden ze gebracht om dit te bereiken, om op het punt te komen waar ze nu waren.

De oude Julian zou hebben geïnformeerd naar Kaylie. Toen ze hem een maand geleden had verteld over Kaylies hysterische telefoontje, waarna Brooke had gezocht naar gezonde alternatieven op het menu in fastfoodrestaurants, die ze vervolgens naar haar jonge patiënte had gemaild, had Julian zijn armen om Brooke heen geslagen en gezegd dat hij trots op haar was. Ze had Kaylie vorige week nog gemaild om te vragen hoe het met haar ging, en ze was ongerust geworden toen ze geen antwoord kreeg. Na een nieuw mailtje een dag later had Kaylie teruggeschreven dat ze zou gaan beginnen aan een reinigingskuur waarover ze in een tijdschrift had gelezen; ze was ervan overtuigd dat het dé oplossing was. Brooke was bijna dwars door de monitor heen gesprongen.

Die verdomde reinigingskuren! Ze vormden al een gevaar voor de gezondheid van gewone volwassenen, maar ze waren pas echt rampzalig voor tieners die nog in de groei waren. Die lieten zich over de streep trekken door de aanbevelingen van beroemdheden en de belofte van snelle, wonderbaarlijke resultaten. Brooke had Kaylie onmiddellijk gebeld om haar te waarschuwen – ze kende het verhaal inmiddels van buiten, aangezien reinigings- en sapkuren en dergelijke zeer populair waren op Huntley – en ze had tot haar opluchting gemerkt dat Kaylie, in tegenstelling tot de meeste van haar klasgenoten, zowaar gevoelig was voor wat ze had te zeggen. Ze had plechtig beloofd de hele zomer lang één keer per week contact met haar op te nemen, en Brooke had goede hoop dat ze dit meisje echt zou kunnen helpen, zolang ze maar weer wekelijks op consult kwam wanneer de school weer begonnen was.

Maar Julian informeerde niet naar Kaylie, of naar Brookes werk in het ziekenhuis, naar Randy of zelfs naar Walter, dus ze hield haar mond. Ze koos ervoor om hem er niet op te wijzen dat hij de afgelopen weken niet meer dan een paar avonden thuis was geweest, waarvan hij de meeste had doorgebracht aan de telefoon of in de studio; de gesprekken met Leo en Samara leken eindeloos te duren. En wat het moeilijkst van alles was: ze dwong zichzelf om niet te informeren naar zijn tourdata en niet te vragen hoe lang hij dan van huis zou zijn.

Ze stikte er bijna in, maar ze zei alleen: 'Nee Julian, het enige wat telt is dat je dit nu goed aanpakt. Het is echt fantastisch nieuws.'

'Dank je wel, schat. Ik bel je straks als ik meer weet, goed? Ik hou van je, Roekie,' zei hij, liefdevoller dan ze hem in tijden had gehoord. Julian had haar 'Roek' genoemd vanaf het moment dat ze pas iets met elkaar hadden, en het was vanzelf 'Roekie' geworden. Haar vrienden en familie hadden het overgenomen nadat ze het uit Julians mond hadden gehoord, en hoewel ze vaak quasigeërgerd met haar ogen rolde, was ze Julian onverklaarbaar dankbaar dat hij haar dat koosnaampje had gegeven. Daar probeerde ze zich nu op te richten, in plaats van op het feit dat hij had opgehangen zonder zelfs maar te vragen hoe het met háár ging.

De manicure bracht de eerste laag nagellak aan; Brooke vond de kleur te opzichtig. Ze overwoog om er iets van te zeggen, maar besloot dat het niet de moeite waard was. Haar moeders teennagels waren gelakt in een prachtige tint roze-wit; chic en natuurlijk tegelijk.

'Zo te horen had Julian goed nieuws, hè?' vroeg mevrouw Greene, en ze legde het tijdschrift ondersteboven in haar schoot.

'Dat kun je wel zeggen,' antwoordde Brooke. Ze hoopte dat het opgewekter klonk dan ze zich voelde. 'Sony stuurt hem op tour als een soort opwarmertje. De band repeteert deze week in Los Angeles en dan gaan ze optreden in het voorprogramma van Maroon 5, zodat ze een beetje ervaring opdoen met spelen voor een groot publiek voordat ze zelf gaan touren. Het is een enorm blijk van vertrouwen.'

'Maar dan is hij straks nog minder thuis.'

'Ja. De rest van de week blijft hij daar voor de repetities. Misschien komt hij daarna een paar dagen naar huis, en dan vertrekt hij weer.'

'Wat vind je daarvan?'

'Het is zo'n beetje het beste nieuws dat hij had kunnen krijgen.'

Haar moeder stak glimlachend haar verzorgde voeten in de papieren slippers van de nagelsalon. 'Dat is geen antwoord op mijn vraag.'

Brookes telefoon liet een *ping* horen. 'Gered door de bel,' zei ze opgewekt.

Het was een sms van Julian. 'Dat vergat ik nog: ze willen dat ik nieuwe kleren ga kopen! Mijn *look* werkt niet, zeggen ze. Nachtmerrie!'

Brooke lachte hardop.

'Wat is er?' vroeg haar moeder.

'Misschien is er toch gerechtigheid. De pr-dame of die lui van marketing of weet ik veel wie zegt dat Julians "look" niet werkt. Ze willen dat hij nieuwe kleren gaat kopen.'

'Wat verwachten ze van hem? Ik zie Julian nog niet in zo'n militair Michael Jackson-jasje of een MC Hammer-broek lopen.' Ze leek trots te zijn op haar popkennis.

'Echt niet. Ik ben nu vijf jaar met hem getrouwd en ik kan het aantal keren dat ik hem heb gezien in iets anders dan een spijkerbroek en een wit T-shirt op de vingers van twee handen tellen. Dat wordt nog moeilijk voor hem. Héél moeilijk.'

'Laten we hem dan helpen!' zei haar moeder. Ze gaf haar creditcard aan de vrouw die haar de rekening had overhandigd. Brooke wilde haar portemonnee pakken, maar haar moeder wuifde het weg.

'Neem maar van mij aan dat Julian nooit zal instemmen met een nieuwe look. Hij gaat nog liever dood dan dat hij gaat winkelen, en hij is meer gehecht aan zijn uniform van jeans-en-wit-T-shirt dan sommige andere mannen aan hun kinderen. Ik geloof dat ze daar bij Sony niet weten waar ze aan beginnen, en ze kunnen hem er écht niet van overtuigen dat hij zich moet gaan kleden als Justin Timberlake.'

'Brooke, lieverd, dit kan leuk worden. Aangezien Julian zelf nooit iets zal kopen, moeten wij voor hem gaan shoppen.' Brooke liep achter haar moeder aan de zaak uit, rechtstreeks naar de trap van de metro. 'We kopen het soort kleding dat hij al heeft, maar dan beter. Ik heb een heel goed idee.'

Na twee metroritten stapten de vrouwen uit op 59th Street, waar ze via de kelderverdieping bij Bloomingdale's naar binnen gingen. Brookes moeder ging haar zelfverzekerd voor naar de herenafdeling. Daar hield ze een klassiek model spijkerbroek omhoog, met rechte pijp, in vintage blauw. Niet te donker, niet te licht, met precies de juiste vaalheid en zonder irritante scheuren, ritsjes, gaten of eigenaardige zakken. Brooke voelde eraan. De stof was verrassend licht en zacht, misschien nog wel zachter dan Julians geliefde Levi's.

'Wauw,' zei ze, en ze pakte de broek van haar moeder aan. 'Deze zou hij fantastisch vinden, denk ik. Hoe krijg je dat voor elkaar?'

Haar moeder glimlachte. 'Ik kleedde jullie als kind heel leuk aan. Misschien heb ik het nog steeds in de vingers.'

Pas toen zag Brooke het prijskaartje. 'Tweehonderdvijftig dollar? De Levi's van Julian was veertig dollar. Dat gaat mooi niet door.'

Haar moeder griste de broek uit haar hand. 'Natuurlijk wel. Je neemt hem. We kopen deze en nog een paar andere. Daarna gaan we door naar de volgende afdeling, om de zachtste witte t-shirts met de beste pasvorm te kopen die we maar kunnen vinden. Ze kosten waarschijnlijk zeventig dollar per stuk, maar dat geeft niet. Ik betaal wel mee.'

Brooke staarde haar moeder stomverbaasd aan, maar mevrouw Greene knikte alleen maar. 'Dit is belangrijk. Om een heleboel redenen, maar vooral omdat het volgens mij op dit moment van cruciaal belang is dat je er voor hem bent en dat je hem steunt.'

De verveelde verkoper kwam aangesjokt. Brookes moeder wuifde hem weg.

'Wou je zeggen dat ik Julian niet steun? Dat ik hem niet help? Waarom heb ik dan al vier jaar lang twee banen, als ik niet volledig achter hem zou staan? Wat heeft een spijkerbroek daarmee te maken?' Brooke hoorde dat ze bijna hysterisch klonk, maar ze kon er niets aan doen.

'Kom eens hier,' zei haar moeder. Ze spreidde haar armen en drukte Brooke tegen zich aan.

Of het nu kwam door haar meelevende blik of puur door het vergeten gevoel omhelsd te worden – zodra ze de armen van haar moeder om zich heen voelde, begon Brooke te snikken. Ze wist niet precies waarom ze huilde. Behalve Julians mededeling dat hij nog een week zou wegblijven, was er eigenlijk niets tragisch aan de hand – het ging zelfs allemaal heel goed – maar toen ze eenmaal was begonnen, kon ze niet meer ophouden. Haar moeder drukte haar steviger tegen zich aan, streelde haar haar en mompelde troostende woordjes in haar oor, zoals ze had gedaan toen Brooke klein was.

'Er verandert ook zo veel in je leven.'

'Maar dat zijn allemaal leuke dingen.'

'Dat wil nog niet zeggen dat het niet eng is. Brooke, lieverd, ik weet dat je mij er niet voor nodig hebt om je daarop te wijzen, maar Julian staat op het punt landelijk door te breken. Als dat album uitkomt, zal jullie leven compleet op z'n kop komen te staan. Alles wat er tot nu toe is gebeurd, was niet meer dan een opwarmertje.'

'Maar hier hebben we al die jaren naartoe gewerkt.'

'Natuurlijk.' Mevrouw Greene gaf een klopje op Brookes arm en vouwde een hand om haar gezicht. 'Maar dat wil niet zeggen dat je er niet door overmand wordt. Julian is nu al heel veel van huis, jullie agenda is een chaos en er komen allerlei nieuwe mensen in beeld die iets van jullie willen, die hun mening geven en zich met jullie zaken bemoeien. Dat zal waarschijnlijk alleen nog maar toenemen, zowel de leuke als de minder leuke dingen, dus zorg dat je daarop voorbereid bent.'

Brooke glimlachte even en hield de spijkerbroek omhoog. 'En daar bereid ik me op voor door voor Julian duurdere jeans te kopen dan ik zelf draag? Echt waar?' Haar moeder had altijd meer verstand gehad van kleding dan zij, maar zelfs haar moeder gaf er nooit ondoordacht of overdreven veel geld aan uit.

'Ja, dat zie je goed. Er is de komende maanden maar weinig waar jij deel van kunt uitmaken, omdat hij nu eenmaal voortdurend op reis is en jij hier moet blijven voor je werk. Julian heeft zelf al niet veel te vertellen over zijn eigen leven, en jij ook niet. Dat zal niet meevallen. Maar ik ken jou, Roek, en ik ken Julian ook. Jullie slaan je hier doorheen, en als het allemaal zijn plekje heeft gevonden, komt het helemaal goed. En neem me alsjeblieft niet kwalijk dat ik me met je huwelijk bemoei – ik ben niet bepaald een expert op dat gebied, dat weten we allemaal – maar totdat deze drukke tijd voorbij is, kun je het wat gemakkelijker maken door betrokken te blijven, op ieder punt waar je hulp kunt bieden. Brainstorm mee over marketingideeën. Laat je midden in de nacht door hem wakker bellen, hoe moe je ook bent – hij zal vaker bellen als hij weet dat je graag van hem wilt horen. Koop mooie nieuwe kleding voor hem als hij je heeft laten weten dat hij die nodig heeft maar niet weet waar hij moet beginnen. Wat kunnen de kosten je nou schelen! Als het album half zo goed verkoopt als iedereen verwacht, is deze uitspatting straks niet meer dan een druppel op een gloeiende plaat.'

'Je had hem moeten horen over de inkomsten van deze tour. Hij gaat bakken met geld verdienen. Ik ben geen rekenwonder, maar ik denk dat we het hebben over een bedrag met vijf nullen.'

Haar moeder glimlachte. 'Jullie hebben het verdiend, weet je dat? Je hebt er allebei keihard voor gewerkt. Ga straks lekker met geld smijten en koop allerlei luxe spullen waarvan je niet eens wist dat ze bestonden; je zult er gigantisch van genieten. Ik stel me bij dezen officieel beschikbaar om je te vergezellen op al die braspartijen, om je creditcard en de tasjes met inkopen te dragen. Tot die tijd krijg je ongetwijfeld te maken met een heleboel vervelende dingen. Maar je kunt het aan, schat, dat weet ik zeker.'

Toen ze anderhalf uur later de winkel verlieten, konden ze alle aangeschafte kleding maar net dragen. Ze hadden samen vier blauwe spijkerbroeken en een vaalzwarte uitgekozen, plus een strakke, denimachtige corduroybroek die volgens mevrouw Greene genoeg op een jeans leek om door Julian goedgekeurd te worden. Ze hadden hun vingers langs stapels witte designer-t-shirts laten gaan en de zachtheid van jersey vergeleken met die van Egyptische katoen, overlegd of het ene shirt niet te veel doorscheen en het andere niet te breed maakte, voordat ze er twaalf hadden uitgekozen in verschillende modellen en stoffen. Op de begane grond waren ze ieder afzonderlijk verder gegaan: haar moeder had verzorgingsproducten van Kiehl's voor Julian ingeslagen. Ze had bezworen dat ze nog nooit een man had ontmoet die niet weg was van hun scheercrème en aftershave. Brooke betwijfelde of Julian iets anders zou gebruiken dan het ouderwetse scheerschuim van Gilette uit een spuitbus die bij de drogist twee dollar kostte, maar ze stelde haar moeders enthousiasme op prijs. Zelfs ging ze op zoek naar accessoires, en ze zocht zorgvuldig vijf gebreide muts-jes uit, allemaal in zachte kleuren plus één subtiel zwart-op-zwart streepje. Ze wreef ze stuk voor stuk langs haar gezicht om zich ervan te verzekeren dat ze niet te warm waren en niet kriebelden.

Het totaalbedrag van hun middagje winkelen kwam op maar liefst 2260 dollar, de grootste som geld die ze ooit van haar leven met een creditcard had afgerekend – inclusief de aankoop van meubelen. Ze kreeg bijna geen lucht meer als ze eraan dacht dat ze straks een cheque zou moeten uitschrijven om dat bedrag terug te betalen, maar ze dwong zichzelf om zich op de belangrijke zaken te concentreren: Julian stond op het punt om echt door te breken en ze moest honderd procent achter hem staan, dat was ze hem én zichzelf verschuldigd. Bovendien was ze heel tevreden omdat ze zijn eigen, vaste look trouw gebleven was, met respect voor zijn voorkeur voor tijdloze jeans, wit-te T-shirts en gebreide mutsen, en dat ze niet had geprobeerd hem een nieuw imago op te dringen. Ze had in geen tijden zo'n kick gevoeld als die middag. Ook al was de kleding niet voor haar, dat maakte het uitkiezen en kopen ervan niet minder leuk.

Toen Julian de zondag daarop belde om te zeggen dat hij in een taxi zat op weg naar huis vanaf het vliegveld, was ze buiten zinnen van op-winding. Eerst spreidde ze alle nieuwe aankopen uit in de huiskamer: de spijkerbroeken op de bank, de T-shirts over de eetkamerstoelen en de mutsen aan lampen en boekenkasten door de hele kamer ver-spreid, als kerstballen in een boom, maar vlak voordat hij zou aanko-men bedacht ze zich en raapte alles weer bij elkaar. Ze vouwde de kle-dingstukken op en stopte ze terug in de juiste tasjes, die ze achter in hun gezamenlijke kast verstopte terwijl ze zich voorstelde hoe leuk het zou zijn om ze samen een voor een te bekijken. Toen ze de voor-deur hoorde opengaan en Walter begon te blaffen, holde ze de slaap-kamer uit en sloeg haar armen om Julian heen.

'Schatje,' mompelde hij, en hij begroef zijn gezicht in haar hals en snoof diep. 'God, wat heb ik je gemist.'

Hij leek nog magerder dan anders. Julian woog een kilo of tien meer dan Brooke, maar ze begreep nooit hoe dat kon. Ze waren pre-cies even lang en ze had altijd het gevoel dat ze hem opslokte, verplet-terde. Nu bekeek ze hem van top tot teen, boog zich naar hem toe en drukte haar lippen op de zijne. 'Ik heb jóú verschrikkelijk gemist. Hoe was je vlucht? En de taxirit? Heb je honger? Er is nog pasta die ik kan opwarmen.'

Walter blafte zo hard dat ze elkaar bijna niet konden verstaan. Hij zou niet ophouden voordat hij uitgebreid was begroet, dus plofte Julian neer op de bank en klopte op het plekje naast hem, maar Walter was al op zijn borst gesprongen en doorweekte nu Julians gezicht met zijn tong.

'Ho, rustig aan, je bent braaf,' zei Julian lachend. 'Zo, wat een heftige hondenadem. Worden jouw tanden nooit gepoetst, Walter Alter?'

'Hij heeft op het baasje gewacht,' riep Brooke vrolijk vanuit de keuken, waar ze wijn aan het inschenken was.

Toen ze terugkwam in de huiskamer was Julian op de wc. De deur stond op een kier en ze zag hem voor de toiletpot staan. Walter stond aan zijn voeten en keek gefascineerd toe hoe Julian plaste.

'Ik heb een verrassing voor je,' zong Brooke. 'Iets wat je heeeel leuk zult vinden.'

Julian deed zijn gulp dicht, hield voor de vorm even zijn handen onder de kraan en kwam bij haar op de bank zitten. 'Ik heb ook een verrassing voor jou,' zei hij. 'En ik denk dat jij het ook héél leuk zult vinden.'

'Echt waar? O, een cadeautje!' Ze wist dat ze klonk als een klein kind, maar wie hield er nu niet van cadeaus?

Julian lachte. 'Ja, zo zou je het kunnen noemen. Het is eigenlijk voor ons allebei, maar ik denk dat jij het nog leuker zult vinden dan ik. Maar eerst ben jij aan de beurt, wat was jouw verrassing?'

'Nee, jij eerst.' Brooke wilde niet het risico nemen dat haar kledingpresentatie overschaduwd zou worden; ze wilde zijn volledige aandacht.

Julian keek haar grijnzend aan. Hij stond op, liep naar de hal en kwam terug met een koffer op wieltjes die ze niet kende. Het was een zwarte Tumi, een joekel van een ding. Julian reed hem tot vlak voor haar voeten en wees ernaar.

'Heb je een koffer voor me meegebracht?' vroeg ze een beetje verbaasd. Ze kon niet ontkennen dat het een prachtig ding was, maar het was niet bepaald wat ze had verwacht. Bovendien zag het geval eruit alsof het zo vol zat dat het bijna openbarstte.

'Maak eens open,' zei Julian.

Brooke bukte aarzelend en gaf een rukje aan de rits. Hij gaf niet mee. Ze trok wat harder, maar er gebeurde nog steeds niets.

'Kom eens hier,' zei Julian, en hij kieperde het gevaarte op z'n kant en trok de rits open. Toen klapte hij het deksel open en onthulde… keurige stapels kleding. Nu begreep Brooke er helemaal niets meer van.

'Dat lijken me… kleren,' zei ze, en ze vroeg zich af waar Julian zo enthousiast over was.

'Inderdaad, maar niet zomaar kleren. Voor je, lieve Roekie, staat het nieuwe, verbeterde imago van je echtgenoot, dankzij zijn gloednieuwe, door Sony verstrekte styliste. Is dat cool of is dat cool?'

Hij keek Brooke verwachtingsvol aan, maar het duurde even voordat zijn woorden tot haar doordrongen. 'Wou je zeggen dat een styliste een nieuwe garderobe voor je heeft gekocht?'

Julian knikte. 'Hartstikke nieuw. "Een frisse, unieke look" noemde ze het. En neem maar van mij aan, Roek, dat die meid wist wat ze deed. Het heeft me niet meer dan een paar uur gekost en ik hoefde alleen maar in een enorme paskamer bij Barney's te zitten terwijl allerlei meisjes en homo's kwamen aanzetten met hangers vol kleding. Daar vormden ze… setjes van en ze deden voor wat ik waarbij moest dragen. We hebben een paar biertjes gedronken en ik heb de gekste dingen aangetrokken, waarna iedereen aangaf wat wel stond en wat niet, en na afloop liep ik hiermee naar buiten.' Hij wees naar de koffer. 'Moet je kijken wat er allemaal tussen zit. Waanzinnig.'

Hij stak zijn handen tussen de stapels en trok er armenvol kleding uit, die hij op de bank tussen hen in gooide. Brooke had het liefst willen gillen dat hij er voorzichtig mee moest zijn, dat hij moest uitkijken met de vouwen en de stapeltjes, maar ze zag wel in dat dat belachelijk was. Ze pakte een mosgroene capuchontrui van kasjmier en hield hem omhoog. Hij had een ingebreid wafeltjespatroon en was zo zacht als een babydekentje. Het prijskaartje gaf 495 dollar aan.

'Gaaf, hè?' zei Julian, met een enthousiasme dat hij gewoonlijk bewaarde voor muziekinstrumenten en de nieuwste elektronische snufjes.

'Je draagt nooit een trui met capuchon,' was het enige wat Brooke kon uitbrengen.

'Nee, maar dit is toch een mooi moment om daarmee te beginnen?' zei Julian grijnzend. 'Ik kan er wel aan wennen, hoor, aan hoodies van vijfhonderd dollar. Heb je gevoeld hoe zacht hij is? Hier, en deze.' Hij wierp haar een boterzacht leren jasje toe en wees op een paar zwartleren laarzen van John Varvatos; een kruising tussen motor- en cowboylaarzen. Brooke wist niet hoe ze ze moest noemen, maar ze waren erg cool. 'Die zijn toch ook vet?' zei Julian.

Ze knikte weer. Omdat ze bang was dat ze in tranen zou uitbarsten als ze niet gauw iets deed, boog ze zich over de koffer en trok nog een stapeltje kleding op schoot. Er waren hopen T-shirts bij, designer en vintage, in alle mogelijke kleuren. Ze zag een paar Gucci-loafers – met soepele, zachte zool en zonder dat overdreven logootje – en een paar witte Prada-sneakers. Hij had ook nieuwe mutsen, gebreide zoals hij altijd droeg, maar ook van kasjmier, plus hoeden van Panama Jack en witte gleufhoedjes. In totaal misschien wel tien of twaalf hoeden in verschillende modellen en kleuren, allemaal anders, maar stuk voor stuk even stijlvol op hun eigen, unieke manier. Ze kwam handenvol flinterdunne kasjmier truien met v-hals tegen, smalle Italiaanse blazers die allemaal even casual en cool waren, en spijkerbroeken. Zoveel spijkerbroeken in alle denkbare modellen, kleuren en wassingen dat Julian waarschijnlijk twee weken lang elke dag een andere zou kunnen aantrekken. Brooke dwong zichzelf om ze allemaal uit te vouwen en te bekijken, totdat ze – zoals ze al had geweten – precies hetzelfde exemplaar tegenkwam als dat ze die dag met haar moeder bij Bloomingdale's had uitgezocht, de broek die Brooke vanaf het begin perfect had gevonden.

Ze probeerde nog 'wauw' te mompelen, maar er kwam alleen een verstikte klank uit haar keel.

'Goed, hè?' zei Julian, en de opwinding sloop zijn stem weer binnen toen hij door de kleding rommelde. 'Eindelijk ga ik erbij lopen als een volwassene. Een heel duur geklede volwassene. Heb je enig idee hoeveel dit bij elkaar heeft gekost? Raad eens?'

Ze hoefde niet te raden; ze kon aan de kwaliteit en de enorme hoeveelheid kleding wel opmaken dat Sony minstens tienduizend dollar moest hebben opgehoest. Maar ze wilde de pret niet bederven voor Julian.

'Ik weet niet, tweeduizend? Of misschien wel drie? Gekkenwerk!' zei ze met zo veel enthousiasme als ze kon opbrengen.

Hij begon te lachen. 'Ja, dat zou ik ook gegokt hebben. Maar het is voor achttienduizend dollar. Dat is toch niet te geloven? Achttienduizend dollar voor een fucking koffer met kleren.'

Ze wreef een kasjmier trui tussen haar handpalmen. 'Vind je het niet erg dat ze je een andere look hebben aangemeten? Je gaat nu totaal andere dingen dragen.'

Ze hield haar adem in toen hij even over zijn antwoord leek na te denken.

'Neuh, daar kan ik me niet druk om maken,' zei hij toen. 'Het wordt tijd voor iets nieuws, weet je wel? Dat oude uniform was prima, maar ik begin nu met een schone lei. Ik moet mijn nieuwe look verwelkomen, en hopelijk brengt die een nieuwe carrière met zich mee. Ik moet zeggen dat ik er zelf van sta te kijken dat ik er geen moeite mee heb.' Hij lachte duivels. 'Bovendien, als het dan toch moet, kun je het maar beter goed doen, nietwaar? En jij, ben je ook blij?'

Ze forceerde weer een glimlach. 'Heel blij. Fantastisch dat ze bereid zijn zoveel geld in je te investeren.'

Hij trok zijn oude, gepilde muts af, zette een witte gleufhoed met chambray band op en sprong op om op de gang in de spiegel te gaan kijken. Hij draaide naar links en naar rechts om zichzelf van alle kanten te bewonderen. 'Wat was jouw nieuws eigenlijk?' riep hij. 'Als ik het me goed herinner, was ik vanavond niet de enige die een verrassing had.'

Ze glimlachte in zichzelf; het was een treurig lachje, ondanks het feit dat niemand haar zag. 'Nee, niks,' riep ze terug, en ze hoopte dat haar stem opgewekter klonk dan ze zich voelde.

'Wel waar, je wilde me iets laten zien. Ja, toch?'

Ze legde haar handen gevouwen in haar schoot en staarde naar de overvolle koffer. 'Het was lang niet zo leuk als dit, schat. Laten we hier nu van genieten, dan bewaar ik mijn verrassing wel voor een andere keer.'

Hij kwam naar haar toe gelopen, met gleufhoed en al, en gaf een kus op haar wang. 'Klinkt goed, Roekie. Ik ga die hele handel uitpakken. Wil je me helpen?' Hij begon de koffer al naar de slaapkamer te slepen.

'Ik kom zo,' riep ze, en ze hoopte vurig dat hij de tasjes achter in de kast niet zou zien.

Toen hij even later weer de huiskamer in liep, kwam hij naast haar zitten op de bank. 'Gaat het wel goed, schatje? Er is toch niks aan de hand?

Ze glimlachte weer en schudde haar hoofd, in de hoop dat die brok in haar keel zou verdwijnen. 'Het gaat supergoed,' loog ze, en ze gaf een kneepje in zijn hand. 'Er is helemaal niks aan de hand.'

8

Mijn zwakke hart kan niet nog een triootje aan

'Is het heel slecht van me dat ik hier tegenop zie?' vroeg Brooke toen ze de straat inreden waar Randy en Michelle woonden.

'We hebben hen al een hele tijd niet gezien,' mompelde Julian, die verwoed zat te typen op zijn telefoon.

'Nee, het feest. Ik zie op tegen het feest. Al die mensen van vroeger, die ons uithoren over ons leven en me alles vertellen over hun kinderen, met wie ik vroeger bevriend ben geweest, maar die me nu met hun prestaties op iedere denkbare manier overtreffen.'

'Ik kan je verzekeren dat ze geen van allen zo'n goede partij aan de haak geslagen hebben als jij.'

Ze zag hem vanuit haar ooghoek glimlachen.

'Ha! Ik zou je gelijk hebben gegeven als ik niet een half jaar geleden de moeder van Sasha Phillips tegen het lijf was gelopen in de stad. Sasha was het koninginnetje van de zesde, zo'n meisje dat met één knip met haar vingers de hele klas tegen je kon opzetten en dat altijd nét de hipste sokken en de allerwitste Keds had.'

'Heeft dit iets met het verhaal te maken?'

'Voordat ik kon wegduiken, zag ik Sasha's moeder bij Century 21, op de afdeling...'

'Brooke...'

'Ze dreef me in een hoek, tussen de douchegordijnen en de handdoeken, en begon op te scheppen over Sasha: ze is getrouwd met iemand die wordt "voorbereid" op een "zeer invloedrijke rol" binnen een "bekende Italiaanse zakenfamilie", hint, hint. Die kerel – een fantastische vangst – had iedere vrouw op aarde kunnen krijgen, maar hij is als een blok gevallen voor haar bloedmooie Sasha. Die nu, tussen twee haakjes, stiefmoeder is van zijn vier kinderen. Dat mens liep erover op te scheppen! En dat deed ze zo goed dat ik na afloop verdorie baalde dat jij niet bij de maffia zit en je niet een handvol kinderen hebt van een vorige echtgenote.'

Hij lachte. 'Dat heb je me helemaal niet verteld.'

'Ik wilde je leven niet op het spel zetten.'

'We slaan ons hier samen wel doorheen. Wat hapjes, het etentje, even proosten en we zijn weg. Afgesproken?'

'Als jij het zegt.' Ze reed de oprit van Randy's appartementengebouw op naar nummer 88 en zag meteen dat zijn innig aanbeden Nissan 350z er niet stond. Net toen ze daar iets over wilde zeggen, ging Julians telefoon voor de duizendste keer in twee uur. Hij was al uitgestapt.

'Ik pak de tassen straks wel, oké?' riep ze, maar hij was al aan het eind van de oprit, met de telefoon aan zijn oor, druk knikkend. 'Fijn, ook goed,' mompelde ze in zichzelf, en ze liep naar de voordeur. Op het moment dat ze de trap op wilde lopen, zwaaide de deur open en kwam Randy naar buiten gestormd. Hij omhelsde haar stevig. 'Roekie! Wat fijn om jullie te zien. Michelle komt eraan. Waar is Julian?'

'Die staat te telefoneren. Ik kan je vertellen dat T-Mobile niet blij zal zijn met zijn *unlimited*-abonnement als ze de rekening zien.'

Ze keken allebei toe hoe Julian glimlachend de telefoon in zijn zak stopte en naar hun geopende kofferbak liep.

'Heb je hulp nodig met de bagage?' riep Randy.

'Nee, het lukt wel,' riep Julian terug, en hij zwaaide beide tassen moeiteloos over zijn schouder. 'Je ziet er goed uit, man. Afgevallen?'

Randy klopte op zijn omvangrijke-maar-nu-misschien-iets-minder-omvangrijke buik. 'Moeder de vrouw heeft me op een streng dieet gezet,' zei hij met onmiskenbare trots. Een jaar geleden zou Brooke het niet geloofd hebben, maar Randy vond het overduidelijk fantastisch om een volwassen relatie te hebben, plus een tamelijk ingericht huis en een baby op komst.

'Het mag misschien wel wat strenger,' zei Brooke, en ze deed meteen een stapje opzij om een mep te ontduiken.

'Hou jij eens gauw je grote mond. Ik geef toe dat er bij mij wel een paar pondjes af mogen, maar jij bent nota bene voedingsdeskundige, wat is jouw excuus? Hoor jij niet zo'n uitgemergeld anorexialijf te hebben?' Randy stak vanaf het trottoir zijn hand naar haar uit en woelde door haar haar.

'Wauw, een belediging over mijn gewicht én over mijn beroep in één adem. Je bent op dreef vandaag.'

'Kom op, je weet dat ik maar een grapje maak. Je ziet er hartstikke goed uit.'

'Hmm. Misschien mag er wel een kilo of twee, drie af, maar aan jou heeft Michelle echt nog een hele klus,' zei ze met een grijns.

'Wees maar niet bang, ik werk hard aan hem,' riep Michelle, die voorzichtig de trap af kwam lopen. Haar buik leek wel anderhalve meter vooruit te steken, terwijl ze toch nog zeven weken te gaan had, en het zweet stond op haar gezicht in de verzengende augustushitte. Ondanks dat zag ze er heel gelukkig uit, bijna lyrisch. Brooke had altijd gedacht dat de verhalen over de bekende roze wolk een mythe waren, maar ze kon niet ontkennen dat Michelles zwangerschap haar prachtig stond.

'Ik werk ook aan Brooke,' zei Julian, en hij gaf Michelle een kus op haar wang.

'Brooke is prachtig zoals ze is,' antwoordde Michelle onmiddellijk. Aan haar gezicht was te zien dat ze wist hoe hard het aankwam.

Brooke draaide zich om naar Julian en vergat even dat Michelle en Randy erbij waren.

'Wát zei je?'

Julian haalde zijn schouders op. 'Niks, Roek. Het was een grapje.'

'Jij "werkt aan mij"? Zei je dat? Hoe bedoel je? Probeer je mijn gevaarlijke zwaarlijvigheid binnen de perken te houden?'

'Brooke, kunnen we het daar een andere keer over hebben? Je weet best dat ik gewoon een geintje maakte.'

'Nee, ik wil het nu bespreken. Wat bedoelde je daar precies mee?'

Julian stond binnen één tel naast haar, onmiddellijk berouwvol. 'Roekie, het was absoluut niet meer dan een grapje. Je weet dat ik je prachtig vind zo en dat ik niets aan je zou willen veranderen. Ik wil alleen niet, eh… dat jíj je ongemakkelijk voelt.'

Randy pakte Michelle bij de hand en zei: 'Wij gaan binnen alles klaarzetten. Geef die tassen maar hier. We zien jullie dadelijk binnen wel.'

Brooke wachtte tot de tussendeur dicht was. 'Waarom zou ik me precies "ongemakkelijk" moeten voelen? Ik weet dat ik geen topmodel ben, maar wie is dat wel?'

'Nee, dat weet ik, alleen…' Hij schopte met zijn All Star tegen de stoeprand en ging zitten.

'Alleen wat?'

'Niks. Je weet dat ik je prachtig vind. Alleen dacht Leo dat je misschien moeite zou hebben met de publiciteit en dat soort dingen.'

Hij keek haar afwachtend aan, maar ze was te verbijsterd om iets te zeggen.

'Brooke…'

Ze pakte een kauwgum uit haar tas en staarde naar de grond.

'Roekie, kom eens hier. Jezus, dat had ik niet moeten zeggen. Zo bedoelde ik het helemaal niet.'

Ze zweeg even, in afwachting van een verklaring van hoe hij het dan wél had bedoeld, maar het bleef stil.

'Laten we maar naar binnen gaan,' zei ze, vechtend tegen de tranen. Ergens was het maar beter om niet te weten wat hij precies bedoelde.

'Nee, wacht even. Kom eens hier.' Hij trok haar naast zich op de stoeprand en nam haar beide handen tussen de zijne.

'Schat, het spijt me. Leo en ik praten heus niet op die manier over je en ik weet dat al dat gezeik over mijn "imago" niet meer is dan dat – gezeik – maar ik vind dit hele gedoe doodeng en ik moet nu naar hem luisteren. Het album is net uit en ik doe mijn best om me er niet al te druk om te maken, maar hoe ik het ook bekijk, ik vind het doodeng. Als het aanslaat en het wordt een hit: doodeng. Als het allemaal gebakken lucht blijkt te zijn en het loopt op niets uit: nog enger. Gisteren zat ik nog lekker veilig in mijn eigen studiootje de muziek te maken waar ik zo van houd en kon ik net doen alsof er niets anders bestond dan mijn piano en ik, maar er komt zo veel bij kijken: televisie, etentjes met platenbazen, interviews… Ik ben daar helemaal niet aan toe. En als dat betekent dat ik me de laatste tijd gedraag als een enorme lul, dan spijt me dat echt heel erg.'

Er waren duizenden dingen die Brooke wilde zeggen: dat ze hem miste nu hij zo vaak weg was, hoe zenuwachtig ze werd van hun geruzie de laatste tijd, de emotionele achtbaan waarin ze leek te zitten, en hoe fijn ze het vond dat hij zich eindelijk een beetje voor haar openstelde – maar in plaats van hem onder druk te zetten met al haar vragen en gevoelens dwong ze zichzelf om dankbaar te zijn voor het kleine stapje dat hij zojuist had gezet.

Ze kneep in zijn handen en drukte een kus op zijn wang. 'Dank je wel,' zei ze zacht, en voor het eerst die dag keek ze hem recht in de ogen.

'Nee, jij bedankt,' zei hij, en hij gaf op zijn beurt een kus op haar wang.

Er was een heleboel onuitgesproken gebleven en het ongemakkelijke gevoel was niet verdwenen, maar Brooke liet zich door haar man overeind helpen en mee naar binnen nemen. Ze zou haar best doen om zijn opmerking over haar gewicht uit haar hoofd te zetten.

Randy en Michelle wachtten in de keuken op hen, waar Michelle een schaal ingrediënten aan het klaarmaken was waarmee iedereen zijn eigen sandwich kon maken: plakken kalkoen en rosbief, roggebrood, pikante slasaus, tomaten, sla en augurken. Er waren blikjes kersenlimonade en een liter mineraalwater met limoen. Michelle gaf hun beiden een papieren bordje en gebaarde dat ze moesten beginnen.

'Hoe laat begint het feest eigenlijk?' vroeg Brooke, en ze pakte een paar plakken kalkoen zonder brood. Ze hoopte dat Randy en Julian het zouden zien en dat ze zich schuldig zouden voelen.

'Het eigenlijke feest om zeven uur, maar Cynthia wil dat we er om zes uur zijn, zodat we kunnen meehelpen om alles klaar te zetten.' Michelle verplaatste zich nog verrassend soepel, gezien haar omvang.

'Denk je dat het een verrassing voor hem zal zijn?' vroeg Brooke.

'Ongelooflijk dat je vader al vijfenzestig wordt.' Julian smeerde slasaus op een snee brood.

'En dat hij nu echt met pensioen gaat,' zei Randy. 'Zo raar, in september begin ik voor het eerst zonder hem aan een nieuw schooljaar.'

Brooke liep achter de anderen aan naar de eetkamer en ging met haar bord en een blikje kersenlimonade naast haar broer zitten. 'Je zult hem missen, hè? Met wie moet je nou straks lunchen op school?'

Julians telefoon ging, en hij liep de eetkamer uit om op te nemen.

'Hij lijkt me nog best rustig, als je bedenkt dat zijn album net is verschenen,' zei Randy, en hij nam een grote hap van een nog grotere sandwich.

'Dat lijkt maar zo. Zijn telefoon staat roodgloeiend en hij moet de hele dag iedereen spreken, maar niets is nog zeker. Ik denk dat we later vandaag wel iets zullen horen, of misschien morgen. Iedereen heeft goede hoop dat het album zal binnenkomen in de top twintig, maar daar kun je niks van zeggen,' zei Brooke.

'Niet te geloven,' zei Michelle, en ze nam een klein hapje van haar roggebrood. 'Ik bedoel, had jij ooit gedacht dat je nog eens zou kunnen zeggen dat Julians album binnenkwam in de top *twintig*? Daar streven sommige mensen hun hele leven naar, en het is pas zijn eerste...'

Brooke nam een slok en veegde haar mond af. 'Het is nog niet zo ver... Ik ben bang dat het ongeluk brengt om het er al over te hebben. Maar inderdaad, het is een heel gek idee.'

'Niet zo'n heel gek idee, hoor,' zei Julian, die de kamer weer binnenkwam, met die bekende grijns op zijn gezicht. Hij lachte van oor tot oor, waardoor Brooke de spanning tussen hen even vergat.

Michelle stak haar hand op. 'Niet zo bescheiden, Julian. Objectief gezien is het een heel gek idee dat je eerste album zou binnenkomen in de top twintig.'

'Het is een nóg gekker idee dat het zou binnenkomen op nummer vier,' zei hij zacht, waarna die grijns weer op zijn gezicht verscheen.

'Wat?' Brookes mond viel open.

'Dat was Leo. Het is nog niet officieel, maar waarschijnlijk kom ik van niets op nummer vier. Vier! Ik kan het niet bevatten.'

Brooke vloog van haar stoel en viel Julian in de armen. 'Dat méén je niet! Dat meen je niet!' riep ze uit. Michelle slaakte een kreetje, omhelsde Brooke en Julian en ging toen een fles bijzondere whisky pakken om op Julian te proosten.

Randy kwam terug met drie whiskyglazen en een glaasje sap voor Michelle. 'Op Julian,' zei hij. Ze proostten en namen een klein slokje. Brookte trok een gezicht en zette haar glas whisky op tafel, maar Randy en Julian dronken dat van hen allebei in één teug leeg.

Randy sloeg Julian op zijn schouder. 'Weet je, ik vind het fijn voor jou, al dat succes, bla bla, maar man, ik moet je zeggen dat het voor mij ook fucking cool is, een echte rockster in de familie.'

'Kom kom, het is ook weer niet…'

Brooke gaf Julian ook een mep op zijn schouder. 'Hij heeft gelijk, schat, je bent een ster. Hoeveel mensen kunnen nou zeggen dat hun album is binnengekomen op nummer vier? Vijf? Tien? Ik bedoel, The Beatles en Madonna en Beyoncé en… Julian Alter? Wat een krankzinnige gedachte!'

Ze proostten en praatten en bestookten Julian nog drie kwartier lang met vragen, totdat Michelle zei dat het tijd werd dat ze zich gingen omkleden, want over een uur zouden ze vertrekken naar het restaurant. Zodra Michelle hun een stapel handdoeken had gegeven en de deur van de logeerkamer achter hen had dichtgedaan, vloog Brooke zo hard op Julian af dat ze samen op het bed belandden.

'Schat, het gaat gebeuren. Het gaat nu echt gebeuren, dat kan niet missen,' zei ze, en ze kuste zijn voorhoofd en daarna zijn oogleden, wangen en mond.

Julian kuste haar terug en kwam toen overeind op zijn ellebogen. 'Weet je wat dit nog meer betekent?'

'Dat je nu officieel beroemd bent?' Ze gaf hem een kus in zijn hals.

'Het betekent dat je eindelijk kunt stoppen op Huntley. Sterker nog, je kunt allebei je banen opzeggen als je wilt.'

Ze deinsde achteruit en keek hem aan. 'Waarom zou ik dat doen?'

'Nou, om te beginnen heb je je de afgelopen jaren rot gewerkt, dus ik vind dat je wel wat rust hebt verdiend. Bovendien begint het nu financieel ook lekker te lopen. Met het percentage dat ik krijg van de tour met Maroon 5, de privéoptredens die Leo voor me boekt en dan ook nog de opbrengst van het album… Volgens mij wordt het tijd om er lekker van te gaan genieten.'

Het klonk allemaal heel logisch, maar om redenen die ze niet precies onder woorden kon brengen, voelde Brooke dat ze haar stekels opzette. 'Ik doe het niet alleen voor het geld, hoor. Die meisjes hebben me nodig.'

'De timing is perfect, Brooke. De school begint pas weer over een paar weken, dus ze hebben de tijd om een opvolger te zoeken. En mocht je besluiten om wel in het ziekenhuis te blijven werken, dan heb je tenminste nog wat vrije tijd. Hoop ik.'

'"Mocht" ik besluiten om te blijven werken? Julian, dit is mijn carrière. Hier heb ik voor gestudeerd, en al lijkt het misschien niet zo belangrijk als binnenkomen op nummer vier in de hitlijsten, ik hóú toevallig van mijn werk.'

'Dat weet ik. Ik dacht alleen dat je er misschien een tijdje van een afstand van zou willen houden.' Hij gaf haar lachend een por.

Ze keek hem aan. 'Wat wil je nou eigenlijk zeggen?'

Hij probeerde haar weer op zich te trekken, maar ze werkte niet mee.

Hij zuchtte. 'Het is echt niet iets verschrikkelijks wat ik hier voorstel, Brooke. Als je niet zo hoefde te stressen over je uren en je rooster, zou je misschien meer kunnen genieten van je vrije tijd. Met me mee op tour, samen naar concerten en festivals?'

Ze zweeg.

'Ben je nou boos?' Hij pakte haar hand.

'Helemaal niet,' loog ze. 'Ik heb het gevoel dat ik ontzettend mijn best heb gedaan om de balans te vinden tussen mijn werk en alles wat er met jou speelt. We zijn samen naar Jay Leno geweest, naar het feest van *Friday Night Lights*, naar de verjaardag van Kristen Stewart in Miami en naar Bonnaroo. Ik kom langs in de studio als je 's avonds tot laat doorwerkt. Ik weet niet wat ik nog meer kan doen, maar ik ben er tamelijk zeker van dat stoppen met werken om jou overal naartoe te volgen niet de oplossing is. Daar zou jij ook niet gelukkig van worden, hoe leuk het aanvankelijk ook zou zijn. En eerlijk gezegd denk ik niet dat ik op die manier veel respect voor mezelf zou hebben.'

'Denk er alsjeblieft over na,' zei hij, en hij trok zijn t-shirt uit en liep naar de badkamer. 'Beloof je dat?'

Het geluid van de douche overstemde haar antwoord. Brooke nam zich voor om de hele kwestie voor die avond uit haar hoofd te zetten; ze hoefden nog niets te beslissen, en dat ze er niet helemaal hetzelfde over dachten, wilde nog niet zeggen dat er iets mis was.

Ze kleedde zich uit, schoof het douchegordijn opzij en stapte bij Julian in de badkuip.

'Waar heb ik dat aan te danken?' vroeg hij met half dichtgeknepen ogen. Zijn hele gezicht zat onder de zeep.

'Aan het feit dat we minder dan een half uur hebben om ons klaar te maken,' antwoordde Brooke, en ze draaide de hete kraan helemaal open.

Julian brulde: 'Genade!'

Ze schuifelde langs hem heen en genoot van het gevoel van zijn ingezeepte borst tegen de hare voordat ze onder de hete waterstraal ging staan.

Julian schoof, zogenaamd pruilend, helemaal op naar de andere kant van het bad Brooke moest lachen. 'Kom nou,' zei ze, ook al wist ze dat hij niet tegen heet water kon. Voor hem mocht het maar net handwarm zijn. 'We kunnen er makkelijk samen onder.'

Ze kneep een beetje shampoo in haar handpalm, draaide de temperatuur van het water weer naar lauw en gaf Julian een kus op zijn wang. 'Alsjeblieft, schat.' Ze schuifelde weer langs hem heen en lachte toen hij aarzelend onder de straal stapte. Terwijl ze haar haar waste, keek ze toe hoe Julian van het net-niet-koude water genoot.

Het was een van de honderden, misschien wel duizenden kleine dingen die ze van elkaar wisten, en dat was iets waar Brooke altijd weer blij van werd. Ze vond het een heerlijke gedachte dat zij waarschijnlijk de enige was die wist dat Julian een hekel had aan heet water – in bad, onder de douche, in een jacuzzi; hij ging het allemaal angstvallig uit de weg – maar dat hij nooit klaagde als het buiten bloedheet en drukkend was en dat hij bovendien 'een vuurvaste keel' had, zoals hij zelf beweerde (als je een beker gloeiend hete koffie of een kom dampende soep voor zijn neus zette, goot hij de inhoud gerust naar binnen zonder eerst voorzichtig een slokje te nemen); dat hij een indrukwekkend hoge pijngrens had, wat was aangetoond toen hij zijn enkel had gebroken, waarop hij had gereageerd met niet meer dan een kort 'Shit!', maar hij piepte en spartelde als een klein meisje wanneer Brooke met een pincet een te lange haar uit een van zijn wenkbrauwen trok. En zelfs nu hij zich stond in te zepen, wist ze dat hij blij was dat er een stuk zeep lag in plaats van vloeibaar doucheschuim en dat hij alles gebruikte wat hem werd aangereikt, zolang het niet rook naar lavendel of, erger nog, naar grapefruit.

Toen ze zich naar hem toe boog om hem een kus op zijn ongeschoren wang te geven, kreeg ze een straaltje water in haar oog.

'Net goed,' zei Julian en hij gaf een klapje op haar billen. 'Dat zal je leren om een artiest die op nummer vier staat niet serieus te nemen.'

'Wat zou Mister Vier zeggen van een vluggertje?'

Julian gaf haar een snelle zoen en stapte onder de douche vandaan. 'Ik wil je vader niet hoeven uitleggen dat we te laat op zijn feestje kwamen omdat zijn dochter me heeft besprongen in de douche.'

Brooke moest lachen. 'Watje.'

Cynthia was er al toen ze in het restaurant aankwamen. Ze raasde als een wervelwind van energie en bevelen door het afgehuurde zaaltje. Ze had gekozen voor Ponzu, volgens Cynthia het hipste restaurant van heel zuidoostelijk Pennsylvania. Randy zei dat ze de term 'fusion' daar alleen maar gebruikten om te verhullen dat het eigenlijk iets te hoog gegrepen was: Japanse sushi en teriyaki, Vietnamese loempia's, een pad thai die weinig inwoners van Thailand als dusdanig zouden herkennen en dan ook nog eens de 'specialiteit van het huis': kip met broccoli zoals je die bij de eerste de beste goedkope Chinees ook kon bestellen. Niemand leek ermee te zitten dat er geen enkel fusiongerecht op de kaart stond, dus hielden zij vieren ook braaf hun mond en gingen meteen aan het werk.

De mannen hingen twee enorme glitterspandoeken op met de teksten: HOERA, 65 JAAR! en: GEFELICITEERD MET JE PENSIOEN, terwijl Brooke en Michelle de bloemen die Cynthia had meegebracht schikten in glazen vazen die het restaurant beschikbaar had gesteld; twee per tafel. Ze waren pas halverwege toen Michelle zei: 'Heb je er eigenlijk al over nagedacht wat je met al dat géld gaat doen?'

Brooke liet van verbazing bijna de schaar uit haar hand vallen. Michelle en zij hadden het nooit over persoonlijke zaken gehad, en een gesprek over Julians financiële situatie leek haar heel ongepast.

'O, we hebben nog allerlei studieleningen en stapels onbetaalde rekeningen die betaald moeten worden. Het lijkt spannender dan het is.' Ze haalde haar schouders op.

Michelle verwisselde een roos voor een pioen en hield haar hoofd schuin om het resultaat te bekijken. 'Ach, kom nou, Brooke, hou jezelf niet voor de gek. Straks stróómt het geld binnen!'

Brooke had geen idee wat ze daarop moest zeggen, dus lachte ze alleen wat ongemakkelijk.

Alle vrienden van haar vader en Cynthia kwamen keurig om zes uur, en iedereen liep wat rond met een hapje en een drankje. Tegen de tijd dat Brookes vader op zijn allesbehalve verrassende 'surpriseparty' arriveerde, leek iedereen al helemaal in de stemming te zijn. Toen meneer Greene door de gastheer werd meegetroond naar het achterzaaltje, riepen de gasten heel hard 'Surprise!' en 'Gefeliciteerd!' en haar vader werkte zich door de gebruikelijke reacties heen van iemand die zogenaamd verrast wordt op een feest dat allang geen verrassing meer voor hem is. Hij nam het glas rode wijn aan dat Cynthia hem overhandigde en goot het rap naar binnen in een poging van het feest te genieten, al wist Brooke dat hij liever thuis op de bank sport had gekeken.

Gelukkig had Cynthia de toespraken gepland vóór het eten; Brooke vond het erg spannend om voor al die mensen het woord te moeten doen en ze had geen zin om de hele avond tegen die twee minuten op te zien. Anderhalve wodka-tonic maakte het iets makkelijker, en ze slaagde erin haar ingestudeerde toespraakje vlekkeloos te brengen. De toehoorders leken vooral waardering te hebben voor haar verhaal over de eerste keer dat Randy en zij na de scheiding op een ochtend bij hun vader langsgingen en hij de oven aan het volstapelen was met oude tijdschriften en betaalde rekeningen, omdat hij weinig opbergruimte had en het anders 'zonde van de oven' zou zijn.

Randy en Cynthia waren na haar aan de beurt, en op een onhandige vermelding van Cynthia na over 'de klik die er meteen was toen ze elkaar voor het eerst ontmoetten' – in de tijd dat Brookes vader nog getrouwd was met Brookes moeder – verliep het allemaal soepel.

'Mensen, mag ik nog heel even jullie aandacht?' Meneer Greene stond op van zijn stoel aan de lange, buffetachtige tafel.

Iedereen viel stil.

'Ik wil jullie allemaal bedanken voor jullie komst. En ik bedank ook mijn lieftallige vrouw, omdat ze dit feestje heeft gepland op zaterdag en niet op zondag – ze weet eindelijk dat de belangrijkste sportwedstrijden op zondag worden uitgezonden – en alle vier mijn fantastische kinderen: bedankt dat jullie zijn gekomen. Jullie maken het voor mij de moeite waard.'

Iedereen klapte. Brooke bloosde en Randy rolde met zijn ogen. Toen ze naar Julian keek, zag ze dat hij met zijn telefoon onder de tafel druk zat te sms'en.

'En nog één ding. Sommigen van jullie weten inmiddels dat we een rijzende ster in de familie hebben...'

Dat trok Julians aandacht.

'Het doet me deugd te mogen aankondigen dat Julians album volgende week zal binnenkomen op nummer vier in de *Billboard*-lijst!' Er werd gejuicht en geklapt. 'Laten we het glas heffen op mijn schoonzoon Julian Alter, omdat hij iets heeft bereikt wat bijna onhaalbaar is. Ik weet dat ik namens ons allemaal spreek als ik zeg dat we ontieglijk trots op je zijn, Julian.'

Brooke keek toe hoe haar vader haar verraste maar zichtbaar verrukte echtgenoot omhelsde, en ze was hem ontzettend dankbaar. Dit waren precies de woorden die Julian al zijn hele leven wilde horen van zijn eigen vader; als ze niet van hem kwamen, was Brooke blij dat Julian ze in ieder geval te horen kreeg van haar familie. Julian bedankte haar vader en ging snel weer zitten, en hoewel hij het duidelijk gênant vond om in het middelpunt van de beslangstelling te staan, kon Brooke zien dat het hem goed deed. Toen ze zijn hand pakte en er een kneepje in gaf, kneep hij twee keer zo hard terug.

De obers hadden net de voorgerechten gebracht, toen Julian zich naar Brooke toe boog en hij haar vroeg of ze even wilde meelopen, zodat hij haar onder vier ogen kon spreken.

'Is dit jouw manier om me de wc in te lokken?' fluisterde ze toen ze achter hem aan het zaaltje uit liep. 'Dat zou pas een schandaal geven. Als we betrapt worden, hoop ik dat het door Sasha's moeder gebeurt.'

Julian sleurde haar inderdaad in de richting van de toiletten. Brooke gaf een ruk aan zijn arm. 'Het was maar een grapje.'

'Roek, Leo belde net.' Hij leunde tegen een bankje.

'O?'

'Hij zit nu in Los Angeles en daar heeft hij namens mij een heleboel besprekingen gevoerd.' Julian leek meer te willen zeggen, maar hij zweeg.

'En? Iets leuks?'

Bij die vraag kon Julian zich niet meer inhouden. Er brak een enorme glimlach door op zijn gezicht, en al had Brooke meteen het voorgevoel dat er iets zou komen wat zij níét leuk vond, kopieerde ze zijn gezichtsuitdrukking en lachte met hem mee.

'Nou? Vertel!' zei ze.

'Hij zei...' Julians stem ebde weg en hij zette grote ogen op. '*Vanity Fair* gaat in oktober of november een coverartikel plaatsen over aanstormend jong talent en daar willen ze mij ook bij hebben. Ik kom op de cover! Ongelooflijk, toch?'

Brooke sloeg haar armen om hem heen.

Julian drukte vluchtig zijn lippen op de hare en maakte zich als eerste los uit hun omhelzing. 'Weet je wie de foto's neemt? Annie Leibovitz.'

'Dat meen je niet!'

Hij grijnsde. 'Wel dus. Van mij en nog vier andere artiesten. Van alles wat. Leo dacht dat er een schilder en een schrijver bij waren, dat soort dingen. En weet je waar ze de foto's nemen? Bij Chateau Marmont.'

'Natuurlijk. We worden nog vaste gasten daar!' In gedachten was ze al aan het berekenen hoe ze met zo weinig mogelijk vrije dagen toch met hem mee zou kunnen. En wat moest ze meenemen?

'Brooke?' Julians stem verried niks, maar hij trok een gekweld gezicht.

'Wat is er?'

'Ik vind het echt vervelend, maar ik moet nu meteen weg. Leo heeft een vlucht geboekt voor morgenavond zes uur, en ik moet eerst terug naar New York om wat spullen op te halen in de studio.'

'Ga je nú weg?' sputterde ze, toen het tot haar doordrong dat Julians ticket al was geboekt en hij dus zonder haar zou gaan. Hij deed zijn best om zijn gezicht in de plooi te houden, maar hij kon zijn enthousiasme moeilijk beteugelen.

Toen sloeg hij zijn armen om haar heen en kriebelde tussen haar schouders. 'Ik weet dat het balen is, schat. Sorry dat het allemaal op het laatste nippertje moet en dat ik halverwege je vaders etentje moet vertrekken, maar...'

'Ervoor.'

'Hm?'

'Je vertrekt niet halverwege het etentje, je vertrekt nog voordat we een hap hebben gegeten.'

Hij zweeg. Even dacht ze dat hij zou gaan zeggen dat het allemaal een grap was geweest, dat hij niet echt weg hoefde.

'Hoe ga je dan naar huis?' vroeg ze na een hele tijd; haar stem klonk nu gelaten.

Hij drukte haar tegen zich aan. 'Ik heb een taxi gebeld die me naar het station brengt, dan hoeft hier niemand weg en kun jij morgen gewoon met de auto naar huis. Is dat goed geregeld?'

'Ja, hoor.'

'Brooke? Ik hou van je, schat. Zodra ik terug ben, gaan we het samen ergens vieren. Het zijn wel allemaal positieve dingen, vergeet dat niet.'

Brooke forceerde een glimlach om hem een plezier te doen. 'Dat weet ik. En ik vind het fantastisch voor je.'

'Ik denk dat ik dinsdag terugkom, maar ik weet het niet heel zeker.' Hij kuste haar zachtjes op de mond. 'Laat de planning maar aan mij over, oké? Ik wil graag iets bijzonders gaan doen.'

'Dat zou leuk zijn.'

'Wacht je hier op me? Dan schiet ik vlug even naar binnen om dag te zeggen tegen je vader. Ik wil niet te veel aandacht op mezelf richten…'

'Eerlijk gezegd denk ik dat je beter gewoon kunt gaan,' zei Brooke, en ze zag de opluchting op zijn gezicht. 'Ik leg het wel uit. Ze zullen het heus wel begrijpen.'

'Dank je.'

Ze knikte. 'Kom, dan loop ik met je mee naar buiten.'

Hand in hand liepen ze de trap af, en ze slaagden erin om het parkeerterrein te bereiken zonder een van de andere feestgangers of iemand van haar familie tegen het lijf te lopen. Brooke verzekerde Julian er nogmaals van dat het beter was zo, dat zij het wel aan haar vader en Cynthia zou uitleggen en dat ze Randy en Michelle zou bedanken voor hun gastvrijheid. Dat alles was te verkiezen boven een grote afscheidsscène, waarin hij honderd keer zou moeten uitleggen wat er aan de hand was. Julian probeerde een ernstig gezicht te trekken toen hij afscheid nam en fluisterde dat hij van haar hield, maar zodra de taxi in zicht kwam, stuiterde hij erheen als een blije golden retriever die achter een tennisbal aan holt. Brooke dwong zichzelf om gul naar hem te lachen en vrolijk te zwaaien, maar de taxi reed al weg voordat Julian kon omkijken en terugzwaaien. Ze ging terug naar binnen. In haar eentje.

Brooke keek op haar horloge en vroeg zich af of ze nog tijd zou hebben om te gaan hardlopen na haar laatste afspraak, voordat ze naar Nola ging. Ze nam zich vast voor het te proberen, maar toen bedacht ze dat het buiten 34 graden was. Iemand die goed bij zijn hoofd was ging met die temperatuur niet hardlopen.

Er werd op de deur geklopt. Vandaag was haar eerste afspraak met Kaylie sinds het begin van het nieuwe schooljaar en ze kon niet wachten om haar te zien. Kaylies mailtjes hadden steeds positiever geklonken, en Brooke had er alle vertrouwen in dat ze haar plekje wel zou vinden op school. Maar toen de deur openging, kwam Heather binnen in plaats van Kaylie.

'Hé, alles goed? Nog bedankt voor de koffie van vanmorgen.'

'O, graag gedaan. Ik wilde je even laten weten dat Kaylie vandaag niet kan komen. Ze zit thuis met buikgriep of zoiets.'

Brooke keek op de lijst met afwezige leerlingen van die dag. 'O? Ze is hier niet ziek gemeld.'

'Nee, dat weet ik. Ze kwam daarstraks bij me langs en ze zag er vreselijk slecht uit, dus heb ik haar doorverwezen naar de verpleegsterspost en daar hebben ze haar naar huis gestuurd. Het is vast niks ernstigs, maar ik wilde het je even laten weten.'

'Bedankt, heel fijn.'

Heather wilde al weglopen, toen Brooke vroeg: 'Wat voor indruk kreeg je van haar? Behalve dat ze er ziek uitzag?'

Heather leek daar even over na te moeten denken. 'Goh, dat is moeilijk te zeggen. Het was de eerste keer dat ik haar zag sinds vorig jaar en ze heeft weinig losgelaten. Ik heb wel van de andere meisjes gehoord dat ze veel optrekt met Whitney Weiss, een vriendschap waar ik om voor de hand liggende redenen mijn bedenkingen bij heb, maar zelf heeft Kaylie daar niets van verteld. Ik moet wel zeggen dat ze volgens mij behoorlijk veel afgevallen is.'

Brooke keek met een ruk op. 'Wat noem jij "behoorlijk veel"?'

'Ik weet niet… zeker tien kilo. Het stond haar ontzettend goed. Zelf leek ze er ook erg tevreden over te zijn.'

Heather zag Brookes bezorgde blik. 'Hoezo? Is dat een slecht teken?'

'Dat hoeft niet, maar tien kilo is wel erg veel in zo'n korte tijd. En die vriendschap met Whitney… Laten we zeggen dat die twee factoren samen bij mij wel een alarmbel doen rinkelen.'

Heather knikte. 'Ik denk dat jij haar eerder zult zien dan ik, maar hou me op de hoogte, oké?'

Brooke zei Heather gedag en leunde achterover in haar stoel. Ruim tien kilo gewichtsverlies in tweeënhalve maand was ontzettend veel, en de vriendschap met Whitney stelde haar ook niet bepaald gerust. Whitney was een buitengewoon slank meisje dat het jaar daarvoor een kilo of drie was aangekomen nadat ze was gestopt met hockeyen, en haar veel te magere moeder had meteen bij Brooke voor de deur gestaan om de naam te eisen van een goed 'afslankkamp voor dikke kinderen', zoals ze het botweg had geformuleerd. Brookes bezwaar dat het voor een meisje van veertien, nog in de groei, heel normaal en zelfs welkom was om een paar kilo aan te komen had geen enkel effect gehad, en Whitney was naar een duur kamp gestuurd om 'de kilo's eraf te werken'. Zoals Brooke al had voorspeld propte het meisje zich sindsdien regelmatig vol, waarna ze alles er weer uitbraakte, gedrag waar Kaylie beslist niet aan blootgesteld zou moeten worden. Brooke nam zich voor om Kaylies vader te bellen na hun eerste gesprek en te vragen of hij iets bijzonders aan zijn dochter had gemerkt.

Ze maakte nog wat aantekeningen over hun eerdere gesprekken en ging toen naar huis. Buiten viel de vochtige septemberhitte als een klamme deken over haar heen, waardoor ze iedere gedachte aan de metro onmiddellijk overboord zette. Het was alsof ergens daarboven een engeltje haar gedachten had gelezen – of misschien had de taxichauffeur uit Bangladesh haar verwoed met haar arm zien zwaaien – want pal voor de ingang van school stopte een taxi om iemand af te zetten, en Brooke liet zich in de aircokoelte op de achterbank zakken.

'De hoek van Duane en Hudson, graag,' zei ze, en ze schoof haar benen wat dichter naar het roostertje waar de koude lucht uit kwam. De hele rit lang zat ze met haar hoofd achterovergeleund en haar ogen gesloten. Vlak voordat de taxi stopte voor het appartementencomplex waar Nola woonde kwam er een sms van Julian binnen.

Zojuist een mailtje ontvangen van John Travolta!!! Zegt dat hij mijn album 'geweldig' vindt en feliciteerde me ermee.

Brooke voelde Julians opwinding door de telefoon heen. *John Travolta?! sms'te ze terug. Echt? Wat gaaf!*
Hij had het zijn agent laten weten en die heeft het doorgestuurd naar Leo, antwoordde Julian.
Gefeliciteerd! Supercool. Bewaren! schreef ze, en ze voegde eraan toe: Ben bij Nola. Bel je zodra ik kan. xxx
Nola's tweekamerflatje lag aan het einde van een lange gang en keek uit op een trendy eetcafé met een terrasje. Brooke ging naar binnen – de deur stond op een kier –, gooide haar tas op de grond terwijl ze haar schoenen uitschopte en liep rechtstreeks naar de keuken.
'Ik ben hier!' riep ze terwijl ze een blikje cola light uit de koelkast pakte. Dat was een van haar geheime genoegens, maar ze mocht het van zichzelf alleen bij Nola thuis drinken.
'Er staat cola light in de koelkast. Breng er voor mij ook een mee!' riep Nola vanuit de slaapkamer. 'Ik ben bijna klaar met inpakken, ik kom eraan.'
Brooke trok beide blikjes open en liep de slaapkamer in om er een te overhandigen aan Nola, die tussen een enorme hoop kleding, schoenen, toiletartikelen, elektronica en reisgidsen op haar bed zat.
'Hoe moet ik dit verdomme allemaal in een rugzak krijgen?' snauwde ze, en ze probeerde een ronde haarborstel in een van de zijvakjes te proppen. Toen dat niet lukte, slingerde ze de borstel de kamer door. 'Hoe heb ik die reis in godsnaam ooit kunnen boeken?'
'Al sla je me dood,' zei Brooke, die de chaos in de kamer bekeek. 'Eerlijk gezegd vraag ik me dat ook al twee weken af.'
'Dat komt er nou van als je weinig vrije dagen hebt en je hebt geen vriend – dan neem je dit soort beslissingen. Zestien dagen naar zuid-

oost-Azië met elf wildvreemden? Serieus, Brooke, dit is jouw schuld.'

Brooke begon te lachen. 'Leuk geprobeerd. Ik heb van begin af aan gezegd dat ik het een ontzettend slecht idee vond, maar je was er niet vanaf te brengen.'

Nola hees zich van het bed, nam een slok cola en liep naar de huiskamer. 'Ik zou als voorbeeld moeten dienen voor alle single vrouwen. Boek nooit impulsief een last-minute rondreis. Vietnam loopt verdomme niet weg, waarom had ik zo'n haast?'

'Ach, het zal best meevallen. Misschien zit er wel een heel leuke man bij je in de groep.'

'Ja hoor, vast. In plaats van Duitse stellen van middelbare leeftijd, hippies die boeddhist willen worden of gewoon alleen maar lesbiennes wemelt het natuurlijk van de aantrekkelijke, beschikbare mannen van tussen de dertig en vijfendertig.'

'Wat goed, die positieve instelling van jou!' zei Brooke grijnzend.

Nola's oog viel ergens op en ze liep naar het raam in de huiskamer. Brooke keek naar buiten, maar ze zag niets bijzonders.

'Dat eerste tafeltje helemaal links, zie je dat? Natalie Portman. Daar, met dat piccolopetje op en een zonnebril als vermomming, alsof haar duidelijke Natalie Portman-uitstraling daar niet dwars doorheen schreeuwt,' zei Nola.

Brooke keek nog een keer, en nu zag ze de jonge vrouw met de zonnebril, die een slokje nam uit haar wijnglas en lachte om iets wat haar tafelgenoot zei. 'Hmm, ja, ik geloof dat ze het inderdaad is.'

'Natuurlijk is ze het! God, wat ziet ze er goed uit. Ik snap niet dat ik geen bloedhekel aan haar heb. Dat zou je toch verwachten, maar nee hoor.' Nola hield haar hoofd schuin, maar haar blik liet het raam geen moment los.

'Waarom zou je een hekel aan haar moeten hebben?' vroeg Brooke. 'Ze lijkt me juist een van de weinige sterren die normaal zijn gebleven.'

'Reden te meer om de pest aan haar te hebben. Ze is niet alleen krankzinnig knap – zelfs met een kale kop – ze is ook nog afgestudeerd aan Harvard, spreekt een stuk of vijftien talen, reist de hele wereld over om de steun voor microkredieten te stimuleren en ze is zo begaan met het milieu dat ze niet eens leren schoenen draagt. Bovendien zweert iedereen die ooit met haar heeft gewerkt of zelfs maar naast haar heeft gezeten in het vliegtuig dat ze de coolste, nuchterste persoon is die ze ooit hebben ontmoet. Dus nou mag jij mij vertellen hoe het mogelijk is om aan zo iemand géén hekel te hebben.'

Nola verliet eindelijk haar plekje bij het raam en Brooke volgde haar. Ze ploften neer op de twee loveseats met losse hoezen en draaiden zich opzij, met de gezichten naar elkaar toe.

Brooke nam een grote slok en dacht aan de fotograaf die voor haar appartment had gestaan. 'Fijn voor haar,' zei ze schouderophalend.

Nola schudde traag haar hoofd. 'God, jij bent ook een verhaal apart.'

'Hoezo? Ik snap het niet. Moet ik geobsedeerd zijn door haar? Jaloers? Ze is niet eens écht.'

'Natuurlijk wel! Ze zit daar op het terras en ze ziet er supergoed uit.'

Brooke sloeg theatraal een arm voor haar voorhoofd en kreunde. 'En wij stalken haar, iets waar ik me niet prettig bij voel. Laat dat mens toch met rust.'

'Raak ik een gevoelige snaar als het om de privacy van Natalie Portman gaat?' vroeg Nola op iets mildere toon.

'Ik denk het wel. Dat is heel gek: de Brooke die al jaren de roddelbladen leest, elke film met Natalie Portman heeft gezien en alle jurken kan opsommen die ze naar de Oscar-uitreiking en dergelijke heeft gedragen – die Brooke zou het liefst voor het raam de hele avond naar haar zitten staren, maar de Brooke die…'

Nola richtte de afstandsbediening op de tv en zapte tot ze een alternatieve rockzender had gevonden. Ze kwam op één elleboog overeind. 'Ik snap het. Is er verder nog wat gebeurd? Waarom heb je zo'n rothumeur?'

Brooke zuchtte. 'Ik heb op mijn werk weer een dag vrij moeten vragen voor dat weekend in Miami, en laten we het erop houden dat Margaret er niet zo blij mee was.'

'Ze kan toch niet van haar werknemers verwachten dat ze geen privéleven hebben?'

Brooke snoof. 'Het is ook niet onredelijk dat ze verwacht dat ze zo nu en dan hun gezicht laten zien.'

'Nou overdrijf je. Maar kunnen we het niet over iets leukers hebben? Sorry, hoor.'

'Over dat feest in Miami?'

'Ben ik ook uitgenodigd dan?' vroeg Nola. 'Zal ik meegaan als jouw date?'

'Zou je dat willen? Het lijkt me super, maar ik dacht dat ik dat niet eens bij je hoefde te proberen.'

'Hoezo, dacht je soms dat ik liever in New York iets ging drinken met een of andere loser terwijl ik ook aan de kaviaar kan zitten met de vrouw van een veelbelovende rockster?'

'Afgesproken. Ik weet zeker dat Julian hartstikke blij zal zijn dat hij niet de hele avond op me hoeft te passen.'

Brookes telefoon trilde op de salontafel. 'Als je het over de duivel hebt... Hallo!' zei ze in het toestelletje. 'Nola en ik hadden het net over het feest van dit weekend.'

'Brooke, raad eens? Ik sprak Leo net en die heeft bericht gekregen van de directie van Sony. De eerste verkoopcijfers van het album overtreffen al hun verwachtingen, zeggen ze.'

Brooke hoorde muziek en geroezemoes op de achtergond, maar ze kon zich niet herinneren waar Julian die middag zat. Atlanta? Of speelden ze vanavond in Charleston? Ja, dat was het. Atlanta was gisteravond – Julian had haar om één uur 's nachts gebeld, dronken, maar wel in een heel goede bui. Hij had in het Ritz in Buckhead gezeten.

'Niemand durft zich er nog op vast te pinnen, want over drie dagen is het pas officieel, maar vandaag was de laatste verkoopdag die meetelt voor de hitlijsten en kennelijk kan het niet missen.'

Brooke had de avond ervoor twee uur lang zitten napluizen welke andere artiesten er de afgelopen weken een album hadden uitgebracht, maar ze begreep nog steeds niet hoe die hitlijsten precies werkten. Moest ze dat nu vragen? Of zou hij zich dan ergeren aan haar onwetendheid?

'Ik schuif minimaal door van nummer vier naar nummer drie, maar misschien kom ik nog hoger.'

'Ik ben zo trots op je! Hebben jullie het leuk in Charleston?' vroeg ze opgewekt.

Er viel een stilte. Even sloeg de paniek toe. Zaten ze toch niet in Charleston? Maar toen zei hij: 'Je zult het misschien niet geloven, maar we werken ons rot. Repeteren, optreden, de boel afbreken, opbouwen, iedere nacht een ander hotel. Er wordt hier wel degelijk gewerkt.'

Brooke zweeg even. 'Ik wilde ook niet suggereren dat jullie alleen maar feesten.' Op de een of andere manier slaagde ze erin om hem niet te herinneren aan zijn erg late, erg dronken telefoontje van de afgelopen nacht.

Nola ving Brookes blik en gebaarde dat ze naar de slaapkamer ging, maar Brooke wuifde het weg alsof ze wilde zeggen: doe niet zo idioot.

'Gaat dit nog steeds over dat etentje van je vader, toen ik eerder weg moest? Hoe vaak heb ik me daar wel niet voor verontschuldigd? Dat je me daar nu nog voor moet straffen.'

'Daar gaat het helemaal niet om, al was je wel binnen zes seconden verdwenen en ben je sindsdien niet meer thuis geweest. Al bijna twee weken.' Haar stem werd milder. 'Ik had eigenlijk gedacht dat je binnen een paar dagen na de fotosessie wel weer terug zou zijn, voordat jullie aan de tour begonnen.'

'Moet je je per se zo lullig opstellen?'

Het kwam aan als een klap in haar gezicht. '*Lullig opstellen*? Is het echt zo vreselijk van me dat ik vraag of je het leuk hebt daar? Of dat ik zeg dat ik je graag weer eens wil zien? God, wat lullig van me, zeg.'

'Brooke, ik heb nu geen tijd voor jouw driftbuien.'

De manier waarop hij haar officiële naam uitsprak bezorgde haar koude rillingen.

'Mijn *driftbuien*, Julian?' Ze gaf hem bijna nooit ongezouten haar mening. Hij was al zo gestrest, hij had het druk en was afwezig – zowel letterlijk als figuurlijk – dus deed ze haar best om niet te klagen. Om opgewekt en begripvol te reageren, zoals haar moeder haar had aangeraden. Maar het viel niet mee.

'Waar maak je je dan zo druk over? Het spijt me dat ik deze week niet thuis kan zijn, hoe vaak moet ik dat nog zeggen? Ik doe dit voor ons samen, hoor. Dat mag je wel eens in gedachten houden.'

De inmiddels welbekende ongerustheid besloop haar weer. 'Ik geloof niet dat je het begrijpt,' zei ze zacht.

Hij zuchtte. 'Ik probeer wel een avond naar huis te komen voor we dit weekend naar Miami gaan, oké? Zou dat helpen? Maar ik moet je zeggen dat dat niet meevalt als je album net twee weken uit is.'

Ze had willen zeggen dat hij hartstikke dood kon vallen, maar in plaats daarvan haalde ze diep adem, telde tot drie en zei: 'Het zou heel fijn zijn als dat zou lukken. Ik wil je echt graag zien.'

'Ik doe mijn best, Roek. Ik moet nu gaan, maar vergeet alsjeblieft niet dat ik van je hou. En dat ik je mis. Ik bel je morgen, goed?' Voordat ze iets kon zeggen, had hij opgehangen.

'Hij hangt gewoon op!' brulde ze, en ze smeet haar telefoon op de zachte bank, waar hij vanaf stuiterde en op de vloer terechtkwam.

'Gaat het een beetje?' Nola's stem was zacht en geruststellend. Ze stond in de deuropening van de huiskamer met een stapeltje afhaalmenukaarten en een fles wijn in haar hand. Op de rockzender op tv werd 'For the Lost' gedraaid; Nola en Brooke draaiden zich allebei om naar de tv.

He was a brother's dream, he was a fist of sand
He slipped away with the seond hand...

'Mag dat alsjeblieft af?' Brooke liet zich op de bank vallen en bedekte haar ogen, ook al huilde ze niet. 'Wat moet ik nou?' kreunde ze.

Nola zette snel een andere zender op. 'Eerst beslis je of je kip met citroengras wilt of grote garnalen in kerriesaus van de Vietnamees, en dan ga je me vertellen wat er tussen jullie aan de hand is.' Nola leek zich nu pas de fles in haar hand te herinneren. 'Nee, wacht. Eerst nemen we een wijntje.'

Ze sneed snel de folie los met het puntje van de kurkentrekker en stak die in de kurk. 'Ben je nog boos vanwege die stomme foto met Layla?' vroeg ze.

Brooke snoof minachtend en nam een glas rode wijn van Nola aan. In officieel gezelschap zou het beschouwd worden als onbeleefd vol, maar vanavond was het precies goed. 'Bedoel je die foto waarop mijn echtgenoot zijn arm om haar taille van vijfenzestig centimeter heeft geslagen en hij zo breed grijnst, zo overdreven stralend, dat het wel lijkt of hij ter plekke een orgasme beleeft?'

Nola nam een slokje van haar wijn en legde haar voeten op tafel. 'Een of ander dom sterretje wilde profiteren van de aanwezige pers bij een aanstormend talent. Julian interesseerde haar echt niet.'

'Dat weet ik. Het gaat ook niet zozeer om die foto... Eerst speelde hij in Nick's Bar en liep hij parttime stage, en nu dit. Het is allemaal in één klap veranderd, Nola. Ik was er niet klaar voor.'

Het had geen zin om het nog langer te ontkennen: Julian Alter, haar man, was nu officieel, onmiskenbaar beroemd. Verstandelijk was Brooke zich ervan bewust dat de weg hier naartoe lang en zwaar was geweest: jarenlang dagelijks repeteren en voortdurend optreden en nummers schrijven (en dan telde ze de talloze optredens en de vele uren die Julian in zijn carrière had gestoken voordat ze elkaar kenden niet eens mee). Hij had demo's opgenomen en promotietapes en singles gemaakt die nét niet waren aangeslagen. Zelfs toen hij een keer een platencontract had binnengesleept, waarvan hij zelf eigenlijk weinig verwachtte, had hij weken en zelfs maandenlang de kleine lettertjes uitgeplozen, gespecialiseerde advocaten in de arm genomen en contact opgenomen met ervaren artiesten voor advies en eventuele begeleiding. Dat alles gevolgd door vele maanden in een opnamestudio in Midtown, waarbij ze de keyboardpartijen en de zang honderden, misschien wel duizenden keren hadden overgedaan om de sound precies goed te krijgen. Plus eindeloze besprekingen met producers, A&R-mannen en intimiderende platenbazen die wisten dat ze de gouden sleutel van zijn toekomst in handen hadden – en zich daar ook naar gedroegen. En later bij Sony de casting voor nieuwe bandleden, die vervolgens allemaal op gesprek hadden moeten komen en auditie hadden gedaan; het non-stop heen en weer gereis tussen Los Angeles en New York om ervoor te zorgen dat alles soepel verliep; het advies van de pr-mensen, die de perceptie van het publiek konden beïnvloeden, en de instructies van de mediatrainers over hoe Julian zich moest gedragen voor de camera's. En natuurlijk de stiliste die zijn imago bepaalde.

Jarenlang was Brooke bereid geweest twee banen aan te houden om hen beiden te onderhouden, ondanks de verwarrende verwijten die ze soms ten opzichte van hem voelde, wanneer ze doodmoe en alleen was, als studioweduwe in hun appartement. Ze had haar eigen dromen vrijwillig op een laag pitje gezet: een gat in de markt vinden op werkgebied, meer reizen, een baby. Financieel was het heel zwaar geweest om iedere dollar te investeren in de verschillende aspecten van Julians carrière. Hij had gruwelijk lange dagen gemaakt in de studio. Ze waren vaak 's avonds laat van huis geweest, samen in een luidruchtige, rokerige bar voor een optreden van Julian, in plaats van opgekruld op de bank of een weekendje weg met andere stellen. En nu was hij altijd op reis! Onafgebroken op reis, voortdurend onderweg van stad naar stad, van kust naar kust. Ze deden allebei hun best, echt waar, maar het leek steeds moeilijker te worden. Tegenwoordig was het al een luxe om ongestoord te kunnen telefoneren.

Nola schonk hun glazen bij en pakte haar telefoon. 'Wat wil jij?'

'Ik heb niet zo'n trek,' zei Brooke, en tot haar verbazing meende ze het nog ook.

'Ik bestel de garnalen én de kip, dan kunnen we delen, en een paar loempiaatjes. Goed?'

Brooke zwaaide met haar glas; de wijn klotste net niet over de rand. Het eerste glas was wel erg snel opgegaan. 'Ja hoor, prima.' Ze dacht even na en besefte toen dat ze Nola nu hetzelfde behandelde als Julian de laatste tijd met háár omging. 'Maar hoe is het met jou? Is er nog nieuws over…?'

'Drew? Die is verleden tijd. Ik ben afgelopen weekend een beetje… afgedwaald, en toen werd het me weer duidelijk dat er veel spannender mannen op de wereld zijn dan Drew McNeil.'

Brooke sloeg nog een keer haar hand voor haar ogen. 'O nee, nu zullen we het krijgen.'

'Wat nou? Het was gewoon een leuk tussendoortje.'

'Dat je daar nog tijd voor hebt.'

Nola keek quasibeledigd. 'Zaterdag na het eten wilde jij meteen naar huis, weet je nog? Toen zijn Drew en ik op stap gegaan.'

'O god. Ga me nou niet vertellen dat je weer een triootje hebt gehad. Mijn zwakke hart kan niet nog een triootje aan.'

'Brooke! Drew is kort na jou vertrokken, maar ik wilde wat langer blijven. Ik heb nog wat gedronken en om een uur of half twee ben ik opgestapt, alléén, en naar buiten gegaan om een taxi aan te houden.'

'Worden wij niet een beetje te oud om midden in de nacht nog een oude bekende te bellen voor een potje seks? Hoe noemen ze dat tegenwoordig ook alweer? Een *booty call*.'

Nu sloeg Nola een hand voor haar ogen. 'Mijn god, wat ben jij toch preuts. Toen er na twintig minuten eindelijk een taxi kwam, dook er ineens een jongen op die hem probeerde in te pikken. Hij stapte snel in aan de andere kant.'

'O?'

'Ja. Het was best een lekker ding en ik zei dat hij mocht meerijden, zolang ik als eerste zou worden afgezet. En voordat ik het wist zaten we te vrijen.'

'En toen?' vroeg Brooke, ook al kon ze de rest wel raden.

'Het was fantastisch.'

'Weet je überhaupt wel hoe hij heet?'

'Alsjeblieft, zeg,' zei Nola, en ze rolde met haar ogen.

Brooke staarde haar vriendin aan en probeerde zich haar eigen tijd als single voor de geest te halen. Ze had veel vriendjes gehad en ook best veel jongens versierd, maar ze was nooit zo… vrij geweest in haar bereidheid om met hen het bed in te duiken. Meestal was ze als de dood dat Nola iets zou overkomen, maar soms was ze jaloers op haar zelfvertrouwen en de assertieve manier waarop ze haar seksualiteit benaderde. De enige keer dat Brooke een one-nightstand had gehad, had ze zichzelf moeten dwingen, door steeds weer bij zichzelf te zeggen dat het leuk en spannend zou zijn, dat ze zich er sterk en machtig door zou voelen. Maar dankzij een gescheurd condoom, plus vierentwintig uur misselijkheid door de morning-afterpil en zes weken wachten op de uitslag van de hiv-test, en precies nul telefoontjes van haar zogenaamde minnaar, wist ze dat deze manier van leven niets voor haar was.

Ze haalde diep adem en was opgelucht toen de bel van de intercom aankondigde dat het eten was gearriveerd. 'Nola, je beseft toch wel dat je voor hetzelfde geld…'

'Zeg, bespaar me alsjeblieft je "Het had wel een seriemoordenaar kunnen zijn"-toespraak.'

Brooke stak haar handen op alsof ze zich gewonnen gaf. 'Oké, oké. Ik ben blij dat je het leuk hebt gehad. Misschien ben ik gewoon jaloers.'

Bij die woorden slaakte Nola een kreetje. Ze trok haar knieën op, pakte Brookes hand en gaf er een flinke klap op.

'Waar heb ik dat aan verdiend?' Brooke trok een beledigd gezicht.

'Zeg alsjeblieft nooit meer dat je jaloers bent!' zei ze, en Brooke had haar zelden zo fel meegemaakt. 'Je bent mooi en getalenteerd en je hebt geen idee hoe fantastisch ik het vind, als vriendin, om te zien hoe Julian naar je kijkt. Ik weet dat ik niet altijd even dol op hem ben geweest, maar hij houdt van je, daar kan niemand omheen. Misschien besef je dat niet, maar jullie zijn voor mij een groot voorbeeld. Ik weet dat Julians carrière veel inspanningen heeft gekost, van jullie allebei, maar nu pluk je er de vruchten van.'

Er werd op de deur geklopt. Brooke boog zich naar Nola toe en sloeg haar armen om haar heen. 'Je bent een schat. Bedankt – dat moest ik even horen.'

Nola glimlachte, pakte haar portemonnee en liep de hal in.

De meiden aten snel, en na het eten stapte Brooke meteen op, doodmoe van haar lange dag en een halve fles wijn. Uit gewoonte liep ze resoluut naar de metro en koos voor haar vaste plekje achterin, en pas halverwege de rit besefte ze dat ze tegenwoordig best een taxi kon betalen. Toen ze het laatste stukje naar huis liep, belde haar moeder, maar Brooke nam niet op en begon alvast te fantaseren over haar avondritueel wanneer ze straks alleen thuis was: kruidenthee, een warm bad, een ijskoude slaapkamer, een slaappil en dan heerlijk onder haar dikke donzen dekbed kruipen. Misschien zou ze zelfs haar mobieltje afzetten, zodat Julian haar niet kon wakker bellen met een van zijn sporadische telefoontjes – het enige wat er niet onvoorspelbaar aan was, was dat ze steevast muziek, meisjes of allebei op de achtergrond hoorde.

In gedachten verzonken, popelend om naar binnen gaan en haar kleren uit te trekken, zag Brooke de bloemen op de deurmat pas toen ze erover struikelde. De cilindrische glazen vaas was zo groot als een peuter en gevoerd met felgroen banananblad. Hij zat boordevol calla's, dieppaars en gebroken wit, met als enige accent een enorme steel bamboe ertussen.

Ze had wel vaker bloemen gekregen, zo'n boeket dat iedere vrouw wel eens kreeg – zonnebloemen van haar ouders toen ze in haar eerste studiejaar een verstandskies had laten trekken, de verplichte rode rozen op Valentijnsdag van diverse fantasieloze vriendjes, en een snel meegegrist bosje bloemen van de supermarkt wanneer ze een etentje gaf – maar zoiets als dit had ze nog nooit gezien. Het was een ware sculptuur. Een kunstvoorwerp. Brooke sjouwde de vaas naar binnen en rukte het envelopje los dat discreet aan de voet was bevestigd. Walter kwam aangehold om deze geurige aanwinst te besnuffelen.

Lieve Brooke,
Ik mis je vreselijk. Tel de dagen af tot ik je weer zie dit weekend.
Liefs, J.

Ze bukte glimlachend om aan de prachtige calla's te ruiken, een genot dat precies tien tellen duurde. Toen vochten al haar twijfels weer om voorrang. Waarom had hij 'Brooke' geschreven terwijl hij haar bijna altijd 'Roekie' noemde, zeker wanneer hij romantisch of intiem wilde doen? Was dit zijn manier om zich te verontschuldigen voor zijn onattente, botte gedrag van de afgelopen weken, en zo ja, waarom stond er dan geen 'sorry' bij? Kon iemand die zo goed was in teksten – hij was nota bene songwriter! – zoiets algemeens hebben geschreven? En de grootste vraag luidde: waarom zou hij haar uitgerekend nu opeens bloemen sturen, terwijl Brooke wist dat hij een hekel had aan boeketten van de bloemist? Dat vond hij een afgezaagde, te dure, commerciële uitweg voor mensen die hun gevoelens niet creatief of verbaal konden uiten, terwijl bloemen ook nog eens binnen de kortste keren doodgingen, dus wat was dat nou voor symbool? Het had Brooke nooit veel kunnen schelen, maar ze begreep zijn bezwaar wel, en ze had de brieven, liedjes en gedichten die hij zo zorgvuldig voor haar had geschreven altijd gekoesterd. Dus wat was dat ineens voor flauwekul met dat 'Tel de dagen af'?

Walter duwde zijn kop tegen haar knie en jankte treurig.

'Waarom kan het báásje jou niet uitlaten?' vroeg ze, en ze deed hem zijn riem om en ging meteen weer naar buiten. 'O, ik weet het al. Omdat hij er nooit is!' Hoewel ze zich verschrikkelijk schuldig voelde dat ze Walter zo lang alleen had gelaten, sleurde ze hem weer mee naar binnen zodra hij zijn behoefte had gedaan, en ze kocht hem om met extra voer en zelfs een toetje. Toen pakte ze het kaartje van de bloemen weer, las het nog twee keer en legde het zorgvuldig bovenop in de vuilnisbak, om het er meteen weer uit te halen. Het mocht dan niet de mooiste tekst zijn die Julian had geschreven, het ging om het gebaar.

Ze toetste zijn mobiele nummer in en had al bedacht wat ze zou zeggen, toen ze zijn voicemail kreeg.

'Hoi, met mij. Ik kom net thuis en heb de bloemen ontvangen. Goh, ze zijn heel… bijzonder. Ik heb er haast geen woorden voor.' Je bent tenminste eerlijk, dacht ze. Ze overwoog om hem te vragen haar terug te bellen, maar het leek ineens te vermoeid om hem nu te spreken. 'Goed, eh… een fijne avond nog. Ik hou van je.'

Brooke liet het bad vollopen met het heetste water dat ze kon verdragen, pakte de nieuwe *Last Night* die net was bezorgd en liet zich voorzichtig in de badkuip zakken; het duurde wel vijf minuten voordat ze haar hele lijf kon onderdompelen. Toen het water haar schouders omsloot, slaakte ze een zucht van verlichting. Goddank, deze dag is bijna voorbij.

In de tijd van 'voor de foto' was er niets zo heerlijk geweest als een heet bad met een kersverse *Last Night*. Sindsdien was ze altijd doodsbenauwd voor waar ze op zou kunnen stuiten, maar de gewoonte was er nu eenmaal ingebakken. Ze werkte zich door de eerste bladzijden heen en peinsde even over het grote aantal getrouwde sterren die bereid waren over hun seksleven te vertellen, met pareltjes als: 'Ons geheim om het spannend te houden? Hij brengt me op zondag ontbijt op bed en dan toon ik hem op een héél speciale manier mijn dankbaarheid' en: 'Wat zal ik zeggen? Ik heb het getroffen. Mijn vrouw is echt heel goed in bed.' De bladzijde waarop sterren te zien waren terwijl ze 'gewone' dingen deden was nog saaier dan anders: Dakota Fanning die aan het shoppen was in Sherman Oaks, Kate Hudson met haar vriendje-van-de-week, een kiekje van Cameron Diaz die haar bikinibroekje tussen haar billen uit trok, Tori Spelling met een blond kind op de arm bij een kapsalon. Er stond een tamelijk interessant artikel in over kindsterretjes uit de jaren tachtig (Winnie Cooper bleek heel goed te zijn in wiskunde!), maar pas toen Brooke aanbeland was bij de langere verhalen, hield ze haar adem in. Er stond een groot artikel in met als titel 'Songwriters met soul die de wereld veroveren'. Het bevatte achtergrondverhalen en foto's van vijf of zes artiesten. Haar ogen vlogen zoekend over de bladzijde. John Mayer, Gavin DeGraw, Colbie Caillat, Jack Johnson. Niets. Ze sloeg de bladzijde om. Bon Iver, Ben Harper, Wilco. Weer niets. O, wacht! O, mijn god. Daar, onder aan de vierde bladzijde, was een geel kader. WIE IS JULIAN ALTER? luidde de schreeuwende paarse kop. De vreselijke foto van Julian met Layla Lawson nam de bovenste helft in beslag, en daaronder stond de bijbehorende tekst. O, god, o god, dacht Brooke, en ze merkte dat haar hart bonsde en ze haar adem inhield; het was alsof ze van een afstandje naar haar eigen lichaam keek. Ze kon niet wachten om het artikel te lezen, en tegelijkertijd zou ze willen dat het in rook opging, dat ze het voorgoed uit haar bewustzijn kon bannen. Had iemand dit al gelezen? Had Julian het gezien? Als abonnee ontving ze het blad een dag voordat het in de winkels lag, maar was het echt mogelijk dat niemand haar dit vooraf had verteld? Ze pakte een handdoek om het zweet van haar voorhoofd te vegen en haar aan handen af te drogen, haalde diep adem en begon te lezen.

Julian Alter heeft eerder deze zomer niet alleen indruk gemaakt met een spetterend optreden bij Jay Leno en een pikante foto in de bladen, hij heeft ook alles in huis om zijn status waar te maken: zijn eerste album is vorige week van niets binnengekomen op nummer 4 in de hitlijst van *Billboard*. En dan ga je je toch afvragen... wie is deze zanger eigenlijk?

Brooke duwde zichzelf omhoog met haar voeten, tot ze rechtop zat. Ze was zich bewust van een toenemende duizeligheid, die ze weet aan de combinatie van te veel wijn en het dampend hete water. Als je dat echt gelooft... dacht ze bij zichzelf. Diep ademhalen. Het was heel gewoon dat iemand zich een beetje raar voelde wanneer ze onverwacht in een internationaal tijdschrift een artikel over haar eigen man tegenkwam. Ze dwong zichzelf om verder te lezen.

BEGINJAREN: In 1977 geboren in de Upper East Side van Manhattan. Zat op de prestigieuze Dalton School en bracht zijn zomers door in Zuid-Frankrijk. Kandidaat om een rijke playboy te worden. Alters belangstelling voor de muziek viel niet goed bij zijn society-ouders.

CARRIÈRE: na zijn afstuderen aan Amherst in 1999 koos Alter op het laatste nippertje niet voor een studie medicijnen en besloot hij zijn muzikale ambities te volgen. In 2008 tekende hij een contract bij Sony, na een stage van twee jaar op de afdeling A&R. Alters eerste cd belooft een van de meest succesvolle debuutalbums van het jaar te worden.

PASSIE: Als Alter niet in de studio staat, brengt hij graag tijd door met zijn hond, Walter Alter, en zijn vrienden. Volgens klasgenoten van de middelbare school blonk hij op Dalton uit in tennis, maar speelt hij niet meer 'omdat tennis niet bij zijn imago past'.

LIEFDESLEVEN: Reken er maar niet op dat Alter binnenkort iets zal beginnen met Layla Lawson! Hij is nu vijf jaar getrouwd met zijn oude liefde Brooke, ondanks geruchten dat er donkere wolken aan de horizon zouden verschijnen door Julians drukke agenda. 'Brooke heeft hem altijd gesteund toen hij nog onbekend was, maar ze heeft erg veel moeite met alle aandacht van nu,' aldus een bron die zowel Julian als Brooke goed kent. Het stel woont in een bescheiden tweekamerflat vlak bij Times Square, maar is volgens vrienden op zoek naar woonruimte in een betere buurt.

Helemaal onderaan in het kader stond een foto van haarzelf met Julian, genomen door een van de porfessionele fotografen op het feest van *Friday Night Lights*. Ze had de foto nog niet eerder gezien. Nadat ze hem had verslonden met haar ogen, slaakte ze een diepe zucht van verlichting: wonder boven wonder stonden ze er allebei goed op. Julian bukte om haar schouder te kussen, en je zag een lachje op zijn gezicht. Brooke had een arm om zijn nek geslagen en hield in de andere hand een felgekleurde margarita; haar hoofd was een beetje achterover gekanteld en ze lachte. Ondanks de cocktail, de twee cowboyhoeden en het pakje sigaretten dat Julian in zijn mouw had gestoken als onderdeel van zijn kostuum zagen ze er tot Brookes grote vreugde vrolijk en zorgeloos uit, niet dronken of liederlijk. Als ze per se een minpunt zou moeten aanwijzen op de foto, zou het haar middel zijn: door een combinatie van de vreemde hoek waarin ze stond, de scherpe schaduwen in het donkere vertrek en een briesje vanaf het terras stond haar geruite cowboyhemd helemaal bol, waardoor het leek alsof ze een buikje had. Niks kolossaals, gewoon de suggestie van een zwembandje dat er in werkelijkheid niet zat. Maar een foto die vanuit een wat ongelukkige hoek was genomen, daar kon ze mee leven. Al met al – ze had er in verschillende opzichten vreselijk op kunnen staan – was ze er behoorlijk mee in haar nopjes.

Maar dat artikel… Ze wist niet eens waar ze moest beginnen. Julian zou niet blij zijn met de vermelding van de 'rijke playboy'. Hoe vaak Brooke ook probeerde hem ervan te verzekeren dat het niemand wat kon schelen op welke middelbare school hij had gezeten, hij kon er absoluut niet tegen als de indruk werd gewekt dat hij dit alles had bereikt dankzij zijn rijke ouders en dure scholen. En dan dat stukje over Julians passie waarin de hond werd opgevoerd – nogal vernederend voor alle betrokkenen, vooral omdat er niet werd vermeld dat hij graag tijd doorbracht met haar of met zijn familie en er geen echte hobby's werden genoemd. De suggestie dat hele hordes meisjes teleurgesteld zouden zijn dat Julian nooit een verhouding zou beginnen met Layla was aan de ene kant vleiend, maar aan de andere kant ook verontrustend. En dat citaat waarin werd beweerd dat Brooke hem steunde maar slecht tegen alle aandacht kon? Het was zeker waar, maar waarom hadden ze het verwoord als een akelige beschuldiging? Was het citaat echt afkomstig van een van hun vrienden, of verzonnen die bladen maar wat en legden ze de woorden in de mond van anonieme bronnen wanneer dat zo uitkwam? In het hele artikel stond één ding waarvan haar hart echt sneller ging kloppen: het gedeelte over de woonruimte in een betere buurt. Hè? Julian wist maar al te goed dat Brooke dolgraag terug wilde naar Brooklyn, maar ze waren beslist nog niet op zoek.

Brooke gooide het blad op de grond, kwam langzaam overeind om te voorkomen dat de warmte naar haar hoofd zou stijgen en stapte uit bad. Ze had haar haar niet gewassen, maar dat deed er nu niet toe. Het enige wat telde was dat ze Nola moest bellen voordat ze haar telefoon uitschakelde en ging slapen. Met een handdoek om haar bovenlichaam en Walter die het water van haar enkels likte pakte ze de draadloze huistelefoon en toetste uit haar hoofd het nummer van Nola in.

Nola nam na vier keer rinkelen op, vlak voordat de voicemail zou worden ingeschakeld. 'Zeg, hebben wij elkaar vandaag nog niet genoeg gesproken?'

'Bel ik je wakker?'

'Nee, maar ik lig wel in bed. Wat is er, heb je wroeging omdat je vanavond hebt gesuggeerd dat ik een enorme hoer ben?'

Brooke snoof minachtend. 'Echt niet. Heb je de *Last Night* gezien?'

'Ach, nee toch? Wat staat erin?'

'Je hebt toch een abonnement?'

'Zeg nou maar gewoon wat erin staat.'

'Kun je hem alsjeblieft even pakken?'

'Brooke, doe normaal! Ik lig letterlijk onder de wol, met nachtcrème op mijn gezicht en een slaappil achter de kiezen. Er is niets waarmee je mij nu zo gek krijgt dat ik naar de brievenbus beneden loop.'

'Er staat een joekel van een stuk in met als titel WIE IS JULIAN ALTER? en een foto van ons samen, op pagina 12.'

'Ik bel je over twee minuten terug.'

Ondanks haar gespannen zenuwen moest Brooke lachen. Ze had maar net genoeg tijd om haar handdoek weg te hangen en bloot onder het dekbed te kruipen tot de telefoon ging.

'Gezien?'

'In al z'n glorie.'

'Dat klinkt onheilspellend. Is het echt zo erg?'

Stilte.

'Nola, zeg iets! Ik raak in paniek. Het is veel erger dan ik dacht, hè? Word ik ontslagen omdat ik het ziekenhuis te schande heb gemaakt? Margaret zal hier niet blij mee zijn...'

'Ik heb nog nooit zoiets cools gezien.'

'Heb jij wel hezelfde blad voor je als ik?'

'"Wie is deze sexy zanger?" Ja, we hebben hetzelfde blad voor ons. Gaaf!'

'Gááf?' Brooke schreeuwde het bijna uit. 'Wat is er gaaf aan de me-dedeling dat ons huwelijk gevaar loopt? Wat is er gaaf aan dat ze be-weren dat we huizen aan het bekijken zijn terwijl ik daar niks van weet?'

'Ssst,' zei Nola. 'Haal even diep adem. Je gaat hier nu niet een ne-gatieve draai aan geven, zoals je altijd doet. Sta er eens even bij stil dat jouw man – je echtgenoot – beroemd genoeg is voor een heel artikel in de *Last Night*, en nog een flatteus artikel ook, als je het mij vraagt. Er staat min of meer in dat het hele land iets met hem zou willen, en hij is van jou. Denk daar maar eens goed over na.'

Dat deed Brooke, en ze zweeg. Zo had ze het nog niet bekeken.

'Je moet het grote geheel zien. Julian heeft het gemaakt en het is heus niet oppervlakkig of verkeerd om daarvan uit je dak te gaan.'

'Ja, misschien…'

'Niks misschien! Hij heeft dit voor een groot deel dankzij jou kun-nen bereiken. Daar hebben we het al over gehad. Door jóúw steun, jouw harde werk en jouw liefde. Dus wees nou maar trots op hem. Geniet ervan dat je man beroemd is en dat alle jonge meisjes in het hele land jaloers op je zijn. Dat mag gerust, echt. Geniet!'

Brooke liet het zwijgend tot zich doordringen.

'Want al het andere is gelul. Het doet er eigenlijk niet toe wat ze schrijven, áls ze maar schrijven. Als je hier al moeite mee hebt, wat gaat er dan gebeuren als hij volgende maand op de cover van de *Vanity Fair* staat? Nou? Wat zegt Julian er zelf eigenlijk van? Hij vind het natuurlijk te gek?'

Toen pas drong het tot Brooke door. 'Ik heb hem nog niet gespro-ken.'

'Laat me je in dat geval één advies geven: bel hem op om hem te fe-liciteren. Dit is super! Een mijlpaal. Een duidelijke indicatie dat hij het heeft gemaakt. Struikel nou niet over kleinigheden, oké?'

'Ik doe mijn best.'

'Pak dat blad, kruip onder de dekens en bedenk dat alle meisjes in het hele land op dit moment dolgraag met je zouden willen ruilen.'

Brooke lachte. 'Nou, dat betwijfel ik.'

'Toch is het zo. Maar nu moet ik echt gaan slapen. Hou op met dat gestress en geniet er gewoon van, oké?'

'Doe ik. Bedankt. Je bent lief.'

'Jij ook.'

Brooke pakte het tijdschrift en bekeek de foto nog eens aandachtig, maar deze keer concentreerde ze zich alleen op Julian. Het was waar, je kon er niet omheen: op het moment dat de foto was genomen, keek hij naar haar alsof hij zielsveel van haar hield. Toegewijd, gelukkig en lief. Wat wilde ze nou nog meer? En hoewel ze het nooit zou toegeven, vond ze het best lekker om zichzelf zo in een blad te zien staan en te weten dat haar eigen man vele harten had veroverd. Nola had gelijk, ze moest zichzelf toestaan ervan te genieten. Dat kon heus geen kwaad.

Ze pakte haar mobieltje en toetste een sms in voor Julian:

Net de Last Night gezien, gaaf! Ik ben trots op je. Bedankt voor de waanz bloemen. Geweldig, net als jij. xxx

Zo. Daar had Julian nu behoefte aan: liefde en steun, in plaats van nog meer kritiek en gezeur. Trots op zichzelf omdat ze haar aanvankelijke paniek had afgewend legde ze de telefoon weg en pakte een boek. Ieder huwelijk kende pieken en dalen, hield ze zichzelf voor toen ze begon te lezen. Die van hen werden ongetwijfeld nog wat verhevigd door de ongewone omstandigheden, maar met een beetje toewijding en inspanning van hen allebei was er niets aan de hand, niets waar ze zich niet doorheen konden slaan.

9

Heeft Julian raak geschoten?
Waarom drinkt Brooke dan wijn?

Walter Alter legde zijn kin op Brookes enkel en zuchtte tevreden. 'Gezellig, hè?' zei ze tegen hem, en hij knipperde met zijn ogen. Toen ze hem een groot uitgevallen stuk popcorn gaf, snuffelde hij er even aan en trok het toen voorzichtig met zijn snuit uit haar vingers.

Het was heerlijk om op de bank te liggen en uit te kijken naar Julians thuiskomst. Eindelijk zouden ze weer eens wat tijd met elkaar kunnen doorbrengen. Toch dwaalden haar gedachten steeds af naar Kaylie. Brooke was vreselijk geschrokken toen ze haar patiënte voor het eerst dat schooljaar had teruggezien. Heather had gelijk gehad: Kaylie was te veel afgevallen; zo veel dat Brooke haar adem had ingehouden toen ze haar spreekkamer binnenkwam. Ze hadden meteen een lang gesprek gehad over het verschil tussen gezond eten en gevaarlijke crashdiëten, en ook in de weken daarna hadden ze het er nog vaak over gehad. Inmiddels had Brooke weer een beetje hoop dat ze vooruitgang boekte.

Het geluid van haar telefoon bracht haar met een ruk terug in de werkelijkheid. Het was een sms'je van Julian: hij zou over twintig minuten thuis zijn. Ze holde naar de badkamer en trok onderweg haar kleren al uit, om in ieder geval de lucht van schoonmaakmiddel uit haar haar en van haar handen te wassen na die enigszins obsessieve poetsbeurt van daarnet. Ze stond net onder de douche toen ze Walter hoorde blaffen, zo enthousiast dat het maar één ding kon betekenen.

'Julian? Ik ben er binnen twee minuten!' riep ze zinloos, want ze wist uit ervaring dat hij haar in de huiskamer niet zou kunnen horen.

Kort daarna voelde ze een koude luchtstroom, nog voordat ze de deur zag opengaan. Julian verscheen vrijwel meteen in de stomende badkamer, en ook al had hij haar duizenden keren eerder naakt gezien, Brooke voelde een hevig, bijna wanhopig verlangen om zichzelf te bedekken. Achter het douchegordijn van doorzichtig plastic voelde ze zich zo naakt alsof ze midden op Union Square stond te douchen.

'Hé Roek,' zei hij, met stemverheffing om boven het stromende water en het woeste geblaf van Walter uit te komen.

Eerst keerde ze hem de rug toe, en meteen hield ze zichzelf voor dat ze zich niet zo moest aanstellen. 'Hoi,' zei ze. 'Ik ben bijna klaar. Als jij nou vast... Pak een colaatje, ik kom zo.'

Hij zweeg even voordat hij 'Oké' zei, en Brooke wist dat hij zich beledigd voelde. Toen herinnerde ze zichzelf eraan dat zij ook recht had op een eigen mening en dat ze zich niet voortdurend hoefde te verontschuldigen.

'Sorry,' riep ze, nog steeds met haar rug naar de deur, ook al voelde ze dat hij al weg was. Geen verontschuldigingen! zei ze nog een keer bestraffend tegen zichzelf.

Ze spoelde de zeep zo snel mogelijk van zich af, en het afdrogen kostte nog minder tijd. Julian was – gelukkig – niet in de slaapkamer, en heel snel, alsof ze bezoek hadden dat ieder moment per ongeluk de kamer kon binnenkomen, trok ze een spijkerbroek en een T-shirt met lange mouwen aan. Met haar natte haar kon ze weinig anders dan het snel in een staartje doen. Toen keek ze vluchtig in de spiegel; ze hoopte maar dat haar onopgemaakte gezicht er in Julians ogen gezond en fris uit zou zien, al vermoedde ze van niet. Pas toen ze de huiskamer in liep en ze haar man op de bank zag zitten met de huizenbijlage van de *Times* van afgelopen zondag voelde ze de opwinding.

'Welkom thuis,' zei ze, en ze hoopte dat het minder beladen klonk dan het voelde. Ze ging naast hem op de bank zitten. Hij keek haar aan, lachte even en omhelsde haar een beetje lauw, voor haar gevoel.

'Hallo, schat. Je hebt geen idee hoe blij ik ben om weer thuis te zijn. Als ik nog één hotelkamer van binnen zie...'

Nadat hij halsoverkop was vertrokken van het feest van haar vader was Julian eind september nog twee nachten thuis geweest, waarvan hij er één in de studio had doorgebracht. Toen was hij vertrokken voor de promotie van het nieuwe album en weer drie weken van huis geweest, en ook al hadden ze veel gebruikgemaakt van e-mail, Skype en de telefoon, de afstand leek zo langzamerhand onoverbrugbaar.

'Heb je al een mooi huis gevonden?' Ze wilde hem kussen, maar het ongemakkelijke gevoel hing nog in de lucht.

Hij wees een 'luxueuze loft' aan in Tribeca met drie slaapkamers, twee badkamers, een werkkamer, een gezamenlijk dakterras, een gashaard en een full-time portier, mét belastingaftrek, voor de 'ongelooflijk scherpe prijs' van 2,6 miljoen dollar. 'Moet je deze zien. De prijzen dalen als een gek.'

Brooke wist niet of hij een grapje maakte. Net als ieder stel in New York deden ze mee aan de zondagochtend-huizenkrantjesporno door advertenties van volslagen onbetaalbare woningen te omcirkelen en zich af te vragen hoe het zou zijn als ze die konden betalen. Maar ze had het gevoel dat dit anders was.

'Inderdaad, een koopje. Laten we er twee nemen en de muren doorbreken. Of drie,' zei ze lachend.

'Serieus, Brooke, twee komma zes is niet slecht voor een appartement met drie slaapkamers en een portier in Tribeca.'

Ze staarde naar de man die naast haar zat en vroeg zich af waar haar echtgenoot was gebleven. Was dit dezelfde persoon die tien maanden eerder nog alles op alles had gezet om het huurcontract te verlengen voor hun appartement vlak bij Times Square waar ze allebei een hekel aan hadden, omdat hij geen zin had om duizend dollar uit te geven aan een verhuiswagen?

'Weet je, Roek,' ging hij verder, hoewel ze nog niets terug had gezegd. 'Ik weet dat het onwerkelijk lijkt als je er goed over nadenkt, maar we kunnen dit soort woonruimte betalen. Met al het geld dat er binnenkomt zouden we makkelijk twintig procent contant kunnen neertellen. En er staan veel betaalde optredens gepland, plus de royalty's voor het album, zodat we de hypotheek met gemak zouden kunnen opbrengen.'

Ook nu wist ze niet wat ze moest zeggen.

'Zou het niet heerlijk zijn om zo te wonen?' Hij wees naar de foto van een ultramoderne loft, met kale buizen aan het plafond en een industrieel-chique uitstraling. 'Dat is toch vet?'

Iedere vezel in haar lichaam wilde 'nee' schreeuwen. Néé, ze wilde niet in een omgebouwd pakhuis wonen. Néé, ze wilde niet verhuizen naar het verre, hypertrendy Tribeca, met zijn galerieën van wereldklasse en chique restaurants en nergens een tentje waar je een gewone kop koffie of een ordinaire hamburger kon krijgen. Néé, ook al had ze twee miljoen te besteden aan een appartement, dan zou ze ab-so-luut niet voor zoiets kiezen. Het leek haast wel of ze dit gesprek voerde met een wildvreemde, gezien het aantal keren dat ze samen hadden gedagdroomd over een herenhuis in Brooklyn of, als dat onhaalbaar was – en dat was het altijd geweest – misschien een etage in zo'n zelfde herenhuis, in een rustige straat met bomen, misschien met een achtertuintje en veel sierlijsten. Iets warms en knus, liefst vooroorlogs, met hoge plafonds en charme en karakter. Een echt huis voor een gezin in een echte buurt, met boekwinkels die niet tot de grote ketens behoorden en leuke koffietentjes en een paar goedkope maar goede restaurants, waar ze vaste klant zouden worden. Eigenlijk precies het tegenovergestelde van dat koude staal in die loft in Tribeca op de foto. Onwillekeurig vroeg ze zich af of Julians smaak zo drastisch veranderd kon zijn, en wat belangrijker was: waarom?

'Leo is pas verhuisd naar een nieuw appartment in Duane Street, met een jacuzzi op het dakterras,' zei Julian. 'Hij zegt dat hij nog nooit zo veel mooie mensen bij elkaar heeft gezien. En hij eet wel drie keer per week bij Nobu Next Door. Stel je voor!'

'Wil je koffie?' zei ze snel, om van onderwerp te veranderen. Ieder woord dat hij hier nog aan toevoegde maakte haar alleen maar meer van streek.

Hij keek naar haar op en leek haar gezicht even te bestuderen. 'Is er iets?'

Ze keerde hem de rug toe en liep naar de keuken, waar ze koffie in een filter begon te scheppen. 'Nee hoor, er is niks,' riep ze.

Julians iPhone maakte een *woesj*-geluid: hij zat in de huiskamer te sms'en. Ovemand door een onverklaarbare treurigheid leunde ze tegen het aanrecht en keek toe hoe de koffie langzaam de put in druppelde. Ze zette hun vaste bekers klaar. Julian nam de zijne van haar aan, maar keek niet op van zijn telefoon.

'Hallo?' zei ze; het lukte haar niet om haar irritatie te verbergen.

'Sorry, dat was een sms van Leo. Hij vraagt of ik hem meteen wil bellen.'

'Ga vooral je gang.' Ze wist dat haar toon duidelijk maakte dat ze precies het tegenovergestelde bedoelde.

Hij keek haar met samengeknepen ogen aan en stopte voor het eerst sinds hij was thuisgekomen de telefoon in zijn zak. 'Nee, ik ben nu hier. Leo kan wel wachten. Ik wil met je praten.'

Hij zweeg even, alsof hij wachtte tot ze iets zou zeggen. Het voelde als een rare flashback uit de tijd dat ze nog niet zo lang verkering hadden, al kon ze zich niet herinneren dat ze zich toen ooit zo ongemakkelijk of afstandelijk had gevoeld, zelfs niet helemaal in het begin, toen ze praktisch vreemden voor elkaar waren geweest.

'Ik luister,' zei ze, en ze wilde niets liever dan dat hij zijn armen om haar heen zou slaan, haar zijn eeuwige liefde zou verklaren en zou zweren dat alles weer zou worden zoals het vroeger was geweest. Saai en voorspelbaar; en ze zouden weer arm zijn. Arm en gelukkig. En al zat dat er niet in – en eigenlijk wilde ze dat ook niet echt, want dat zou het einde van Julians carrière betekenen – ze zou het wel heel fijn hebben gevonden als hij een gesprek was begonnen over de problemen waarmee ze te kampen hadden, zodat ze samen een strategie konden bedenken om die problemen te lijf te gaan.

'Kom eens hier, Roek.' Het klonk zo lief dat haar hart een spongetje maakte.

O, gelukkig. Hij begreep het, hij voelde ook dat het te zwaar werd dat ze elkaar bijna nooit meer zagen en hij wilde samen met haar een oplossing bedenken. Ze voelde een sprankje hoop.

'Lucht je hart maar eens,' zei ze zacht, en ze hoopte daarmee duidelijk te maken dat ze voor hem openstond. 'Het is zwaar geweest de afgelopen weken, hè?'

'Inderdaad,' zei Julian instemmend. Hij had die vertrouwde blik in zijn ogen. 'Daarom vind ik dat we een vakantie verdiend hebben.'

'Een vakantie?'

'Laten we naar Italië gaan! Dat willen we al zo lang en oktober is de beste tijd van het jaar. Ik kan wel een dag of zes, zeven weg, zo vanaf eind volgende week. Als ik maar op tijd terug ben voor *The Today Show*. Dan gaan we naar Rome, Florence, Venetië… varen in zo'n gondel en ons helemaal volproppen met pasta en wijn. Alleen wij tweetjes. Wat zeg je ervan?'

'Dat klinkt fantastisch,' zei ze, en meteen daarna bedacht ze dat de baby van Randy en Michelle volgende maand werd verwacht.

'Ik weet dat je gek bent op gedroogd vlees en allerlei soorten kaas.' Hij gaf haar plagend een por. 'Zoute ham en hompen Parmezaan naar hartenlust.'

'Julian...'

'Als we het doen, laten we het dan ook goed doen. Ik heb zin om eerste klas te vliegen. Witte tafelkleedjes, zoveel champagne als we willen en stoelen die helemaal plat kunnen. We gaan onszelf eens flink verwennen.'

'Dat klinkt heerlijk.'

'Waarom kijk je me dan zo aan?' Hij zette zijn muts af en haalde een hand door zijn haar.

'Omdat ik geen vrije dagen meer heb, en dit valt midden in het semester op Huntley. Kunnen we niet met Kerstmis gaan? Als we de drieëntwintigste vertrekken, hebben we bijna...'

Julian trok zijn hand terug en liet zich met een luide, gefrustreerde zucht achterovervallen in de bank. 'Ik heb geen idee hoe het er in december bij staat, Brooke. Nu weet ik tenminste dat ik weg kan. Ik vind het ongelooflijk dat je je door zoiets laat weerhouden van een fantastische kans als deze.'

Nu was het haar beurt om hem aan te staren. '*Zoiets* is toevallig wel mijn baan. Ik heb dit jaar meer vrije dagen opgenomen dan alle anderen. Ik kan echt niet aan komen zetten met de vraag of ik nog een hele wéék vrij kan krijgen. Ze zouden me meteen de laan uitsturen.'

Zijn blik was ijskoud toen hij haar aankeek. 'Zou dat nou echt zo'n ramp zijn?'

'Ik zal doen alsof ik dat niet heb gehoord.'

'Nee Brooke, ik meen het. Zou dat nou het einde van de wereld zijn? Je werkt je kapot op Huntley én in het ziekenhuis. Is het zo vreselijk van me als ik je vraag er een tijdje mee te stoppen?'

Dit liep helemaal uit de hand. Niemand wist zo goed als Julian dat Brooke nog maar één jaar hoefde te blijven werken voordat ze haar eigen praktijk hoopte te openen. Om maar te zwijgen van de hechte band die ze had opgebouwd met sommige meisjes op school, vooral Kaylie.

Ze haalde diep adem. 'Nee Julian, dat is niet vreselijk van je, maar het gaat niet gebeuren. Je weet dat ik nog maar een jaar hoef…'

'Je kunt toch tijdelijk stoppen?' viel hij haar in de rede, en hij zwaaide met zijn hand door de lucht. 'Mijn moeder denkt dat ze je baan zelfs wel voor je zouden vasthouden, als je dat zou willen, maar volgens mij is dat niet nodig. Je vindt heus wel weer…'

'Je moeder? Sinds wanneer bespreek jij ook maar íéts met je moeder?'

Hij keek haar aan. 'Weet ik veel, ik zei gewoon dat het zwaar moet zijn dat we elkaar zo weinig zien en ik vond dat ze wel goede ideeën had.'

'Dat ik ontslag moet nemen, bedoel je?'

'Niet per se ontslag, Brooke, al zou ik volledig achter je staan als je dat zou willen. Misschien is dat de oplossing, een tijdje ertussenuit.'

Ze kon het zich niet voorstellen. Natuurlijk klonk het heerlijk, het idee om niet vast te zitten aan roosters en diensten en al die overuren. Wie zou dat nu niet willen? Maar ze hield oprecht van haar werk en keek er enorm naar uit om op een dag eigen baas te zijn. Ze had al een naam bedacht – Healthy Mom & Baby – en zag al precies voor zich hoe de website eruit moest zien. Zelfs het logo had ze in gedachten: twee paar voeten die naast elkaar stonden, een ervan duidelijk van de moeder, die het handje van een peuter vasthield.

'Het gaat niet, Julian,' zei ze, en ze pakte zijn hand, ondanks de woede die ze voelde opkomen omdat hij haar niet begreep. 'Ik doe mijn best om je carrière op de voet te volgen en me niet af te sluiten voor alle opwinding en gekte, maar ik heb zelf ook een carrière.'

Daar leek hij even over na te denken, maar toen boog hij zich naar haar toe en kuste haar. 'Denk er nou eens heel goed over na, Roek. Italië! Een week!'

'Julian, ik zeg net…'

'Genoeg gepraat,' zei hij, en hij legde een vinger tegen haar lippen. 'We gaan niet als jij het niet wilt…' Hij corrigeerde zichzelf toen hij Brookes gezichtsuitdrukking zag. 'Als jij niet weg kunt. Ik wacht wel tot we samen kunnen gaan, beloofd. Maar wil je er alsjeblieft over nadenken?'

Brooke knikte, want ze vertrouwde haar stem niet.

'Goed dan. Zullen we vanavond iets leuks gaan doen? Ongedwongen, geen pers, geen vrienden, alleen wij tweetjes. Nou, wat zeg je ervan?'

Ze had gedacht dat ze die eerste avond samen thuis zouden blijven, maar nu ze erover nadacht, kon ze zich niet herinneren wanneer ze voor het laatst met z'n tweeën uit waren geweest. Ze hadden nog een heleboel te bespreken, maar dat konden ze ook doen onder het genot van een fles goede wijn. Misschien was ze te hard voor hem en zou een beetje ontspanning hen beiden goed doen. 'Oké, prima. Ik wil alleen mijn haar even drogen, anders gaat het pluizen.'

Julian begon te stralen. Hij kuste haar weer. 'Mooi. Walter en ik gaan wel bellen of we nog ergens een tafel kunnen reserveren.' Hij draaide zich om naar Walter en gaf ook hem een kus. 'Walter, jochie, waar zal ik het vrouwtje mee naartoe nemen?'

Brooke zette snel de föhn op haar vochtige haar en koos haar leukste ballerina's uit. Een beetje lipgloss, een dubbele gouden ketting om en na wat wikken en wegen besloot ze een lang, soepel vest aan te trekken in plaats van een blazer, die haar een beetje vierkant maakte. Ze zou er geen schoonheidsprijs mee winnen, maar dit was het beste resulaat dat ze kon bereiken zonder zich helemaal uit te kleden en opnieuw te beginnen.

Julian zat aan de telefoon toen ze weer de huiskamer in kwam lopen, maar hij hing meteen op en kwam naar haar toe gelopen. 'Kom eens hier, schoonheid,' mompelde hij, en hij kuste haar.

'Hmm, wat smaak je lekker.'

'En jij ziet er lekker uit. We gaan eten, glaasje wijn erbij, en zullen we daarna maar eens meteen terug naar huis gaan om elkaar weer wat beter te leren kennen?'

'Goed idee,' zei Brooke, en ze beantwoordde zijn kus. Het ongemakkelijke gevoel dat ze al had sinds Julian thuis was – het gevoel dat er te veel gebeurde, te snel, en dat ze nog niets hadden opgelost – knaagde nog steeds aan haar, maar ze deed haar best om het te negeren.

Julian had een fantastisch Spaans restaurantje op 9th Avenue uitgekozen, en het was nog warm genoeg om buiten te zitten. Nadat ze de eerste helft hadden weggewerkt van de fles rode wijn die ze hadden besteld, ontspanden ze zich allebei een beetje, en het gesprek verliep weer als vanzelf, gemakkelijker. De baby van Randy en Michelle zou nu gauw komen, Julians ouders gingen met oud en nieuw weg en hadden hun huis in de Hamptons aangeboden en Brookes moeder had in een klein theater in de buurt van Broadway een fantastisch toneelstuk gezien waarvan ze vond dat zij er ook naartoe moesten.

Pas toen ze weer thuis waren en zich uitkleedden, kwam het ongemakkelijke gevoel weer terug. Brooke was ervan uitgegaan dat Julian zich zou houden aan zijn belofte om met haar te vrijen zodra ze thuis waren – het was tenslotte al drie weken geleden – maar hij liet zich afleiden, eerst door zijn telefoon en daarna door zijn laptop. Toen hij eindelijk de badkamer in kwam om zijn tanden te poetsen, was het al na middernacht.

'Hoe laat moet je morgen op?' Hij deed zijn contactlenzen uit en spoot er reinigingsvloeistof op.

'Ik moet om half acht in het ziekenhuis zijn voor een personeelsvergadering. En jij?'

'Ik heb een afspraak met Samara in een of ander hotel in SoHo, voor een fotosessie.'

'Aha. Zal ik nu al nachtcrème op doen of toch nog maar even wachten?' vroeg ze toen Julian stond te flossen. Aangezien hij niet tegen de geur van haar extra voedende nachtcrème kon en weigerde in haar buurt te komen wanneer ze die had opgedaan, was dit hun code voor: 'Zit er nog seks in voor vanavond?'

'Ik ben kapot, schat. Het is erg druk nu, zo vlak voor de nieuwe single.' Hij zette het plastic doosje flossdraad op de wastafel en gaf haar een kusje op haar wang.

Ze kon er niks aan doen, ze voelde zich beledigd. Goed, ze begreep best dat hij doodop was van het vele reizen. Zelf was ze ook behoorlijk moe, nadat ze elke dag om zes uur was opgestaan om Walter uit te laten, maar hij was een man en het had *drie weken* geduurd.

'Begrepen,' zei ze, en ze begon meteen de dikke, gele crème aan te brengen – die volgens alle recensies op beauty.com honderd procent ongeparfumeerd was, maar haar man zwoer dat hij het spul aan de andere kant van de kamer kon ruiken.

Ze gaf het toe: ze was ook wel opgelucht. Niet dat ze niet dol was op seks met haar eigen echtgenoot, want dat was ze wel degelijk: het was vanaf de allereerste keer een van de sterkste punten van hun relatie geweest, en zeker een van de meest bestendige. Als je vierentwintig jaar bent, en als het nog altijd een tikkeltje ondeugend voelt om bij een vriendje te blijven slapen, is het niet zo gek dat je elke dag seks hebt (en soms twee keer per dag), maar dat was niet minder geworden naarmate ze langer verkering hadden, en zelfs niet toen ze getrouwd waren. Jarenlang had ze de grapjes aangehoord van vriendinnen die methoden bespraken om hun echtgenoot of vriend iedere avond af te wimpelen; Brooke lachte wel braaf mee, maar ze begreep het niet. Waarom zouden ze niet willen? Met haar man in bed kruipen en vrijen voordat ze in slaap vielen was voor haar altijd het fijnste deel van de dag geweest; dát maakte het juist zo fijn om een volwassen vrouw te zijn, met een vaste relatie.

Maar nu begon ze het te begrijpen. Er was tussen hen niets veranderd – de seks was nog even goed als altijd – maar ze waren allebei voortdurend uitgeput. (De avond voor zijn vertrek was Julian boven op haar in slaap gevallen, halverwege, en Brooke was maar negentig seconden beledigd geweest alvorens ze zelf in een diepe slaap wegzakte.) Ze waren allebei voortdurend in touw, vaak ieder afzonderlijk, en het was te veel. Ze hoopte dat dit maar tijdelijk was en dat ze elkaar opnieuw zouden ontdekken wanneer Julian straks vaker thuis zou zijn en zij makkelijker haar eigen tijd zou kunnen indelen.

Ze deed het licht in de badkamer uit en liep naar hun bed, waar Julian rechtop in de kussens zat met een *Guitar Player* in zijn hand; Walter had zich in de kromming van zijn elleboog genesteld. 'Kijk eens, ze hebben het over mijn nieuwe nummer.' Hij liet haar het tijdschrift zien.

Ze knikte, maar haar gedachten waren al bij het slapen. Haar routine was er een van militaire precisie, bedoeld om in de kortst mogelijke tijd buiten westen te zijn. Ze zette de airco hoger, ook al was het buiten een aangenaam koele vijftien graden, en ze kleedde zich uit en stapte onder haar superdikke donzen dekbed. Nadat ze de pil had ingenomen, met een slok water, legde ze een paar blauwe oordopjes en haar favoriete satijnen oogmasker klaar pal naast de wekker en begon ze tevreden te lezen.

Toen ze huiverde, boog Julian zich naar haar toe en legde zijn hoofd op haar schouder. 'Raar mens dat je d'r bent,' mompelde hij quasi-geërgerd. 'Je schijnt niet te beseffen dat je het ook lekker warm zou kunnen hebben. Zet gewoon de verwarming aan of – het idéé! – zet de airco uit. Of trek een t-shirt aan in bed…'

'Echt niet.' Het was algemeen bekend dat een koele, donkere, stille slaapkamer bevorderlijk was voor de nachtrust, dus was het logisch dat een ijskoude, aardedonkere en doodstille kamer nog beter moest zijn. Ze sliep al naakt vanaf het moment dat ze oud genoeg was geweest om haar pyjama uit te trekken en ze kon nooit echt lekker slapen wanneer de omstandigheden (zomerkamp, een gedeelde slaapkamer in haar studentenhuis, logeerpartijtjes bij jongens met wie ze nog geen seks had gehad, toen ze begin twintig was) vroegen om nachtkleding.

Brooke probeerde te lezen, maar ze werd steeds afgeleid door dezelfde reeks verontrustende gedachten. Ze wist dat ze gewoon tegen Julian aan zou moeten kruipen en hem vragen of hij haar rug wilde masseren of op haar hoofd kriebelen, maar voordat ze het wist, flapte ze er iets heel anders uit.

'Vind je dat we genoeg seks hebben?' Ze schoof het bandje van haar oogmasker op z'n plaats.

'Genóég seks?' vroeg Julian 'Volgens welke maatstaf?'

'Julian, ik meen het.'

'Ik ook. Met wie wilde je ons vergelijken?'

'Met niemand in het bijzonder,' zei ze; haar lichte ergernis was nu hoorbaar. 'Gewoon, volgens de norm, zeg maar.'

'De norm? Geen idee, Brooke. Ik heb het gevoel dat wij tamelijk normaal zijn. Jij niet?'

'Hmm.'

'Heeft dit met vanavond te maken? Omdat we allebei heel moe zijn? Even serieus, je moet er niet zo'n punt van maken.'

'Het is drie weken geleden, Julian. Onze langste periode zónder was misschien vijf dagen, en dat was toen ik besmettelijke longontsteking had.'

Julian zuchtte een keer en ging door met lezen. 'Roek, wil je je alsjeblieft niet zo druk maken? Er is niets aan de hand. Echt niet.'

Ze zweeg even terwijl ze daarover nadacht. Ze wist dat ze zelf niet zo nodig hoefde te vrijen – niet nu, ze was hondsmoe – maar ze wilde dat híj het wilde.

'Heb je de voordeur op slot gedaan toen we thuiskamen?' vroeg ze.

'Volgens mij wel,' bromde hij zonder op te kijken. Hij lag een artikel te lezen over de beste gitaarspecialisten in Amerika. Ze wist dat hij zich absoluut niet zou herinneren of hij de voordeur al dan niet op slot had gedaan.

'Ja of nee?'

'Ja, zeker weten.'

'Want als je twijfelt, ga ik nu kijken. Ik doe liever een halve minuut moeite dan dat ik vermoord word,' zei ze met een diepe, theatrale zucht.

'Echt waar?' Hij kroop dieper onder het dekbed. 'Nou, ik niet, hoor.'

'Julian, ik meen het. Er is laatst nog een man omgekomen op deze verdieping. Vind je niet dat we een beetje voorzichtiger moeten zijn?'

'Brooke, lieverd, die man heeft zich doodgedronken. Dat had hij echt niet kunnen voorkomen door zijn deur op slot te doen.'

Dat wist ze natuurlijk ook wel – ze wist precies wat er allemaal gebeurde in het appartementencomplex, daar zorgde de huismeester wel voor – maar was het nou zo veel gevraagd om een beetje aandacht van Julian te verlangen?

'Ik geloof dat ik zwanger ben,' zei ze toen.

'Welnee,' antwoordde hij automatisch, en hij las gewoon verder.

'Maar stel je voor dat ik het wel zou zijn?'

'Je bent niet zwanger.'

'Hoe weet je dat zo zeker? Er gebeuren vaak genoeg ongelukjes. Het had gekund. Wat zouden we dan doen?' Ze perste er wat treurig gesnif uit.

Hij lachte en legde eindelijk – eindelijk – het tijdschrift weg. 'Ach schatje, kom eens hier. Sorry, ik had moeten snappen dat je gewoon even wilt knuffelen.'

Ze knikte. Vreselijk kinderachtig, maar ze was wanhopig.

Hij schoof naar haar kant van het bed en sloeg zijn armen om haar heen. 'Komt het dan niet bij je op om te zeggen: "O Julian, liefhebbende echtgenoot van me, ik wil met je knuffelen, geef me een beetje aandacht," in plaats van ruzie uit te lokken?'

Ze schudde haar hoofd.

'Nee, natuurlijk niet,' zei hij met een zucht. 'Maak je je echt zorgen om ons seksleven of hoorde dat ook bij het plan om een reactie uit te lokken?'

'Ja, dat hoorde er ook bij,' loog ze.

'En je bent niet zwanger?'

'Nee!' riep ze uit, iets luider dan de bedoeling was. 'Absoluut, zeer zeker niet.' Ze weerstond de verleiding om hem te vragen of het zo verschrikkelijk zou zijn. Per slot van rekening waren ze al vijf jaar getrouwd...

Na een nachtzoen (hij doorstond de nachtcrème, maar niet zonder zijn neus op te trekken en zeer overdreven kokhalsgeluiden te maken) wachtte ze braaf tien minuten tot hij regelmatig ademde, waarna ze haar badjas aantrok en naar de keuken schuifelde. Nadat ze had gecontroleerd of de voordeur op slot was (ja) liep ze naar de computer om nog wat te surfen.

In de begintijd van Facebook had ze genoeg gehad aan de allesverslindende wereld van het ex-vriendstalken. Dan zocht ze een paar jongens op met wie ze verkering had gehad op de middelbare school en vlak daarna, en de Venezolaan met wie ze een paar maanden iets had gehad, iets wat het midden hield tussen een vrijblijvende verhouding en een echte relatie (als zijn Engels toch eens een klein beetje beter was geweest...) en ze bracht zichzelf op de hoogte van hun huidige leven. Tot haar tevredenheid zagen ze er later stuk voor stuk slechter uit dan toen zij hen had gekend, en ze had zich herhaaldelijk hetzelfde afgevraagd wat vele vrouwen van in de twintig bezighield: hoe kwam het toch dat bijna alle vrouwen die ze kende er beter uitzagen dan toen ze pas van de middelbare school kwamen, terwijl de mannen allemaal dikker, lelijker en veel, veel ouder waren geworden?

Zo waren er een paar maanden verstreken, tot haar belangstelling verder was gaan reiken dan de foto's van de tweeling van de jongen met wie ze jaren terug naar het examenfeest was geweest, en voordat ze het wist had ze vrienden opgedaan uit alle fasen van haar leven: de kleuterschool in Boston, toen haar ouders nog niet eens afgestudeerd waren, het kamp in de Poconos en de middelbare school in een buitenwijk van Philadelphia. Ze had vele tientallen vrienden en kennissen teruggevonden uit haar studietijd aan Cornell en haar masterprogramma aan de Universiteit van New York, en nu hield ze via Facebook ook contact met haar collega's van het ziekenhuis en Huntley. Ook al was ze veel mensen compleet vergeten totdat hun namen opdoken op het beeldscherm, ze vond het altijd leuk om weer contact te leggen en te kijken hoe het hen de afgelopen tien of zelfs twintig jaar was vergaan.

Vanavond was het niet anders: ze aanvaardde een vriendschapsverzoek van een jeugdvriendinnetje dat was verhuisd toen ze in de brugklas zaten en bekeek gretig haar profiel met bijbehorende details (single, afgestudeerd in Boulder, woonde nu in Denver en hield kennelijk van mountainbiken en mannen met lang haar) en stuurde haar een kort, nietszeggend, opgewekt berichtje dat waarschijnlijk het begin en tevens het einde van hun 'hereniging' zou zijn.

Toen klikte ze op HOME en kwam uit bij de verslavende rubriek 'nieuws', waar ze snel de berichten van haar vrienden checkte over een wedstrijd van de Dallas Cowboys, de dagelijkse mijlpalen van hun kleine kinderen, hun ideeën voor Halloweenkostuums en de blijdschap omdat het 'eindelijk weekend!' was, en ze bekeek de foto's die ze hadden genomen tijdens diverse vakanties over de hele wereld. Pas toen ze op de tweede pagina helemaal naar beneden scrolde, zag ze het bericht van Leo, uiteraard volledig in hoofdletters, alsof hij tegen haar stond te schreeuwen:

Leo Walsh... MAAKT ZICH OP VOOR DE FOTOSESSIE VAN JULIAN ALTER VAN MORGEN!!! SOHO, MOOIE MODELLEN. STUUR ME EEN BERICHTJE ALS JE ERBIJ WILT ZIJN...

Jakkes, jakkes, jakkes. Gelukkig klonk de *ping* van haar gewone inbox; een welkome afleiding van die walgelijke Leo.

Het was een mailtje van Nola. Het was haar eerste bericht aan Brooke sinds haar vertrek (of eigenlijk het tweede. Het eerste had geluid: HAAL ME WEG UIT DEZE HEL!!!), dus opende ze het meteen. Was er niet een klein kansje dat Nola het toch naar haar zin had? Nee, uitgesloten. Ze was meer het type voor wintersport in de Zwitserse Alpen / zonvakanties in St. Tropez / feesten op een Mexicaans strand. Ze ging vaak en voor veel geld op vakantie, en bijna altijd met een man die buitengewoon veel van seks hield, die ze net pas kende en die ze na thuiskomst waarschijnlijk nooit meer zou zien. Brooke had letterlijk haar oren niet geloofd toen Nola aankondigde dat ze een groepsreis door Vietnam, Cambodja, Thailand en Laos had geboekt… voor haar alleen. Ze verbleef in tweesterrenhotels en pensionnetjes en reisde per bus. Met alleen een rugzak voor twee weken. Met een schreeuwend gebrek aan restaurants met Michelin-sterren, auto's met chauffeur en pedicurebeurten van honderd dollar. Geen enkele kans op party's aan dek van het nieuwe jacht van vrienden, en haar Louboutins kon ze ook wel thuislaten. Brooke had geprobeerd het Nola uit het hoofd te praten door haar de foto's te laten zien van haar eigen huwelijksreis naar zuidoost-Azië, met vele close-ups van exotische insecten, huisdieren als avondeten en een collage van alle hurk-wc's die ze waren tegengekomen, maar Nola had tot het laatste moment volgehouden dat het allemaal geen punt was. Brooke wilde nu niet zeggen: 'Zie je nou wel?' maar aan het mailtje te zien verliep de reis niet naar verwachting.

Groeten uit Hanoi, een stad waar het zo druk is dat de metro van New York in de spits er een golfvakantie bij lijkt. Het is pas de vijfde dag en ik weet niet of ik dit wel volhoud. De bezienswaardigheden op zich zijn prachtig, maar ik word gek van de groep. Ze stappen iedere dag weer met het goede been uit bed: geen busreis is te lang, geen markt te druk en het gebrek aan airco is geen enkel probleem. Gisteren hield ik het niet meer en heb ik tegen de groepsleider gezegd dat ik bereid ben een toeslag te betalen als ik een eigen kamer kan krijgen, nadat mijn kamergenote vijf dagen op rij anderhalf uur eerder dan noodzakelijk was opgestaan om nog vóór het ontbijt tien kilometer te gaan hardlopen. Het is zo'n type dat 'niet zichzelf is' als ze niet kan sporten. Ik werd er niet goed van. Zo ontmoedigend. Zeer ondermijnend voor mijn gevoel van eigenwaarde, zoals je je wel kunt voorstellen. Dus heb ik me van haar ontdaan, en ik geloof dat het de best bestede 500 dollar is geweest die ik ooit ergens aan heb uitgegeven. Verder weinig te melden. Het landschap is natuurlijk prachtig en oneindig interessant, maar dat je het even weet: de enige single man van onder de veertig in mijn groep reist samen met zijn moeder (die ik toevallig heel leuk vind – misschien moet ik er toch nog eens over nadenken???). Ik zou je nu kunnen vragen hoe het daar is, maar aangezien je nog niet de moeite hebt genomen mij te mailen sinds mijn vertrek, zal er wel niks bijzonders gebeurd zijn. Toch mis ik je en hoop ik dat je het – op z'n minst door iets heel onbenulligs – nog slechter naar je zin hebt dan ik.

xxx

Brooke reageerde binnen een paar seconden.

Lieve, lieve Nola,
Ik zal niet zeggen 'Zie je nou wel?' Trouwens... dat doe ik wel! HA HA, ZIE JE NOU WEL! Hoe haal je het ook in je hoofd. Heeft die joekel van een kleurenfoto van een schorpioen dan helemaal geen effect op je gehad? Sorry dat ik geen contact heb gehouden, schandalig. Ik heb niet eens een goed excuus. Hier weinig te melden. Op mijn werk is het een gekkenhuis – ik heb een aantal diensten overgenomen van collega's die op vakantie zijn, in de hoop dat ik die dagen straks kan gebruiken als we zelf weggaan. Julian is al de hele week op pad, maar ik geloof wel dat het zin heeft, want de cd doet het ongelooflijk goed. Het is allemaal een beetje raar. Ik vind hem afstandelijk. Dat zal wel komen door... shit, geen idee. Waarom is mijn beste vriendin er niet als ik haar advies nodig heb? Help me verdorie eens! Oké, ik stop ermee, daar bewijs is ons allebei een dienst mee. Ik tel de dagen al af tot je naar huis komt en we samen Vietnamees kunnen gaan eten. Dan neem ik een thermosfles mee met troebel bruin water, zodat het voor jou net is alsof je nog op vakantie bent. Lachen! Pas goed op jezelf en eet een kom rijst op mijn gezondheid. xxx
PS: Weet je al wat je gaat doen met die afzichtelijke sarongs die

je van mij moest meenemen, alleen omdat ik er vanaf wilde?
PPS: Dat je het effe weet: ik raad je dringend aan om voor de man te gaan die met zijn moeder reist. Altijd.

Ze klikte op 'verzenden' en hoorde Julian aan komen sloffen.

'Schat, wat doe jij hier nou?' vroeg hij slaperig terwijl hij een glas pakte. 'Facebook kan toch wel tot morgen wachten?'

'Ik zit niet op Facebook!' zei ze verontwaardigd. 'Ik kon niet slapen, dus stuur ik Nola een berichtje. Ik geloof dat ze niet erg blij is met haar reisgenoten.'

'Kom mee terug naar bed.' Hij nam een slok van zijn water en liep terug naar de huiskamer.

'Ik kom zo,' riep ze, maar hij was al weg.

Brooke werd wakker van lawaai in het appartment en schoot met een ruk overeind in bed, doodsbang, tot ze zich herinnerde dat Julian die nacht thuis was. Ze waren niet naar Italië gegaan, en in plaats daarvan was Julian de grote radiostations van diverse steden langsgegaan, om kennis te maken met de dj's, korte optredens te geven in de studio en vragen van luisteraars te beantwoorden. Hij was weer twee volle weken van huis geweest.

Ze boog zich naar het nachtkastje toe om op de wekker te kijken, wat bemoeilijkt werd door Walters warme tong op haar gezicht en het feit dat ze haar bril niet kon vinden. Negentien over drie. Waarom was ze midden in de nacht wakker terwijl ze morgen heel vroeg uit bed moest?

'Vooruit, kom maar dan,' zei ze tegen Walter, die stond te kwispelen en te springen vanwege de onverwachte nachtelijke gebeurtenissen. Brooke trok een badjas aan en stommelde naar de huiskamer, waar Julian in het donker keyboard zat te spelen, met alleen een boxershort aan en een koptelefoon op zijn hoofd. Het zag er niet uit alsof hij aan het oefenen was; eerder alsof hij de wereld buitensloot. Zijn blik was strak gericht op de muur tegenover de bank en zijn handen gleden over de toetsen zonder dat hij zich daarvan bewust leek. Als ze niet beter had geweten, zou ze gedacht hebben dat hij slaapwandelde of aan de drugs was. Ze was al naast hem gaan zitten voordat hij zich überhaupt bewust werd van haar aanwezigheid.

'Hé,' zei hij, en hij trok de koptelefoon van zijn hoofd en hing hem als een sjaal om zijn nek. 'Heb ik je wakker gemaakt?'

Brooke knikte. 'Maar het geluid staat uit,' zei ze, wijzend naar het keyboard, dat op de koptelefoon was aangesloten. 'Ik snap niet wat ik dan heb gehoord.'

'Deze.' Julian hield een stapeltje cd's omhoog. 'Ik stootte ze daarnet per ongeluk om. Sorry.'

'Geeft niet.' Brooke kroop tegen hem aan. 'Is alles goed? Wat ben je aan het doen?'

Julian sloeg een arm om haar schouders, maar hij leek niet minder afwezig. Hij fronste zijn wenkbrauwen. 'Ik ben gewoon nerveus, geloof ik. Ik heb intussen al heel wat interviews gegeven, maar nooit zoiets groots als *The Today Show*.'

Brooke pakte zijn hand, gaf er een kneepje in en zei: 'Het komt goed, schat. Serieus, je bent een natuurtalent als het om de media gaat.' Dat was misschien niet helemaal waar – de paar televisie-interviews die ze Julian tot nu toe had zien geven waren een beetje onhandig geweest – maar als een leugentje om bestwil ooit op z'n plaats was...

'Dat moet je wel zeggen. Je bent mijn vrouw.'

'Klopt helemaal, ik moet het zeggen. Maar ik meen het toevallig ook nog eens een keer. Je zult het vast en zeker uitstekend doen.'

'Het wordt live uitgezonden, in heel Amerika. Miljoenen mensen kijken iedere morgen naar dat programma. Dat is toch doodeng?'

Brooke nestelde zich tegen zijn borst, zodat hij haar gezicht niet kon zien. 'Ga er gewoon naartoe en doe wat je moet doen. Het podium staat buiten, bij al die gillende toeristen, dat voelt vast niet anders dan een optreden tijdens jullie tour. En hier komen minder mensen naartoe als naar je optredens.'

'Dan.'

'Wat?'

'Minder mensen dán naar mijn optredens.' Julian lachte flauwtjes.

Brooke gaf hem een stomp. 'Is dat je dank omdat ik je geruststel? Een beetje mijn grammatica gaan zitten verbeteren? Kom, laten we weer naar bed gaan.'

'Wat heeft dat voor zin? We moeten al bijna weg.'

Brooke keek op het klokje van de dvd-speler. Kwart voor vier. 'We kunnen nog… laten we zeggen vijftig minuten slapen voordat we ons moeten gaan klaarmaken. Om kwart over vijf rijdt de auto voor.'

'Jezus, dat is toch onmenselijk.'

'Nee, wacht, maak er maar drie kwartier van. Dat je nu een beroemdheid bent, wil niet zeggen dat je je eigen hond niet meer hoeft uit te laten.'

Julian kreunde. Walter blafte.

'Kom, het is beter om nog even te gaan liggen, ook al kun je niet slapen.' Brooke ging staan en trok aan zijn arm.

Julian kwam overeind en kuste haar op haar wang. 'Ga maar vast, ik kom zo.'

'Julian…'

Weer een brede glimlach, maar deze was echt. 'Mens, wat ben je toch een tiran. Heb ik ook nog toestemming nodig om te gaan plassen? Ik kom eraan.'

Brooke reageerde quasigeïrriteerd. 'Een tiran? Kom Walter, wij gaan naar bed, dan kan het baasje op zijn gemak iPhone-apps downloaden op de wc.' Ze gaf Julian vluchtig een kus op zijn mond en maakte een lokgeluidje zodat Walter met haar mee zou gaan.

Voordat ze het wist schalde 'All the Sinlgle Ladies' uit de wekkerradio. Ze zat meteen rechtop in bed, ervan overtuigd dat ze zich verschrikkelijk had verslapen. Tot haar opluchting zag ze dat het kwart over vier was. Ze wilde Julian wakker schudden, maar aan zijn kant van het bed trof ze niets anders aan dan een verfrommeld laken en een luie spaniël. Walter lag languit op zijn rug, met alle vier zijn poten in de lucht en zijn kop op Julians hoofdkussen, als een mens. Hij keek haar met één oog aan alsof hij wilde zeggen: dit bevalt me wel. Toen deed hij zijn oog weer dicht en zuchtte tevreden. Brooke begroef even haar gezicht in zijn nek en liep toen op haar tenen naar de huiskamer, ervan overtuigd dat ze Julian precies zo zou aantreffen als ze hem had achtergelaten. Maar hij zat er niet meer, ze zag alleen een streep licht onder de deur van de badkamer door komen. Toen ze erheen liep om te vragen of alles goed was, hoorde ze het onmiskenbare geluid van kokhalzen. Die arme schat is een wrak, dacht ze; ze voelde een combinatie van medeleven met Julian en opluchting omdat zij niet degene was die vandaag een interview moest geven. In dat geval had ze nu ongetwijfeld de hele badkamer staan onderkotsen en gebeden om een wonder.

Ze hoorde de kraan lopen en meteen daarna ging de deur open. Daar stond een bleke, bezwete versie van haar man. Hij streek met de rug van zijn hand over zijn mond en keek haar aan met een gezicht dat iets uitdrukte wat het midden hield tussen misselijkheid en lichte geamuseerdheid.

'Hoe voel je je, schat? Kan ik iets voor je doen? Misschien een glaasje ginger ale inschenken?'

Julian liet zich op een stoel zakken aan hun tweepersoons keukentafeltje en harkte met zijn vingers door zijn haar. Het viel Brooke op dat zijn haar de laatste tijd voller leek, bijna alsof het op zijn kruin minder dun was dan vorig jaar. Dat kwam waarschijnlijk door zijn uitstekende kapper en zijn visagist, die vast wel een manier bedacht hadden om de kale plek op de een of andere manier te camoufleren. Nou, wat het ook was, het werkte goed. Zonder de afleiding van dat kale kruintje ging haar blik meteen naar de waanzinnige kuiltjes in zijn wangen.

'Ik voel me beroerd,' zei hij. 'Ik geloof niet dat ik dit kan.'

Brooke knielde naast hem neer, gaf hem een kus op zijn wang en nam zijn handen in de hare. 'Je zult het supergoed doen, schat. Dit gaat jou en je album enorm op weg helpen.'

Even dacht ze dat hij zou gaan huilen. Gelukkig pakte hij alleen een banaan van de fruitschaal die op tafel stond, pelde die af en begon hem heel langzaam op te eten.

'Het interview zelf stelt waarschijnlijk niks voor. Iedereen weet dat je daar bent om op te treden. Als je "For the Lost" speelt, gaat het publiek uit z'n dak en dan vergeet je de camera's, en na afloop komen ze naar je toe op het podium om je te vragen hoe het voelt om plotseling een ster te zijn. Zoiets. Jij zegt braaf dat je dol ben op al je fans en dan komt Al met het weerbericht. Het wordt een eitje, echt waar.'

'Zou je denken?'

Toen ze zijn smekende blik zag, besefte Brooke hoe lang het geleden was dat ze hem op deze manier had moeten geruststellen, en dat ze het enorm had gemist. Haar-man-de-rockster kon nog steeds haar-man-de-zenuwpees zijn.

'Ik weet het zeker! Vooruit, ga eerst maar douchen, dan maak ik geroosterd brood met een paar eieren voor je. De auto rijdt over een half uur voor en we moeten op tijd klaar zijn. Oké?'

Julian knikte. Hij woelde door zijn haar terwijl hij opstond en liep zonder nog iets te zeggen naar de badkamer. Hij was altijd nerveus voor een optreden, of het nu een routineklusje in een studentenkroeg was, een presentatie in een kleine zaal of een concert voor een mega-publiek in een stadion, maar Brooke kon zich niet herinneren dat het ooit zo erg was geweest als vandaag.

Toen Julian onder de douche uit kwam, sprong ze er zelf snel onder. Ze overwoog om nog iets bemoedigends tegen hem te zeggen, maar misschien was stilte nu beter. Toen ze had gedoucht was Julian de deur uit om Walter uit te laten, en ze trok gehaast de outfit aan die het lekkerst zat zonder al te lelijk te zijn: een trui in tuniekmodel op een zwarte legging, en enkellaarsjes met een halfhoge hak. Ze was pas laat leggings gaan dragen, maar toen ze zich eenmaal gewonnen had gegeven en ze haar eerste exemplaar had gekocht, zo heerlijk rekbaar, had ze nooit meer terug gewild. Na een jarenlange strijd om zich in superstrakke spijkerbroeken met lage taille en knellende kokerrokjes te hijsen, of broeken die als een bankschroef in haar taille knelden, ervoer ze de legging als een godsgeschenk voor vrouwen. Eindelijk was er iets in de mode waarin haar figuur goed uitkwam: haar middel en achterste – niet haar sterkste punten – werden erdoor bedekt, terwijl haar tamelijk goedgevormde benen werden geaccentueerd. Telkens wanneer ze een legging aantrok, bedankte ze in stilte de uitvinder ervan en deed een schietgebedje dat die dingen voorlopig niet uit zouden raken.

De rit van hun appartement naar Rockefeller Center ging snel. Zo vroeg op de ochtend was er amper verkeer, en het enige geluid was afkomstig van Julians getik-tik-tik met zijn vingers op het hout van de armsteun. Leo belde om door te geven dat hij op hen wachtte in de studio, maar verder werd er niet gesproken. Pas toen de auto halthield bij de artiesteningang pakte Julian Brookes hand zo stevig beet dat ze haar kiezen op elkaar moest klemmen om het niet uit te gillen.

'Komt helemaal goed,' fluisterde ze toen een jongeman in livrei met een headset op hen voorging naar de artiestenfoyer.

'Het is live, het wordt in heel Amerika uitgezonden,' antwoordde Julian, en hij staarde strak voor zich uit. Hij zag nog bleker dan die ochtend, en Brooke duimde dat hij niet weer zou gaan overgeven. Ze viste een pakje maagtabletten uit haar tas, haalde er discreet twee uit de verpakking en duwde ze Julian in de hand. 'Kauw hier maar op,' fluisterde ze.

Ze liepen langs enkele studio's, waar telkens die typische vlaag ijskoude lucht naar buiten kwam die de nieuwslezers koel moest houden onder de gloeiend hete lampen, en Julian kneep nog harder in haar hand. Ze sloegen een hoek om en liepen langs een provisorische kapsalon, waar drie vrouwen haar- en make-upbenodigdheden klaarzetten, en uiteindelijk werden ze afgezet in een ruimte waar een paar fauteuils, twee loveseats en een klein ontbijtbuffet stonden. Brooke was nog nooit in een artiestenfoyer geweest, en hoewel er op de deur GREENROOM stond, was het vertrek helemaal ingericht in beige en mauve. Alleen Julian zag groen.

'Daar is hij!' bulderde Leo; zijn stem klonk minstens dertig decibel harder dan nodig was.

'Eh, ik kom terug om je naar de make-up te brengen zodra de rest van de band er is,' zei het hulpje opgelaten. 'Ehm… neem vast een kop koffie of zo.' Hij maakte dat hij wegkwam.

'Julian! Gaat-ie goed, jongen? Ben je er klaar voor? Daar zie je niet naar uit, man. Gaat het wel?'

Julian knikte. Zo te zien was hij net zo ongelukkig met Leo's aanwezigheid als Brooke. 'Ja, hoor,' mompelde hij.

Leo gaf Julian een mep op zijn rug en trok hem de gang op voor een peptalk. Brooke schonk voor zichzelf een beker koffie in en ging ermee in de verste hoek zitten, bij iedereen uit de buurt. Ze keek om zich heen in het vertrek en probeerde de andere gasten in te schatten: een klein meisje dat, te oordelen naar de viool die ze in haar handen had en haar arrogante houding, waarschijnlijk een muzikaal wonderkind was; de hoofdredacteur van een mannenblad die met zijn pr-man de dieettips nog eens doornam die hij wilde bespreken; een bekende chicklitauteur zat met haar nieuwste boek in de ene hand en haar telefoon in de andere met een uitermate verveeld gezicht door haar adressenboek te scrollen.

Het volgende kwartier druppelden de andere bandleden binnen. Hoewel ze er stuk voor stuk dodelijk vermoeid uitzagen, slaagden ze er toch in een enorm enthousiasme uit te stralen. Ze slurpten koffie en gingen om beurten bij de make-up langs, en voordat Brooke de kans had gekregen om te gaan kijken hoe het met Julain ging, werden ze meegevoerd naar de promenade om de fans te begroeten en een laatste soundcheck te houden. Het was een frisse herfstmorgen, maar de opkomst was gigantisch. Tegen de tijd dat ze met hun optreden begonnen, om een uur of acht, stonden er al honderden mensen, bijna allemaal meisjes en vrouwen van tussen de twaalf en de vijftig, en het leek wel of ze allemaal Julians naam riepen. Brooke staarde naar de monitor in de artiestenfoyer en probeerde zichzelf er net van te doordringen dat Julian op dit moment in heel Amerika op televisie was, toen het geüniformeerde hulpje kwam vragen of ze tijdens het interview in de studio wilde zitten.

Brooke sprong op uit haar stoel en liep achter de jongen aan een trap af, de studio in die zo vertrouwd was omdat ze hem dagelijks op televisie zag. Ze voelde meteen de ijskoude lucht.

'Goh, mooi hier. Om de een of andere reden was ik ervan uitgegaan dat Julian gewoon buiten op het podium geïnterviewd zou worden, voor het publiek.'

De jongen drukte een paar vingers tegen zijn oortje, luisterde even en knikte toen. Hij draaide zich weer om naar Brooke, maar leek haar niet echt te zien. 'Normaal gesproken wel, maar vandaag waait het te hard voor de microfoons.'

'Aha,' zei Brooke.

'Je mag dadelijk daar gaan zitten.' Hij wees op een klapstoeltje dat tussen de twee enorme camera's in stond. 'Ze komen eraan en ze zijn live in de lucht over' – hij keek op de stopwatch die aan een koord om zijn hals hing – 'iets minder dan twee minuten. Je telefoon staat toch uit, hè?'

'Ja, die ligt nog boven. Wauw, wat is dit cool, zeg!' zei Brooke. Ze was nooit eerder op een televisieset geweest, laat staan een beroemde als deze. Het was bijna overweldigend om hier te zitten en te zien hoe alle cameramannen en geluidstechnici en producenten met hun headsets druk rondrenden en alles voorbereidden. Ze zat net te kijken hoe een man de grote, dikke kussen van de bank omruilde voor kleinere, stevigere exemplaren, toen ze een vlaag buitenlucht voelde en er een heleboel commotie ontstond. Er kwamen een stuk of tien mensen binnen door de studiodeur, en Brooke zag dat Julian werd geflankeerd door Matt Lauer en Meredith Vieira. Hij keek een beetje verbouwereerd en er stond een laagje zweet op zijn bovenlip, maar hij lachte ergens om en schudde zijn hoofd.

'Anderhalve minuut!' galmde een vrouwenstem door de luidsprekers.

Het groepje liep voor haar langs, en even kon Brooke alleen maar naar de bekende gezichten van de presentatoren staren. Toen ving Julian haar blik. Hij lachte nerveus en zei geluidloos iets tegen haar, maar ze begreep niet wat hij bedoelde. Ze ging in het stoeltje zitten dat het hulpje haar had aangewezen. Onmiddellijk ontfermden twee andere mensen zich over Julian. Een van hen deed voor hoe hij de microfoon onder zijn shirt door moest halen en aan zijn kraag bevestigen, en de ander bracht poeder aan op zijn glimmende gezicht. Matt Lauer bukte en fluisterde iets tegen Julian, die moest lachen, waarna Lauer wegliep. Meredith ging tegenover hem zitten, en hoewel Brooke niet kon verstaan wat er werd gezegd, zag het ernaar uit dat Julian zich bij haar op zijn gemak voelde. Ze probeerde zich voor te stellen hoe nerveus hij op dat moment moest zijn, hoe doodeng en onwerkelijk dit alles waarschijnlijk voor hem was, en de gedachte alleen al maakte haar een beetje draaierig. Ze drukte haar nagels diep in haar handpalmen en deed een schietgebedje dat het goed zou gaan.

'Vijfenveertig seconden!'

Het leek alsof er pas tien seconden verstreken waren, maar het werd muisstil op de set en Brooke zag op de monitoren voor haar een reclame voor pijnstillers. Die was waarschijnlijk een halve minuut bezig toen de openingsmuziek van *The Today Show* begon, en de stem door de luidsprekers begon af te tellen. Onmiddellijk viel alles en iedereen in het vertrek stil, behalve Meredith, die in haar aantekeningen keek en met haar tong langs haar tanden ging om na te gaan of er geen lippenstift op zat.

'Vijf, vier, drie, twee en… live!' Precies op het moment dat de stem het woord 'en' uitsprak, deed iemand de gigantische plafondlampen in de studio aan en de set baadde onmiddellijk in een fel, heet licht. En Meredith keek met een brede glimlach in de camera waarvan het groene lampje knipperde en las voor van de autocue.

'Welkom terug allemaal! Als u pas hebt ingeschakeld: we hebben het geluk vandaag een van de populairste jonge sterren uit de muziekwereld in de studio te mogen ontvangen: singer-songwriter Julian Alter. Hij had opgetreden met Maroon 5 voordat hij aan zijn eigen tour begon, en zijn eerste album is binnengekomen op nummer vier in de *Billboard*-lijst.' Ze keek naar Julian en haar glimlach werd nog breder. 'Julian heeft zojuist een fantastische vertolking van zijn nummer "For the Lost" voor ons ten beste gegeven. Het was prachtig, Julian. Fijn dat je er bent.'

Hij grijnsde, maar Brooke zag zijn gespannen mond en de manier waarop zijn linkerhand de leuning van de stoel in een dodelijke greep hield. 'Bedankt voor de uitnodiging. Ik vind het fantastisch om hier te zijn.'

'Ik moet zeggen dat ik heb genoten van "For the Lost",' zei Meredith enthousiast. Brooke vond het fascinerend dat de make-up van de presentatrice er in het echt vlekkerig en onnatuurlijk uitzag, maar op de monitor prachtig egaal leek. 'Kun je ons wat meer vertellen over de totstandkoming van het nummer?'

Julinas gezicht kwam onmiddellijk tot leven, en hij ging op het puntje van zijn stoel zitten. Zijn hele lijf leek zich te ontspannen toen hij vertelde over zijn inspiratie voor 'For the Lost'.

De volgende vier minuten gingen in een flits voorbij. Julian beantwoordde moeiteloos de vragen over zijn ontdekking, hoeveel tijd het hem had gekost om het album op te nemen en of hij alle positieve reacties en de overweldigende aandacht niet ongelooflijk vond. De mediatraining had beslist vruchten afgeworpen: zijn antwoorden waren geestig en gingen gepaard met een charmante hoeveelheid zelfrelativering, zonder dat het klonk alsof ze waren verzonnen door een heel team van pr-mensen (wat absoluut het geval was). Hij hield oogcontact en zag er relaxed uit zonder respectloos over te komen, en op zeker moment lachte hij zo innemend naar Meredith Vieira dat ze giechelig zei: 'Ik begrijp wel dat je het zo goed doet bij de jonge vrouwelijke fans.' Pas toen Meredith een roddelblad pakte – dat al die tijd ondersteboven voor hen op tafel gelegen moest hebben – en het opensloeg op een omgevouwen bladzijde, verdween Julians glimlach.

Brooke dacht terug aan de avond dat Julians was thuisgekomen na de mediatraining. Hij had haar verteld wat het belangrijkste was dat hij had geleerd: 'Je hoeft geen antwoord te geven op de vragen die ze je stellen; als een vraag je niet aanstaat, geef je gewoon antwoord op een andere. Het gaat erom dat je de informatie overbrengt die jíj kwijt wilt. Neem de controle over het interview over. Laat je niet in een hoek drijven en voel je niet gedwongen om antwoord te geven op onaangename of ongemakkelijke vragen. Begin glimlachend over iets anders. Het is de taak van de interviewer om het gesprek op gang te houden en de indruk te wekken dat het soepel en vlekkeloos verloopt, en hij of zij zal je er niet op aanspreken wanneer je weigert een bepaalde vraag te beantwoorden. Het is een ontbijtprogramma, geen debat voor de presidentsverkiezingen, dus zolang je ontspannen blijft lachen is het gesprek geslaagd. Je zult je nooit in het nauw gedreven voelen als je alleen de vragen beantwoordt die jou aanstaan.'

Die avond leek wel een jaar geleden, en Brooke hoopte vurig dat Julian nu net zo zelfverzekerd zou zijn. Hou je aan het script, hield ze hem in gedachten voor. Laat niet merken dat je het moeilijk hebt.

Meredith vouwde het tijdschrift open – Brooke zag nu dat het de *us Weekly* was – en hield Julian een bladzijde voor. Ze wees op een foto rechtsboven, wat voor Brooke de eerste aanwijzing was dat het hier niet om de beruchte Layla-foto ging. Julian glimlachte, maar keek niet-begrijpend.

'Ja,' zei hij, als antwoord op niets, want Meredith had nog geen vraag gesteld. 'Mijn mooie vrouw.'

O nee, dacht Brooke. Merdith wees op een foto waarom Brooke en Julian met de armen om elkaar heen geslagen tevreden naar de camera lachten. De studiocamera zoemde nu in op de foto, en Brooke kon de details zien: zij in haar trouwe zwarte sweaterjurkje, Julian enigszins ongemakkelijk in een nette zwarte broek en een button-down overhemd, beiden met een glas wijn in de hand. Waar was dat? Ze ging op het puntje van haar stoel zitten en tuurde naar de dichtstbijzijnde monitor. Ineens wist ze het weer. Het etentje voor de vijfenzestigste verjaardag van haar vader. De foto moest zijn genomen vlak nadat Brooke haar speech had gegeven, want Julian en zij stonden als enigen aan de tafel terwijl de rest zat. Wie had die foto in godsnaam genomen, en wat belangrijker was: wat moest *us Weekly* ermee?

Toen zakte de camera enigszins en kon ze het onderschrift van de foto zien, dat luidde: 'Heeft Julian raak geschoten? Waarom drinkt Brooke dan wijn?' Ze voelde een afschuwelijke, ongeruste steek dwars door haar hart toen het tot haar doordrong dat de nieuwe *us Weekly* waarschijnlijk diezelfde dag was verschenen en nog niemand van Julians team het blad had gezien.

'Ja, ik heb gelezen dat je vrouw Brooke en jij nu vijf jaar getrouwd zijn. Klopt dat?' Meredith keek Julian vragend aan. Hij knikte alleen maar, zichtbaar nerveus over de wending die het gesprek had genomen.

Meredith boog zich wat dichter naar Julian toe en vroeg met een stralende glimlach: 'Mogen wij het als eersten weten?'

Julian kneep zijn ogen tot spleetjes en keek haar aan, maar hij leek er net zo weinig van te begrijpen als Brooke. Wát wilden ze als eersten weten? Brooke wist dat hij de uitdrukking 'raak schieten' niet had begrepen; hij dacht natuurlijk dat hij werd uitgehoord over hun huwelijk.

'Pardon?' Het kwam niet erg welbespraakt over, maar Brooke kon het hem niet kwalijk nemen. Wat wilde dat mens nou eigenlijk weten?

'Nou ja, toen we dat buikje zagen, vroegen we ons af of je vrouw zwanger is.' Meredith glimlachte erbij alsof een bevestigend antwoord niet meer was dan een formaliteit, alsof het eigenlijk geen vraag meer was.

Brooke ademde diep in. Dit had ze beslist niet verwacht, en die arme Julian keek alsof hem een vraag was gesteld in het Russisch. En al had ze er misschien wel eens strakker uitgezien, ze zag er op die foto verdomme heus niet uit alsof ze zwanger was. Hij was gewoon vanuit een rare hoek genomen, van onderaf, en haar jurk bolde een beetje op in de taille. Dat kon toch gebeuren?

Hij kromp in elkaar in zijn stoel, en zijn zichtbare ongemak leek het 'nieuws' alleen maar te bevestigen.

'Toe maar, je kunt het ons gerust vertellen. Het is me het jaar wel, hè? Een debuutalbum en dan ook nog een baby! De fans willen het natuurlijk heel graag bevestigd zien…'

Het duurde even voordat Brooke besefte dat ze haar adem inhield. Maakte ze dit echt mee? Wie dachten ze verdomme voor zich te hebben, Brad en Angelina? Zou het ook maar iemand interesseren of zij zwanger was? En ging het iemand áán? Leek ze nou echt zo dik op die foto dat ze wel in verwachting moest zijn? En wat nog erger was: als de hele wereld er dadelijk van uitging dat ze een kind verwachtte, zou het er ook nog eens uitzien alsof ze een alcoholprobleem had. Het werd haar bijna te veel.

Julian deed zijn mond open om iets te zeggen, leek toen weer te denken aan te instructies om glimlachend te antwoorden op een willekeurige andere vraag en zei: 'Ik hou heel veel van mijn vrouw. Dit alles zou niet mogelijk zijn geweest zonder haar fantastische steun.'

Dit alles? Wat dan? had Brooke willen gillen. De superslechte timing van deze niet-bestaande zwangerschap? Of het feit dat je vrouw tijdens diezelfde fantasiezwangerschap gewoon doorzuipt?

Er viel een ongemakkelijke stilte, die waarschijnlijk niet langer dan een paar seconden duurde, maar waar geen einde aan leek te komen. Toen bedankte Meredith Julian, keek recht in de camera, droeg iedereen op het nieuwe album te kopen en kondigde de reclame aan. Brooke was zich er vaag van bewust dat de felle studiolampen uitgingen en dat Meredith haar microfoon afdeed en opstond. Ze stak haar hand uit naar Julian, die er geschokt uitzag, zei nog iets wat Brooke niet verstond en liep toen snel de set af. Een stuk of tien mensen snelden de studio door om snoeren te controleren, camera's te verzetten en klemborden uit te wisselen. En Julian zat daar maar, alsof hij zojuist een klap op zijn hoofd had gekregen met een grote schop.

Brooke stond op en wilde naar hem toe lopen, toen Leo voor haar opdook.

'Onze vriend heeft het goed gedaan, vind je niet, Broekie? Die laatste vraag was lastig, maar dat geeft niet.'

'Hmm.' Brooke wilde beslist naar Julian toe, maar ze zag vanuit haar ooghoek dat hij door Samara, de mediatrainer en twee assistenten naar buiten werd geloodst om zich voor te bereiden op zijn volgende set. Hij zou nog twee nummers zingen, een om kwart voor negen en een om half tien, en dan kon er eindelijk een einde komen aan deze helse ochtend.

'Wil je liever in de artiestenfoyer naar het optreden kijken? Daar kun je rustig zitten, lekker met de voetjes omhoog,' zei Leo met een wellustige grijns, die nu nog walgelijker leek dan anders.

'Denk je dat ik zwanger ben?' vroeg ze vol ongeloof.

Leo wierp zijn handen in de lucht. 'Ik stel geen vragen. Dat moeten jullie zelf weten. Ik geef toe dat het geen al te beste timing zou zijn, uitgerekend op dit punt van Julians carrière, maar ja, kinderen komen nu eenmaal als ze willen komen…'

'Leo, ik zou het op prijs stellen…'

Leo's telefoon ging. Hij griste het toestel uit zijn zak en hield het vast alsof het de Bijbel was. 'Ik moet even opnemen,' zei hij, en hij draaide zich om en liep naar buiten.

Brooke stond als aan de grond genageld. Ze kon het allemaal niet bevatten. Julian had zojuist min of meer een denkbeeldige zwangerschap bevestigd, live op televisie, voor het oog van heel Amerika.

Het hulpje dat hen die ochtend had opgevangen dook op naast Brooke. 'Zal ik u terugbrengen naar de artiestenfoyer? Hier wordt zo meteen de boel klaargezet voor het volgende programmaonderdeel en dan wordt het een beetje druk.' Hij raadpleegde zijn klembord.

'Dat zou fijn zijn. Graag,' zei Brooke dankbaar.

Ze liep zwijgend achter hem aan de trap op en de lange gang door. Hij hield de deur van de foyer voor haar open en Brooke meende hem nog 'proficiat' te horen mompelen voordat hij wegliep, maar ze wist het niet zeker. Haar stoel was ingenomen door een man in een witte koksjas, dus nam ze plaats op de enige andere die nog vrij was.

Het wonderkind met de viool keek naar haar op. 'Weet u al wat het wordt?' vroeg ze; ze had zo'n hoog stemmetje dat het wel leek alsof ze de inhoud van een heliumballon had ingeademd.

'Pardon?' Brooke keek het kind aan en vroeg zich af of ze het goed had verstaan.

'Of u al weet wat het wordt,' vroeg het meisje enthousiast. 'Een jongen of een meisje?'

Brookes mond viel open.

De moeder van het meisje boog zich naar haar toe om haar iets in het oor te fluisteren, waarschijnlijk dat het een onbeleefde vraag was, maar het meisje wierp haar een boze blik toe. 'Ik vroeg alleen of het een jongetje of een meisje is!' brulde ze.

Brooke deed haar best om zich er niet druk om te maken. Ze kon er beter om lachen – al zouden haar familie en vrienden er niet bepaald de lol van inzien. Ze keek om zich heen om zich ervan te verzekeren dat er niemand meeluisterde en boog zich toen naar het meisje toe. 'Het is een meisje,' fluisterde ze, en ze voelde zich niet eens heel erg schuldig dat ze tegen een kind loog. 'En ik kan alleen maar hopen dat het net zo'n schatje wordt als jij.'

De telefoontjes van vrienden en familie begonnen binnen te stromen tijdens de rit naar huis en hielden nog dagenlang aan. Haar moeder zei dat ze het heel erg vond dat ze het via de televisie had moeten vernemen, maar dat ze evengoed dolgelukkig was dat haar enige dochter eindelijk zelf moeder zou worden. Haar vader was in de wolken omdat er een foto van zijn feest op televisie was vertoond en vroeg zich af waarom Cynthia en hij het niet eerder doorgehad hadden. Julians moeder deed een duit in het zakje met het voorspelbare 'O jee! We voelen ons helemaal nog niet oud genoeg om al opa en oma te worden!' Randy gaf Brookes toekomstige zoon alvast een plekje in het voetbalelftal van Greene-kinderen dat hij in gedachten aan het opstellen was en Michelle bood haar diensten aan om de kinderkamer in te richten. Nola was in alle staten omdat Brooke haar niet als eerste op de hoogte had gebracht, maar ze was bereid haar dat te vergeven als Brooke haar dochtertje naar haar zou vernoemen. En ze leverden allemaal – de een wat voorzichtiger dan de ander – commentaar op de wijn.

Brooke vond het een belediging dat ze haar hele familie, Julians hele familie, al haar collega's en hun vrienden ervan moest overtuigen dat ze ten eerste niet in verwachting was en ten tweede nóóit zou drinken tijdens haar volkomen hypothetische zwangerschap. Meer dan een belediging, ze was zwaar gekrenkt. En ze voelde dat ze sceptisch bleven. Het enige wat hielp – waardoor de mensen haar even met rust lieten – was het volgende nummer van *us Weekly*, met daarin een paparazzifoto van Brooke die inkopen deed bij Gristedes, de supermarkt bij haar om de hoek. Haar buik leek platter, dat ook, maar dat was het 'm niet. Op de foto had ze een mandje in haar hand met daarin bananen, vier potjes yoghurt, een literfles mineraalwater, een fles Glassex én een doos tampons. Extra absorberend, mocht het de hele wereld interesseren, en de verpakking was omcirkeld met zwarte viltstift. Het schreeuwende bijschrift luidde: 'Geen baby voor de Altertjes!' Alsof het blad de zaak met sluw speurwerk tot de bodem had uitgezocht.

Dankzij dat sterke staaltje journalistiek wist nu dus de hele wereld dat ze níét zwanger was en dat haar menstruaties zwaarder waren dan gemiddeld. Nola vond het hele verhaal om te gieren, terwijl Brooke er voortdurend aan moest denken dat nu iedereen, van haar oude schoolvriendje tot haar opa van negentig – om maar te zwijgen van iedere tiener, huisvrouw, vliegtuigpassagier, supermarktklant en bezoeker van kapper en nagelsalon, plus alle abonnees in heel Noord-Amerika – op de hoogte was van de ins en outs van haar menstruatie-cyclus. Ze had die fotograaf niet eens gezien! Vanaf die dag bestelde ze alles wat te maken had met seks, menstruatie of spijsvertering via internet.

Gelukkig bleek Ella, de baby van Randy en Michelle, de ultieme afleiding. Ze werd, als een zegen van boven, twee weken na het *Today Show*-drama geboren en was zelfs zo lief om precies met Halloween te komen, zodat zij een prima excuus hadden om niet naar Leo's gekostumeerde feest te hoeven. Brooke was haar kersverse nichtje daar immens dankbaar voor. Door de verhalen over de bevalling (de vliezen waren gebroken toen Michelle en Randy bij een Italiaans restaurantje zaten; nadat ze naar het ziekenhuis waren geracet hadden ze nog twaalf uur moeten wachten; de eigenaar van Campanelli had Ella levenslang gratis maaltijden aangeboden), de lessen in luiers verschonen en het tellen van vingertjes en teentjes was de aandacht afgeleid van Brooke en Julian. Althans, binnen hun eigen familie.

Ze waren de ideale oom en tante: ze kwamen aan in het ziekenhuis ruim voordat de baby er was en hadden vijfentwintig New Yorkse bagels meegebracht, en genoeg gerookte zalm voor de hele afdeling verloskunde. Zelfs Julian had het schijnbaar heel leuk gevonden en hij had in Ella's oortje gekird dat ze echte pianohandjes had. Brooke zou baby Ella voor altijd blijven beschouwen als het laatste beetje verrukkelijke rust voordat de helse storm losbarstte.

10

Een gewone jongen met kuiltjes in zijn wangen

Brookes telefoon ging toen ze net de kalkoen van tien kilo het appartement in zeulde en het ding met veel moeite op het aanrecht wist te hijsen.

'Hallo?' zei ze, en ze begon vast alle niet-noodzakelijke spullen uit de koelkast te halen om plaats te maken voor het enorme beest.

'Brooke? Met Samara.'

Daar keek ze van op. Samara had haar nog nooit, maar dan ook nooit gebeld. Wilde ze weten wat Brooke van de cover van de *Vanity Fair* vond? Het blad lag net in de winkels en Brooke kon haar ogen er niet van afhouden. Ze vond het helemaal Julian, in spijkerbroek en een strak wit T-shirt, met een van zijn lievelingsmutsjes op zijn hoofd en een glimlach die de onvoorstelbaar schattige kuiltjes in zijn wangen goed deed uitkomen. Hij was verreweg de knapste van het hele stel.

'Hé, hallo. Wat staat hij goed op de *Vanity Fair*, hè? Ik bedoel, niet dat het me verbaast, maar hij is er...'

'Brooke, heb je even?'

Dit was duidelijk geen telefoontje om gezellig over een tijdschrift te babbelen, en als dat mens het zou wagen om nu te gaan zeggen dat Julian niet naar huis kon voor hun allereerste Thanksgivingdiner bij hen thuis, zou Brooke haar vermoorden.

'Eh ja, ogenblikje.' Ze deed de koelkast dicht en ging aan hun piepkleine keukentafeltje zitten; dat herinnerde haar eraan dat ze nog moest bellen hoe het ervoor stond met de verhuur van tafels en stoelen. 'Ja, ik ben zo ver. Wat is er?'

'Brooke, er is een artikel verschenen waar je niet blij mee zult zijn,' verkondigde Samara op haar gebruikelijk afgemeten toon, die met dit soort nieuws weinig geruststellends had.

Brooke probeerde het met een lachje af te doen. 'Ach, er verschijnt tegenwoordig iedere dag wel een artikel. Kom maar op, ik ben de vrouw die tijdens haar vermeende zwangerschap gewoon doorzuipt, weet je nog? Wat zegt Julian ervan?'

Samara schraapte haar keel. 'Ik heb het hem nog niet verteld. Ik vermoed dat hij behoorlijk pissig zal zijn, daarom wil ik jou eerst spreken.'

'Jezus, wat zeggen ze nu weer over hem? Maken ze zijn haar belachelijk? Of zijn familie? Of is er weer zo'n enge aandachtszieke sloerie die hem van vroeger kent en die beweert...'

'Het gaat niet over Julian, Brooke. Het gaat over jou.'

Stilte. Brooke voelde haar nagels in haar handpalm drukken, maar ze kon er niet mee stoppen.

'Wat is er met mij?' vroeg ze. Haar stem was nu bijna een fluistering.

'Het is een hele verzameling gemene leugens,' zei Samara koeltjes. 'Ik heb liever dat je het van mij hoort. En je moet weten dat ons advocatenteam erbovenop zit om alles te ontkrachten. We nemen dit zeer hoog op.'

Brooke kreeg geen woord over haar lippen. Als Samara zo veel moeite deed voor een artikeltje in een roddelblad, moest er wel iets verschrikkelijks in staan. Uiteindelijk wist ze uit te brengen: 'Waar kan ik het vinden? Ik moet het zien.'

'In de *Last Night* die morgen uitkomt, maar je kunt het online al lezen. Brooke, besef goed dat we allemaal achter je staan en we beloven je...'

Misschien wel voor de allereerste keer sinds haar tienerjaren – en in ieder geval voor het eerst bij iemand anders dan haar moeder – verbrak Brooke midden in een zin de verbinding. Ze liep naar haar computer. Binnen een paar tellen had ze de betreffende site gevonden, en ze knipperde met haar ogen toen ze op de homepagina een enorme foto zag van Julian en haar aan een tafeltje op het terras van een restaurant. Ze probeerde zich te herinneren waar dat was geweest, maar toen zag ze op de achtergond een bordje met de straatnaam. Natuurlijk, het Spaanse tentje waar ze hadden gegeten op de avond dat Julian even thuis was geweest na zijn abrubte vertrek van het feest van haar vader. Ze begon te lezen.

Het stel dat hier samen aan de paella zit op een terrasje in Hell's Kitchen mag er dan heel gewoon uitzien; ingewijden weten dat dit Amerika's favoriete nieuwe singer-songwriter Julian Alter is, met zijn echtgenote Brooke. Alters debuutalbum heeft de hitlijsten stormenderhand veroverd, en vrouwelijke fans uit het hele land vallen als een blok voor de gewone jongen met de kuiltjes in zijn wangen. Maar wie is eigenlijk de vrouw aan zijn zij? En hoe gaan ze samen om met Julians nieuwbakken roem?

Niet zo best, volgens een bron die het stel goed kent. 'Ze zijn piepjong getrouwd. De eerste vijf jaar mogen ze dan goed doorstaan hebben; hun huwelijk kan ieder moment bezwijken. Hij heeft het razend druk en Brooke is niet erg plooibaar.'

De twee hebben elkaar leren kennen vlak na de terroristische aanslag van 11 september. Ze klampten zich aan elkaar vast tijdens de nasleep daarvan, toen New York schudde op zijn grondvesten. 'Brooke heeft Julian maandenlang min of meer gestalkt: ze volgde hem door heel Manhattan en ging in haar eentje naar optredens, zodat hij haar wel móést zien zitten. Ze waren eigenlijk allebei erg eenzaam,' aldus onze bron. 'Julians ouders vonden het vreselijk dat hij binnen twee jaar hun verloving aankondigde. Vanwaar die haast?' Maar er kwam een bruiloft, zonder al te veel poespas in het huis van familie Alter in de Hamptons, ook al hebben pa en ma Alter altijd het vermoeden gehad dat Brooke, een meisje uit een nietszeggend gehucht in Pennsylvania, wilde meeliften op het succes van Julian, zo vertelt deze bron.

De afgelopen jaren heeft Brooke twee banen gehad om de muzikale aspiraties van haar echtgenoot te steunen, maar volgens een van haar vriendinnen 'zou ze alles gedaan hebben om ervoor te zorgen dat Julian de roem bereikte die zij altijd zo graag wilde. Twee banen of tien, dat maakte niet uit, zolang ze maar getrouwd was met een beroemdheid.'

De moeder van een van de leerlingen aan de particuliere eli-teschool in de Upper East Side waar Brooke voedingsadvies en begeleiding geeft, liet ons weten: 'Ze lijkt me heel aardig, al heb ik wel van mijn dochter gehoord dat ze vaak eerder weggaat of afspraken afzegt.' En dat zijn niet de enige problemen die ze op haar werk heeft. Een collega in het academisch ziekenhuis van de NYU vertelde ons: 'Brooke presteerde heel goed, ze was op één na de beste in ons hele programma, maar de laatste tijd is ze flink teruggezakt. Of dat nu komt door de carrière van haar man of doordat ze genoeg heeft van haar eigen werk weet ik niet, maar het is treurig om te zien.'

Dan zijn er nog de geruchten die ontstonden in *The Today Show*, dat Brooke zwanger zou zijn. Die geruchten werden een week later uit de wereld geholpen door US *Weekly*, met foto's die het tegendeel bewezen. Reken er maar niet op dat er binnenkort verandering in deze situatie zal komen. Een oude vriend van Ju-lian beweert: 'Brooke zeurt al om een baby vanaf de dag dat ze elkaar hebben leren kennen, maar Julian blijft het uitstellen, omdat hij er niet zeker van is dat ze wel de ware voor hem is.' En wie kan het hem kwalijk nemen, met alle problemen die er spelen?

'Ik heb er alle vertrouwen in dat Julian de juiste beslissing zal nemen,' zo zei een goede bekende van Julian onlangs. 'Het is een prima kerel, die met twee benen stevig op de grond staat. Hij vindt de juiste weg wel.'

Ze wist niet wanneer de tranen precies waren gekomen, maar tegen de tijd dat ze het artikel uit had, lag er een hele plas naast het toetsen-bord en waren haar wangen, kin en mond nat. Ze kon geen woorden vinden om te beschrijven hoe het voelde om zoiets te lezen over jezelf, te weten dat het pertinent niet waar was, maar je toch af te vragen – hoe kon je je dat níét afvragen? – of er niet een kern van waarheid in zat. Natuurlijk sloeg dat verhaal over de periode waarin ze Julian had leren kennen nergens op, maar hadden zijn ouders echt een hekel aan haar? Was haar reputatie bij beide banen aangetast door de hoeveel-heid vrije dagen die ze had opgenomen? Zou er ook maar het kleinste flintertje van de waarheid te vinden zijn in de veronderstelde reden waarom Julian nu geen kind wilde? Het was allemaal te verschrikkelijk; niet te bevatten.

Brooke las het stuk een tweede en een derde keer. Ze had daar de hele dag zo kunnen blijven zitten, maar haar telefoon ging weer. Deze keer was het Julian.

'Roek, je moest eens weten hoe pissig ik ben! Dat ze een hoop onzin over mij schrijven moeten ze zelf weten, maar als ze ook al over jou beginnen...'

'Ik wil er niet over praten,' loog ze. Ze wilde niets liever, ze wilde Julian punt voor punt uithoren om na te gaan of hij het eens was met een van de beweringen in het artikel, maar ze had er de fut niet voor.

'Ik heb Samara al gesproken en ze heeft me verzekerd dat het hele juridische team van Sony zich al aan het voorbereiden is op...'

'Julian, ik wil het er echt niet over hebben. Het is verschrikkelijk en hatelijk en pertinent niet waar – hoop ik – en ik kan er helemaal niets aan veranderen. We hebben morgen een Thanksgivingdiner voor negen man, onszelf meegerekend, en ik moet aan de voorbereidingen beginnen.'

'Brooke, als je maar niet denkt dat...'

'Ja ja, ik weet het. Je komt morgen toch wel naar huis, hè?' Ze hield haar adem in.

'Natuurlijk! Met het eerste vliegtuig, dus ik land om een uur of acht en kom meteen naar huis. Kan ik nog iets meebrengen?'

Brooke klikte het haatdragende artikel weg en opende haar boodschappenlijst voor Thanksgiving. 'Ik heb alles... Nee wacht, een paar extra flessen wijn. Doe maar één rood en één wit.'

'Tuurlijk, schat. Ik kom gauw naar huis en dan lossen we dit samen op, oké? En ik bel je nog.'

Toen ze hadden opgehangen, wilde ze eerst Nola bellen en daarna haar moeder, maar ze besloot dat ze dit het beste kon aanpakken door het juist níet aan te pakken. Ze belde naar het verhuurbedrijf voor de tafels, pekelde de kalkoen, waste de aardappels voor de puree van de volgende dag, maakte cranberrysaus en schilde de asperges. Daarna was het tijd om de flat grondig schoon te maken en op te ruimen, een klus die ze klaarde op de keiharde klanken van een oude hiphop-cd van de middelbare school. Ze was van plan geweest om tegen vijf uur naar de nagelstudio te gaan, maar toen ze naar buiten gluurde, zag ze beneden op straat minstens twee en misschien wel vier mannen in grote auto's met verduisterde ramen en een camera staan. Ze wierp een blik op haar nagels en toen weer op de mannen: beslist niet de moeite waard.

Toen ze die avond met Walter in bed kroop, was ze erin geslaagd zichzelf wijs te maken dat het allemaal wel zou overwaaien. Ook al was het artikel het eerste waaraan ze dacht zodra ze op de ochtend van Thanksgiving wakker werd, ze slaagde erin het weer uit haar hoofd te zetten. Ze moest nog een heleboel doen en de gasten zouden al over vijf uur arriveren.

Toen Julian even na negenen thuiskwam, wilde ze het er niet over hebben.

'Maar Roek, het is niet gezond om erover te zwijgen,' zei hij terwijl hij haar hielp om alle meubelstukken in de huiskamer tegen de wanden te schuiven om plaats te maken voor de gehuurde tafel.

'Wat valt er nou over te zeggen? Het is een grote hoop leugens en inderdaad, ik vind het heel vervelend – verschrikkelijk – om dat soort dingen te lezen over mezelf en over mijn huwelijk, maar tenzij er iets in staat wat wél waar is, zie ik niet in wat het voor zin heeft om het te blijven oprakelen...' Ze keek hem vragend aan.

'Er is geen woord van waar. Dat gelul over mijn ouders en die onzin dat ik jou niet als "de ware" zou beschouwen – allemaal niet waar.'

'Laten we ons dan op vandaag concentreren, oké? Hoe laat zouden je ouders hier weggaan? Ik wil niet dat Neha en Rohan komen als ze er nog zijn. Ze passen nooit allemaal tegelijk hier in huis.'

'Ze komen om één uur iets drinken en ik heb gezegd dat ze om twee uur weer weg moeten. Is dat goed?'

Brooke pakte een stapel tijdschriften en borg die op in de gangkast. 'Perfect. Alle anderen komen om twee uur. Zeg me nog een keer dat ik me niet schuldig hoef te voelen dat we je ouders om twee uur buiten zetten.'

Julian snoof. 'We zetten ze niet buiten, ze gaan naar de familie Kamen. Neem maar van mij aan dat ze heus geen minuut langer zullen blijven.'

Ze had zich geen zorgen hoeven maken. Pa en ma Alter kwamen precies op de afgesproken tijd, wilden alleen de wijn drinken die ze zelf hadden meegebracht ('Ach lieverds, bewaren jullie je eigen flessen toch voor je gasten – dan drinken we nu een góéd glas') en maakten maar één geringschattende opmerking over het appartment ('Het is best charmant, hoor, dat wel, maar dat jullie het hier al zo lang uithouden') en vertrokken een kwartier te vroeg. Een halve minuut na hun vertrek ging de bel van de intercom.

'Kom maar naar boven,' zei Brooke.

Julian kneep even in haar hand. 'Het gaat vast heel goed.'

Toen Brookde de deur opendeed, dook haar moeder naar binnen zonder hen fatsoenlijk te begroeten. 'De baby slaapt,' verklaarde ze, alsof ze de komst van de president en de first lady aankondigde. 'Waar kunnen we haar neerzetten?'

'Goh, eens even denken. Aangezien we allemaal in de huiskamer eten en ik vermoed dat je haar niet in de badkamer wilt hebben, blijft er maar één mogelijkheid over. Bij ons op bed, is dat goed?' vroeg Brooke.

Randy en Michelle kwamen binnen met de kleine Ella in een kinderzitje. 'Ze kan zich nog niet omdraaien, dus dat lijkt me geen probleem,' zei Michelle, waarna ze Julian begroette met een kus.

'Mooi niet!' riep Randy, die iets achter zich aan sleepte wat eruitzag als een uitklapbare tent. 'Daarvoor heb ik de Pack 'n Play meegebracht. Ella wordt niet op een bed neergelegd.'

Michelle wierp Brooke een blik toe alsof ze wilde zeggen: Ach, je gaat toch niet in discussie met zo'n overbezorgde vader? Ze moesten allebei lachen. Randy en mevrouw Greene brachten Ella naar de slaapkamer en Julian schonk voor iedereen wijn in.

'En… gaat het een beetje?' vroeg Michelle.

Brooke deed de oven dicht, legde de jusspuit weg waarmee ze de kalkoen had bedropen en draaide zich om naar Michelle. 'Ja, hoor. Hoezo?'

Haar schoonzus reageerde schuldbewust. 'Sorry, ik had er niet over moeten beginnen, maar dat artikel was ook zo… zo kwaadaardig.'

Brooke slaakte een diepe zucht. 'Ach ja, ik was ervan uitgegaan dat nog niemand het had gelezen. Het is namelijk nog niet eens uit.'

'O, ik ben vast de enige!' zei Michelle. 'Een vriendin van me heeft me de link gestuurd, maar zij is echt bezeten van de roddelrubrieken. Niemand leest zo veel als zij.'

'Aha. Zou je dit even naar de huiskamer willen brengen?' Brooke overhandigde Michelle een kaasplateau met kleine potjes vijgenconfiture en diverse toastjes.

'Natuurlijk,' antwoordde Michelle. Brooke ging ervan uit dat ze de boodschap wel zou hebben begrepen, maar haar schoonzusje had nog geen twee stappen gezet of ze draaide zich weer om en zei: 'We worden steeds gebeld door iemand die van alles over jullie wil weten, maar we laten niks los.'

'Wie dan?' Brookes stem was vervuld van de paniek die ze tot nu toe had weten onderdrukken. 'Je onthoudt toch wel dat ik jullie heb gevraagd om niet met verslaggevers over ons te praten? Niet door de telefoon, niet persoonlijk, nooit.'

'Dat weten we heus wel. En we zouden het nooit doen. Ik vond alleen dat je moest weten dat ze voortdurend op jacht zijn naar nieuwtjes.'

'Als ik zie hoe accuraat die artikelen zijn, hebben ze blijkbaar geen al te betrouwbare bronnen kunnen vinden,' zei Brooke, en ze schonk nog een glas wijn voor zichzelf in.

De ongemakkelijke stilte werd verbroken door haar moeder, en Michelle maakte zich snel uit de voeten met de kaas. 'Wat is er?' vroeg Brookes moeder, en ze plantte een kus in haar haar. 'Ik vind het zo fijn dat jij dit jaar de gasten ontvangt! Het werd wel eenzaam, hoor, sinds jullie met Thanksgiving voortaan ieder jaar naar je vader gingen.'

Brooke vertelde haar maar niet dat ze dit jaar had aangeboden het etentje te geven omdat haar vader en Cynthia naar Arizona waren, naar Cynthia's familie. Bovendien vond ze het fijn om een keer die volwassen rol op zich te nemen, al was het maar voor een middag.

'We zullen zien of je er nog steeds zo over denkt als je de kalkoen hebt geproefd,' zei Brooke.

De bel ging, en Ella begon te huilen in de slaapkamer.

De gasten stoven alle kanten op: Randy en Michelle gingen bij Ella kijken, Julian haalde een nieuwe fles wijn en mevrouw Greene liep achter Brooke aan naar de voordeur.

'Wie waren die vrienden van je ook alweer?' vroeg ze. 'Je hebt het wel verteld, maar ik weet het niet meer.'

'Neha en ik hebben samen gestudeerd. Ze is nu prenataal voedingsdeskundige bij de kliniek van een aantal gynaecologen in Brookline. Haar man Rohan is accountant en ze wonen nu een jaar of drie in Boston. Hun familie woont in India, van allebei, dus vieren ze eigenlijk nooit Thanksgiving, maar het leek me wel leuk om ze uit te nodigen,' fluisterde Brooke toen ze in de hal stonden.

Haar moeder knikte. Brooke wist dat ze nog niet de helft zou onthouden; ze zou straks Neha en Rohan weer het hele verhaal laten vertellen.

Neha omhelsde Brooke zodra ze de deur had opengedaan. 'Wat is dat lang geleden! Waarom zien we elkaar toch niet vaker?'

Brooke beantwoordde haar omhelzing en ging op haar tenen staan om Rohan op zijn wang te kussen. 'Kom binnen. Neha, Rohan, dit is mijn moeder. Mam, dit zijn vrienden van me van heel lang geleden.'

Neha moest lachen. 'Heel lang geleden, toen we in de twintig waren, en nog mooi en aantrekkelijk.'

'Ja, niemand zag er zo goed uit in een witte jas en op ziekenhuisklompen als wij. Hier, geef je jas maar.' Brooke wees hun de weg naar de huiskamer.

Julian kwam het piepkleine keukentje uit gelopen. 'Hé man,' zei hij, en hij gaf Rohan een hand en mepte hem op zijn schouder. 'Leuk om je te zien. Hoe gaat-ie?' Julian zag er supergoed uit in zijn zwarte jeans, kasjmier trui met wafelpatroon en een paar vintage sneakers. Zijn huid had een subtiele bruine gloed, opgedaan in Los Angeles, en hoewel hij doodmoe was, straalden zijn ogen en had hij een ontspannen zelfvertrouwen over zich dat Brooke tot voor kort nooit bij hem had gezien.

Rohan keek even naar zijn eigen kakibroek, formele overhemd en stropdas en bloosde. Julian en hij waren nooit dikke vrienden geweest – Julian vond Rohan veel te stil en te conservatief – maar ze hadden altijd wel een praatje gemaakt in het bijzijn van hun echtgenotes. Nu durfde Rohan Julian amper aan te kijken, en hij mompelde: 'Ach, z'n gangetje. Ons leven kan niet tippen aan dat van jou. We zagen je gezicht laatst zelfs op een billboard staan.'

Er viel een ongemakkelijke stilte, totdat Ella haar opwachting maakte. Ze huilde niet meer en droeg het schattigste kruippakje in koeienprint dat Brooke ooit had gezien, en heel even werd er alleen maar ooh en aah geroepen.

'Zeg Neha, hoe bevalt het in Boston?' vroeg Brookes moeder. Ze smeerde een stukje blauwe kaas uit op een toastje en stopte dat in haar mond.

Neha glimlachte. 'We wonen in een hele fijne buurt en we hebben leuke mensen leren kennen. Het is een erg aangename stad om te wonen.'

'Ze bedoelt eigenlijk dat het er dodelijk saai is,' zei Brooke, en ze spieste een olijf aan een prikker.

Neha knikte. 'Inderdaad. Ontmoedigend saai.'

Mevrouw Greene lachte en Brooke kon zien dat haar moeder Neha graag mocht. 'Waarom komen jullie dan niet terug naar New York? Ik weet zeker dat Brooke dat heerlijk zou vinden.'

'Rohan is volgend jaar klaar met zijn master. Als het aan mij ligt, verkopen we dan de auto – ik heb een hekel aan autorijden – en ons heerlijke appartement, nemen we afscheid van de buitengewoon beleefde buren en komen als de donder hierheen, naar New York, waar we niet meer kunnen betalen dan een miniflatje in een foute buurt met alleen maar botte agressievelingen. Heerlijk, ik geniet er nu al van.'

'Neha...' Rohan had het laatste gedeelte gehoord en keek zijn vrouw scherp aan.

'Wat nou? Je kunt niet van me verwachten dat ik daar eeuwig blijf wonen.' Ze wendde zich weer tot Brooke en mevrouw Greene en vervolgde wat zachter: 'Hij vindt het ook helemaal niks, maar daar voelt hij zich schuldig over. Zo van: wie heeft er nou een hekel aan Boston?'

Tegen de tijd dat iedereen zich aan tafel had verzameld voor de maaltijd, was Brooke het walgelijke artikel al bijna vergeten. Er was volop wijn, de kalkoen was sappig en precies goed gebakken, en hoewel de aardappelpuree aan de flauwe kant was, hielden haar gasten vol dat het de lekkerste puree was die ze ooit hadden gegeten. Ze kletsten over de nieuwe film met Hugh Grant en de reis naar Mumbai en Goa die Neha en Rohan hadden gepland voor de feestdagen om er op familiebezoek te gaan. De sfeer was zo ontspannen dat Brooke bijna haar vork liet vallen toen haar moeder zich naar haar toe boog en zachtjes vroeg hoe ze zich voelde.

'Heb jij het ook al gelezen?' vroeg Brooke fel. Ze staarde haar moeder aan.

'Natuurlijk, lieverd. Ik heb het vanmorgen van vier verschillende mensen toegestuurd gekregen. Het zijn net bloedhonden, alle vier. Het moet voor jou verschrikkelijk zijn om...'

'Mam, ik wil het er niet over hebben.'

'... zoiets over jezelf te lezen. Maar iedereen die jullie kent weet heus wel dat het een hoop gelul is. Sorry dat ik het zo zeg.'

Neha moest er ook iets van hebben gehoord, want ze zei zacht: 'Ach Brooke, het is overduidelijk allemaal verzonnen. Ik bedoel, er is geen woord van waar. Hou je daar toch niet mee bezig.'

Brooke had het gevoel alsof ze opnieuw een klap in haar gezicht kreeg. Hoe had ze kunnen denken dat niemand dat artikel zou lezen? Hoe was ze erin geslaagd zichzelf wijs te maken dat het allemaal vanzelf zou overwaaien?

'Ik doe mijn best om er niet aan te denken,' zei ze.

Neha knikte, en Brooke wist dat ze het begreep. Ze zou willen dat ze van haar moeder hetzelfde kon zeggen.

'Hebben jullie die fotografen zien staan toen we hier aankwamen?' vroeg mevrouw Greene aan Neha en Rohan. 'Wat een stelletje aasgieren.'

Julian moest Brookes gespannen gezicht hebben gezien, want hij schraapte zijn keel, maar Brooke wilde het één keer uitleggen, dan hadden ze dat maar gehad. 'Het valt wel mee,' zei ze, terwijl ze de schaal met gegrilde asperges doorgaf aan Randy. 'Ze staan er niet altijd en we hebben speciale verduisteringsgordijnen laten aanbrengen, zodat er weinig te fotograferen valt. We hebben nu een geheim telefoonnummer, dat scheelt ook. Het komt vast door het enthousiasme na het eerste album. Tegen nieuwjaar zijn ze ons allang beu.'

'Dat hoop ik niet,' zei Julian, en zijn lach toverde weer kuiltjes in zijn wangen. 'Ik hoor net van Leo dat hij me een optreden bij de Grammy-uitreiking probeert te bezorgen. De kans is vrij groot dat ik word uitgekozen, zegt hij.'

'Gefeliciteerd!' zei Michelle met meer enthousiasme dan ze de hele dag had getoond. 'Is het nog geheim?'

Julian keek naar Brooke, die zijn blik ving en hem veelbetekenend aankeek.

Hij kuchte. 'Ik weet niet of het geheim is, maar ze maken pas na Nieuwjaar bekend wie er optreden, dus het heeft weinig zin om er nu al iets over te zeggen.'

'Gaaf man,' zei Randy met een brede grijns. 'Als het doorgaat, komen we allemaal kijken. Dat weet je toch wel, hè? Van je familie moet je het hebben.'

Julian had haar aan de telefoon al verteld dat er een kans bestond dat hij bij de Grammy-uitreiking zou spelen, maar het kwam een stuk dichterbij nu ze hem het aan de anderen hoorde vertellen. Ze kon het amper bevatten: haar man die daar zou staan, voor het oog van de hele wereld.

Ella's gekraai vanuit haar wipstoeltje naast de tafel verbrak de betovering. Brooke gebruikte de tijd om alle meegebrachte lekkernijen op schalen en bordjes te doen: twee zelfgemaakte taarten – pompoen en rabarber – van haar moeder, twaalf pepermuntbrownies van Michelle en een schaal met Neha's specialiteit: kokos-*burfi*, die eruitzagen als mueslirepen maar een beetje naar cheesecake smaakten.

'Brooke, hoe gaat het op je werk?' vroeg Rohan met zijn mond vol brownie.

Brooke nam een slok koffie en zei toen: 'Goed. Ik vind mijn werk in het ziekenhuis erg leuk, maar ik hoop binnen een paar jaar voor mezelf te kunnen beginnen.'

'Waarom doe je dat niet samen met Neha? Ze heeft het de laatste tijd nergens anders over.'

Brooke keek Neha aan. 'Echt waar? Denk je erover om een eigen praktijk te beginnen?'

Neha knikte zo enthousiast dat haar zwarte paardenstaart heen en weer danste. 'Jazeker. Mijn ouders hebben aangeboden me het geld te lenen om iets op te zetten, maar ik zou wel een compagnon nodig hebben. Daar denk ik natuurlijk pas serieus over na als we weer hier in de stad wonen…'

'Dat wist ik helemaal niet!' zei Brooke. Ze werd met de minuut enthousiaster.

'Ik kan niet eeuwig in deze kliniek blijven werken. Straks hebben we hopelijk zelf kinderen' – door de manier waarop Neha naar Rohan keek, die meteen begon te blozen en zijn blik afwendde, vermoedde Brooke een prille zwangerschap – 'en dan kan ik wel wat flexibelere werktijden gebruiken. Wat ideaal zou zijn, is een kleine particuliere praktijk, specifiek gericht op pre- en postnataal voedingsadvies voor moeder en kind. Misschien met een borstvoedingsdeskundige erbij, dat weet ik nog niet precies.'

'Dat is precies waar ik aan zat te denken!' zei Brooke. 'Ik moet nog negen maanden tot een jaar praktijkervaring opdoen, maar daarna...'

Neha nam een klein hapje burfi en glimlachte. Toen riep ze naar de andere kant van de tafel: 'Hé, Julian, kun jij niet een flink startkapitaal ophoesten voor je vrouw?' Ze moesten allemaal lachen.

Later, toen iedereen naar huis was en ze de afwas hadden gedaan en de klapstoelen opgeborgen, kroop Brooke naast Julian op de bank.

'Maf hè, dat Neha precies hetzelfde van plan is als ik?' zei ze enthousiast. Ook al hadden ze het onder het dessert natuurlijk over allerlei andere dingen gehad, Brooke had er de hele tijd aan moeten denken.

'Het klinkt ideaal,' zei Julian, en hij drukte een kus op haar kruin. Zijn telefoon had de hele avond niet stilgestaan, en hoewel hij alle bellers had weggedrukt en had gedaan alsof er niets aan de hand was, het was duidelijk dat hij erdoor werd afgeleid.

'Helemaal als je bedenkt dat ik veel meer tijd zal hebben om met jou mee te reizen als ik eenmaal voor mezelf werk, want dan zou ik een stuk flexibeler zijn dan ik nu ben. Dat zou toch fantastisch zijn?'

'Hmm. Zeker.'

'Ik bedoel, als je zo'n kliniek in je eentje opzet, kost dat een enorme hoop tijd en inspanning – om maar te zwijgen van het geld. Maar met z'n tweeën, dat zou perfect zijn. Dan zouden we voor elkaar kunnen invallen en toch twee keer zoveel patiënten kunnen aannemen. Dat is letterlijk het ideale scenario,' zei Brooke tevreden.

Het was precies het goede nieuws waaraan ze behoefte had. Julians veelvuldige afwezigheid, de opdringerige verslaggevers en het afschuwelijke artikel zaten haar nog steeds dwars, maar nu ze iets had om naar uit te kijken, hielp dat wel om al het andere naar de achtergrond te verdrijven.

Zijn telefoon ging alweer. 'Neem nou maar gewoon op,' zei ze. Het klonk geïrriteerder dan ze het had bedoeld.

Julian keek naar het schermpje, waar Leo's naam was verschenen, en drukte op de groene knop. 'Hé hallo, fijne Thanksgiving.' Hij knikte een paar keer, lachte toen en zei: 'Goed, prima. Ja, ik zal het vragen, maar ik weet zeker dat ze wel kan. Ja hoor, wij zijn van de partij. Later!'

Hij keek haar met een brede grijns aan. 'Raad eens waar we naartoe gaan?'

'Nou?'

'Wij, mijn liefste, zijn uitgenodigd voor de ulta exclusieve vip-kerstlunch van Sony. Volgens Leo gaat iedereen naar het feest dat ze 's avonds geven in de stad, maar alleen echte topartiesten worden uitgenodigd om samen met de allerhoogste bazen te komen borrelen en lunchen in een of ander waanzinnig huis van tig miljoen in de Hamptons. Met verrassingsoptredens van diverse artiesten. We worden erheen en teruggebracht per helikopter. Het is zo'n geheim, exclusief feest dat er nog nooit over is geschreven. En daar gaan wíj naartoe!'

'Wauw, niet te geloven. Wanneer is het?' vroeg Brooke, terwijl ze alvast nadacht over wat ze zou aantrekken.

Julian sprong op van de bank en liep de keuken in. 'De vrijdag voor Kerstmis. Ik weet niet welke datum dat is.'

Ze pakte zijn telefoon en scrolde naar de kalender. 'Toch niet 20 december? Julian, dat is mijn laatste dag op Huntley voor de kerstvakantie.'

'Nou en?' Hij pakte een biertje uit de koelkast.

'"Nou en"? Dat is ónze kerstlunch. Ze hebben me gevraagd om voor de allereerste keer een speciaal menu van gezonde hapjes samen te stellen voor de leerlingen. En ik heb Kaylie beloofd dat ik dan kennis zou maken met haar vader en haar oma. De ouders zijn ook uitgenodigd en ze kijkt er heel erg naar uit om ons aan elkaar voor te stellen.'

Brooke was trots op de enorme vooruitgang die ze de afgelopen maanden met het meisje had geboekt. Door de frequentie van hun gesprekken op te voeren en haar veel scherpe vragen te stellen over Whitney Weiss had Brooke kunnen vaststellen dat Kaylie wel speelde met het idee om haar eten uit te braken, maar ze was er intussen ook van overtuigd dat het meisje niet voldeed aan de criteria voor iemand met een echte eetstoornis. Dankzij veel praten, luisteren en een overvloed aan aandacht was Kaylie weer een gezond gedeelte van de te snel verloren kilo's aangekomen, en ze leek er meer zelfvertrouwen door gekregen te hebben. En wat misschien wel het belangrijkste van alles was: ze had zich aangesloten bij de toneelvereniging op school en had een zeer gewilde bijrol in de opvoering van *West Side Story* in de wacht gesleept. Ze had eindelijk vriendinnen.

Julian kwam weer bij Brooke op de bank zitten en klikte de televisie aan. Lawaai vulde de huiskamer.

'Kan dat niet wat zachter?' vroeg ze, en ze probeerde de irritatie uit haar stem te houden.

Hij deed wat hem werd gevraagd, maar pas nadat hij haar bevreemd had aangekeken. 'Ik wil niet bot overkomen,' zei hij toen, 'maar kun je je niet gewoon ziek melden? We hebben het hier wel over helikopters en een ontmoeting met de grote baas van Sony. Je kunt de leiding over de cakejes toch wel aan iemand anders overdragen?'

Ze kon zich niet herinneren hem in die vijf jaar huwelijk ooit zo neerbuigend te hebben meegemaakt, zo ontzettend aanmatigend. En wat het nog erger maakte, was de manier waarop hij naar haar keek, zich er totaal niet van bewust hoe walgelijk egocentrisch zijn opmerking had geklonken.

'Zal ik jou eens wat zeggen? Ik zou "de leiding over de cakejes", zoals jij het zo stompzinnig noemt, zeker wel aan iemand anders kunnen overdragen. Wat stelt mijn suffe, onbenullige baantje immers voor in vergelijking met het wereldbelang van datgene wat jij doet? Maar je vergeet één ding: ik hou van mijn werk. Ik help die meisjes. Ik heb een heleboel tijd en energie in Kaylie gestoken, en dat loont. Ze is nu gelukkiger en gezonder dan ze het afgelopen jaar is geweest. Ze doet zichzelf geen gekke dingen meer aan en huilt niet meer iedere dag. Ik weet best dat dat niets voorstelt in vergelijking met een nummer-vierpositie in de *Billboard*-lijst in jouw wereld, maar in die van mij is het heel wat. Dus nee, Julian, ik ga niet mee naar je superchique vipfeestje. Want ik heb al een andere kerstlunch waar ik naartoe moet.'

Ze stond op en keek hem woedend aan, in afwachting van een excuus, een aanval of wat dan ook, maar hij staarde alleen maar nietsziend naar de geluidloze tv en schudde ongelovig zijn hoofd, met een gezicht alsof hij wilde zeggen: Ik ben getrouwd met een idioot.

'Goed, ik ben blij dat dat we dat hebben opgehelderd,' zei ze zacht, en ze liep naar de slaapkamer.

Daar wachtte ze tot hij met haar zou komen praten, tot hij zijn armen om haar heen zou slaan en haar eraan zou herinneren dat ze nooit boos gingen slapen, maar toen ze ruim een uur later weer de huiskamer in sloop, lag hij opgekruld op de bank, onder het paarse dekentje, zachtjes snurkend. Ze draaide zich om en ging in haar eentje naar bed.

11

Tot aan je knieën in de tequila
en overladen met meisjes
van achttien

Julian lachte toen de dikste kreeft een voorsprong opbouwde. 'Zevenhonderd gram gaat aan kop. Ze komen zo de hoek om, mensen,' zei hij in zijn beste imitatie van een sportverslaggever. 'Ik denk dat ik ga winnen.'

De rivaal van de kreeft, een kleiner exemplaar met een glanzende zwarte schaal en ogen waarvan Brooke zou zweren dat ze gevoelig keken, stoof vooruit om het gat te dichten. 'Niet zo snel,' zei ze.

Ze zaten op de keukenvloer, met hun rug tegen het kookeiland, de deelnemers aan te moedigen. Brooke voelde zich ergens wel schuldig omdat ze haar kreeft eerst een wedstrijd liet doen voor ze hem in een pan met kokend water gooide, maar ze leken het zelf niet erg te vinden. Pas toen Walter aan een van de beesten begon te snuffelen en de kreeft vervolgens geen stap meer zette, pakte ze hem op om hem een verdere martelgang te besparen.

'Hij geeft het op! Ik heb gewonnen!' brulde Julian en hij balde triomfantelijk zijn vuist. Daarna gaf hij zijn kreeft een high five tegen zijn schaar, waar een elastiekje omheen zat. Walter blafte.

'De winnaar moet ze in de pan doen,' zei ze, en ze wees naar de kreeftenpan die ze hadden gevonden in de keuken van zijn ouders. 'Ik denk niet dat ik dat kan opbrengen.'

Julian stond op en stak zijn hand uit om Brooke op te trekken. 'Als jij nou even kijkt hoe het met de open haard is, dan neem ik deze jongens voor mijn rekening.'

Ze nam zijn aanbod graag aan en liep naar de woonkamer, waar Julian haar een paar uur eerder had geleerd hoe ze een goed vuur moest maken. Haar vader en Randy hadden dat vroeger altijd gedaan, en ze had tot haar vreugde gemerkt hoe bevredigend het was om de blokken strategisch neer te leggen en ze indien nodig met de pook te verplaatsen. Ze pakte een middelgroot blok uit de mand en legde het diagonaal boven op de andere blokken; daarna ging ze op de bank gebiologeerd naar de vlammen zitten kijken. Ze hoorde Julians mobiele telefoon overgaan in de andere kamer.

Hij kwam de keuken uit lopen met twee glazen rode wijn in zijn handen en ging naast haar op de bank zitten. 'Ze zijn over een kwartiertje klaar. Ze hebben er niets van gevoeld, echt niet.'

'Dat zal wel. Ze vonden het vast heerlijk. Wie belde er net?' vroeg ze.

'Wie er belde? O, weet ik veel, niet belangrijk.'

'Proost,' zei Brooke en ze tikte met haar glas tegen het zijne.

Julian slaakte een diepe, tevreden zucht waarmee hij leek te zeggen dat hij dik tevreden was. 'Heerlijk, toch?' vroeg hij. Het was precies de goede zucht en hij gaf het juiste gevoel weer, maar toch had Brooke het gevoel dat er iets raars mee aan de hand was. Hij deed bijna té lief.

Er waren duidelijk spanningen tussen hen geweest in de weken voorafgaand aan het feest bij Sony. Julian had al die tijd aangenomen dat Brooke haar taken bij Huntley wel aan een ander zou overdragen, en toen ze dat niet deed – en hij dus inderdaad alleen naar de Hamptons had moeten vliegen – leek hij daar oprecht door geschokt te zijn. In de tien dagen sinds het feest hadden ze het er uitvoerig over gehad, maar Brooke had nog steeds het gevoel dat Julian haar niet begreep, en ondanks hun dappere pogingen om te doen alsof er niets was gebeurd, zat het nog steeds niet goed tussen hen.

Ze nam een slokje wijn en kreeg dat vertrouwde warme gevoel in haar maag. 'Lekker is nog zacht uitgedrukt. Hij is heerlijk,' zei ze, en het klonk bijna gênant formeel.

'Ik snap niet dat mijn ouders hier 's winters nooit komen. Het is schitterend als er sneeuw ligt, het huis heeft een geweldige open haard en er is niemand te zien in de omgeving.'

Brooke glimlachte. 'Er is niemand – daar gaat het hen nou juist om. Waarom zou je bij Nick en Toni gaan eten als er niemand is om te zien dat je de beste tafel krijgt?'

'Dan zitten ze inderdaad een stuk beter in Anguilla. Ik weet zeker dat ze het erg naar hun zin hebben in de vakantiedrukte. Bovendien is alles er nu twee of drie keer zo duur als anders, en dat vinden ze heerlijk. Geeft ze het gevoel dat ze speciaal zijn. Ze zijn vast en zeker tevreden.'

Hoewel ze het geen van beiden wilden toegeven, waren ze allebei heel blij dat de familie Alter een huis in de Hamptons bezat. Niet dat ze er ooit een weekend naartoe gingen als Julians ouders er waren, of dat ze het waagden er 's zomers heen te gaan – zelfs hun bruiloft was begin maart geweest, toen er nog sneeuw lag – maar ze konden wel zes maanden per jaar op een heerlijke manier de stad ontvluchten. Ze hadden er de eerste jaren van hun huwelijk dankbaar gebruik van gemaakt door naar de eerste voorjaarsbloemen te gaan kijken of een plaatselijke wijngaard te bezoeken, of in oktober, vlak voordat het weer omsloeg, lange strandwandelingen te maken, maar nu ze het allebei zo druk hadden, waren ze er al meer dan een jaar niet geweest. Het was Julians idee om er oud en nieuw te vieren, met z'n tweetjes, en hoewel ze vermoedde dat het meer een zoenoffer was dan dat hij het echt leuk vond om er samen even tussenuit te gaan, was Brooke meteen akkoord gegaan.

'Ik ga aan de salade beginnen,' zei ze terwijl ze opstond. 'Wil jij nog iets?'

'Ik help je wel.'

Zijn telefoon ging weer. Hij wierp er een blik op en stopte hem terug in zijn zak.

'Wie was dat?'

'Geen idee. Afgeschermd nummer. Ik zou niet weten wie er nu zou kunnen bellen,' zei hij, terwijl hij haar naar de keuken volgde, waar hij ongevraagd de aardappels afgoot en er puree van begon te maken.

Aan tafel was de sfeer een stuk ontspannener en verliep het gesprek soepel, waarschijnlijk deels door de wijn. Ze hadden de stilzwijgende afspraak dat ze niet over hun werk zouden praten. Ze hadden het over Nola en haar promotie, hoe blij Randy was met de kleine Ella, en of ze misschien nog een weekendje naar de zon zouden gaan voor Julian het echt te druk zou krijgen met touren in het nieuwe jaar.

De brownies die Brooke als dessert had gemaakt waren kleveriger dan ze had gehoopt, en met slagroom, vanille-ijs en stukjes chocolade erover hadden ze meer weg van een brownie-ovenschotel, maar ze waren wel erg lekker. Julian hees zich in zijn complete sneeuwoutfit om Walter nog een keer uit te laten, terwijl Brooke de keuken opruimde en koffie zette. Ze troffen elkaar weer voor de open haard. Zijn telefoon ging weer, maar hij drukte de beller opnieuw weg zonder op het schermpje te kijken.

'Hoe is het om vanavond niet te hoeven spelen? Was het niet gek om nee te zeggen?' vroeg Brooke, en ze legde haar hoofd bij hem op schoot.

Julian was gevraagd voor de nieuwjaarsshow van MTV op Times Square, en vanaf middernacht was er een feest in Hotel on Rivington, waar het zou wemelen van de beroemdheden. Hij was er erg enthousiast over geweest toen Leo hem dat aan het begin van de herfst had verteld, maar naarmate de datum dichterbij kwam, was dat enthousiasme steeds verder afgenomen. Toen hij uiteindelijk een week geleden tegen Leo had gezegd dat hij het maar moest afblazen, was niemand verbaasder – en blijer – geweest dan Brooke. Helemaal toen hij haar had gevraagd om samen met hem naar de Hamptons te gaan en lekker niks te doen.

'We zouden het er toch niet over hebben?' zei Julian. Ze merkte dat hij dat voor haar deed, maar het was duidelijk dat hij ergens mee zat.

'Weet ik,' zei Brooke. 'Maar ik wil alleen maar zeker weten dat je er geen spijt van hebt.'

Julian streelde haar haar. 'Ben je wel helemaal lekker, mens? Ik heb net dat drama van de *Today Show* achter de rug en heb een hoop gereisd, en het wordt de komende tijd alleen maar drukker; ik kan wel een rustig avondje gebruiken. Wij allebei, trouwens.'

'Dat kun je wel zeggen, ja,' mompelde ze, tevredener dan ze in maanden was geweest. 'Ik denk dat Leo daar heel anders over denkt, maar ik vind het heerlijk.'

'Leo is op het eerste vliegtuig naar Punta del Este gestapt. Hij staat momenteel ongetwijfeld tot aan zijn knieën in de tequila, overladen met meisjes van achttien. Met hem hoef je echt geen medelijden te hebben.'

Ze dronken hun wijn op. Julian zette zorgvuldig eerst het spatscherm voor het smeulende vuur en deed vervolgens het glazen deurtje voor de haard dicht, en ze liepen hand in hand naar boven. Nu ging de vaste telefoon, en voordat Julian iets kon zeggen, had Brooke al opgenomen in de logeerkamer waar ze altijd sliepen.

'Brooke? Met Samara. Sorry dat ik jullie vanavond lastigval, maar ik probeer Julian al uren te bellen. Hij zei dat hij bereikbaar zou zijn, maar hij neemt alsmaar niet op.'

'O, hoi, Samara. Wacht, ik geef hem even.'

'Brooke? Ik weet dat je niet mee kunt naar de Grammy-uitreiking omdat je moet werken, maar er zijn na afloop wel een heleboel leuke feestjes in New York waarvoor ik kaarten kan regelen.'

Brooke dacht dat ze het niet goed verstaan had. 'Wat zei je?'

'De uitreiking van de Grammy's. Waar Julian optreedt.'

'Samara, heb je een ogenblikje?' Ze zette de telefoon in de wachtstand en liep de badkamer is, waar Julian het bad liet vollopen.

'Wanneer was je van plan om me over de Grammy-uitreiking te vertellen?' vroeg ze, en deed haar best om niet hysterisch te klinken.

Hij keek haar aan. 'Dat wilde ik morgen doen. Ik wilde niet dat het ons avondje samen zou overheersen.'

'Doe normaal, man. Je wilt gewoon niet dat ik meega, daarom heb je er niets over gezegd.'

Julian reageerde duidelijk geschrokken. 'Waarom denk je dat? Natuurlijk wil ik dat je meegaat!'

'Nou, die indruk heeft Samara anders niet. Ze laat me net weten dat ze het wel begrijpt dat ik het zo druk heb. Hoe komt ze daar nou bij? Mijn man gaat optreden op de Grammy-uitreiking, en dan denkt zij dat ik daar geen vrij voor kan krijgen?'

'Brooke, ik denk dat ze daarvan uitgaat omdat je, eh... ook geen vrij kon krijgen voor het feest van Sony, weet je nog wel? Ik zweer dat ik het je alleen nog niet had verteld omdat ik vond dat we het vanavond niet over ons werk moesten hebben. Ik laat haar weten dat je meegaat.'

Brooke draaide zich om en liep terug naar de logeerkamer. 'Dat doe ik zelf wel.'

Ze schakelde de telefoon weer in en zei: 'Samara? Ik denk dat je het verkeerd begrepen hebt, want ik ga zeker mee met Julian.'

Er viel een lange stilte, en toen zei Samara: 'Je weet dat het gewoon een optreden is hè, en dat hij niet is genomineerd?'

'Ja.'

Weer een stilte. 'Weet je zeker dat je eigen verplichtingen deze keer geen roet in het eten zullen gooien?'

Brooke had dat mens het liefst naar haar hoofd geslingerd dat ze er écht niks van snapte, maar ze dwong zichzelf om haar mond te houden.

'Oké, prima. Regel ik,' zei Samara.

Brooke deed erg haar best om de aarzeling – of teleurstelling? – in haar stem niet te horen. Waarom zou ze zich er druk om maken wat Samara ervan vond? 'Fijn. Wat zal ik aantrekken? Ik bedoel, ik heb niets wat geschikt is voor zo'n gelegenheid. Zal ik iets huren?'

'Nee! Dat regelen wij allemaal wel. Zorg jij maar dat je er zes uur van tevoren bent en dan zorgen wij dat er een jurk, schoenen, onderkleding, een tas, sieraden, een kapper en een visagist zijn. Je mag je haar vierentwintig uur van te voren niet wassen, ga niet op de zonnebank tenzij op uitdrukkelijk verzoek van de stylist, laat je nagels doen, gebruik Allure van Essie of Bubble Bath van OPI, laat je onder- én bovenbenen en -armen een week van tevoren ontharen en neem tweeenzeventig uur van tevoren een voedend haarmaskertje. En wat je haarkleur betreft: ik regel wel een afspraak voor je bij de kapper met wie we in New York werken. Het highlightschema start volgende week.'

'Jemig. Heb je…'

'Maak je geen zorgen. Ik zet alles op de mail en dan hebben we het er nog wel over. Moet je horen, alle camera's zullen op Julian gericht zijn, en ik weet dat Leo het er al over heeft gehad om een personal trainer voor jullie beiden te nemen – hebben jullie het daar al over gehad? – dus zal ik maar een afspraak voor je maken bij dezelfde tandarts waar Julian zijn tanden heeft laten doen? Die man is een tovenaar; je kunt niet zien dat het facings zijn, het lijkt net echt. Je zult er versteld van staan wat dat voor je doet.'

'Eh… doe maar. Als je alleen…'

'Ik heb alles onder controle. We houden contact, oké? Ik regel alles. Mag ik Julian even? Ik hou het kort, dat beloof ik.'

Brooke knikte suf, zich er niet van bewust dat Samara dat niet kon zien, en gaf de telefoon aan Julian, die de logeerkamer in gelopen was om zich uit te kleden. Hij zei 'ja', 'nee', en 'klinkt goed, ik bel je morgen', en wendde zich toen tot haar.

'Ga je mee in bad? Alsjeblieft?'

Hij keek haar smekend aan, en ze dwong zichzelf om de Grammy's uit haar hoofd te zetten. Het was tot nu toe zo'n fijne avond geweest; die liet ze niet door een of ander misverstand verpesten. Ze volgde hem naar de badkamer en kleedde zich uit. Ze zouden nooit in het bed van Julians ouders slapen – het idee alleen al! – maar ze maakten wel graag gebruik van hun badkamer. Het was de hemel op aarde, luxe ten top. Vloerverwarming, een enorme badkuip en een aparte stoomdouche, en als klap op de vuurpijl een kleine gashaard. Hoewel hij er zelf niet aan moest denken om in het gloeiend hete water te stappen, liet Julian het bad altijd voor haar vollopen nadat hij zelf had gedoucht, deed vervolgens de open haard aan en ging met een handdoek om zich heen op de rand van het bad zitten om haar gezelschap te houden.

Brooke gooide nog wat extra lavendelbadzout in het water en liet haar hoofd tegen het badstoffen kussen glijden. Julian haalde herinneringen op aan de eerste keer dat ze samen in bad waren gegaan, tijdens een weekendje weg toen ze nog niet zo lang iets met elkaar hadden. Hij zei nu dat hij het bloedhete water vreselijk had gevonden, maar dat hij dapper was blijven zitten omdat hij indruk op haar had willen maken, en Brooke kom hem alleen maar aanstaren, omdat ze heerlijk door de warmte bevangen was, met die typische moeheid die je krijgt van een gloeiend heet bad.

Na het bad liep Brooke in een dikke badjas gewikkeld achter Julian aan naar de logeerkamer, waar op beide nachtkastjes een kaarsje brandde en rustgevende muziek klonk. Ze vrijden teder en loom, zoals mensen dat doen die al jaren samen zijn en elkaar door en door kennen. Voor het eerst in lange tijd vielen ze verstrengeld in slaap.

Ze sliepen tot bijna twaalf uur de volgende dag en zagen toen dat er vijftien centimeter sneeuw was gevallen. Een duidelijker teken dat ze de nacht in de Hamptons hadden doorgebracht konden ze niet krijgen. Brooke deed verrukt haar warrige haar in een knotje, trok haar Uggs en een dikke winterjas aan stapte aan de passagierskant in de Jeep die de Alters daar het hele jaar door hadden staan. Julian zag er aandoenlijk lullig uit met een muts van zijn vader op zijn hoofd die hij in de garderobekast had gevonden. Er zat een wollen pomponnetje op, en aan de oorflappen zaten touwtjes die je onder je kin kon vastmaken. Hij stopte voor de ingang van Starbucks zodat Brooke daar vlug even een krant kon kopen, maar ze reden door naar the Golden Pear Café om te ontbijten.

Toen ze eenmaal zat, met haar handen om een beker koffie gevouwen, slaakte Brooke een tevreden zucht. Als ze de perfecte oudjaarsdag zou moeten omschrijven, zou het precies zo zijn als de afgelopen vierentwintig uur. Julian zat uit de krant voor te lezen, een artikel over een man die achtentwintig jaar in de gevangenis had gezeten voordat uit DNA-onderzoek was gebleken dat hij onschuldig was, toen haar telefoon ging.

Hij keek op.

'Nola,' zei ze, en ze staarde naar het schermpje.

'Moet je niet opnemen dan?'

'Vind je dat niet erg? Ze wil me ongetwijfeld alles vertellen over haar avond.'

Julian schudde zijn hoofd. 'Ik vind het prima om even verder te lezen. Echt.'

'Hé Nol,' zei Brooke zo zacht mogelijk. Ze vond het vreselijk als mensen in hun telefoon zaten te schreeuwen.

'Brooke? Waar zit je?'

'Hoezo? In de Hamptons, dat weet je toch? Ik denk trouwens dat we met al die sneeuw nog wel even…'

'Heb je site van *Last Night* al gezien?' onderbrak Nola haar.

'*Last Night*? Nee, in het huis lag internet eruit. Ik heb hier wel de *Times* voor mijn neus liggen…'

'Ik vertel het je alleen maar omdat ik niet wil dat je het van iemand anders hoort. Er staat een artikel op de site met alle mogelijke redenen waarom Julian gisteren zijn optreden heeft afgezegd.'

'Pardon?'

Julian keek haar aan en trok vragend een wenkbrauw op.

'Het slaat natuurlijk allemaal nergens op, maar ik weet nog dat je hebt gezegd dat Leo ergens in Zuid-Amerika zit, enne… nou ja, ik wilde gewoon even weten of jullie het al gelezen hadden.'

Brooke haalde een keer diep adem. 'Da's lekker. Wat schrijven ze precies?'

'Kijk maar even op Julians telefoon, oké? Het was echt niet mijn bedoeling om jullie ochtend te verpesten, maar er staat ook in dat jullie je naar alle waarschijnlijkheid "schuilhouden" in de Hamptons, dus ik wilde waarschuwen dat er misschien wel gezelschap onderweg is.'

'O, nee hè,' kreunde Brooke.

'Balen hè, lieverd. Als ik iets voor jullie kan doen, dan hoor ik het wel, oké?'

Pas toen Brooke had opgehangen, besefte ze dat ze helemaal niet had gevraagd of Nola een leuke avond had gehad.

Nog voor ze Julian helemaal had ingelicht, zat hij al op zijn telefoon de site van *Last Night* op te zoeken. 'Hier, ik heb het al.'

'Lees maar voor.'

Julians ogen schoten heen en weer. 'Jezus,' mompelde hij, ondertussen met zijn vinger op het schermpje tikkend. 'Hoe komen ze toch aan die informatie?'

'Julian! Lees voor of kom hier met die telefoon!'

Een timide meisje van hooguit zestien verscheen aan hun tafel met twee borden. Ze keek naar Julian, maar Brooke kon niet met zekerheid zeggen of ze wist wie hij was. 'Groente-omelet van alleen eiwit, met volkorenbrood?' vroeg ze bijna fluisterend.

'Voor mij,' zei Brooke, en ze stak haar hand op.

'Dan hebt u waarschijnlijk het uitgebreide ontbijt?' zei ze tegen Julian, met een grijns zó breed dat hij alle twijfel wegnam. 'Wentelteefjes met poedersuiker, twee spiegeleieren en goed doorbakken spek. Kan ik verder nog iets voor jullie doen?'

'Nee, dank je,' zei Julian, die meteen aanviel op de dikke, luchtige wentelteefjes. Brooke had totaal geen trek meer.

Hij spoelde alles weg met een slok koffie en pakte zijn telefoon weer. 'Ben je er klaar voor?'

Ze knikte.

'Komt-ie. De kop luidt: "Waar zit Julian Alter?" meteen gevolgd door een foto waarvan ik geen idee heb wanneer hij is genomen, en waar ik bezweet en doodmoe op sta.' Hij liet hem haar zien.

Brooke kauwde op een droog stuk geroosterd brood en had spijt dat ze geen roggebrood had genomen. 'Die foto ken ik nog wel. Hij is genomen meteen nadat je in Miami op het feestje van Kristen Stewart van het podium kwam. Het was toen vijfendertig graden en je had bijna een uur op staan treden.'

Julian begon te lezen. "Hoewel de beroemde zanger volgens onze bronnen in het huis van zijn ouders in East Hampton zit nadat hij het nieuwjaarsfeest van MTV heeft afgezegd, weet niemand de *reden* daarvan. Volgens velen hebben zich donkere wolken samengepakt boven de sexy zanger, die zo razendsnel beroemd is geworden met zijn debuut-cd *For the Lost*. Een bron met kennis van de muziekwereld beweert dat de verleiding van drugs te groot wordt voor mensen wier ster zo snel rijst. Hoewel Alter nooit specifiek op het gebruik van drugs is betrapt, zegt onze bron in de muziekindustrie: "Als ik jullie was, zou ik maar eens een rondje maken langs de afkickklinieken, wanneer een nieuwe beroemdheid zo plots uit beeld verdwijnt."'"

Julian keek met open mond naar haar op, de telefoon losjes in zijn hand. 'Suggereren ze nou echt dat ik aan het áfkicken ben?' vroeg hij.

'Volgens mij gaat het niet direct over jou,' zei Brooke. 'Maar wat ze nou wél precies zeggen, weet ik ook niet. Lees eens verder.'

'"Een bron met kennis van de muziekwereld"?' las Julian nogmaals. 'Pardon?'

'Lees nou verder.' Brooke nam een hap van haar omelet en deed haar best om onbezorgd te kijken.

'Andere bronnen beweren dat Julian en zijn vrouw Brooke, de voedingsdeskundige met wie hij al jaren getrouwd is, de druk van de roem niet aankunnen. "Ik kan me geen enkel stel voorstellen dat het goed zou doen onder dergelijke omstandigheden," aldus Ira Melnick, psychiater in Beverly Hills, die het echtpaar Alter dan misschien niet als patiënten heeft, maar wel veel ervaring heeft met stellen waarvan de een beroemd is en de ander niet. "Mochten ze inderdaad momenteel in relatietherapie zijn," aldus Dokter Melnick, "dan maken ze nog een kansje…"'

'Een kansje?' krijste Brooke. 'Wie is die dokter Melnick verdomme en waarom geeft hij commentaar op onze relatie terwijl hij ons helemaal niet kent?'

Julian schudde alleen maar zijn hoofd. 'En wie zegt dat we de druk van de roem niet aankunnen?' vroeg hij.

'Weet ik veel. Misschien verwijzen ze naar dat gedoe van de *Today Show* over mijn zogenaamde zwangerschap? Maar lees verder.'

'Goh,' zei Julian, die duidelijk vooruit zat te lezen. 'Ik heb altijd al geweten dat die roddelbladen onzin uitkramen, maar het lijkt wel of het steeds erger wordt. "Hoewel therapie zeer waarschijnlijk de reden is van Julians verdwijning,"' – dat laatste woord sprak hij zeer sarcastisch uit – '"is er nog een derde mogelijkheid. Volgens een goede bekende van de familie is de zanger ingepalmd door een beroemde aanhanger van de Scientology-kerk, naar alle waarschijnlijkheid John Travolta. Deze bron beweert het volgende: 'Ik weet niet of het gewoon aardig bedoeld is of dat hij Julian wilde inlijven, maar ik weet heel zeker dat ze contact hebben gehad.' En dat brengt ons op het volgende: Gaat JBro hetzelfde lot tegemoet als Tom en Kathy? Wordt vervolgd…"'

'Hoorde ik het goed? Zei je nou echt JBro?' vroeg Brooke, in de overtuiging dat hij dat zelf verzonnen had.

'Scientology!' Julian schreeuwde nu bijna, maar Brooke maande hem wat zachter te praten. 'Ze denken dat we bij de Scientology-kerk horen!'

Brooke deed erg haar best om het allemaal te bevatten. Afkicken? Relatietherapie? Scientology? *JBro*? Dat het allemaal gelogen was, vond ze nog niet eens zo erg, maar al die kleine waarheden… Welke 'goede bekende van de familie' had het over John Travolta gehad, die inderdaad contact had gezocht met Julian, maar niet met betrekking tot Scientology? En wie impliceerde – nu al voor de tweede keer in ditzelfde blad – dat Julian en zij relatieproblemen hadden? Net toen Brooke dat wilde vragen, zag ze de ontzetting op Julians gezicht, en ze dwong zichzelf om het gesprek luchtig te houden.

'Ik weet niet hoe jij erover denkt, maar volgens mij heb je het helemaal gemaakt als je JBro wordt genoemd en als je wordt geassocieerd met Scientology en een wereldberoemde psychiater,' zei ze met een brede grijns, maar Julian zag er nog steeds verslagen uit.

Vanuit haar ooghoek zag Brooke een lichtflits, en heel even bedacht ze dat het wel een beetje vreemd was om een bliksemflits te zien midden in een hevige sneeuwbui. Net toen ze daar iets van wilde zeggen, verscheen de jonge serveerster weer aan hun tafel.

'Ik eh… jeetje,' mompelde ze, en ze slaagde erin om tegelijkertijd opgelaten en opgewonden te zijn. 'Sorry voor die fotografen buiten…' Haar stem stierf weg, maar Brooke had genoeg gehoord. Ze draaide zich om en zag vier fotografen, die met hun camera's tegen het raam gedrukt stonden. Julian moest hen net iets eerder hebben gezien dan zij, want hij pakte haar hand en zei: 'We moeten hier weg.'

'De eh… bedrijfsleider heeft gezegd dat ze niet naar binnen mogen, maar over de stoep heeft hij niets te zeggen,' zei het meisje. Ze had een blik in haar ogen die verried dat ze ieder moment om Julians handtekening kon vragen, en Brooke wist dat ze moesten maken dat ze wegkwamen.

Ze trok twee briefjes van twintig uit haar portemonnee, drukte ze het meisje in handen en vroeg: 'Is er ook een achteruitgang?' Toen het meisje knikte, kneep Brooke in Julians hand en zei: 'Kom, we gaan.'

Ze pakten hun jas, handschoenen en sjaal en liepen in een rechte lijn naar de achterdeur. Brooke deed haar best om er niet aan te denken hoe ze erbij liep – ze moest er niet aan denken dat de hele wereld foto's van haar in joggingbroek en met een staartje zou zien – maar boven alles wilde ze Julian beschermen. Door stom toeval stond de Jeep aan de achterkant van de zaak, en ze waren al ingestapt en bijna rechtsom het parkeerterrein af gereden, toen ze werden opgemerkt door de paparazzi.

'En nu?' vroeg Julian lichtelijk in paniek. 'We kunnen niet terug naar huis zonder gevolgd te worden. Dan blijven ze daar voor de deur staan.'

'Denk je niet dat ze allang weten waar het is? Daarom zijn ze toch hier?'

'Dat weet ik niet. We zitten midden in het dorp. Als je iemand zoekt die hartje winter in de Hamptons zit, ga je eerst hier kijken. Ik denk dat ze gewoon mazzel hebben gehad.' Julian reed in oostelijke richting op Route 27, bij het huis van zijn ouders vandaan. Ze werden door minstens twee auto's gevolgd.

'We zouden ook terug kunnen rijden naar de stad…'

Julian sloeg met vlakke hand keihard op het stuur. 'Al onze spullen liggen bij mijn ouders. Trouwens, het weer is veel te verraderlijk. Het zou gekkenwerk zijn.'

Er viel even een stilte en toen zei Julian: 'Bel de politie eens. Gewoon het wijkbureau hier. En zet je telefoon op de luidspreker.'

Brooke had geen idee wat hij van plan was, maar ze ging niet in discussie. Ze draaide het nummer, en toen er werd opgenomen door een telefoniste, deed Julian het woord.

'Goedemorgen, met Julian Alter. Ik rijd momenteel in oostelijke richting op Route 27, net voorbij East Hampton Village. Ik word gevolgd door een aantal fotografen, die veel te hard rijden. Ik ben bang dat als ze me naar huis volgen, ze zullen proberen om binnen te dringen. Zou u misschien een agent langs kunnen sturen om hen erop te wijzen dat dat huisvredebreuk zou zijn?'

De vrouw zei dat er binnen twintig minuten iemand zou komen, en nadat hij haar het adres van het huis van zijn ouders had gegeven, hing hij op.

'Goed verzonnen,' zei Brooke. 'Hoe kwam je erop?'

'Dat heb ik niet zelf verzonnen. Leo heeft ooit gezegd dat ik dat moest doen wanneer we buiten Manhattan gevolgd zouden worden. Eens kijken of het ook werkt.'

Ze bleven de volle twintig minuten rondjes rijden; toen keek Julian op zijn horloge en sloeg rechtsaf, de landweg in naar het weiland waaraan het huis van zijn ouders lag, op ruim een halve hectare grond. De voortuin was groot en fraai aangelegd, maar het huis lag niet ver genoeg van de weg om buiten het bereik van een telelens te blijven. Ze waren allebei opgelucht toen ze de politiewagen zagen staan bij de oprit. Julian parkeerde de auto ernaast en deed het raampje omlaag. Ze werden inmiddels gevolgd door vier auto's, die ook allemaal halthielden. Toen de agent naar de Jeep liep, was onmiddellijk het geklik van de camera's hoorbaar.

'Goedemorgen. Ik ben Julian Alter en dit is mijn vrouw Brooke. We willen graag rustig naar huis. Kunt u ons daar alstublieft bij helpen?'

De agent was nog jong, ergens achter in de twintig, en zo te zien vond hij het niet echt erg dat zijn nieuwjaarsdag werd verstoord. Brooke zei in stilte een dankgebedje en hoopte dat hij Julian herkende.

Hij stelde haar niet teleur.

'Julian Alter! Mijn vriendin is een enorme fan van u. We hadden wel gehoord dat uw ouders hier een huis hadden, maar we wisten niet precies waar. Is dit het?'

Julian tuurde naar het naamplaatje van de agent. 'Dat klopt, agent O'Malley,' zei hij. 'Fijn om te horen dat uw vriendin van mijn muziek houdt. Zou ze het leuk vinden om een cd met handtekening te krijgen?'

Het geklik van de camera's ging onverminderd door, en Brooke vroeg zich af wat er onder deze foto's zou komen te staan. 'Julian Alter gearresteerd tijdens wilde drug-achtervolging'? Of 'Agent tegen Alter: We moeten types zoals jij hier niet'? Of misschien wel ieders favoriet: 'Alter probeert agent te bekeren tot Scientology'?

O'Malley keek Julian stralend aan. 'Zeker weten,' zei hij, en hij blies in zijn handen, die rood waren en onder de kloven zaten. 'Dat vindt ze super.'

Nog voordat Julian het kon vragen, had Brooke al een exemplaar van *For the Lost* uit het dashboardkastje gepakt. Ze hadden die daar expres neergelegd om te zien of Julians ouders er voor volgend jaar zomer een keer naar zouden luisteren, maar ze konden hem veel beter voor dit doel gebruiken. Ze viste een pen uit haar tas.

'Ze heet Kristy,' zei de agent, en hij spelde het voor de zekerheid twee keer.

Julian trok het cellofaan van de cd, haalde het boekje uit het doosje en krabbelde erop: 'Voor Kristy. Veel liefs, Julian Alter.'

'Hartstikke bedankt. Ze wordt helemaal gek,' zei O'Malley, die de cd zorgvuldig opborg in zijn binnenzak. 'Vertel eens. Wat kan ik voor jullie doen?'

'Die kerels daar arresteren?' zei Julian grijnzend.

'Dat gaat helaas niet lukken, maar ik kan er wel voor zorgen dat ze uit de buurt blijven en hen eraan herinneren dat dit privéterrein is. Ga maar naar binnen. Ik licht hen wel even in. En bel maar als er iets is.'

'Bedankt!' zeiden Brooke en Julian in koor. Ze namen afscheid van O'Malley en zetten zonder nog een keer om te kijken de auto in de garage en deden de garagedeur dicht.

'Aardige vent,' zei Brooke terwijl ze naar de bijkeuken liepen en hun schoenen uittrokken.

'Ik ga meteen Leo bellen,' zei Julian, die al halverwege zijn vaders studeerkamer achter in het huis was. 'Wij worden hier omsingeld en hij ligt ergens lekker op het strand.'

Brooke keek hem na en ging daarna alle kamers langs om de gordijnen dicht te doen. Het was nog vroeg in de middag, maar het begon al donker te worden, en ze zag de flitslichten terwijl ze van raam naar liep. Door een kiertje in het gordijn in een van de logeerkamers op de eerste verdieping gluurde ze naar buiten, en ze begon bijna te gillen toen ze een telelens zo groot als een rugbybal op zich gericht zag. Er was maar één vertrek zonder gordijnen – een toilet op de tweede verdieping dat nooit werd gebruikt – maar Brooke nam geen enkel risico. Ze plakte een stevige vuilniszak voor het raampje en liep daarna terug naar beneden om te kijken hoe het met Julian ging.

'Gaat het?' vroeg ze, toen ze de studeerkamer binnenliep omdat hij niet reageerde op haar geklop.

Julian keek op van zijn laptop. 'Ja, prima. En met jou? Sorry hoor,' zei hij, maar Brooke kon zijn toon niet goed thuisbrengen. 'Het heeft alles verpest.'

'Helemaal niet,' loog ze.

Er kwam weer geen reactie. Hij bleef naar het computerscherm kijken.

'Als ik nou de open haard eens aansteek, dan zetten we daarna een film op. Is dat geen goed idee?'

'Prima. Goed idee. Ik kom zo, oké?'

'Perfect,' zei ze geforceerd opgewekt. Ze deed zachtjes de deur achter zich dicht en vervloekte in stilte die verdomde fotografen, dat stomme artikel in *Last Night*, en – een beetje – haar eigen man, omdat hij zonodig beroemd had moeten worden. Ze zou haar uiterste best doen om zich groot te houden voor Julian, maar hij had gelijk: het was gedaan met de heerlijke rust, waaraan ze zo'n enorme behoefte hadden gehad. Niemand durfde over de oprit te lopen of het gazon

over te steken, maar de menigte voor het huis werd alleen maar groter. Die nacht hoorden ze buiten mensen praten en lachen en er werden auto's gestart en weer afgezet, en hoewel ze hun best deden om
het te negeren, slaagden ze daar geen van beiden in. Tegen de tijd dat
de sneeuw de volgende dag voldoende was gesmolten, zodat ze naar
huis konden rijden, hadden ze maar een uur of twee geslapen en voelden ze zich alsof ze twee marathons hadden gelopen. De hele weg terug naar de stad zeiden ze nauwelijks een woord. Ze werden tot aan
hun huis achtervolgd.

12

Net zo erg als de foto's van Sienna Miller, of erger?

'Hallo?' zei Brooke in haar telefoon.
'Met mij. Ben je al aangekleed? Welke is het geworden?' Nola klonk ademloos, gretig.

Brooke keek tersluiks naar de vrouw van in de dertig die naast haar stond en zag dat ze heimelijk terugkeek. De beveiligingsmensen in het Beverly Wilshire deden hun best om de paparazzi buiten te houden, maar er waren een heleboel verslaggevers en fotografen die de regels hadden ontdoken door een kamer in het hotel te boeken. Ze had deze vrouw al eerder naar haar zien kijken, in de lobby, toen ze even naar beneden was gegaan om pepermuntjes te kopen in het souvenirwinkeltje, en ze was nog net bij Brooke de lift in geglipt voordat de deuren dichtgleden. Aan haar kleding te zien – zijden topje op een perfect passende spijkerbroek, dure pumps en bewust ingetogen sieraden – leidde Brooke af dat ze geen blogger, roddeljournaliste of stiekeme paparazzo was, zoals die jongen die altijd voor hun appartement stond, en de supermarktstalker. Dat maakte de vrouw misschien nog wel enger; een heuse, levensechte, zelfstandig denkende en alerte verslaggeefster.

'Ik ben bijna op mijn kamer. Ik bel je zo terug.' Brooke verbrak de verbinding voordat Nola de kans kreeg om nog iets te zeggen.

De vrouw lachte een rij prachtige, parelwitte tanden bloot. Het was een beminnelijk lachje, zo'n lachje waarmee ze leek te zeggen: Ik weet precies hoe het is! Ik word ook vaak telefonisch lastiggevallen door een vriendin. Maar Brooke had in de afgelopen maanden haar intuïtie aangescherpt; ondanks haar schijnbaar niet-bedreigende voorkomen en sympathieke gezichtsuitdrukking was deze vrouw een roofdier, op jacht naar een primeur; een vampier die altijd aan het werk was. Als je bij haar in de buurt bleef, werd je zeker gebeten. Brooke wilde maar al te graag aan haar ontsnappen.

'Ben je hier ook voor de Grammy's?' vroeg de vrouw vriendelijk, alsof ze maar al te goed wist welke ontberingen je moest doorstaan om je op zo'n gebeurtenis voor te bereiden.

'Hmm,' mompelde Brooke, niet van plan om iets meer los te laten. Ze wist gewoon zeker dat dat mens ieder moment een reeks vragen op haar zou kunnen afvuren – ze had die methode van eerst-ontwapenen-en-dan-toeslaan al eerder gezien, bij een bijzonder opdringerige blogger die haar had benaderd na Julians optreden in de *Today Show* en zich had voorgedaan als een onschuldige fan – maar ze kon zich er nog altijd niet toe zetten om op voorhand al onbeleefd te doen.

De lift stopte op de tiende verdieping en Brooke moest een 'O, gaat deze lift omhoog? Nou, ik moet naar beneden'-gesprek doorstaan tussen de vrouw en een stel dat er overduidelijk Europees uitzag (zowel de man als de vrouw droeg een driekwart-broek, die van hem zat strakker dan die van haar en ze hadden allebei een fluorescerende Invicta-rugzak bij zich, ieder in een verschillend model). Ze hield haar adem in en wenste vurig dat de lift weer in beweging zou komen.

'Zeker wel spannend, je eerste Grammy-uitreiking; helemaal omdat de verwachtingen rond het optreden van je man zo hooggespannen zijn.'

Zie je wel. Brooke blies uit en voelde zich vreemd genoeg even wat beter. Het was een opluchting dat haar vermoedens juist bleken te zijn; nu hoefden ze allebei de schijn niet meer op te houden. Ze vervloekte zichzelf in stilte dat ze Leo's assistente niet even naar beneden had gestuurd, maar nu wist ze tenminste wat er van haar werd verwacht. Ze richtte haar blik op het paneel boven de liftdeuren en deed haar uiterste best om te doen alsof ze de vrouw niet had gehoord.

'Wat ik me afvroeg, Brooke,' – bij het horen van haar naam keek ze in een reflex op – 'is of je iets te zeggen hebt over de recente foto's.'

Recente foto's. Waar had ze het over? Brooke staarde weer naar de liftdeuren en herinnerde zichzelf eraan dat mensen alles deden om je een opmerking te ontlokken – een opmerking die ze zo zouden verdraaien dat ze hem konden gebruiken voor de onzin die ze verzonnen hadden. Ze had gezworen dat ze daar nooit in zou trappen.

'Het zal wel moeilijk zijn, hè, om al die vreselijke geruchten aan te horen die de ronde doen over je man en andere vrouwen – ik kan me niet vóórstellen hoe dat moet zijn. Denk je dat je vanavond nog wel van alle feestelijkheden kunt genieten?'

Eindelijk gleden de liftdeuren zachtjes open op de bovenste verdieping, waar het penthouse zich bevond. Brooke stapte de hal in die naar hun suite met drie slaapkamers leidde, momenteel het epicentrum van de Grammy-gekte. Ze wilde niets liever dan geërgerd haar ogen ten hemel slaan en zeggen dat als Julian het inderdaad zou doen met alle vrouwen die door de bladen werden genoemd, Tiger Woods niet aan hem zou kunnen tippen, en dat Julian dan bovendien geen tijd meer zou hebben om nog een noot te zingen. Ze wilde zeggen dat als je de talloze gedetailleerde verslagen van niet nader genoemde bronnen had gelezen over alle obsessies van je man – van getatoeëerde strippers tot zwaarlijvige mannen – simpel overspel niet veel voorstelde. Maar wat ze deze vrouw het liefste zou willen vertellen, en wat zonder enige twijfel waar was, was dat haar man, hoewel ongelooflijk getalenteerd en inmiddels onomstotelijk beroemd, voor een optreden nog steeds moest overgeven van de zenuwen, zichtbaar transpireerde als meisjes in zijn bijzijn begonnen te gillen en hij een onverklaarbare voorliefde had voor het knippen van zijn teennagels boven de wc-pot. Hij was er het type niet naar om vreemd te gaan, en dat was overduidelijk voor iedereen die hem goed kende.

Maar natuurlijk kon ze al die dingen niet zeggen, dus zei ze zoals gewoonlijk helemaal niets en keek ze alleen maar toe hoe de liftdeuren dichtgingen.

Ik ga me hier vanavond niet druk om maken, prentte Brooke zichzelf in toen ze de deur opende met haar sleutelkaart. Vanavond draait het om Julian. Niet meer en niet minder. Het was de avond die alles zou goedmaken: de vele malen dat er inbreuk was gemaakt op hun privacy, hun overvolle agenda en het circus dat hun leven soms was geworden. Wat er ook zou gebeuren – een nieuwe, gemene roddel over Julian met andere vrouwen, een vernederende paparazzofoto, een valse opmerking van iemand uit Julians gevolg die zogenaamd goedbedoeld was – ze was vastbesloten om iedere seconde te genieten van een gedenkwaardige avond als deze. Slechts een paar uur eerder had haar moeder nog poëtisch gezwijmeld dat een dergelijke gelegenheid maar eens in je leven voorkwam en dat het Brookes plicht was om er alles uit te halen. En dat was dan ook precies wat ze van plan was.

Ze stapte de suite binnen en glimlachte naar een van de assistentes – wie kon ze tegenwoordig nog uit elkaar houden? – die haar direct, zonder begroeting in een make-upstoel dirigeerde. De spanning, die als een natte deken over de kamer hing, wilde niet zeggen dat het vanavond niet fantastisch zou worden. Ze liet zich niet klein krijgen door wat voorbereidingen.

'Hoe laat heeft iedereen het?' krijste een van de assistenten met haar irritante stem, en een vet New Yorks accent dat het er niet beter op maakte.

'Tien over een!' 'Iets na enen!' 'Dertien uur tien!' antwoordden drie anderen tegelijkertijd, allemaal met een vleugje paniek.

'Oké, mensen, allemaal *een tandje erbij!* We hebben nog één uur en vijftig minuten, wat betekent dat we, zo te zien,' – ze pauzeerde even om met een overdreven gebaar haar blik door het vertrek te laten gaan en Brooke recht in haar ogen te kijken toen ze haar zin afmaakte – 'nog láng niet klaar zijn. Het lijkt er nog niet op.'

Brooke stak voorzichtig haar hand op, zodat ze de twee mensen die haar ogen aan het opmaken waren niet zou storen, en wenkte de assistente.

'Ja?' vroeg Natalya, die geen enkele moeite deed om haar irritatie te verbergen.

'Hoe laat verwacht je Julian terug? Ik wil hem iets…'

Natalya stak haar nauwelijks bestaande heup opzij en keek op haar klembord. 'Even kijken; hij is nu klaar met zijn ontspanningsmassage en is op weg naar zijn scheerbeurt. Hij is hier om exact twee uur terug, maar dan heeft hij een afspraak met zijn kleermaker om voor eens en altijd het reversprobleem uit de wereld te helpen.'

Brooke zond een lieve glimlach naar het gekwelde meisje en besloot op een andere tactiek over te gaan. 'Wat zul jíj blij zijn als het allemaal achter de rug is. Ik heb je alleen nog maar druk bezig gezien vandaag.'

'Met andere woorden: ik zie er niet uit?' beet Natalya haar toe, en haar hand vloog automatisch naar haar haar. 'Dat kun je ook gewoon zeggen, hoor.'

Brooke zuchtte. Waarom was het onmogelijk om iets goed te doen bij deze mensen? Nog geen kwartier geleden had ze aan Leo gevraagd of het Beverly Hills Hotel, waar ze nu zaten, het hotel was waar *Pretty Woman* was opgenomen, en toen had hij bits geantwoord dat ze de bezienswaardigheden maar in haar vrije tijd moest bekijken.

'Dat bedoelde ik helemaal niet. Ik wil alleen maar zeggen dat het een gekkenhuis is vandaag, en dat ik vind dat je het er supergoed vanaf brengt.'

'Wie moet het anders doen?' zei Natalya, en ze liep weg.

Brooke had veel zin om haar terug te roepen om haar het een en ander bij te brengen over goede manieren, maar ze besloot het niet te doen toen ze zich herinnerde dat er op nog geen drie meter afstand een verslaggever stond toe te kijken. Hij had helaas toestemming gekregen om hen de uren voor de uitreiking te volgen, bij wijze van research voor een groot artikel dat het tijdschrift waarvoor hij werkte over Julian wilde plaatsen. Leo had een coverfoto van Julian op de *New York* bedongen, en in ruil daarvoor kreeg de verslaggever een week lang onbeperkt toegang tot alles wat Julian deed. Ze waren nu vier dagen verder en Julians gevolg deed hard zijn best om te doen alsof ze de leukste baan ter wereld hadden – iets waar ze jammerlijk in faalden. Iedere keer dat Brooke een glimp opving van de verslaggever – die zo te zien best leuk was – kreeg ze moordneigingen.

Ze was onder de indruk van het vermogen van een goede verslaggever om op de achtergrond te blijven. Toen ze nog een 'gewone burger' was, had ze het altijd belachelijk gevonden als een stel in het bijzijn van een journalist op jacht naar een primeur ruzie maakte, een werknemer een uitbrander gaf of zelfs maar zijn mobiele telefoon opnam; tegenwoordig had ze daar alle begrip voor. De man van *New York* had hen de afgelopen vier dagen geschaduwd, maar door zijn horen-zien-en-zwijgentactiek had hij net zo goed behang kunnen zijn. Hetgeen hem juist extra gevaarlijk maakte, besefte Brooke.

Ze hoorde de deurbel maar kon zich niet omdraaien, uit angst om verminkt te worden door een krultang. 'Is dat toevallig mijn lunch?' vroeg Brooke.

Een van de visagisten zei minachtend: 'Dat lijkt me niet waarschijnlijk. Ik denk niet dat eten veel prioriteit heeft bij de die bitch die het rooster heeft opgesteld. Even niet meer praten; ik moet je lachrimpels wegwerken.'

Zulke opmerkingen hoorde ze niet eens meer; Brooke was allang blij dat het meisje nog niet had gevraagd had of ze al had overwogen om met behulp van lichttherapie haar sproeten uit te roeien; tegenwoordig schijnbaar hét gespreksonderwerp. Ze probeerde wat afleiding te zoeken in de *Los Angeles Times*, maar ze kon zich niet concentreren door alle drukte om haar heen. Toen ze om zich heen keek in het halfvrijstaande penthouse van bijna tweehonderd vierkante meter zag ze twee visagisten, twee kappers, een manicure, een stylist, een pr-agent, een impresario, een manager, de journalist van *New York*, iemand van Valentino om de kleding door te passen en genoeg assistenten om het Witte Huis mee te dienen.

Hoewel het ontegenzeglijk belachelijk was, vond Brooke het allemaal erg opwindend. Ze ging naar de Grammy's – de Grammy's! – en stond op het punt haar man ten overstaan van de hele wereld over de rode loper te begeleiden. Het zou een understatement zijn om dat onwerkelijk te noemen; zou een dergelijke gebeurtenis ooit anders kunnen voelen? Sinds ze Julian al die jaren geleden voor het eerst in de kroeg had horen zingen, had ze tegen iedereen die het wilde horen gezegd dat hij een ster zou worden. Wat ze alleen nooit had voorzien, was wat dat woord 'ster' precies inhield. Rockster. Superster. Haar man, dezelfde die nog steeds goedkope, per drie stuks verpakte onderbroeken kocht, dol was op de soepstengels van Olive Garden en in zijn neus peuterde als hij dacht dat ze niet keek, was een internationaal bejubelde rockster met miljóénen gillende, toegewijde fans en bewonderaars. Ze kon zich niet voorstellen dat ze dat ooit, nu of in de toekomst, zou kunnen bevatten.

Pas toen er nog een keer werd aangebeld, deed een van de piepjonge assistentes open – en ze slaakte meteen een gilletje.

'Wie is dat?' vroeg Brooke, die haar ogen niet kon opendoen omdat er eyeliner op werd aangebracht.

'De beveiligingsbeambte van Neil Lane,' hoorde ze Natalya antwoorden. 'Met je sieraden.'

'Mijn sieraden?' vroeg Brooke. Ze was bang dat ze zelf ook zou gaan gillen, dus sloeg ze haar hand voor haar mond en deed haar best om niet te glimlachen.

Toen eindelijk het moment was gekomen dat ze haar jurk kon aantrekken, dacht Brooke dat ze ieder moment kon flauwvallen van opwinding (en van de honger, maar zelfs met een heel leger van assistentes in de suite leek niemand zich druk te maken om eten). Twee assistentes hielden de schitterende Valentinojurk op, en een andere pakte haar hand vast toen ze erin stapte. De rits gleed met gemak dicht op haar rug en de japon omsloot haar onlangs smaller geworden heupen en haar vakkundig opgestuwde borsten alsof hij speciaal voor haar gemaakt was – en dat was hij natuurlijk ook. Het zeemeerminnenmodel accentueerde haar tamelijk smalle taille en verhulde tegelijkertijd haar 'weelderige' achterste. De geschulpte, lage halslijn deed haar decolleté precies goed uitkomen. De japon had niet alleen precies de juiste kleur (een diepgouden tint, niet glinsterend, maar alsof ze mooi glanzend bruin was) maar was bovendien een schoolvoorbeeld van het belang van de juiste stof en een perfecte pasvorm; die hadden veel meer effect dan je met ruches, kraaltjes, mouwen, een sjerp, pailletten, een petticoat of strassteentjes ooit kon breiken om van een mooie jurk een spectaculaire te maken. De coupeuse van Valentino en de stylist knikten goedkeurend, en Brooke was dolblij dat ze de afgelopen maanden twee keer zoveel had gesport als anders. Het had zijn vruchten afgeworpen.

Daarna waren de sieraden aan de beurt. Het werd haar bijna te veel. De beveiligingsbeambte, een tamelijk klein mannetje zo breed als een rugbyspeler, overhandigde drie fluwelen dozen aan de styliste, die ze onmiddellijk openmaakte.

'Perfect,' verklaarde ze, terwijl ze de sieraden eruit haalde.

'*Oh, my god,*' zei Brooke toen ze een glimp opving van de oorbellen. Het waren druppelvormige diamanten, omgeven door een rand kleinere diamantjes, en ze hadden de uitstraling van heel oude Hollywood-glamour.

'Omdraaien,' beval de styliste. Ze klipte ze vakkundig aan Brookes oorlellen, en sloot een armband in dezelfde stijl om haar rechterpols.

'Wat prachtig,' verzuchtte Brooke met een blik op de glinsterende hoop diamanten om haar pols. Ze wendde zich tot de beveiligingsbeambte. 'Als ik u was, zou ik mij vanavond volgen tot aan de toiletten. Ik sta erom bekend dat ik om de haverklap sieraden "kwijtraak"!' Ze lachte erbij om aan te geven dat ze een grapje maakte, maar de man kon er niet eens om glimlachen.

'Linkerhand,' blafte de styliste.

Brooke stak haar linkerhand uit, en voor ze goed en wel in de gaten had wat er gebeurde, trok het meisje haar simpele gouden trouwring af, de ring waar Julian hun huwelijksdatum in had laten graveren, en ze schoof er een diamanten ring ter grootte van een bitterkoekje voor in de plaats.

Brooke trok meteen haar hand terug toen ze besefte wat er gebeurde. 'Doe dat maar niet, want eh... dat is eh...'

'Julian begrijpt het wel,' zei het meisje, en ze zette haar beslissing kracht bij door het doosje waar de ring in had gezeten dicht te klappen. 'Ik pak de polaroidcamera even, dan kunnen we een paar proefopnamen maken en om ons ervan te verzekeren dat het er goed uitziet op film. Blijf zo staan.'

Toen Brooke eindelijk alleen was, bekeek ze zichzelf aan alle kanten in de passpiegel, die speciaal voor deze gelegenheid was bezorgd. Ze kon zich niet herinneren zich ooit eerder zo mooi gevoeld te hebben. Haar make-up gaf haar het gevoel dat ze een knappere, maar wel echte versie van zichzelf was, en haar huid had een gezonde glans. Overal schitterden diamanten, haar haar zat in een lage wrong in haar nek, chic maar naturel, en haar jurk was volmaakt. Ze straalde toen ze zichzelf zag en griste de telefoon van het nachtkastje. Ze kon niet wachten om dit aan iemand te vertellen.

Het toestel begon te rinkelen nog voor ze haar moeder had kunnen bellen, en Brooke voelde die bekende steek van bezorgdheid in haar maag toen ze het nummer van het het NYU-ziekenhuis op het scherm zag. Waarom zouden ze haar in godsnaam bellen? Haar collega Rebecca had twee diensten overgenomen van Brooke, die in ruil daarvoor een keer in het weekend en op een feestdag voor haar zou invallen. Ze had dus flink wat water bij de wijn moeten doen, maar wat moest ze anders? Het was voor de *Grammy's*. Er flitste heel even een heel andere gedachte door haar hoofd, nog voordat ze die kon verdringen: belde Margaret misschien om te zeggen dat ze vanaf nu alleen nog maar op de kinderafdeling hoefde te werken?

Brooke stond zichzelf een moment van hoopvolle opwinding toe, maar meteen daarna bedacht ze dat het waarschijnlijk gewoon Rebecca was, die iets wilde weten over een patiëntendossier. Ze schraapte haar keel en nam op.

'Brooke? Ben ik te verstaan?' vroeg Margaret op luide toon.

'Hallo Margaret. Er is toch niets aan de hand?' vroeg Brooke, die haar best deed om zo rustig en zelfverzekerd mogelijk te klinken.

'O, hallo. Nu versta ik je pas. Brooke, ik vroeg me alleen of alles in orde is. Ik begin namelijk een beetje ongerust te worden.'

'Ongerust? Hoezo? Het is hier fantastisch.' Zou Margaret soms die flauwekul gelezen hebben waarover de verslaggeefster in de lift het had gehad? Ze hoopte vurig van niet.

Margaret slaakte een diepe, bijna treurige zucht. 'Luister, Brooke. Ik weet dat het een belangrijk weekend is, voor jou en voor Julian. Ik zou het ook voor geen goud willen missen als ik jou was, en daarom vind ik het heel vervelend dat ik je moet bellen. Maar ik moet de boel hier wel draaiend zien te houden, en dat lukt nou eenmaal niet als ik te weinig mensen heb.'

'Te weinig mensen?'

'Ik weet dat je waarschijnlijk momenteel wel iets anders aan je hoofd hebt, maar als je niet kunt komen werken, moet je wel iemand regelen die voor je invalt. Je had om negen uur moeten beginnen en het is nu al na tienen.'

'O, nee hè? Wat erg, Margaret. Ik ga het meteen oplossen. Geef me alsjeblieft vijf minuten. Ik bel je zo terug.'

Brooke wachtte haar antwoord niet af. Ze verbrak de verbinding en scrolde door haar telefoon op zoek naar het nummer van Rebecca. Ze deed een schietgebedje en voelde een enorme opgeluchting toen ze Rebecca hoorde opnemen.

'Rebecca? Hoi, met Brooke Alter.'

Brooke hoorde heel even een weifeling. 'Hé, hoi! Alles goed?'

'Met mij wel, maar Margaret belde net om te vragen waar ik bleef, en aangezien we geruild hebben…' Brooke maakte haar zin niet af, omdat ze bang was dat ze anders iets heel onvriendelijks zou zeggen wat ze niet meer zou kunnen terugdraaien.

'Dat klopt, we zouden eigenlijk ruilen,' zei Rebecca opgewekt, op poeslieve toon, 'maar ik heb op je voicemail ingesproken dat het me bij nader inzien toch niet uitkwam.'

Het was alsof ze een klap in haar gezicht kreeg. Ze hoorde een jong ventje in de zitkamer van de suite een opgewonden kreetje slaken en ze had hem het liefst willen vermoorden, wie hij ook mocht zijn. 'Je hebt mijn voicemail ingesproken?'

'Ja. Even denken. Het is nu zondag… hmm, dat moet dan vrijdag vroeg in de middag zijn geweest.'

'Vrijdagmiddag?' Brooke was om een uur of twee naar het vliegveld vertrokken. Rebecca moest haar op haar vaste nummer hebben gebeld en haar boodschap hebben ingesproken hebben. Ze werd nog misselijker.

'Ja, nu weet ik het weer. Het was een uur of kwart over twee, half drie, want ik had Brayden al opgehaald van de kleuterschool toen Bill belde om te vragen of we zondag naar een of andere reünie bij mijn schoonouders konden. Zijn zus en haar man zouden langskomen met hun dochtertje, dat ze in Korea hebben geadopteerd, en…'

'Ik snap het,' onderbrak Brooke haar, en het kostte haar wederom al haar wilskracht om niet tegen Rebecca uit te vallen. 'Bedankt voor de uitleg. Sorry dat ik meteen weer ophang, maar ik moet Margaret zo snel mogelijk terugbellen.'

Brooke haalde de telefoon van haar oor, maar hoorde Rebecca nog wel 'Goh, wat vervelend' zeggen voordat ze de verbinding verbrak.

Fuck. Het was nog erger dan ze had gedacht. Ze dwong zichzelf om meteen te bellen, zodat ze geen seconde meer van deze geweldige avond zou hoeven missen.

Margaret nam meteen op. 'Hallo?'

'Margaret, ik vind het verschrikkelijk, maar er is iets heel erg mis-gegaan. Rebecca zou vandaag voor mij werken – ik hoop dat je weet dat ik je nooit zomaar in de steek zou laten – maar ze had schijnbaar op het laatste moment een of ander noodgeval waardoor ze niet kon. Ze zal wel iets op mijn voicemail hebben ingesproken, maar…'

'Brooke.' Haar treurige toon was onmiskenbaar.

'Margaret, ik weet dat het ongelooflijk slecht uitkomt en ik vind het echt heel erg, maar je moet me geloven, ik…'

'Brooke, we hebben het er al eerder over gehad; sinds we zo moeten bezuinigen, lopen ze constant in mijn nek te hijgen over ons functioneren. Er wordt van iedereen nauwkeurig bijgehouden of ze wel op tijd komen en hoe ze presteren.'

Brooke had maar al te goed in de gaten wat er ging gebeuren. Ze wist dat ze werd ontslagen, en dat vond ze echt verschrikkelijk, maar het enige wat door haar hoofd ging, was: Zeg het niet! Zolang ik het je niet hoor zeggen, gebeurt het ook niet. Zeg het alsjeblieft niet, niet nu. Niet doen! Niet doen! Niet doen!

Maar ze zei: 'Ik begrijp je geloof ik niet helemaal.'

'Brooke, ik ga je vragen of je ontslag wilt nemen. Omdat je zo vaak afwezig bent en omdat je aandacht tegenwoordig vooral bij je privéleven ligt, ben ik van mening dat je veel minder toegewijd bent dan vroeger en denk ik niet dat je nog op de juiste plek zit.'

Brooke stikte bijna van de brok in haar keel, en ze voelde een warme traan over haar wang rollen. Het meisje van de make-up zou haar ongetwijfeld op haar donder geven voor deze zonde.

'Je vindt dat ik niet meer op de juiste plek zit,' zei Brooke, en aan haar stem was te horen dat ze huilde. 'Ik scoor het hoogst van allemaal bij de patiënten. Ik had op een na de hoogste cijfers van mijn jaar op de universiteit. Margaret, ik hou zielsveel van mijn werk en volgens mij doe ik het ook erg goed. Wat moet ik doen?'

Margaret slaakte een zucht, en Brooke was zich er even van bewust dat het haar baas net zo zwaar viel als haarzelf. 'Het spijt me, Brooke. Vanwege… verzachtende omstandigheden… laat ik je zelf ontslag nemen en ben ik bereid om tegen toekomstige werkgevers te zeggen dat je zelf, eh… bent opgestapt. Ik weet dat het een schrale troost is, maar meer kan ik niet voor je doen.'

Brooke dacht diep na over wat ze nog meer kon zeggen. Er bestaat geen script voor het eindigen van een telefoongesprek waarin je bent ontslagen, en al helemaal niet wanneer je op je tong moet bijten om niet tien keer achter elkaar 'Fuck you!' te roepen. Er viel een ongemakkelijk lange stilte.

Margaret herstelde zich als eerste. 'Ben je er nog, Brooke? Zullen we het erover hebben als je je spullen komt halen?'

De tranen stroomden inmiddels over haar wangen, en Brooke kon nu alleen maar denken aan de op handen zijnde woede-uitbarsting van de visagiste. 'Dat is goed. Dat wordt waarschijnlijk ergens volgende week?' Ze wist niet wat ze verder nog moest zeggen. 'Eh, bedankt voor alles.' Waarom bedankte ze de vrouw die haar zojuist had ontslagen?

'Pas goed op jezelf, Brooke.'

Ze verbrak de verbinding en zat er bijna een volle minuut naar te staren voordat het pas echt tot haar doordrong wat er aan de hand was.

Ontslagen. Voor de eerste keer in haar leven, en dan rekende ze de talloze bijbaantjes als oppas en ijsverkoopster op de middelbare school mee, en haar vakantiebaan als serveerster bij TGI Friday's, de drie semesters waarin ze rondleidingen had gegeven op de campus van Cornell en de duizenden uren die ze voor haar gevoel stage had gelopen. En nu ze dan eindelijk een serieuze, fulltime baan had, werd ze zonder pardon ontslagen. Brooke zag dat haar handen trilden en ze pakte dankbaar het glas water dat voor haar neus stond.

Er gingen diverse rancuneuze, harteloze gedachten door haar heen, waardoor ze zich nog rotter voelde.

Dit was allemaal Julians schuld. Ze werd geacht als een hondje achter hem aan te lopen, hem te vergezellen en te steunen. Anders zouden ze elkaar helemáál nooit meer zien. Een onmogelijke situatie. Ze had een brok in haar keel.

Brooke dronk het glas leeg, zette het neer en ademde zo diep in als de jurk het toestond. Ze zou volgende week naar het ziekenhuis gaan en bidden, smeken en door het stof gaan tot ze hen ervan had overtuigd dat ze haar werk serieus nam, maar nu moest ze het uit haar hoofd proberen te zetten. Ze bette haar uitgelopen mascara met een lauw washandje en nam zich plechtig voor dat ze niet aan Julian zou laten merken dat er iets aan de hand was. Dit was een avond ter ere van zijn succes, en ze zou net zo opgewonden en blij zijn als hij was, en genieten van alle aandacht.

Ze hoefde niet lang te wachten. De deur van de slaapkamer ging open en Julian kwam binnen. Hij maakte een zeer gespannen en opgelaten indruk, waarschijnlijk door de zenuwen in combinatie met zijn ontzettend glimmende pak, waaronder hij een erg strak overhemd droeg waarvan de helft van de knoopjes openstond, zodat het wel erg veel van zijn borstpartij onthulde. Brooke dwong zichzelf te glimlachen. 'Hoi!' zei ze met een grijns, en ze draaide een rondje voor hem. 'Wat vind je ervan?'

Julian perste er een zuinig, afwezig lachje uit. 'Wauw. Je ziet er fantastisch uit.'

Net toen Brooke hem erop wilde wijzen dat hij wel wat enthousiaster mocht reageren, gezien de hoeveelheid bloed, zweet en tranen die het had gekost, keek ze nog eens goed naar hem. Hij lachte als een boer met kiespijn en ging in een fluwelen leunstoel zitten.

'O, wat zul jij zenuwachtig zijn!' zei ze, en liep naar hem toe. Ze probeerde naast hem neer te knielen, maar dat stond de jurk niet toe, dus bleef ze maar staan. 'Je ziet eruit om op te vreten.'

Julian gaf geen antwoord.

'Kom eens hier, schatje,' zei ze zangerig, en pakte zijn hand. Ze voelde zich een leugenaar omdat ze deed alsof er niets aan de hand was, maar ze bedacht dat ze gezien de omstandigheden geen keus had. 'Het is heel logisch dat je zenuwachtig bent, maar vanavond wordt...'

De blik in zijn ogen legde haar halverwege de zin het zwijgen op.

'Julian, wat is er? Wat is er gebeurd?'

Hij ging met zijn vingers door zijn haar en haalde diep adem. Toen hij uiteindelijk zijn mond opendeed, kreeg ze de kriebels van zijn afgemeten toon.

'Ik moet je iets vertellen,' zei hij, zijn blik op de vloer gericht.

'Nou, vertel het dan. Wat is er?'

Hij haalde een keer diep adem en blies langzaam uit, en toen begreep Brooke dat dit geen kwestie van zenuwen was. Er ging meteen van alles door haar hoofd. Hij was ziek, had kanker of een hersentumor. Of een van zijn ouders was ziek. Er was een afschuwelijk auto-ongeluk gebeurd. Of zou het iemand bij haar in de familie zijn? De kleine Ella? Haar moeder?

'Julian? Wat is er? Je laat me schrikken. Kom op, zeg het nou.'

Eindelijk keek hij haar aan, met een vastberaden blik. Heel even dacht ze dat er niets aan de hand was en ze zich verder konden gaan klaarmaken. Maar zijn gekwelde gezichtsuitdrukking kwam net zo hard weer terug, en hij gebaarde naar het bed.

'Ik denk dat je beter even kunt gaan zitten, Brooke,' zei hij, en de manier waarop hij haar naam zei, klonk onheilspellend. 'Je zult niet blij zijn met wat ik te vertellen heb.'

'Is alles goed met je? En met je ouders? Julian!' Ze raakte een beetje in paniek en wist zeker dat wat er was gebeurd te erg was om te bevatten.

Hij stak hoofdschuddend zijn hand op. 'Nee, dat is het niet. Het gaat over ons.'

Hè? 'Over ons? Hoezo gaat het over *óns*?' Wilde hij het uitgerekend nu over hun relatie hebben?

Julian keek naar de vloer. Brooke trok haar hand terug en gaf hem een por tegen zijn schouder. 'Julian, waar heb je het in godsnaam over? Praat er niet omheen. Wat het ook is, zeg het nou maar gewoon.'

'Er zijn kennelijk een paar foto's opgedoken.' Hij zei het op precies dezelfde toon die hij gebruikt zou hebben om te vertellen dat hij nog maar drie maanden te leven had.

'Wat voor foto's?' vroeg Brooke, maar ze wist meteen wat hij bedoelde. Ze moest denken aan de journaliste met wie ze eerder die middag in de lift had gestaan. Ze wist nog goed hoe snel het nieuws over haar zogenaamde zwangerschap de ronde had gedaan. Ze had maandenlang moeten lezen over Julians 'verhouding' met Layla Lawson. Maar tot nu toe waren er nog nooit ergens foto's van geweest.

'Foto's waar je niet vrolijk van wordt, en die de verkeerde indruk wekken.'

'Julian.'

Hij zuchtte. 'Belastende foto's.'

'Zijn ze net zo erg als de foto's van Sienna Miller, of erger?' Ze hadden het een paar weken daarvoor nog over die beruchte foto's gehad. Ironisch genoeg was Julian toen degene geweest die zich niet kon voorstellen dat een getrouwde vader van vier kinderen zich liet fotograferen met een topless model op het balkon van een hotel. Brooke had toen nog een aantal logische verklaringen bedacht waaruit moest blijken dat het allemaal een misverstand was, maar ze was het uiteindelijk met Julian eens geweest dat er geen goede reden te bedenken was waarom Balthazar Getty op de ene foto met Sienna's borst in zijn hand stond en op de andere zijn tong in haar mond hing. Had hij niet op zijn kamer kunnen blijven terwijl hij halfnaakt stond te vrijen en zijn vrouw bedroog?

'Ongeveer even erg. Maar Brooke, ik zweer je dat het minder erg is dan het eruit ziet.'

'Ongeveer even erg? En wát is minder erg, als er zogenaamd niets is gebeurd?' Brooke keek net zo lang naar Julian tot hij haar aankeek. Zijn gezicht stond schaapachtig.

'Laat zien,' zei ze, en ze stak haar hand uit naar het tijdschrift dat hij opgerold in zijn vuist geklemd hield.

Hij rolde het open en ze zag dat het om een nummer van *Spin* was. 'Nee, hier staan ze niet in. Dit zat ik, eh… gewoon net te lezen. Mag ik het eerst uitleggen, Brooke? Ze zijn genomen in Chateau Marmont, en je weet zelf ook hoe belachelijk…'

'Wanneer was je daar dan?' beet Brooke hem toe. Ze vond het vreselijk om te horen hoe haar eigen stem klonk.

Julian zag eruit alsof hij net een klap had gekregen; hij had grote verbaasde ogen van verbazing (of was het paniek?) en hij trok wit weg. 'Wanneer ik daar was? Eh… eens kijken… een dag of vier, vijf… Afgelopen maandag. Weet je nog wel? We hadden in Salt Lake opgetreden en zijn daarna met z'n allen naar Los Angeles gevlogen omdat we pas woensdag weer hoefden te spelen. Dat heb ik je verteld.'

'Zo bracht je het vorige week anders niet,' zei ze zacht, en haar handen begonnen weer te trillen. 'Ik weet het nog precies; je zei dat je naar Los Angeles ging omdat je met iemand had afgesproken – ik kan me even niet herinneren met wie – maar je hebt nooit iets gezegd over een vrije avond.'

'Huh?'

'Ik weet het zo goed omdat je altijd bij hoog en bij laag beweert dat je naar huis komt als het maar enigszins kan – ook al is het maar voor één avond – maar kennelijk was die avond dus een uitzondering.'

Julian sprong uit de stoel en kwam op Brooke af gelopen. Hij wilde zijn arm om haar heen slaan, maar ze deinsde terug als een schichtig hertje. 'Brooke, kom nou even bij me. Ik… ik ben niet met haar naar bed geweest.'

'Je bent niet met haar naar béd geweest? En nou moet ik hier zeker gaan zitten raden wat er wel is gebeurd?'

Hij ging met zijn hand door zijn haar. 'Het is niet wat je denkt.'

'Wat denk ik dan? Wat is er verdomme gebeurd, Julian? In ieder geval íéts, want het is de eerste keer dat we een gesprek als dit voeren.'

'Het ligt gewoon nogal… ingewikkeld.'

Ze voelde de adem stokken in haar keel. 'Zeg dat er niets is gebeurd. Zeg gewoon: Brooke, die foto's zijn hartstikke nep en geven een vertekend beeld, en ik geloof je.'

Ze keek hem aan, en hij wendde zijn blik af. Meer hoefde ze niet te weten.

Brooke begreep zelf niet waarom, maar ze voelde de woede meteen verdwijnen. Niet dat ze zich daardoor beter voelde of dat het troost bood, het was meer alsof iemand al haar woede had laten weglopen en er een hevige, kille pijn voor in de plaats had gestopt. Ze kon zich er niet toe zetten haar mond open te doen.

Ze zaten zwijgend bij elkaar; ze durfden geen van beiden iets te zeggen. Brooke trilde van top tot teen, haar handen, schouders, alles, en Julian staarde naar zijn schoot. Ze dacht dat ze moest overgeven.

Na een hele tijd zei ze: 'Ik ben ontslagen.'

Hij keek met een ruk naar haar op. 'Wát zeg je?'

'Ja, daarnet. Volgens Margaret twijfelde de directie aan mijn inzet. Omdat ik er nooit ben. Omdat ik het laatste half jaar meer vrij heb genomen en meer diensten heb geruild dan een ander in tien jaar. Omdat ik veel te druk bezig ben om met jou het hele land door te reizen, in chique hotels te slapen en diamanten te dragen.'

Julian legde zijn hoofd in zijn handen. 'Ik had geen flauw idee.'

Er werd op de deur geklopt. Toen ze geen van beiden reageerden, verscheen Natalya's hoofd om de hoek. 'We moeten nog één keer alles doornemen met jullie beiden en dan gaan we. Jullie worden over vijfentwintig minuten op de rode loper verwacht.'

Julian knikte en de deur ging weer dicht. Hij keek Brooke aan. 'Niet te geloven dat ze je hebben ontslagen. Ze weten niet wat ze laten lopen.'

Er werd weer op de deur geklopt.

'We komen eraan!' brulde ze, harder dan de bedoeling was.

De deur ging toch open, en daar stond Leo. Brooke zag dat hij zorgvuldig het gezicht trok van de vredestichter, bruggenbouwer en luisterend oor in moeilijke tijden. Ze kreeg meteen zin om te braken.

'Leo, kun je ons even alleen laten?' Ze deed geen enkele moeite haar afkeer te verbergen.

Hij kwam binnen en deed de deur achter zich dicht alsof hij haar niet had gehoord. 'Brooke, ik weet dat je het nu niet makkelijk hebt, echt waar, maar jullie moeten over minder dan een half uur op die rode loper staan en het is mijn taak om erop toe te zien dat jullie er klaar voor zijn.'

Julian knikte. Brooke kon hem alleen maar aanstaren.

'We weten allemaal dat die foto's nergens op slaan, en zodra het kan ga ik tot op de bodem uitzoeken hoe het zit en eis ik een rectificatie,' – hij zweeg veelbetekenend om bij hen te laten doordingen hoe belangrijk en invloedrijk hij wel niet was – 'maar nu wil ik graag dat jullie je voorbereiden.'

'Oké, zei Julian, en hij keek naar Brooke. 'Het lijkt me verstandig dat we even kortsluiten wat onze officiële verklaring wordt. We moeten laten zien dat we elkaar steunen.'

Brooke besefte dat de woede die ze aan het begin van hun gesprek had gevoeld langzaam was overgegaan in verdriet. Wat doe je als je je eigen man nauwelijks meer herkent? vroeg ze zich af. Julian, die vroeger haar gedachten had lijken te kunnen lezen, scheen haar totaal niet meer te begrijpen.

Ze haalde diep adem. 'Beslissen jullie maar fijn zelf wat "de officiële verklaring" wordt, mij interesseert het niet. Ik ga me verder aankleden.' Ze wendde zich tot Julian en keek hem recht in de ogen. 'Ik ga vanavond met je mee, en ik verschijn glimlachend voor de camera's en loop hand in hand met je over de rode loper, maar zodra de plichtplegingen voorbij zijn, ga ik naar huis.'

Julian stond op en kwam naast haar op het bed zitten. Hij pakte haar handen beet en zei: 'Brooke, laat dit alsjeblieft niet...'

Ze trok haar handen terug en schoof een klein stukje op. 'Waag het niet om de verantwoording bij mij te leggen. Ik ben niet de reden dat we een spoedberaad moeten houden en een officiële verklaring aan de pers moeten afgeven. Jullie lossen het samen maar op.'

'Brooke, kunnen we niet...'

'Laat haar maar, Julian,' verkondigde Leo op wijze toon, zijn stem doordrenkt van ervaring. Hij keek erbij alsof hij wilde zeggen: Ze gaat tenminste nog mee – stel je eens voor wat een pr-nachtmerrie het zou zijn geweest als ze je had laten zitten. Relax, geef dat gekke wijf wat ruimte, dan kunnen we zo gaan... 'Jij moet doen wat je denkt dat goed voor je is, Brooke. Julian en ik lossen het hier wel op.'

Brooke keek hen allebei aan voor ze terugging naar de zitkamer. Natalya stortte zich onmiddellijk op haar. 'Jezus, Brooke! Wat is er in godsnaam met je make-up gebeurd? Kan iemand Lionel godverdomme gaan halen?' riep ze terwijl ze naar de slaapkamer aan de achterkant rende. Brooke greep deze gelegenheid aan om de derde, goddank lege, slaapkamer in te lopen, de deur op slot te doen en Nola te bellen.

'Hallo?' Bij het horen van de stem van haar vriendin begon ze bijna weer te huilen.

'Met mij.'

'Heb je je jurk al aan? Kan Julian niet even een foto maken met je BlackBerry en dat je die dan naar mij toe stuurt? Ik ben zo benieuwd hoe je eruitziet!'

'Luister, ik heb een seconde of twee voor ze me hier vinden, dus...'

'Voor ze je vinden? Word je gestalkt door een Grammy-moordenaar, of zo?' vroeg Nola lachend.

'Nola, luister nou even. Het is hier één groot drama. Foto's van Julian met een of andere griet. Ik heb ze nog niet gezien, dus ik kan er niet veel over zeggen, maar volgens mij is het foute boel. En ik ben ontslagen omdat ik er te vaak niet was. Ik heb nu geen tijd om het allemaal uit te leggen, maar ik wilde je alleen maar even laten weten dat ik na de uitreiking een nachtvlucht neem. Mag ik dan bij jou logeren? Ik heb zo'n gevoel dat er bij ons thuis wel wat mensen op de loer zullen liggen.'

'Foto's van Julian met een ander? O, Brooke, dat slaat vast en zeker nergens op. De bladen publiceren alles wat er voorbijkomt, of het nou waar is of niet...'

'Kan ik bij jou slapen, Nola? Ik moet hier weg. Maar ik snap het helemaal als je geen zin hebt in al die toestanden.'

'Brooke! Kappen nou! Ik boek je ticket wel. Ik weet nog uit de tijd dat ik een project deed in LA dat de laatste vlucht naar New York om elf uur gaat, met American Airlines. Zal ik die voor je boeken? Haal je dat? Ik reserveer ook wel vervoer naar het vliegveld en naar mij toe.'

Louter de bezorgdheid in de stem van haar vriendin was genoeg om de tranen weer te laten vloeien. 'Heel graag. Bedankt. Ik bel je als het hier achter de rug is.'

'Niet vergeten om te kijken of Fergie er in het echt net zo oud uitziet als op de foto's...'

'Ik haat je.'

'Weet ik. Ik ook van jou. Gewoon een paar foto's maken en verzenden. Vooral van Josh Groban...'

Brooke moest ondanks alles glimlachen toen ze ophing. Ze bekeek zichzelf in de badkamerspiegel en verzameld moed om de slaapkamer in te lopen. Natalya zag eruit alsof ze ieder moment kon flauwvallen van de stress en ze stortte zich letterlijk op Brooke.

'Heb je wel in de gaten dat we nog maar twintig minuten hebben en dat het hélemaal opnieuw moet? Wie gaat er nou verdomme zitten janken als ze net is opgemaakt?' Dat laatste mompelde ze, maar hard genoeg zodat Brooke het kon horen.

'Weet je wat ik nu graag zou willen, Natalya?' vroeg ze, terwijl ze het meisje bij haar onderarm beetpakte. Ze praatte zacht, maar dat kon haar ijzige woede nauwelijks verhullen.

Natalya keek haar met grote ogen aan.

'Ik wil dat je mijn make-up bijwerkt, mijn schoenen zoekt en een wodka-martini en een strip Advil voor me bestelt bij de roomservice.

En dat allemaal zonder iets te zeggen. Ik wil geen woord horen. Denk je dat dat je zal lukken?'

Natalya keek haar alleen maar aan.

'Uitstekend. Ik wist wel dat we eruit zouden komen. Ontzettend bedankt voor je medewerking.'

En met die woorden, die haar een heel klein beetje voldoening gaven, liep Brooke terug naar de slaapkamer. Ze zou het wel redden.

13

Idolen en verpleegsters gaan niet samen

'Goed onthouden dus: handje vasthouden, glimlachen en ontspannen doen. Jullie zijn gelukkig, verliefd en totaal niet bezig met die goedkope snol die op bekendheid uit is. Die bestaat voor jullie niet, afgesproken? Zijn we er klaar voor?' Leo zat nog net niet te schreeuwen op de bank in de limousine, op nog geen meter afstand van hen beiden.

'We zijn er klaar voor,' mompelde Julian.

'Zijn we in de juiste stemming? We moeten wel in juiste stemming zijn, jongens! Voelen jullie het?' Hij keek uit het raampje om te zien of ze al een teken kregen van de vrouw met het klembord die bijhield wanneer welke artiest moest opkomen. Julian stond gepland om precies vijf voor half vijf, wat volgens Brookes telefoon over exact één minuut was.

Hoe moet ik me voelen dan? wilde Brooke vragen. Klote? Alsof ik op het punt sta vrijwillig naar mijn executie te lopen, terwijl ik, als ik verstandig was, beter zou kunnen omdraaien? Als iemand die, omdat ze problemen liever uit de weg gaat, recht in de armen van haar beul loopt? Als je dat bedoelt, eikel, dan 'voel ik het', ja.

'Ik zal er niet om liegen jongens, het zijn net piranha's,' zei Leo, en hij stak zijn handpalmen naar voren. 'Dan weten jullie het vast. Negeren, glimlachen en vooral genieten. Ik weet zeker dat jullie het fantastisch zullen doen.'

Zijn telefoon zoemde, en na er vluchtig een blik op geworpen te hebben, klikte hij de portieren open en wendde zich tot Brooke en Julian.

'Het is zover. Daar gaat ie dan!' brulde Leo, en hij zwaaide het portier open. Voor Brooke goed en wel in de gaten had wat er gebeurde, werd ze verblind door de flitslichten. En hoewel het licht pijn deed aan haar ogen, was het nog niets vergeleken bij de vragen die gesteld werden.

'Julian! Hoe voelt het om bij je allereerste Grammy-uitreiking te zijn?'

'Brooke! Wat vind je van de foto's in het laatste nummer van *Last Night*?

'Julian! Hier! Nee, hier! Heb je een verhouding?'

'Brooke! Deze kant op! Deze camera! Welke couturier draag je?'

'Brooke! Wat zou je willen zeggen tegen die Chateau-sloerie?'

'Julian! Links! Ja, zo! Blijven jullie bij elkaar?'

'Julian! Is het niet heel vreemd om over de rode loper te lopen terwijl vorig jaar nog niemand wist wie je was?'

'Brooke! Denk je soms dat het je eigen schuld is, omdat je uiterlijk niet aan de Hollywood-normen voldoet?'

'Brooke! Heb je nog iets te zeggen tegen alle jonge vrouwen die nu kijken?'

'Julian! Zou je niet willen dat je vrouw wat vaker met je meeging?'

Het was net alsof iemand om drie uur 's nachts opeens stadionlampen aanzette in je slaapkamer; haar ogen wilden – konden – zich maar niet aanpassen, en hoe harder ze haar best deed, hoe ongemakkelijker ze zich voelde.

Ze draaide zich heel even om naar het cameravrije gebied achter hen en ving een glimp op van Nicole Kidman en Keith Urban die uit een verlengde zwarte Escalade stapten. Waarom moeten jullie ons hebben als je ook met échte sterren kunt praten? wilde Brooke roepen. Pas toen ze zich weer omdraaide en haar ogen eindelijk gewend waren aan de ongelooflijke hoeveelheid flitslicht, zag ze de eindeloze zee van rood voor zich liggen. Het leek wel een kilometer. Of twee? Tien? De mensen die voor hen liepen, gedroegen zich informeel, volkomen ontspannen zelfs. Ze stonden in groepjes van drie of vijf met journalisten of met elkaar te praten en poseerden vakkundig. Op commando verscheen er een stralende, zorgvuldig ingestudeerde glimlach op hun gezicht. Hoe was het mogelijk. Zou zij dat ook kunnen? Of liever gezegd: had ze eigenlijk wel een schijn van kans om dat schijnbaar oneindige stuk rode loper te overleven?

En toen kwamen ze in beweging. Ze zette de ene hooggehakte voet steeds recht voor de andere, kin in de lucht, haar hoofd waarschijnlijk vuurrrood, en ze liet zich door Julian door de menigte loodsen. Toen ze halverwege waren, legde Leo een warme zweethand op hun schouders, stak zijn hoofd tussen hen in en zei: '*E! Entertainment,* zometeen op rechts. Als ze jullie benaderen voor een interview: stilstaan en met ze praten.'

Brooke keek naar rechts en zag de rug van een klein blond mannetje. Hij stak zijn microfoon uit naar drie jongens in een zwarte pak die er geen van allen ouder uitzagen dan vijftien. Ze pijnigde haar hersens om op hun namen te komen, en toen ze het eindelijk wist – het waren de Jonas Brothers – voelde ze zich opeens heel, heel oud. Ze waren best schattig vond ze, als je op koalabeertjes viel althans, maar sexy? Verleidelijk? In staat om miljoenen meisjes in katzwijm te laten vallen door alleen te glimlachen? Belachelijk. Al die gillende meisjes moesten maar maar eens in oude nummers van *Tiger Beat* bladeren en naar de foto's van Kirk Cameron en Ricky Schroeder kijken als ze een échte droomprins wilden zien. Ze schudde ongelovig haar hoofd. Had ze zojuist in gedachten het woord 'droomprins' gebruikt? Dat voegde ze doe aan de lijst met dingen die ze Nola moest vertellen.

'Julian Alter? Heb je even voor ons?' Het blonde mannetje had eindelijk afscheid genomen van de Jonas Brothers en wendde zich tot Brooke en Julian. Het was Seacrest! Net zo bruin als bij *American Idol* en met net zo'n warme glimlach. Brooke kon hem wel zoenen.

'Hallo,' zei Julian, die hem zo te zien op hetzelfde moment herkende. 'Eh, nauurlijk, graag zelfs.'

Seacrest gebaarde naar de cameraman achter hem en ging iets links van Julian en Brooke staan. Hij knikte en de cameraman zette een verblindend witte lamp aan, waar meteen verrassend veel warmte vanaf kwam. Hij begon in de microfoon te praten, zijn blik strak op de camera gericht.

'Julian Alter en zijn mooie vrouw Brooke hebben zich inmiddels bij mij gevoegd.' Hij wendde zich tot hen en zwaaide uitbundig met zijn vrije hand. 'Fijn dat jullie even tijd voor ons hebben. Jullie zien er vanavond allebei fantastisch uit, ik kan niet anders zeggen.'

Ze toverden allebei automatisch een neplach op hun gezicht. Brooke had even een paniekmomentje toen ze zich realiseerde dat er in het hele land, en misschien zelfs wel de hele wereld, miljoenen mensen naar haar zaten te kijken.

'Dank je, Ryan,' zei Julian, en Brooke was opgelucht omdat hij eraan had gedacht om hem bij zijn voornaam te noemen. 'We vinden het allebei fantastisch om hier te zijn.'

'Julian, je eerste album was binnen twee maanden platina. Er zijn wereldwijd' – hij zweeg even om op het papiertje in zijn hand te kijken – 'al meer dan vier miljoen exemplaren van verkocht. Vanavond treed je op bij de Grammy-uitreiking. Wat gaat er door je heen?'

Hij hield glimlachend de microfoon onder Julians neus. Julian, die ze nog nooit zó cool had gezien, glimlachte terug en zei: 'Nou Ryan, ik moet zeggen dat het allemaal ongelooflijk is. Ik was al totaal onder de indruk van de reacties op mijn album, en nu dit. Ik voel me vereerd. Wáánzinnig vereerd.'

Dit antwoord leek Seacrest wel te bevallen en hij beloonde hen met een glimlach en een hoffelijk knikje. 'Julian, veel van je nummers gaan over de liefde. Zelfs "For the Lost", dat aanvankelijk over je overleden broertje lijkt te gaan, is eigenlijk een nummer over de bevrijdende werking van de liefde. Door wie word je geïnspireerd?'

Een pracht van een voorzet. Brooke bleef aandachtig naar Julian kijken en hoopte dat ze overkwam als een liefdevolle, oplettende vrouw die haar man steunde en aan zijn lippen hing, en niet als het emotionele wrak dat ze in werkelijkheid was.

Julian kopte hem dan ook met gemak in. 'Weet je, Sea... Ryan. In het begin was de muziek die ik maakte behoorlijk zwaarmoedig. Er gebeurde toen heel veel in mijn leven, en ik ben uiteraard van mening dat muziek een spiegel van je ziel is. Maar nu...' Hij wendde zich tot Brooke, keek haar recht in de ogen en zei: 'Nu is het een heel ander verhaal. Dankzij mijn prachtige vrouw zijn zowel mijn leven als mijn muziek oneindig veel beter geworden. Ze is veel meer dan alleen een inspiratiebron – ze is mijn motivatie, ze beïnvloedt me, ze is... alles voor me.'

Ondanks alles wat er was gebeurd in het hotel, ondanks het feit dat ze ontslagen was en het zeurende stemmetje in haar achterhoofd dat zich afvroeg of hij niet gewoon een showtje opvoerde voor het publiek, ging er toch een golf van liefde door haar heen. Op dit moment – ook al waren er camera's op haar gericht, droeg ze een waanzinnige jurk, werd ze geciteerd, gefotografeerd en gefêteerd – dacht ze precies hetzelfde over Julian als toen ze hem voor de eerste keer ontmoette.

Seacrest zei 'Wat lieeeef,' bedankte hen voor het gesprek en wenste Julian succes met zijn optreden. Meteen toen hij zich naar zijn volgende gast omdraaide – iemand die verdacht veel op Shakira leek, maar Brooke wist niet zeker of ze het ook echt was – wendde Julian zich tot haar en zei: 'Zie je nou wel? Hij heeft het niet eens over die stomme foto's gehad. Een beetje journalist weet dat ze nergens op slaan.'

Alleen maar doordat hij over de foto's begon werd ze teruggevoerd naar de hotelkamer en werd de vlaag van genegenheid tenietgedaan. Omdat ze niet goed wist wat ze anders moest doen, en omdat ze zich maar al te zeer bewust was van de camera's en de microfoons die overal langs de rode loper op de loer lagen, glimlachte ze maar gewoon vriendelijk knikkend naar alles en iedereen. Het duurde niet lang voordat Leo zijn hoofd weer tussen hen in stak – Brooke schrok zich rot toen ze zijn hand in haar nek voelde.

'Julian, een stukje verderop loopt Layla Lawson. Ik wil dat je haar begroet met een zoen op haar wang en haar aan Brooke voorstelt. Brooke, het zou heel fijn zijn als je kon doen alsof je het leuk vindt om haar te ontmoeten.'

Brooke keek op en zag Layla lopen in een verrassend elegant kort, zwart jurkje. Ze hing aan de arm van Kid Rock. Volgens de bladen was Kid gewoon een vriend, en had Layla weinig dates gehad sinds ze een jaar geleden met veel ruzie bij haar vriend was weggegaan, een beroemde quarterback. Voordat ze geërgerd iets tegen Leo kon zeggen, stond het tweetal al voor hun neus. Het geflits van de camera's leek wel een spervuur.

'Julian Alter!' gilde Layla, en ze wierp haar armen om zijn nek. 'Ik verheug me zó op het optreden!'

Brooke had verwacht dat het wel iets met haar zou doen om oog in oog te staan met het meisje aan wie ze al zo lang een hekel had, maar ze moest toegeven dat Layla iets charmants uitstraalde, iets wat niet goed overkwam op tv en in de roddelbladen. Zelfs nu ze zich tegen Julian aan drukte had ze nog iets aantrekkelijks, iets liefs en kwetsbaars – misschien ook wel iets doms, gelukkig – dat Brooke onmiddellijk geruststelde.

Julian deed zijn best om zich uit Layla's omhelzing los te maken en keek schaapachtig toen hij haar aan Brooke voorstelde.

'Hallooo,' zei ze met haar vette, honingzoete zuidelijke accent. 'Wat leuk om je eindelijk te ontmoeten.'

Brooke stak glimlachend haar hand uit, maar Layla had haar armen al naar haar uitgestoken voor een omhelzing.

'Kom hier, lieverd, ik heb het gevoel dat ik je al jaren ken! Die man van jou boft maar!'

'Dank je,' zei Brooke, en ze voelde zich meteen belachelijk omdat ze zich ooit door haar bedreigd had gevoeld. 'Mooie jurk.'

'Ach, wat ben je toch een schat. Jongens, dit is Kid.' Ze pakte hem bij zijn hand en probeerde zijn aandacht te wekken voor Julian en Brooke, maar hij leek afgeleid te worden door een legertje langsparaderende modellen (of waren het achtergrondzangeressen? Danseressen? Introducees?). Na een pijnlijk lang moment vertoonde zijn gezicht een spoor van herkenning en gaf hij Julian een klap op zijn rug.

'Gast, gave cd,' zei hij, en hij pakte Julians hand met twee handen beet, zoals alle politici deden. 'Gefeliciteerd! Mag ik vragen wie jouw…'

Brooke hoorde niet meer wat Kid Rock van haar man wilde weten, want Layla trok haar opzij en boog zich zo dicht naar Brooke toe dat ze haar citrusachtige parfum kon ruiken.

'Meteen uitgeven dat geld,' zei Layla in haar oor. 'Het is net zo goed van jou als van hem – trouwens, zonder jou zou hij nog steeds geen cent hebben, toch? – dus sla het niet af omdat je beledigd bent.'

'Geld?' was het enige wat Brooke kon uitbrengen.

'Brooke, meid, dat is het enige waar ik spijt van heb met dat hele gedoe rond Patrick. Ik heb wedstrijd na wedstrijd op de tribune gezeten, heb ieder godvergeten ijskoude stadion in het hele land van binnen gezien, heb hem door dik en dun gesteund, tot hij dat contract voor tachtig miljoen dollar tekende. En toen híj míj bedroog met die pornoster, vond ik dat ik het niet kon maken om een fatsoenlijk huis voor mezelf te kopen. Die fout moet je niet maken, schat. Kopen, dat huis. Je hebt het verdiend.'

Voor Brooke de kans kreeg om te antwoorden, kwamen Julian en Kid Rock aangeslenterd. Ze gingen automatisch met z'n vieren op een rij staan en zwaaiden glimlachend naar de camera's.

Brooke kreeg geen gelegenheid om Layla er nog een keer op aan te spreken, want Leo duwde hen naar de ingang van het Staples Center. Net toen ze zichzelf wilde feliciteren met het overleven van de rode loper, duwde een vrouw in een mouwloos paillettenjurkje en op levensgevaarlijk hoge hakken een microfoon onder haar neus en vroeg bijna gillend: 'Brooke Alter, wat deed het zien van die foto's van jouw man met een andere vrouw met je, na alles wat je voor hem hebt gedaan?'

Iedereen om hen heen viel stil. In de twee seconden die dat mens nodig had gehad om die vraag te stellen, hadden opeens alle artiesten, managers, journalisten, presentatoren, cameramannen en fans hun mond gehouden. Brooke vroeg zich even af of die oorverdovende stilte een teken was dat ze zou gaan flauwvallen, maar ze besefte dat dat geluk haar niet was gegund. Ze zag tientallen – honderden? – hoofden haar kant op draaien, op hetzelfde moment dat Julian zo hard in haar hand kneep dat ze zeker wist dat ze een paar botjes hoorde breken. Ze had het vreemde gevoel dat ze wilde gillen en lachen tegelijk. Ze vroeg zich af hoe er gereageerd zou worden als ze alleen maar glimlachend zou antwoorden: Wat leuk dat je dat vraagt. Want het is namelijk een heel fijn gevoel. Wie zou het nou niet heerlijk vinden om te horen dat haar man waarschijnlijk iets met een andere vrouw heeft, iets wat dankzij types als jij breed wordt uitgemeten op tv? Heb je nog meer van die briljante vragen voordat we naar binnen gaan? Nee? Het was me een genoegen. Die gedachte werd gevolgd door de fantasie om het paillettenjurkje met een schaar te lijf te gaan en de vrouw vervolgens met haar eigen naaldhakken te bewerken. Ze kreeg bijna geen lucht.

Maar uiteraard begon ze niet te gillen, te kotsen of te lachen en vloog ze niemand aan. Ze ademde in door haar neus, deed net alsof ze niet zag dat iedereen stond te kijken en zei beheerst: 'Ik ben supertrots op wat mijn man heeft bereikt heeft en ik verheug me ontzettend op zijn optreden van vanavond. Wens hem maar succes!' Ze kneep Julian terug. Ze had geen idee waar ze die zelfbeheersing vandaan had gehaald, maar ze keek hem aan en zei: 'Zullen we dan maar?'

Julian gaf haar een zoen en bood haar galant zijn arm aan, en voor iemand anders de kans kreeg om voor hen op te duiken, waren zij, Julian en Leo naar binnen gelopen.

'Brooke, dat was grote klasse!' kraaide Leo triomfantelijk. Zijn nog altijd klamme hand pakte haar nek weer beet.

'Echt Brooke, dat was mediabespeling van de bovenste plank,' zei Julian instemmend. 'Je hebt die trut perfect afgewimpeld.'

Ze trok zich los van Julian. Ze werd misselijk van de manier waarop hij haar feliciteerde. 'Ik ga even naar het toilet.'

'Brooke, wacht even! We moeten meteen naar de zaal, zodat Julian zich achter de coulissen kan...'

'Roek? Kun je niet heel even...'

Ze liep bij hen vandaan zonder hen nog een blik waardig te keuren en baande zich een weg door de menigte beeldschone mensen in beeldschone kleding. Ze praatte zichzelf aan dat niemand haar kende, en dat, hoe misselijk ze ook was, niemand haar aanstaarde of over haar praatte. Ze liep in een rechte lijn naar de toiletten, in het wanhopige verlangen zich even af te zonderen en een beetje bij te komen. Het damestoilet was verrassend gewoontjes – wat je zou verwachten van het Staples Center, maar niet bij een Grammy-uitreiking – en Brooke deed erg haar best om niets aan te raken toen ze de deur van het wc-hokje achter zich dichtdeed. Ze concentreerde zich op haar ademhaling terwijl er om haar heen druk gekletst werd.

Eén vrouw raakte niet uitgepraat over het feit dat ze Taylor Swift naast de rode loper met Kanye West had zien praten; ze kon maar niet begrijpen dat die knappe Taylor aandacht besteedde aan Kanye, 'die ongelooflijke sukkel!' Haar vriendin vroeg zich af wie er beter uitzag: Taylor of Miley Cyrus, die allebei nagenoeg hetzelfde zwarte jurkje droegen. Ze kwam er niet uit. Daarna kozen ze wie de lekkerste man was die er rondliep. De ene ging voor Jay-Z, de andere voor Josh Duhamel. Een van hen vroeg zich af wie er die avond op het zoontje van

Jennifer Hudson zou passen. Weer een ander wilde weten wat Kate Beckinsale hier eigenlijk te zoeken had; zij en haar man hadden niets met de muziekindustrie te maken. Brooke zou over exact dezelfde dingen hebben staan kletsen met Nola als ze erbij geweest zou zijn, en die gedachte troostte haar vreemd genoeg. Tot de vrouwen op het volgende onderwerp overgingen.

'Heb jij die foto's van Julian Alter al gezien?' vroeg degene met de irritante stem aan haar vriendin.

'Nee, maar is het echt zo erg?'

'Hou op, schei uit. Die griet kronkelt over hem heen. Op één foto lijkt het net of hij iets doet onder haar rokje.'

'Wie is het? Weten ze dat al?'

'O, niks bijzonders. Een onbekende. Gewoon een of ander feestbeest dat op zoek was naar een avondje lol in het Chateau.'

Brooke had het gevoel dat ze voor de duizendste keer die avond geen lucht meer kreeg. Het was druk in de toiletten – een komen en gaan van vrouwen die hun handen kwamen wassen, denkbeeldige plukken weerbarstig haar wilden vastzetten en een nieuwe laag lippenstift aanbrachten op hun perfect opgemaakte mond – maar ze had alleen oor voor die twee stemmen. Heel onverstandig, maar ze kon er geen weerstand aan bieden. Ze controleerde of de deur goed op slot zat en gluurde door de spleet tussen de scharnieren en de deur. Er stonden twee vrouwen bij de wastafels, allebei zo te zien achter in de twintig, misschien filmsterretjes, al kwamen ze haar geen van beiden bekend voor.

'Hoe haalt hij het in zijn hoofd om dat in het Chateau te doen? Ik bedoel, als je van plan bent om vreemd te gaan, moet je toch op z'n minst probéren om het discreet te doen?'

De ander zei spottend: 'Alsof dat ook maar iets uitmaakt. Het maakt toch niet uit waar ze het doen? Ze worden toch wel betrapt. Kijk maar naar Tiger! Mannen zijn gewoon zo stom.'

Daar moest de ander om lachen. 'Julian Alter is nou niet bepaald Tiger Woods, en zijn vrouw geen Zweeds topmodel.'

Brooke wist zelf ook wel dat ze geen Zweeds topmodel was, maar dat hoefde ze niet van een ander te horen. Ze wilde heel graag weg, maar ze zag minstens net zo erg op tegen teruggaan naar Julian en Leo als tegen de rest van dit gesprek. De vrouw haalde een sigaret tevoorschijn.

'Zou ze bij hem weggaan, denk je?' vroeg het meisje met de te korte, maar hippe pony aan haar vriendin met de irritante stem.

Het meisje snoof. 'Die gaat helemaal nergens naartoe… tenzij hij haar wegstuurt.'

'Wat was ze ook alweer? Lerares of zo?'

'Ik dacht verpleegster.'

'Stel je voor. Je bent een doodgewone vrouw en je man wordt van de ene op de andere dag een superster.'

Hier moest Irritante Stem heel hard om lachen. 'Dat zie ik in Martins geval nog niet gebeuren. Dan moest ik het maar doen, hè!'

Pony blies een laatste kringel rook uit en drukte haar peuk uit in de wasbak. 'Dat huwelijk is ten dode opgeschreven,' verkondigde ze met het zelfvertrouwen van iemand die alles al had gezien en meegemaakt. 'Zij is een lief en timide verpleegstertje, hij een idool. Idolen en verpleegsters gaan niet samen.'

Voedingsdeskundige! wilde ze roepen. Zorg verdomme in ieder geval dat je de feiten kent als je mijn huwelijk gaat ontleden en commentaar op me hebt!

Ze stopten allebei voorzichtig een kauwgom tussen hun vers gestifte lippen, deden hun tasjes dicht en vertrokken zonder verder nog iets te zeggen. Brooke was zo opgelucht dat ze bij het verlaten van de wc aanvankelijk de vrouw niet zag die met haar rug naar de spiegels stond te sms'en, tegen een wasbak geleund.

'Sorry dat ik je lastigval, maar jij bent toch Brooke Alter?'

Brooke haalde een keer diep adem bij het horen van haar naam. Als ze mocht kiezen, verscheen ze nog liever voor een vuurpeloton dan dat ze met iemand moest praten.

Toen de vrouw zich naar haar omdraaide om haar een hand te geven, zag Brooke meteen dat het een alom gerespecteerde, wereldberoemde film- en televisiester was. Ze probeerde niet te laten merken dat ze alles van deze vrouw wist wat er te weten viel – variërend van de rollen die ze de afgelopen jaren had gespeeld in diverse romantische comedy's tot het feit dat haar man haar had verlaten voor een nauwelijks meerderjarige tennisster toen ze zes maanden zwanger was – maar het had geen zin om te doen alsof ze Carter Price niet herkende. Waren er mensen die Jennifer Aniston of Reese Witherspoon niet zouden herkennen? Onzin.

'Dat klopt,' zei ze, zo zacht en stilletjes dat ze zelf ook hoorde hoe treurig het klonk.

'Ik ben Carter Price. O, nee hè… ik had niet gezien… O, wat erg!'

Brooke ging meteen met haar hand naar haar gezicht. Carter keek haar zo vol meedelijden aan dat ze ervan overtuigd was dat ze er heel vreemd uitzag.

'Je hebt natuurlijk alles gehoord wat die trutten zeiden?'

'Ik eh… ik heb niet echt…'

'Dat moet je niet meer doen hoor! Niet naar zulke types luisteren. Ze zijn knap, maar oerdom en ze denken dat ze overal verstand van hebben, dat ze weten hoe het is om je huwelijk publiekelijk op de klippen te zien lopen, maar ze hebben geen idee. Ze snappen sowieso nergens iets van.'

Huh? Dit had ze niet verwacht, maar ze was er wel blij mee.

'Dank je,' zei Brooke, en ze pakte de tissue aan die Carter haar aanreikte. Ze prentte zich in dat ze niet moest vergeten om Nola te vertellen dat ze een tissue had gekregen van Carter Price, en ze hield zichzelf meteen voor om niet zo stom te doen.

'Ik weet dat wij elkaar niet kennen,' zei Carter, en ze gebaarde met haar lange, sierlijke vingers, 'maar ik wou dat iemand ooit tegen mij had gezegd dat het vanzelf minder wordt. Ieder verhaal, hoe sappig of vreselijk ook, wordt weer vergeten. Die aasgieren voeden zich met andermans ellende en zijn steeds op zoek naar nieuwe verhalen, dus als je rustig blijft en gewoon geen antwoord geeft, dan wordt het vanzelf minder.'

Brooke was zo bezig met het feit dat Carter Price naast haar stond en dat ze haar in vertrouwen nam over haar ex – zo mogelijk de knapste, meest getalenteerde en gerespecteerde acteur van hun generatie – dat ze vergat te praten.

Ze moet langer gezwegen hebben dan ze zelf in de gaten had, want Carter draaide zich terug naar de spiegel, pakte haar camouflagestift en zei: 'Ik moet me er niet mee bemoeien, hè?' terwijl ze een onzichtbare kring onder haar linkeroog te lijf ging.

'Sorry! Dat was superfijn, heel lief,' zei Brooke, zich er pijnlijk van bewust dat ze overkwam als een niet bepaald welbespraakte tiener.

'Hier,' zei Carter, en ze gaf Brooke haar nog volle glas champagne. 'Jij kunt het beter gebruiken dan ik.'

Onder andere omstandigheden zou Brooke vriendelijk geweigerd hebben, maar vanavond was ze het eens met Carter, de buitengewoon beroemde filmster, en ze dronk het glas in één teug leeg. Ze kon niet zeggen wat ze over zou hebben voor nog zo'n glas, maar je kon er een nieuwe auto van kopen.

Carter keek haar goedkeurend aan en zei met een knikje: 'Het is net alsof de hele wereld bij jou thuis is uitgenodigd en iedereen er wel een mening over heeft.'

Wat een leuk mens! Zo gewoon! Brooke voelde zich meteen schuldig dat ze zich samen met Nola had afgevraagd of Carters man haar had verlaten voor een tennisster omdat zij zo'n heks was of dat het aan haar mislukte borstvergroting lag. Ze zou nooit meer zomaar oordelen over iemand die ze niet kende.

'Precies,' zei Brooke, en sloeg met haar handpalm tegen de wasbak om het woord kracht bij te zetten. 'En het ergste is nog wel dat iedereen ervan uitgaat dat het waar is. Je gelooft toch niet klakkeloos wat er in de bladen staat?'

Bij het horen van die laatste opmerking stopte Carter met knikken en hield ze haar hoofd schuin. Meteen daarna verscheen er een blik van herkenning op haar gezicht. 'O, wacht even.'

'Wat?'

'Jij denkt dat het niet waar is. Lieverd, die foto's…' Ze maakte de zin niet af. 'Ik weet hoe erg het is – geloof me, ik heb het zelf meegemaakt – maar het heeft geen zin om het te ontkennen.'

He voelde alsof Carter haar een stomp in haar maag had gegeven. 'Ik heb de foto's nog niet gezien, maar ik ken mijn man, en ik…'

De deur zwaaide open en er kwam een jonge vrouw binnen. Ze droeg een chic mantelpakje, had een oortje in en droeg een pasje aan een koord om haar nek. 'Carter? Je moet nu echt naar de zaal.' Ze wendde zich tot Brooke. 'Ben jij Brooke Alter?'

Brooke knikte alleen en hoopte vurig dat dit mens niet ook nog een duit in het zakje zou doen over Julian. Ze had wel genoeg gehoord.

'Julians manager vraagt of ik wil doorgeven dat Julian al backstage is, maar als je in de zaal gaat zitten, komt iemand je halen vlak voor hij op moet.'

'Dank je,' zei ze. Ze was opgelucht dat ze Leo en Julian niet onder ogen hoefde te komen, maar tegelijkertijd nerveus omdat ze nu in haar eentje naar binnen moest.

Ze had zich geen zorgen hoeven maken. 'Ik breng jullie allebei wel even, als jullie er klaar voor zijn.'

Carter keek Brooke aan en glimlachte breed. 'We zijn klaar,' zei ze, en ze haakte haar arm in die van Brooke. 'Toch?'

Het was onwerkelijk. In een paar minuten tijd had een van 's werelds beroemdste actrices verkondigd dat ze dacht dat Brookes echtgenoot vreemdging, en nu liep Brooke gearmd met haar door de menigte alsof ze al twintig jaar vriendinnen waren. De verwarring en misselijkheid moesten van Brookes gezicht af te lezen zijn geweest, want toen de vrouw met het pasje haar haar stoel op de vierde rij aanwees, boog Carter zich naar haar toe en fluisterde: 'Leuk je ontmoet te hebben. Je overleeft het wel, echt waar. Het is mij ook gelukt, en als ik het kan, kan iedereen het. En wat vanavond betreft: denk eraan dat je blijft lachen, lachen en nog eens lachen. Die camera's staan de hele tijd op je gericht in de hoop dat je instort, en dat moet je ze niet gunnen, afgesproken?'

Brooke knikte, en ze wilde dat ze een geheime knop kon indrukken die haar terug zou brengen naar Nola, Walter en haar lievelingsjoggingbroek. In plaats daarvan nam ze haar plaats in. En glimlachte.

Ze grijnsde zich als een gek door de openingsmonoloog van Jimmy Kimmel heen, en het optreden van Carrie Underwood, een zang-en-dansduet van Justin Timberlake en Beyoncé, een overzichtsfilmpje en een eigenzinnig liedje van Katy Perry. Haar kaakspieren begonnen behoorlijk zeer te doen toen het meisje dat naast haar zat – een van de Kardashians, dacht ze, al kon ze hen niet uit elkaar houden en wist ze niet waarom ze eigenlijk beroemd waren – zich naar haar toe boog en zei: 'Je ziet er super uit. Dat je het even weet. Laat je niet klein krijgen door die foto's.'

Het was allemaal al ingewikkeld genoeg geweest toen ze alleen was met Julian, maar dit? Dit was ondraaglijk.

Ze hoorde de ceremoniemeester aankondigen dat ze er even uitgingen voor de reclame, en nog voor ze het meisje kon antwoorden verscheen Leo in het gangpad; op zijn hurken zodat hij het uitzicht niet blokkeerde; hij gebaarde naar haar dat ze hem moest volgen. Als je blij bent om hém te zien, ben je hééldiep gezonken, dacht ze bij zichzelf. En maar lachen, lachen, lachen, ook al voelde ze zich merkwaardig draaierig. Brooke negeerde misschien-wel-een-Kardashian en zei beleefd 'sorry' terwijl ze over alle benen heen stapte (was dat Seal, bij wie ze net bijna op schoot viel?) en achter Leo aan liep.

'Hoe gaat het met hem?' Ze zou graag willen dat het haar niet interesseerde, maar omdat ze wist dat Julian vreselijke plankenkoorts had, had ze ondanks alles toch medelijden met hem. Ze dacht onwillekeurig terug aan al die keren dat ze zijn hand had vastgehouden, hem over zijn rug had gestreeld en had gezegd dat het vast allemaal goed zou gaan.

'Hij heeft pas een keer of zeventien overgegeven, dus het gaat uitstekend.'

Ze keek woest naar Leo, die op zijn beurt naar de kont van een extreem jong meisje liep te kijken, terwijl hij Brooke meenam naar de coulissen links op het toneel. 'Echt waar?'

'Het gaat prima. Een tikkeltje zenuwachtig, da's alles. Hij gaat zometeen de sterren van de hemel spelen.'

Ze zag Julian staan met een assistente, die geconcentreerd luisterde naar wat er in haar oortje werd gezegd, knikte en Julian een zetje gaf. Hij nam samen met de rest van de band plaats achter de instrumenten. Het doek was nog niet opgegaan en Brooke hoorde Jimmy Kimmel grapjes maken tegen het publiek, om ervoor te zorgen dat hun aandacht niet verslapte tijdens de reclame. De monitor telde van twintig af naar nul, en de hand waarin Julian zijn microfoon vasthield, trilde zichtbaar.

Net toen ze dacht dat ze het niet langer kon verdragen, werd Julian aangekondigd door Jimmy Kimmel en ging aan alle kanten tegelijk het doek op, waardoor een gigantisch publiek zichtbaar werd, dat zo enthousiast was dat Brooke zich afvroeg of Julian wel boven het gejoel uit zou komen. Maar toen gaf de drummer drie zachte tikjes met zijn stokken, de gitarist speelde een paar treurige noten en Julian zette de microfoon aan zijn mond en begon het lied te zingen waarmee hij zo beroemd was geworden. Zijn bariton weerklonk door de hele zaal, waardoor het publiek vrijwel meteen stilviel, wat op Brooke het effect van een stroomstoot had.

Ze dacht terug aan de eerste keer dat ze Julian 'For the Lost' had horen zingen, die zwoele dinsdagavond bij Nick's Bar. Hij had toen Brookes favoriete covers al gezongen en twee of drie van zijn eigen nummers gespeeld, maar toen hij dat nieuwe nummer voor de eerste keer ten gehore bracht, had ze kippenvel gekregen. Sinds die tijd had ze hem een ontelbaar aantal keren zien optreden, maar niets had haar kunnen voorbereiden om de ervaring om haar echtgenoot voor miljoenen mensen te zien zingen.

Na wat slechts een paar seconden had geleken, barstte het publiek uit in uitzinnig gejuich. Julian maakte een buiging en gebaarde een bedankje naar zijn bandleden voordat hij het podium af liep, met de microfoon nog in zijn hand. Brooke zag dat hij dolblij was, opgewonden en trots omdat hij zojuist een stadion vol collega's, van wie er veel zijn helden waren, op z'n kop had gezet. Zijn ogen glommen en hij wilde Brooke omhelzen.

Ze trok zich los, en hij keek alsof hij een klap had gekregen.

'Kom mee,' zei hij, en hij pakte haar hand. Achter de schermen wemelde het van de mensen die hem allemaal wilden feliciteren en hun waardering wilden uitspreken, maar Julian trok Brooke mee naar zijn kleedkamer. Hij deed de deur achter hen dicht en keek haar met een brede glimlach aan.

Brooke keek hem in zijn ogen. 'We moeten het over die foto's hebben. Ik weet dat het nu niet goed uitkomt, maar ik kan er niet meer tegen. Als je eens wist wat er gezegd wordt... wat ik allemaal al naar mijn hoofd geslingerd heb gekregen...'

'Sst,' zei hij, en hij legde zijn vinger tegen haar lippen. 'Daar hebben we het nog wel over. We komen er wel uit. Laten we eerst hiervan genieten. Champagne! Volgens Leo staan we op de gastenlijst van de afterparty bij Geisha House, en neem maar van mij aan dat dat helemaal te gek wordt.'

Er gingen heel veel dingen tegelijk door haar hoofd, die allemaal te maken hadden met verslaggevers, flitslichten en een eindeloze stroom vrouwen die ongevraagd advies gaven over de manier waarop ze deze ellende en vernedering te boven moest komen. Nog voor ze tegen Julian kon zeggen dat ze nu meteen wilde weten wat er precies gebeurd was, kwam Leo binnen. Met Samara in zijn kielzog. Ze keken allebei naar Brooke.

Hé Brooke, hoe gaat-ie?' vroeg Samara, zonder ook maar het kleinste spoortje belangstelling in haar stem.

Brooke zond haar een nepglimlach.

'Jongens, cbs wil een interview.'

'Samara...' begon Julian, maar Leo viel hem in de rede.

'Met jullie allebei,' zei hij, alsof hij zojuist hun executiedatum had aangekondigd.

'Doe me een lol zeg, dat meen je niet.'

'Je hebt helemaal gelijk Julian, sorry, maar ik sta erop dat je gaat. Of Brooke mee wil, moet ze zelf weten,' – Samara zweeg en keek veelbetekenend naar Brooke – 'maar ik zeg er wel bij dat de mensen van Sony het héél erg op prijs zouden stellen. Er is kennelijk veel belangstelling voor de foto's. Jullie moeten de wereld laten zien dat er niets aan de hand is.'

Iedereen zweeg, totdat het tot Brooke doordrong dat ze allemaal naar haar keken.

'Dat kun je niet menen. Kom op nou, Julian...'

Julian reageerde niet. Toen ze hem eindelijk durfde aan te kijken, zat hij zijn handen te bestuderen.

'Ik doe het niet,' zei Brooke.

'Nog vijf minuutjes solidair zijn? We gaan erheen, lachen breeduit, zeggen dat het goed gaat tussen ons, en dan zijn we er vanaf.'

Leo en Samara knikten goedkeurend bij het horen van die verstandige woorden.

Brooke zag dat haar jurk heel erg gekreukt was. Ze barstte van de hoofdpijn. Ze hield stand en kon haar tranen nog steeds bedwingen.

'Kom even hier Brooke, dan hebben we het erover,' zei Julian op een toon alsof hij wilde zeggen: Ik moet mijn doorgedraaide vrouw in het gareel zien te krijgen.

Ze liep langs Samara heen en ging pal voor Leo staan, die voor de deur stond. 'Pardon,' zei ze. Toen hij niet opzij ging, glipte ze zijdelings langs hem heen om de deur open te maken. Voor de laatste keer die dag voelde ze zijn zweterige hand op haar huid. 'Wacht nog heel even, Brooke, oké?' De irritatie in zijn stem was duidelijk hoorbaar. 'Je kunt niet zomaar weggaan. Er staan tienduizend camera's voor de ingang. Ze zullen je met huid en haar verslinden.'

Ze draaide zich om naar Leo en hield haar adem in toen haar gezicht op een paar centimeter afstand van het zijne was. 'Vergeleken met de situatie hier kan het alleen maar meevallen. Dus haal die gore hand uit mijn nek en ga opzij.'

En ze vertrok zonder verder nog een woord te zeggen.

14

Er zijn kledingstukken uitgetrokken

Nola had geregeld dat ze in een zijstraat achter het Staples Center werd opgehaald, en wonder boven wonder – misschien geholpen door het feit dat er nooit iemand halverwege de avond vertrok – zag Brooke kans om de achterdeur uit te glippen zonder gezien te worden door de paparazzi. Haar koffer lag geopend op de achterbank en alles lag er keurig opgevouwen in, dankzij een bereidwillige medewerker van het Beverly Wilshire Hotel. De chauffeur deelde mee dat hij haar even alleen zou laten, zodat ze haar jurk kon verruilen voor haar gewone kleren.

Ze kleedde zich snel om en belde Nola. 'Hoe heb je dit toch allemaal voor elkaar gekregen?' vroeg ze zonder haar eerst te groeten. 'Je zou het goed doen als assistente.' Het was makkelijker om grapjes te maken dan om te proberen uit te leggen wat voor avond het was geweest.

'Voordat je denkt dat je er zo makkelijk mee wegkomt – ik wil echt álles horen – moet ik je zeggen dat de plannen enigszins gewijzigd zijn.'

'Hoezo? Je gaat me toch niet vertellen dat ik hier nog een nacht moet blijven, hè?'

'Nee, maar je kunt ook niet hiernaartoe komen. Het stikt hier van de paparazzi. Het zijn er zeker acht, misschien wel tien. Ik heb de stekker van de telefoon er al uitgetrokken. Als het hier al zo erg is, moet het bij jou thuis helemaal een drama zijn. Ik denk niet dat je daar zin in hebt.'

'Nola, wat erg voor je.'

'Doe normaal! Ik heb nog nooit zoiets spannends meegemaakt, dus hou je mond. Ik baal alleen dat ik je nu niet te zien krijg. Ik heb een rechtstreekse vlucht met us Airways geboekt naar Philadelphia, en ik heb je moeder al ingelicht. Je vliegt om tien uur en bent even voor zes uur morgenvroeg daar. Ze komt je van het vliegveld halen. Is dat goed?'

'Bedankt. En dat kan ik niet vaak genoeg zeggen. Fantastisch geregeld.'

De chauffeur stond nog steeds naast de auto te bellen, en Brooke wilde weg voordat iemand hen in de gaten kreeg.

'Niet vergeten leuke sokken aan te trekken, voor als je je schoenen moet uittrekken bij de controle, want ik geef je op een briefje dat er mensen foto's zullen maken. Lach zo veel mogelijk en ga in de business class lounge zitten – daar zitten ze waarschijnlijk niet.'

'Doe ik.'

'O, en laat alle geleende spullen maar op de achterbank van de auto liggen. De chauffeur brengt alles terug naar het hotel, en het hotel regelt dat het weer bij de styliste wordt bezorgd.'

'Hoe kan ik dit ooit goedmaken?'

'Doe niet zo gek, Brooke. Je zou precies hetzelfde voor mij doen als mijn man van de ene dag op de andere een ster zou worden en ik werd opgejaagd door fotografen. Dan zou ik uiteraard wel eerst een man moeten hebben, en we weten allebei dat dat er voorlopig niet inzit, en dat die hypothetische man dan ook nog een beetje talent zou moeten hebben, en dat is nog veel onwaarschijnlijker...'

'Ik ben te moe om in discussie te gaan, maar ik wil nog wel even zeggen dat jouw kansen op geluk en een leuke relatie momenteel minstens tienduizend keer groter zijn dan die van mij, dus zit niet zo te zeuren. Ik hou van je.'

'Ik ook van jou. Denk erom, leuke sokken aan – en bel me straks.'

Tijdens de rit van het Staples Center naar het vliegveld verpakte ze de jurk zorgvuldig in de daarvoor bestemde kledingzak, stopte de schoenen in de schoenenzak en legde de sieraden en het tasje netjes terug in de met fluweel gevoerde doosjes die naast haar op de achterbank stonden. Pas toen ze de knots van een diamant van haar linkerringvinger schoof, bedacht ze dat de styliste haar trouwring nog had, en ze knoopte in haar oren dat ze niet moest vergeten om Julian eraan te herinneren hem terug te vragen. Ze verdrong de gedachte dat dit wel eens een teken zou kunnen zijn.

Twee bloody mary's en een slaappil zorgden ervoor dat ze onderweg vijf uur lang onder zeil was, maar aan de reactie van haar moeder bij de bagageband te zien had het geen wonderen gedaan voor haar uiterlijk. Brooke lachte en zwaaide toen ze haar moeder onder aan de roltrap zag staan en duwde bijna de man die voor haar stond naar beneden.

Haar moeder gaf haar een stevige knuffel en hield haar toen op armlengte om haar eens goed te bekijken. Ze nam Brookes badstoffen trainingspak, sneakers en paardenstaart in zich op en verklaarde: 'Je ziet er vreselijk uit.'

'Bedankt, mam. Zo voel ik me ook.'

'Laten we maar snel naar huis gaan. Heb je een koffer bij je?'

'Nee, dit is alles,' zei Brooke, en ze gebaarde naar haar trolley. 'Als je je jurk, schoenen, tas, sieraden en ondergoed allemaal weer moet inleveren, ben je zo klaar met inpakken.'

Haar moeder baande zich een weg tussen de mensen door naar de lift. 'Ik heb me heilig voorgenomen om pas vragen te stellen als jij daaraan toe bent.'

'Dat vind ik heel fijn.'

'Nou…'

'Wat "nou"?' vroeg Brooke. Ze liepen de lift uit. De kou van Philadelphia sloeg haar in het gezicht, alsof die haar eraan wilde herinneren dat ze niet meer in Californië was.

'Ik ben er voor je, als je wilt praten. Over wat dan ook.'

'Da's lief van je.'

Haar moeder gooide wanhopig haar handen in de lucht voor ze het portier opende. 'Brooke! Kwel me niet zo!'

'Hoezo kwel ik je?' zei Brooke, alsof ze zich van geen kwaad bewust was. 'Ik neem gewoon dankbaar je lieve aanbod aan om me een beetje de ruimte te geven.'

'Je snapt zelf toch ook wel dat ik daar geen woord van meende!'

Brooke hees haar handbagage in de kofferbak en ging op de passagiersstoel zitten. 'Mag ik nog even rustig van deze rit genieten voordat het verhoor begint? Wees maar niet bang; als ik mijn mond eenmaal opendoe, hou ik niet meer op met praten.'

Ze was opgelucht dat haar moeder de rest van de rit naar haar appartement in Center City zelf volpraatte: ze vertelde over de mensen die ze had leren kennen bij haar nieuwe hardloopclubje. Zelfs toen ze de auto in de parkeergarage onder het gebouw gezet hadden en in de lift stonden naar de driekamerflat op de vijfde verdieping, bleef mevrouw Greene een constante, opgewekte monoloog voeren. Pas toen ze binnenkwamen en de deur achter hen dichtviel, wendde ze zich tot Brooke, die zich schrap zette.

Haar moeder, die normaal gesproken niet zo lichamelijk was ingesteld, legde haar handpalm tegen Brookes wang.

'Eerst ga je lekker douchen. Er liggen schone handdoeken in de badkamer en er staat nieuwe lavendelshampoo, waar ik helemaal verliefd op ben. Daarna ga je eten. Ik bak een omelet voor je – ja, ik weet het, alleen de eiwitten – en rooster een paar boterhammen. En dan ga je slapen. Nachtvluchten zijn een verschrikking, en je zult wel niet al te veel hebben geslapen tijdens de vlucht. Het bed in de logeerkamer is opgemaakt en de airco staat voluit.' Ze trok haar hand terug en liep naar de keuken.

Brooke slaakte een zucht van opluchting, trok haar trolley achter zich aan naar de logeerkamer en liet zich op het bed vallen. Ze sliep nog voor ze haar schoenen had uitgetrokken.

Toen ze uiteindelijk wakker werd, omdat ze zo nodig moest plassen dat ze het niet langer kon ophouden, stond de middagzon al laag aan de hemel aan de achterkant van het gebouw. Volgens de wekker was het kwart voor vijf en ze hoorde haar moeder de vaatwasser uitruimen. Het duurde nog geen tien seconden voor ze aan de vorige avond moest denken. Ze pakte haar mobiele telefoon en zag met een mengeling van moedeloosheid en voldoening dat ze twaalf gemiste oproepen en evenveel sms'jes had, allemaal van Julian, vanaf elf uur 's avonds Californische tijd, de hele nacht door tot aan de volgende ochtend.

Ze sleepte zich uit bed en liep eerst naar de badkamer en daarna naar de keuken, waar ze haar moeder voor de vaatwasser aantrof. Ze keek staand naar de kleine televisie die onder een keukenkastje hing.

'Hallo,' zei Brooke, die zich voor de zoveelste keer afvroeg wat haar moeder zou doen als Oprah voorgoed met haar programma zou stoppen. 'Wie heeft ze vandaag?'

Mevrouw Greene draaide zich niet eens om. 'Mackenzie Phillips,' antwoordde ze. 'Alwéér. Niet te geloven. Oprah is benieuwd hoe het met haar gaat sinds ze het bekendgemaakt heeft.'

'En?'

'Ze is een afgekickte heroïneverslaafde die tien jaar lang een seksuele relatie met haar vader heeft gehad. Ik ben geen psychiater, maar iedereen kan wel snappen dat ze niet heel erg gelukkig zal worden.'

'Dat denk ik ook niet, nee.' Brooke pakte een zakje mini-Oreo's uit het keukenkastje, scheurde het open en stopte een paar koekjes in haar mond. 'Hmm, die zijn lekker. Hoe kan dat nou, dat er maar honderd calorieën in zo'n zakje zitten?'

Haar moeder snoof minachtend. 'Omdat er maar een paar kruimels in zitten. Je moet minstens vijf van die zakjes leegeten wil je een voldaan gevoel krijgen. Zo houden ze de mensen voor de gek.'

Brooke glimlachte.

Haar moeder zette de televisie uit. Ze draaide zich om naar Brooke. 'Zal ik dan nu die eieren met geroosterd brood maar voor je maken?'

'Graag. Lekker. Ik val om van de honger,' zei Brooke, en ze kieperde de rest van de koekjes rechtstreeks vanuit het zakje in haar mond.

'Weet je nog dat ik vroeger, toen jullie klein waren, een paar keer per maand ontbijt maakte als avondeten? Daar waren jullie dol op.' Ze pakte een koekenpan uit een lade en deed er zo veel olie in dat het leek alsof ze hem onder de kraan had gehouden.

'Hmm, dat weet ik nog heel goed. Alleen weet ik bijna zeker dat je dat twee of drie keer per wéék deed, niet per maand, en ik weet zeker dat ik de enige was die je daar blij mee maakte. Randy en papa bestelden altijd pizza als je 's avonds eieren ging bakken.'

'Schei toch uit, Brooke, zo vaak was dat helemaal niet. Ik kookte bijna altijd!'

'Ja, hoor.'

'Ik maakte ook iedere week een grote pan chili con carne met kalkoengehakt. Dat vonden jullie allemaal heerlijk.' Ze brak zes eieren in een kom en begon te kloppen. Brooke deed haar mond al open om bezwaar te maken toen haar moeder haar zelfverklaarde 'speciale saus' bij de geklutste eieren deed – een scheut sojamelk met vanille-smaak waar ze een misselijkmakend zoet bijsmaakje van kregen – maar ze hield zich in. Ze zou er wel, zoals altijd, een heleboel ketchup overheen kieperen en ze snel doorslikken.

'Dat kwam uit een pakje!' zei Brooke, die nog een pakje Oreo's openmaakte. 'Je hoefde er alleen maar kalkoen en tomatenpuree bij te doen.'

'Het was heerlijk, geef het maar toe.'

Brooke glimlachte. Haar moeder kookte verschrikkelijk slecht, en dat wist ze zelf ook, maar ze vonden het allebei leuk om erover te harrewarren.

Mevrouw Greene schraapte de vanille-soja-eieren met een metalen vork uit de anti-aanbakpan en verdeelde ze over twee borden. Ze haalde vier sneetjes brood uit de broodrooster en legde ze op de borden, zonder te merken dat ze de broodrooster helemaal niet had aangezet. Ze gaf Brooke een bord en gebaarde naar het tafeltje net buiten de keuken.

Ze namen hun borden mee en gingen op hun vaste plek zitten. Haar moeder snelde nog even de keuken in en kwam terug met twee blikjes cola light, twee vorken, een mes, een stokoude fles druivensap en een spuitbus met namaakboter. Ze kwakte alles zonder plichtplegingen op tafel. 'Bon appetit!' zei ze.

'Hmm, heerlijk,' zei Brooke, en ze speelde een beetje met haar naar vanille ruikende eieren. Ze spoot wat boterspul op het niet-geroosterde brood en hief haar blikje. 'Proost!'

'Proost! Op...' Brooke zag dat haar moeder de rest inslikte, waarschijnlijk omdat ze iets had willen zeggen als 'het samenzijn', 'een nieuwe start', of een andere weinig subtiele verwijzing naar Julian. In plaats daarvan zei ze: 'Op culinaire hoogstandjes en goed gezelschap!'

Ze aten snel en Brooke was aangenaam verrast dat haar moeder nog steeds nergens naar vroeg. Ze wist ongetwijfeld dat ze hiermee het gewenste effect bereikte, want Brooke wilde het er inmiddels dolgraag over hebben. Ze wist niet hoe snel ze de waterkoker moest aanzetten. Tegen de tijd dat ze op de bank zaten met een beker Lipton en het voornemen om de laatste drie afleveringen van *Brothers and Sisters* te kijken die haar moeder had opgenomen, hield Brooke het niet meer.

'Je zult wel nieuwsgierig zijn naar gisteravond,' zei ze, nadat ze een slok thee had genomen.

Mevrouw Greene liet het theezakje even uitlekken voor ze het op een servetje op tafel legde. Brooke zag dat het haar moeite kostte om haar niet aan te kijken. Dan is het dus heel erg, dacht ze bij zichzelf. Haar moeder was absoluut niet het type om niet aan te dringen. 'Alleen als je er aan toe bent,' zei ze vaag, en ze maakte er een 'ik ben heel makkelijk'-gebaar bij dat volkomen ongeloofwaardig overkwam.

'Nou… Jezus, ik weet niet eens waar ik moet beginnen. Het is ook zo'n puinhoop.'

'Begin maar bij het begin. Ik heb je gistermiddag voor het laatst gesproken toen het bij jou twaalf uur was en je op het punt stond om je jurk aan te trekken. Zo te horen ging het toen allemaal nog prima. Wat is er daarna gebeurd?'

Brooke zat achterovergeleund op de bank, met een voet op de rand van de glazen salontafel. 'Nou, vanaf toen werd het één groot drama. Ik had de jurk net aan en de sieraden omgedaan toen Margaret belde.'

'En toen?'

'Er was sprake van een gigantisch misverstand. Hoe het precies zat doet er nu niet toe, maar het komt erop neer dat ze me ontslagen heeft.'

'Wát?' Haar moeder was opeens een en al aandacht. Ze had dezelfde blik in haar ogen als wanneer Brooke vroeger uit school kwam en vertelde dat haar gemene klasgenootjes haar hadden gepest tijdens het speelkwartier.

'Ik ben ontslagen. Ze zei dat ze niet meer op me konden rekenen. Dat het ziekenhuis twijfelde aan mijn toewijding.'

'Wát?'

Brooke slaakte glimlachend een zucht. 'Echt waar.'

Die vrouw is niet goed bij haar hoofd,' zei haar moeder, en ze sloeg met haar hand op tafel.

'Dat is heel lief van je, mam, maar ergens heeft ze wel gelijk. Ik héb de afgelopen maanden ook niet bepaald optimaal gepresteerd.'

Haar moeder zweeg even, alsof ze zat te bedenken wat ze moest zeggen. Toen ze haar mond weer opendeed, klonk ze afgemeten. 'Je weet dat ik Julian altijd graag heb gemogen. Maar ik ga er niet over liegen: toen ik die foto's zag, zou ik hem het liefst met mijn blote handen gewurgd hebben.'

'Wat zei je?' fluisterde Brooke, die zich in een hoek gedreven voelde. Ze was die foto's echt niet vergeten – de foto's die haar eigen man had vergeleken met die van Sienna en Balthazar – maar ze was erin geslaagd ze te verdringen naar een plekje ergens ver in haar achterhoofd.

'Het spijt me, lieverd. Ik weet dat het me niet aangaat en ik had gezworen dat ik mijn mond erover zou houden, maar je kunt niet doen alsof er niets is gebeurd. Je moet erachter komen wat er precies is voorgevallen.'

Brooke reageerde geërgerd. 'Het lijkt me wel duidelijk dat hij en ik een heleboel te bespreken hebben. Ik herken mijn eigen Julian niet meer, en dat komt niet alleen door een paar afschuwelijke paparazzifoto's.'

Brooke keek haar moeder aan in afwachting van een reactie, maar die kwam niet.

'Wat is er nou?' vroeg ze. 'Zeg het maar.'

'Je hebt ze nog niet gezien, hè?'

Brooke zweeg even en zei toen: 'Ik wil wel, maar ik kan het niet opbrengen. Dan wordt het ineens allemaal zo echt...'

Mevrouw Greene trok haar benen onder zich op de bank en boog zich naar Brooke om haar hand te pakken. 'Lieverd, ik snap wat je bedoelt, echt. Je voelt je waarschijnlijk alsof je op de dakrand van een hoog gebouw balanceert. En ik vind het vreselijk om het te moeten zeggen, maar... ik vind dat je ze moet zien.'

Ze keek haar moeder aan. 'Echt waar, mam? Jij bent degene die altijd zegt dat ik niet naar die rotzooi moet kijken. Je hebt me er altijd op gewezen, telkens wanneer ik overstuur raakte van wat ze schreven, dat negenennegentig procent van wat in de bladen staat vertekend of gewoon gelogen is.'

'Hij ligt op het nachtkastje.'

'Op je nachtkastje?' gilde Brooke, die baalde van haar eigen stem, een combinatie van schrik en paniek. 'Sinds wanneer heb jij een abonnement op *Last Night*? Ik dacht dat hier in huis alleen de *O* en *Newsweek* werden gelezen?'

'Ik heb een abonnement genomen toen jij en Julian er steeds vaker in stonden,' zei haar moeder zacht. 'Dat vond ik leuk, en ik wilde weten waar iedereen het steeds over had.'

Brooke lachte vreugdeloos. 'En daar heb je geen seconde spijt van gehad, zeker? Is het geen bron van fascinerende informatie?'

'Ik vind het vreselijk, maar ik denk wel dat je ze de eerste keer beter hier kunt zien. Ik wacht wel tot je terugkomt. Ga nou maar.'

Brooke zag aan haar moeder dat het haar moeilijk viel. Ze hees zichzelf van de bank en deed haar best om haar angst en ontzetting te negeren. Het leek haar een eeuwigheid te kosten om van de woonkamer naar de slaapkamer te lopen, maar voor ze goed en wel besefte wat ze ging doen, zat ze al op de rand van het bed. Op de cover stond een foto van een lachende Justin Timberlake en Jessica Biehl, met een grote, rafelige scheur in het midden. Er stond in grote rode letters 'Uit elkaar!' boven.

Gerustgesteld door het feit dat Julian nog net niet interessant genoeg was om op de cover te zetten, bladerde Brooke naar de inhoudsopgave, met de bedoeling om de koppen te bekijken. Dat was niet nodig. Boven aan de bladzijde stond een overdreven grote foto van Julian die aan een tafeltje zat in de binnentuin van Chateau Marmont. Het meisje naast hem werd grotendeels aan het zicht onttrokken door een grote kamerplant, maar je kon duidelijk haar profiel zien terwijl ze zich vooroverboog naar Julian, haar hoofd schuin, met open mond, alsof ze op het punt stonden om te gaan zoenen. Hij had een flesje bier in zijn hand en toonde het meisje lachend de kuiltjes in zijn wangen. Brooke voelde een golf misselijkheid opkomen, gevolgd door het akelige besef dat dit soort bladen nooit de sappigste foto's meteen al in de inhoudsopgave plaatsten. Het ergste moest dus nog komen.

Ze ademde diep in en bladerde naar pagina achttien. Degene die beweerde dat het altijd even duurde voordat iets vreselijks tot je doordrong, had duidelijk nog nooit een fotoserie gezien die twee bladzijden in beslag nam, waarop te zien was hoe haar man een andere vrouw verleidde. Brookes hersenen namen het allemaal feilloos op. Ze zag een andere versie van de eerste foto, alleen zat Julian hier schijnbaar aandachtig te luisteren naar wat het meisje in zijn oor fluisterde. De tijdsaanduiding gaf aan dat hij om 23.18 uur was genomen. Op de volgende foto, waar in neonrode lettertjes 00.22 uur op stond, wierp hij lachend zijn hoofd in zijn nek. Het meisje lachte ook en ze had haar hand tegen zijn borst gelegd. Duwde ze hem speels van zich af? Of zocht ze gewoon een reden om hem te kunnen aanraken? De derde en laatste foto op de linkerpagina was het ergst: het meisje hing tegen Julian aan en dronk zo te zien roze champagne. Julian had nog steeds het flesje bier in één hand, maar zijn andere hand leek onder het jurkje van het meisje te verdwijnen. Je kon zien aan de hoek van zijn arm dat hij weinig meer deed dan zijn hand op haar bovenbeen leggen, maar het viel niet te ontkennen dat zowel zijn hand als zijn pols helemaal door stof bedekt waren. Julian knipoogde naar het meisje en lachte naar haar; de ondeugende lach waarop Brooke zo dol was, terwijl het meisje hem smachtend aankeek met haar grote bruine ogen. Het was 01.03 uur.

En toen kwam de uitsmijter, de kroon op het werk van *Last Night*. De rechterpagina bestond uit één foto, die voor haar gevoel zo groot was als een billboard. De tijdsaanduiding gaf 06.18 uur aan, en het meisje droeg nog steeds hetzelfde vaalblauwe jurkje als een paar uur daarvoor. Ze kwam een kamer uit in een van bungalows die aan het zwembad lagen. Haar haar zat verschrikkelijk door de war en ze was het vleesgeworden 'de ochtend na de avond ervoor'-cliché. Ze klemde haar tasje tegen haar borst alsof ze zich zo wilde beschermen tegen het onverwachte flitslicht en ze zette grote ogen op; van schrik, maar er viel ook iets anders in te lezen. Trots? Het gevoel het 'm toch maar mooi te hebben geflikt? Het was in ieder geval geen schaamte.

Brooke kon het niet laten om iedere foto aandachtig te bestuderen, als een wetenschapper die een monster onder de loep bekijkt, op zoek naar aanwijzingen en terugkerende patronen. Het duurde een paar minuten, maar toen ze een tijdje naar de laatste foto had zitten kijken, wist ze wat haar het meest dwars zat. Het meisje was geen beroemde actrice, topmodel of popster, voor zover Brooke wist. Ze zag er doodgewoon uit. Ze had slap, iets te lang roodblond haar, droeg een doorsnee blauw jurkje en had zo'n nietszeggend figuur – zo ongelooflijk gewóón – dat Brooke haar adem inhield toen het tot haar doordrong: het meisje had wel wat van haar weg. Van de paar pondjes te veel en de niet erg vakkundig aangebrachte oogmake-up tot de nét verkeerde schoenen (de hakken iets te lomp voor een avondje uit en het leer een tikkeltje afgetrapt); Julians Chateau-scharrel en zij hadden zusjes kunnen zijn. En wat Brooke nog veel verontrustender vond: ze was er tamelijk zeker van dat anderen háár de knapste van de twee zouden noemen.

Dit was wel erg eigenaardig. Als je man vreemdging met een onbekende die hij zojuist had opgepikt in een hotel in Hollywood, had hij dan niet op z'n minst het zelfrespect kunnen opbrengen om een bloedmooie vrouw uit te kiezen? Of anders in ieder geval een goedkoop, ordinair type? Waar waren de gigantische neptieten en de loeistrakke skinny jeans? Waar waren haar zonnebankkleurtje en peperdure highlights? Hoe was ze überhaupt Chateau Marmont binnengekomen, vroeg Brooke zich af. Misschien dat een beroemde muzikant niet altijd een model van Gisele-kaliber kon scoren, maar iemand die er beter uitzag dan zijn eigen vrouw moest toch wel lukken? Brooke gooide vol walging het tijdschrift van zich af. Het was makkelijker om je te concentreren op de absurditeit van je man die vreemdging met een minder aantrekkelijke versie van jou, dan op het vreemdgaan op zich.

'Gaat het een beetje?' Ze schrok van haar moeders stem. Mevrouw Greene stond tegen de deurpost geleund en keek nog net zo gekweld als daarstraks.

'Je had gelijk,' zei Brooke. 'Dit had ik liever niet morgen in de trein naar huis onder ogen gekregen.'

'Ik vind het zo erg voor je, lieverd. Ik weet dat je daar nu waarschijnlijk niet aan moet denken, maar ik vind dat je Julians versie moet horen.'

Brooke snoof. 'Je bedoelt dat ik geleuter moet aanhoren in de trant van "Schatje, strikt genomen had ik die nacht ook thuis kunnen slapen, maar in plaats daarvan ben ik stomdronken geworden en aan de haal gegaan met je minder aantrekkelijke tweelingzusje, en o ja, er zijn helaas toevallig een paar foto's van gemaakt"?' Brooke hoorde de woede en het druipende sarcasme in haar stem, en het verbaasde haar dat ze niet hoefde te huilen.

Mevrouw Greene kwam zuchtend naast haar op bed zitten. 'Ik weet het ook niet, liever. Hij zal inderdaad met iets beters moeten komen. Maar laat ik één ding duidelijk stellen: die sloerie zou nooit je tweelingzus kunnen zijn. Het is gewoon een sneu type dat zich heeft opgedrongen aan je man. Ze kan op geen enkele manier aan je tippen.'

Ze hoorden Julians single 'For the Lost' uit de andere kamer komen. Brookes moeder keek haar vragend aan.

'Dat is mijn ringtone,' zei Brooke, en ze hees zich van het bed. 'Die heb ik een paar weken geleden gedownload. En dadelijk ben ik er weer een avond zoet mee om hem uit mijn telefoon te krijgen.'

Ze trof haar telefoon aan in de logeerkamer en zag op het schermpje dat Julian degene was die haar belde. Ze wilde het wel uitgillen, maar dat kon ze niet.

'Hallo,' zei ze, terwijl ze op het bed ging zitten.

'Brooke! Jezus, ik was in alle staten. Waarom belde je niet terug? Ik wist niet eens of je wel veilig thuis was.'

'Ik ben niet thuis, ik zit bij mijn moeder.'

Ze meende een onderdrukte vloek te horen en toen zei hij: 'Bij je moeder? Ik dacht dat je zei dat je naar huis ging.'

'Klopt, tot Nola vertelde dat ons appartement onder vuur ligt.'

'Brooke?' Ze hoorde een claxon op de achtergrond. 'Goddomme, we werden bijna van achteren aangereden. Man, is die vent achter ons niet helemaal goed of zo?'

Toen, weer tegen haar: 'Brooke? Sorry. Ik was hier bijna verongelukt.'

Ze zei niets terug.

'Brooke...'

'Ja?'

Er viel een korte stilte voor hij zei: 'Luister alsjeblieft even naar me.'

Er viel weer een stilte. Ze wist dat hij wachtte tot ze iets over de foto's zou zeggen, maar dat gunde ze hem niet. Wat trouwens ook best triest was. Het was toch kinderachtig om op die manier haar gevoelens te verbergen voor haar eigen man?

'Brooke, ik…' Hij zweeg en hoestte. 'Ik eh… ik kan me voorstellen hoe moeilijk je het moet hebben gehad toen je die foto's zag. Hoe afschuwelijk dat geweest moet zijn.'

Ze kneep zo hard in haar telefoon dat ze dacht dat ze hem kapot zou knijpen, maar ze kon zich er niet toe zetten om iets te zeggen. Haar keel werd plotseling dichtgeknepen en ze begon te huilen.

'En al die vragen van de persmuskieten op de rode loper gisteravond…' Hij begon weer te hoesten en Brooke vroeg zich af of hij het er ook moeilijk mee had of dat hij gewoon verkouden was. 'Het was voor mij al heel heftig, dus ik kan me voorstellen dat het voor jou helemaal vreselijk moet zijn geweest, en…'

Hij zweeg, duidelijk in afwachting van haar reactie, in de hoop dat ze hem uit de situatie zou redden, maar ze kreeg door haar stille tranen heen niets geformuleerd.

Er viel een stilte die zeker een minuut duurde, misschien wel twee, voor hij zei: 'Schatje, huil je nou? O Roek, ik vind het zo erg allemaal.'

'Ik heb de foto's gezien,' fluisterde ze, en toen zweeg ze weer. Ze wist dat ze het moest vragen, hoewel iets in haar nog steeds dacht dat ze het misschien beter niet kon weten.

'Brooke, het was niet half zo erg als die foto's doen geloven.'

'Heb je de nacht doorgebracht met dat mens?' vroeg ze. Ze had het gevoel dat er een pluk watten in haar mond zat.

'Zo is het helemaal niet gegaan.'

De stilte door de telefoonlijn was bijna tastbaar. Ze wachtte tot hij zou zeggen dat het allemaal één groot misverstand was, dat hij er ingeluisd was, dat de foto's op de computer bewerkt waren. Maar hij zei niets.

'Goed,' hoorde ze zichzelf zeggen. 'Ik weet genoeg.' Haar laatste woorden klonken verstikt, gedempt.

'Nee! Brooke, ik… ik ben niet met haar naar bed geweest. Dat zweer ik je.'

'Ze kwam om zes uur 's ochtends je kamer uit.'

'Ik zeg je net, Brooke, dat ik niet met haar naar bed ben geweest.' Hij klonk diep ongelukkig, zijn stem smekend.

En toen begreep ze het eindelijk. 'Je bent dus niet met haar naar bed geweest, maar er is wel iets anders gebeurd, hè?'

'Brooke...'

'Ik wil weten wat er is gebeurd, Julian.' Ze moest bijna overgeven bij het besef dat ze dit gesprek met haar man voerde, deze afschuwelijke versie van 'Hoe ver ben je gegaan?'

'Er zijn kledingstukken uitgetrokken, maar daarna zijn we in slaap gevallen. Er is niets gebeurd Brooke, dat zweer ik.'

Er zijn kledingstukken uitgetrokken. Zo kon je het ook zeggen, ja. Afstandelijk. Ze voelde de gal opkomen bij het beeld van Julian die naakt met een ander in bed lag.

'Brooke? Ben je daar nog?'

Ze hoorde hem praten, maar ze kreeg niets mee van wat hij zei. Ze hield de telefoon een eindje van haar hoofd en keek naar het schermpje: een foto van Julian met zijn gezicht tegen Walters kop aan gedrukt.

Ze bleef nog tien, misschien twintig seconden op het bed naar Julians foto zitten staren en naar het rijzen en dalen van zijn stem zitten luisteren. Toen haalde ze diep adem, bracht het spreekgedeelte van de telefoon weer naar haar mond en zei: 'Ik ga ophangen, Julian. Bel me alsjeblieft niet terug. Ik wil alleen zijn.' Voor ze van gedachten kon veranderen, zette ze de telefoon uit, haalde de batterij eruit en legde de twee onderdelen los van elkaar in het laatje van het nachtkastje. Er zou die avond niet meer gepraat worden.

15

Niet het type dat jankt
onder de douche

'Weet je zeker dat je niet wilt dat we mee naar binnen gaan? Ook niet heel even?' vroeg Michelle, en ze keek naar de rij suv's met getinte ramen voor de ingang van het appartementencomplex waar Brooke woonde.

'Heel zeker,' antwoordde Brooke, in de hoop dat ze overtuigend klonk. De twee uur durende rit van haar moeders huis naar New York met haar broer en Michelle was ruim voldoende geweest om hen in te lichten over de toestand met Julian, en toen ze Manhattan binnenreden, waren ze net aanbeland bij de vragen waarin ze geen zin had.

'En als we nou eens meeliepen tot je binnen bent?' zei Randy. 'Ik heb altijd al een paparazzo tegen de vlakte willen slaan.'

Ze zette haar kiezen op elkaar en glimlachend. 'Dat is lief aangeboden, maar het hoeft niet. Ze staan hier waarschijnlijk al sinds de Grammy-uitreiking en ze zullen nog wel even blijven staan ook.'

Randy en Michelle keken elkaar twijfelend aan, dus zette Brooke nog een tandje bij. 'Ik meen het. Echt. Jullie moeten nog minstens twee uur rijden en het is al best laat. Ga nou maar. Ik loop het laatste stukje, negeer hen als ze tevoorschijn komen en loop met opgeheven hoofd verder. Ik zeg zelfs niet eens "Geen commentaar".'

Randy en Michelle waren onderweg naar een bruiloft in The Berkshires, een paar dagen eerder omdat ze er voor het eerst een paar dagen tussenuit gingen zonder de baby. Brooke keek nog een keer naar Michelles indrukwekkend platte buik en schudde vol ongeloof haar hoofd. Het mocht gerust een wonder heten, helemaal omdat tijdens haar zwangerschap haar voorheen zo strakke figuur was veranderd in een klein, gedrongen lijf zonder zichtbare overgangen van borst naar taille of van taille naar bovenbenen. Brooke had gedacht dat het jaren zou duren voor Michelle haar oude figuur weer terug had, maar slechts vier maanden na Ella's geboorte zag ze er beter uit dan ooit.

'Nou, goed dan…' zei Randy met opgetrokken wenkbrauwen. Hij vroeg of Michelle niet even mee naar boven wilde om te plassen.

De moed zonk Brooke in de schoenen. Ze snakte naar wat tijd voor zichzelf voordat Nola kwam en de volgende inquisitieronde zou beginnen.

'Nee hoor, het gaat wel,' zei Michelle, en Brooke haalde opgelucht adem. 'Als het echt zo druk wordt op de weg, kunnen we maar beter gaan. Weet je zeker dat je het redt?'

Brooke glimlachte breed en boog zich naar Michelle toe om haar een kus te geven. 'Ik weet het zeker. Echt waar. Houden jullie je nou maar bezig met zo veel mogelijk slapen en drinken, oké?'

'Als we niet uitkijken, slapen we dwars door de bruiloft heen,' mompelde Randy, die zijn wang door het raampje stak om Brookes kus in ontvangst te nemen.

Er barstte een explosie aan flitslichten los, vlak bij hen. De fotograaf aan de overkant van de straat had hen duidelijk als eerste gezien, ook al had Ryan de auto een heel stuk van de ingang geparkeerd. De man droeg een donkerblauwe sweater met capuchon en een kakikleurige broek en leek geen enkele moeite te doen om zijn bedoelingen te verhullen.

'Jezus, hij zat er bovenop hè! Hij was er als de kippen bij,' zei haar broer, die uit het raampje ging hangen om de man beter te bekijken.

'Ik heb hem al vaker gezien. Je kunt er vergif op innemen dat er binnen een paar uur een foto van die kus op internet staat, met een onderschrift in de trant van "Gedumpte echtgenote laat er geen gras over groeien",' zei ze.

'Zetten ze er wel bij dat ik je broer ben?'

'Wat denk je zelf? Ook niet dat je vrouw naast je in de auto zit. De kans bestaat zelfs dat ze er een trio van maken.'

Randt glimlachte treurig. 'Klote, Brooke. Ik vind het lullig voor je. Die hele toestand.'

Brooke gef een kneepje in zijn arm. 'Maak je om mij maar geen zorgen. Veel plezier!'

'Bel je als er iets is?'

'Doe ik,' zei ze, opgewekter dan ze voor mogelijk had gehouden. 'Voorzichtig rijden!' Ze zwaaide hen uit tot ze om de hoek verdwenen waren en liep toen in een rechte lijn naar de ingang. Ze was nog geen drie meter onderweg toen de andere fotografen – ongetwijfels gewaarschuwd door het eerdere flitslicht – als één man uit hun suv's vlogen en zich in een luidruchtig, druk rondscharrelend groepje pal voor de ingang van haar appartementencomplex verzamelden.

'Brooke! Waarom ben je niet met Julian meegegaan naar de afterparty's?'

'Brooke! Heb je Julian op straat gezet?'

'Wist je dat je man vreemdging?'

'Waarom is je man nog niet thuis?'

Goeie vraag, dacht Brooke. Dat zou ik ook graag willen weten. Ze riepen van alles en duwden hun camera's voor haar neus, maar ze weigerde om oogcontact met hen te maken. Met een uiterlijke kalmte die ze in werkelijkheid totaal niet voelde, maakte ze eerst de buitendeur open, trok die achter zich dicht en opende daarna de deur naar de hal. De camera's bleven flitsen tot de liftdeuren dichtgleden.

Het was angstaanjagend stil in huis. Eerlijk gezegd had ze tegen beter weten in gehoopt dat Julian alles uit handen had laten vallen en naar huis was gekomen om het uit te praten. Ze wist dat zijn agenda overvol was en dat daar niets aan veranderd kon worden – ze stond op de lijst met mensen die zijn dagelijkse planning, contactinformatie en reisschema's via de mail kregen – en ze wist maar al te goed dat hij zijn kansen nu moest grijpen, zo vlak na de Grammy-avond, en dat hij niet zomaar een paar dagen eerder naar huis kon komen. Maar dat veranderde niets aan het feit dat ze dolgraag wilde dat hij dat toch zou doen. Zoals het er nu bij stond, zou hij over twee dagen landen op JFK, op donderdagochtend, om het hele circus van talkshows en interviews in New York nog een keer te doen, en ze wilde nog even niet denken aan wat er daarna zou gebeuren.

Ze had nog maar net gedoucht en een zak magnetronpopcorn leeggeten toen de bel ging. Nola en Walter kwamen de gang in stormen, in een blije wirwar van hondenriem, jas en vacht, en Brooke moest voor het eerst sinds dagen lachen toen Walter een meter de lucht in sprong in zijn pogingen haar gezicht te likken. Toen ze hem uiteindelijk in haar armen had, krijste hij als een biggetje en likte hij uitbundig haar gezicht.

'Als je maar niet denkt dat ik je ook zo begroet,' zei Nola, en ze trok een vies gezicht. Toen gaf ze zich gewonnen en omhelsde ze Brooke stevig, en met Walter tussen hen in vormden ze een grappig soort wigwam. Nola zoende Brooke op haar wang en Walter op zijn neus en liep naar de keuken om wodka met ijs en een scheutje olijvennat in te schenken.

'Als het er in Los Angeles net zo aan toe ging als hier voor de deur, denk ik dat je deze wel kunt gebruiken,' zei Nola, en ze gaf Brooke een glas troebele wodka. Ze ging tegenover haar op de bank zitten. 'En… ben je er al aan toe om erover te praten?' vroeg ze.

Brooke zuchtte en nam een slok. De drank brandde in haar keel, maar het warme gevoel in haar keel en maag beviel haar verrassend goed. Ze kon zich er niet toe zetten om de hele toestand weer op te rakelen, en ze wist dat hoewel Nola er wel begrip voor zou hebben, ze nooit echt zou kunnen begrijpen wat er die avond allemaal was gebeurd.

En dus vertelde ze over de zwerm assistentes, de schitterende hotelsuite en de goudkleurige Valentino-jurk. Ze maakte Nola aan het lachen met het verhaal over de beveiligingsmedewerker van Neil Lane, en schepte op over hoe fantastisch haar kapsel en nagels waren gedaan. Ze maakte het verhaal van Margaret wat minder erg door alleen te zeggen dat de directie van het ziekenhuis gek geworden was en dat ze inderdaad heel vaak niet was gaan werken, en ze verjoeg Nola's geschrokken blik met een lach en een slokje van haar wodka. Ze vertelde braaf over de rode loper ('Het was veel warmer dan ik dacht – je hebt geen idee hoeveel felle lampen er staan') en over hoe de sterren er in het echt uitzagen ('veelal dunner dan op de foto's, en bijna allemaal een stuk ouder'). Ze beantwoordde Nola's vragen over Ryan Seacrest ('charmant, echt een schatje, maar je weet dat ik een echte Seacrest-fan ben en dat ik alles van hem kan hebben'), of John Mayer in het echt knap genoeg was om al die vrouwen te kunnen versieren

('Ik vind Julian knapper, maar nu ik erover nadenk is dat geen goed teken'), en had weinig zinnigs te melden over de vraag wie knapper was: Taylor Swift of Miley Cyrus ('Ik weet nog steeds niet wie wie is'). Ze wist niet waarom, maar ze verzweeg de ontmoeting met Layla Lawson, de vrouwen bij de toiletten en de preek van Carter Price.

Wat ze Nola ook niet vertelde was hoe vreselijk ontdaan ze was geweest na het telefoongesprek waarin ze was ontslagen. Ze liet achterwege hoe koeltjes Julian over de bewuste foto's had gedaan, en dat ze het nog het allerergste had gevonden dat hij het alleen maar had gehad over 'de impact beperken' en 'de boodschap naar de buitenwereld toe bepalen'. Ze zei niets over de vernederende vragen van de paparazzi toen ze over de rode loper liepen en de manier waarop ze hen beledigd hadden, in de hoop dat ze zich dan zouden omdraaien naar de camera. Hoe zou ze ooit kunnen uitleggen hoe ze zich had gevoeld toen ze Carrie Underwood 'Before He Cheats' hoorde zingen en zich afvroeg of iedereen in het stadion gniffelend naar haar zat te kijken – en vervolgens had moeten proberen stoïcijns te blijven kijken toen Carrie het refrein inzette, waarvan de tekst erop neerkwam dat de volgende keer dat hij iemand bedroog, zij dat niet meer zou zijn.

Ze vertelde evenmin dat ze in de auto op weg naar het vliegveld snikkend had gehoopt dat Julian haar zou smeken om bij hem te blijven; dat hij haar zou *verbieden* om weg te gaan, en dat ze kapot was geweest van zijn lauwe, halfslachtige pogingen op haar in te praten. Ze wilde niet toegeven dat ze als laatste aan boord was gegaan omdat ze had gehoopt dat Julian op het laatste moment naar de gate zou komen rennen, zoals in de film, en haar zou smeken om te blijven, of dat ze, toen ze eindelijk de slurf in was gelopen en de deur werd gesloten, het erger had gevonden dat hij haar zomaar had laten gaan dan wat hij haar had aangedaan – wat dat ook mocht zijn.

Toen ze eindelijk uitverteld was, keek ze Nola verwachtingsvol aan. 'Heb ik het zo een beetje goed samengevat?'

Nola schudde alleen maar haar hoofd. 'Kom op Brooke, wat is er nou écht gebeurd?'

'Wat er echt gebeurd is?' Brooke lachte, maar het klonk hol en ellendig. 'Dat kun je op pagina achttien van de *Last Night* van deze week lezen.'

Walter sprong op de bank en legde zijn kop op Brookes bovenbeen.

'Brooke, is het niet bij je opgekomen dat er ook een logische verklaring voor zou kunnen zijn?'

'Het wordt een stuk moeilijker om de bladen overal de schuld van te geven als je man heeft bevestigd wat er is gebeurd.'

Nola keek haar ongelovig aan. 'Heeft Julian toegegeven...'

'Ja.'

Nola zette haar glas weg en keek Brooke aan.

'Ik geloof dat zijn exacte woorden waren: "Er zijn kledingstukken uitgetrokken." Alsof het helemaal buiten hem om is gebeurd, dat "uittrekken".'

'O jee...'

'Hij houdt vol dat hij niet met haar naar bed is geweest. Alsof ik dat moet geloven.' Haar telefoon ging, maar ze zette meteen het geluid uit. 'Nola, ik kan gewoon het beeld niet uit mijn hoofd zetten van die twee samen, náákt! En weet je wat het gekste van alles is? Dat ze er zo gewoon uitzag. Dat hij dus niet eens kan beweren dat hij stomdronken met een of ander topmodel in bed is beland.' Ze hield de *Last Night* omhoog. 'Ik bedoel, ze ziet er doodgewoon uit. En dan druk ik het nog vriendelijk uit. En laten we vooral niet vergeten dat hij haar de hele avond het hof heeft zitten maken. Haar heeft verleid. Moet ik dan geloven dat hij niet met haar naar bed is geweest?'

Nola zat naar haar schoot te kijken.

'Zelfs als het waar is, dan heeft hij het overduidelijk wél geprobeerd.' Brooke stond op en begon te ijsberen. Ze was uitgeput, gespannen en misselijk tegelijk. 'Hij heeft een verhouding, of heeft daar behoefte aan. En ik heb me daar maar bij neer te leggen.'

Nola zei nog altijd niets.

'We zien elkaar bijna nooit meer, en áls we elkaar zien, hebben we ruzie. Seks komt er nog maar zelden van. Als hij onderweg is, gaat hij voortdurend op stap, met veel vrouwen en muziek op de achtergrond, en ik heb geen idee waar hij dan uithangt. Er gaan zo veel geruchten. Ik weet ook wel dat iedere vrouw op deze planeet die is bedrogen zou willen dat het niet zo was, maar waarom zou het mij niet kunnen overkomen?' Ze schudde zuchtend haar hoofd. 'Mijn god, we lijken precies op onze ouders. Ik heb altijd geroepen dat wij het anders zouden aanpakken, en moet je nou eens kijken…'

'Brooke, je moet met hem praten.'

Brooke wierp haar handen in de lucht. 'Dat weet ik ook wel, maar waar hangt hij uit? Zit hij sushi te eten in West Hollywood, op weg naar een talkshow? Ik kan er toch moeilijk omheen dat hij hier wel geweest zou zijn als hij dat echt had gewild?'

Nola speelde met haar wodka en leek hierover na te denken. 'Zou dat kunnen dan?'

'Natuurlijk wel! Hij is verdomme de president niet, of iemand die een levensreddende operatie moet uitvoeren of de spaceshuttle door de atmosfeer moet navigeren voor een veilige landing. Jezus, hij is zanger, dan zou dat toch moeten lukken.'

'Wanneer komt hij terug?'

Brooke haalde haar schouders op en kriebelde Walter in zijn nek. 'Overmorgen. Niet voor mij, hoor. Hij moet sowieso in New York zijn. Kennelijk staat het uiteenvallen van je huwelijk los van je agenda.'

Nola zette haar glas weg en keek Brooke aan. 'Het uiteenvallen van je huwelijk? Is dat echt wat hier aan de hand is?'

Die zin bleef tussen hen in hangen. 'Ik weet het ook niet meer, Nola. Ik hoop het niet. Maar ik zou niet weten hoe we hier uit moeten komen.'

Brooke probeerde de golf misselijkheid te onderdrukken die door haar lijf raasde. Ze had de afgelopen dagen steeds gezegd dat ze 'tijd nodig had', 'een adempauze wilde', en 'de boel op een rijtje moest zetten', maar ze had er nooit bij stilgestaan dat Julian en zij ook wel eens echt uit elkaar zouden kunnen gaan.

'Sorry Nool, niet boos worden maar ik ga je eruit gooien. Ik moet slapen.'

'Waarom? Je hebt geen werk. Wat heb je morgen in godsnaam te doen?'

Brooke lachte. 'Bedankt voor je fijngevoeligheid. En voor alle duidelijkheid: ik ben niet werkloos, ik heb alleen geen volledige baan. Ik werk nog steeds twintig uur per week op Huntley.'

Nola schonk nog een glas wodka voor zichzelf in en liet de olijven deze keer achterwege. 'Je hoeft morgenmiddag pas te werken. Moet je echt nu meteen naar bed?'

'Nee, maar ik wil eerst een paar uur onder de douche gaan staan janken, mijn best doen om het Chateau-meisje niet te googelen en mezelf in slaap huilen als ik het toch niet kan laten.' Het was grotendeels als grapje bedoeld, uiteraard, maar zo klonk het niet.

'Brooke...'

'Geintje. Ik ben niet het type dat jankt onder de douche. Trouwens, ik denk dat ik in bad ga.'

'Ik laat je hier niet zo achter.'

'Nou, dan zul je op de bank moeten slapen, want ik ga naar bed. Echt Nola, het gaat best. Ik geloof dat ik even alleen moet zijn. Mijn moeder heeft zich opvallend weinig opgedrongen, maar ik heb nog geen seconde voor mezelf gehad. Daar zal de komende tijd nog wel verandering in komen, maar...'

Ze had nog tien minuten nodig om Nola de deur uit te krijgen, en toen ze eindelijk was vertrokken, was Brooke minder opgelucht dan ze had gedacht. Ze ging in bad, trok daarna haar fijnste katoenen pyjama en meest aftandse badjas aan, nam haar laptop mee en ging op het dekbed liggen. Ze waren het er in het begin van hun huwelijk over eens geworden dat ze geen televisie in de slaapkamer wilden – en dat gold ook voor computers – maar omdat Julian toch in geen velden of wegen te bekennen was, vond ze dat ze het wel verdiend had om een vrouwenfilm als *27 Dresses* of iets vergelijkbaars te downloaden en haar verstand op nul te zetten. Ze overwoog even om ook nog een beker ijs te gaan halen, maar dat vond ze iets te Bridget Jonesachtig. De film bleek een uitstekende afleiding te zijn, voornamelijk omdat ze zichzelf dwong om te blijven kijken en haar gedachten niet te laten afdwalen, maar zodra hij was afgelopen, maakte ze een cruciale fout. Of beter gezegd twee.

Haar eerste desastreuze besluit was om haar voicemail af te luisteren. Het duurde bijna twintig minuten voor ze alle drieëndertig berichten had gehoord die waren achtergelaten sinds de Grammy's. De overgang in toon van de op zondag ingesproken boodschappen – toen iedereen haar nog veel succes wenste – naar die van vandaag was onthutsend: nu leek het eerder alsof ze door iedereen werd gecondoleerd. De meeste berichten waren afkomstig van Julian en hadden allemaal dezelfde halfslachtige strekking: 'Ik kan het uitleggen.' Het waren zonder uitzondering smeekbedes, waarin nul keer 'Ik hou van je' was verwerkt. Randy, haar vader, Michelle en Cynthia hadden allemaal afzonderlijk een bericht achtergelaten waarin ze hun medeleven betuigden en vroegen of ze iets voor haar konden doen, Nola had vier keer gebeld om te vragen wat er aan de hand was en om haar op de hoogte te houden van het wel en wee van Walter, en er was een bericht bij van Heather, de decaan van Huntley die ze bij de Italiaanse banketbakker was tegengekomen. De rest was van vrienden van vroeger, (ex-)collega's en een paar bekenden, en ze klonken allemaal alsof er zojuist iemand was overleden. Hoewel ze toen ze begon met afluisteren helemaal geen behoeft had gehad om te huilen, zat ze met een brok in haar keel toen ze alles had gehoord.

Haar tweede, zo mogelijk nog amateuristischere zet was op Facebook kijken. Ze was er al van uitgegaan dat veel van haar vrienden enthousiast verslag zouden uitbrengen van Julians optreden; het gebeurde tenslotte niet iedere dag dat iemand ze kenden van school of de universiteit optrad bij de Grammy-uitreiking. Wat ze niet had voorzien, heel naïef misschien, was de grote stroom steunbetuigingen die aan háár gericht waren. Er was een zee van berichten voor haar, uiteenlopend van 'Je bent sterk, je slaat je er wel doorheen' van de moeder van een vriendin, tot 'Zie je wel; alle mannen zijn klootzakken. Maakt u zich geen zorgen, we staan allemaal achter u!' afkomstig van Kaylie. Onder andere, minder vernederende omstandigheden zou het heerlijk geweest zijn om zoveel liefde en steun te ontvangen, maar ze kon wel door de grond zakken. Dit was het onomstotelijke bewijs dat haar persoonlijke ellende op straat lag, en niet alleen voor vreemden. Om een reden die ze niet precies kon verklaren was het makkelijker geweest om te denken dat alleen onbekende, gezichtloze Amerikanen de foto's van haar man met het Chateau-meisje aandachtig hadden bekeken, maar nu het tot haar doordrong dat al haar vrienden, familie, collega's en kennissen hetzelfde hadden gedaan, werd het bijna ondraaglijk.

De dubbele dosis slaappillendie ze die avond uit voorzorg innam zorgde ervoor dat ze de dag erna suf en katerig was, maar was niet genoeg om haar zo van de wereld te krijgen als ze had gehoopt. De ochtend en het begin van de middag gingen in een waas voorbij, alleen onderbroken door Walter en de telefoon, die roodgloeiend stond maar die ze niet opnam, en als ze niet als de dood was geweest om haar baan op Huntley ook nog te verliezen, zou ze zich waarschijnlijk ziek gemeld hebben. Ze dwong zichzelf te douchen en een geroosterde volkorenboterham met pindakaas te eten en vertrok ruim op tijd naar de metro om voor half drie in de Upper East Side te zijn. Ze kwam een kwartier te vroeg aan op school, en nadat ze even de met klimop begroeide stenen gevel van het herenhuis had staan bewonderen, viel haar het enorme tumult links van de ingang op.

Een groepje fotografen en zo te zien twee verslaggevers (een met een microfoon in zijn hand, de ander met een schrijfblok) verdrong zich rondom een tengere blonde vrouw in een enkellange jas van schapenvacht; ze droeg haar haar in een keurig knotje en trok een boze grimas. De fotografen waren zo op de vrouw gericht dat ze Brooke niet zagen.

'Nee, ik kan niet zeggen dat het iets persoonlijks is,' zei de vrouw hoofdschuddend. Ze luisterde even en schudde toen weer haar hoofd. 'Nee, ik heb nooit met haar te maken gehad – mijn dochter heeft geen voedingsadvies nodig, maar…'

Brooke hield even op met luisteren toen het tot haar doordrong dat deze vrouw het over háár had.

'Laat het duidelijk zijn dat ik niet de enige ben die van mening is dat dergelijke aandacht niet gepast is in een schoolomgeving. Mijn dochter moet zich bezighouden met algebra en hockey, in plaats van telefoontjes af te handelen van verslaggevers van roddelbladen die haar mening willen horen. Dat is onacceptabel, en daarom heeft de ouderraad gevraagd om het onmiddellijke ontslag van mevrouw Alter.'

Brooke hapte geschrokken naar adem. De vrouw ving Brookes blik. De stuk of tien andere aanwezigen – ze zag nu pas dat er nog twee moeders naast de blonde vrouw stonden – keken allemaal haar kant op. Op hetzelfde moment begon het geroep.

'Brooke! Ken je de vrouw die met Julian op de foto's staat?'

'Brooke, ga je bij Julian weg? Heb je hem sinds zondagavond nog gezien?'

'Wat vind je ervan dat de ouderraad van Huntley wil dat je wordt ontslagen? Neem je dat je man kwalijk?'

Het was alsof ze weer bij de Grammy's was, alleen nu zonder avondjurk, echtgenoot en het touw dat haar van de paparazzi scheidde. Godzijdank was de schoolbewaker er wel, een zachtaardig mannetje van achter in de zestig dat, hoewel hij niet veel groter was dan een meter vijfenzestig, de menigte met opgestoken arm opdroeg om afstand te bewaren en iedereen eraan herinnerde dat het trottoir dan misschien openbaar terrein was, dat beslist niet gold voor de trap naar de hoofdingang. Brooke wierp hem een dankbare blik toe en schoot naar binnen. Ze was boos en geschrokken tegelijk, voornamelijk omdat ze niet had zien aankomen – zelfs had kunnen vermoeden – dat deze helse, ongewenste aandacht haar tot aan school zou achtervolgen.

Ze haalde een keer diep adem en liep rechtstreeks naar haar spreekkamer op de begane grond. Rosie van de administratie keek op van haar werk toen Brooke door de wachtruimte naar het vertrek liep waar zijzelf, Heather en drie decanen kantoor hielden. Rosie was er nooit goed in geweest zich met haar eigen zaken te bemoeien, maar Brooke vreesde dat het vandaag nog erger zou zijn dan anders. Ze zette zich schrap voor de onvermijdelijke vragen over de foto's van Julian, de menigte voor de deur, of allebei.

'Hallo, Brooke. Laat je het me even weten als je een beetje bent bekomen van die eh, toestand buiten? Rhonda wil je graag spreken voor je eerste afspraak er is,' zei Rosie, die zo nerveus klonk dat Brooke er zelf nerveus van werd.

'O? Weet je ook waarover?'

'Nee,' zei Rosie, die duidelijk loog. 'Ze heeft alleen gevraagd of ik haar wilde waarschuwen als je er was.'

'Prima, maar mag ik eerst even mijn jas ophangen en het antwoordapparaat afluisteren? Twee minuten.'

Ze liep haar kamer binnen, die net groot genoeg was voor een bureau, twee stoelen en een kapstok, en deed de deur zachtjes dicht. Door de glazen deur zag ze Rosie de telefoon pakken om Rhonda te laten weten dat ze er was.

Er was nog geen halve minuut verstreken toen er werd geklopt. 'Binnen!' riep Brooke, en ze hoopte dat het hartelijk klonk. Ze had oprecht respect voor Rhonda en ze mocht haar graag, en hoewel het helemaal niet ongebruikelijk was dat het hoofd van de school langskwam, had ze gehoopt dat ze die dag met rust gelaten zou worden.

'Ik ben blij dat je er bent. Ik wil het graag met je over Lizzie Stone hebben,' zei Brooke, in de hoop het gesprek in banen te leiden door over een van de leerlingen te beginnen. 'Ik vind het ongelooflijk dat het welzijn van deze meisjes aan een coach als Demichev is toevertrouwd. Ik bedoel, knap hoor dat hij hen uit het niets klaarstoomt voor de Olympische Spelen, maar als hij zo doorgaat, komt er binnenkort een om van de honger.'

'Brooke,' begon Rhonda, waarbij ze haar naam vreemd lang uitrekte. 'Ik wil het graag weten, zet het maar op papier, maar ik moet eerst met je praten.'

'O? Is er iets?' vroeg ze. Haar hart klopte in haar keel.

'Ik ben bang van wel. Ik vind het heel vervelend, maar…'

Ze zag het aan Rhonda's gezicht. Het was niet haar besluit geweest, zei Rhonda; ze was dan wel het hoofd van de school, maar ze was een heleboel anderen verantwoording schuldig, niet in de laatste plaats de ouders, die van mening waren dat alle aandacht die naar Brooke uitging de school geen goed deed. Iedereen wist dat het niet Brookes schuld was, dat ze ongetwijfeld zelf ook niet blij was met al die media-aandacht, en daarom wilden ze dat ze een tijdje vrij nam – betaald uiteraard – tot de boel een beetje bedaard was.

Tegen de tijd dat Rhonda was aanbeland bij: 'Ik hoop dat je begrijpt dat het maar tijdelijk is, een noodgreep waar we er geen van allen blij mee zijn,' luisterde Brooke al niet meer. Ze zei niet dat de vrouw die buiten de pers te woord stond degene was die de aandacht trok, en niet zij. Ze wees het schoolhoofd niet op het feit dat ze in geen enkel interview ooit de school bij naam had genoemd, dat ze de privacy van de leerlingen nooit in het gedrang had laten komen door over hen te praten met anderen dan haar eigen, zeer kleine kring van vrienden en familie. In plaats daarvan gaf ze op de automatische piloot antwoord en verzekerde ze Rhonda dat ze er begrip voor had, dat ze wist dat Rhonda het ook liever anders zou zien, en dat ze zou vertrekken zodra een paar laatste dingetjes had afgehandeld. Nog geen uur later liep Brooke met haar jas aan en haar tas om haar schouder door de wachtruimte, toen ze Heather tegen het lijf liep.

'Jee, ben je al klaar voor vandaag? Ik ben jaloers.'

Brooke voelde dat ze een brok in haar keel kreeg en kuchte. 'Je kunt beter zeggen dat ik voor de komende tijd klaar ben.'

'Ik hoorde wat er is gebeurd,' fluisterde Heather, hoewel ze alleen waren. Brooke vroeg zich af hoe het kon dat ze nu al op de hoogte was, maar ze wist dat zulke dingen op een school als deze als een lopend vuurtje gingen.

Brooke haalde haar schouders op. 'Ach, dat hoort erbij. Als ik een ouder was die veertigduizend dollar per jaar neertelde voor haar dochter, zou ik denk ik ook niet blij zijn wanneer ze iedere keer dat ze een voet buiten de deur zette werd lastiggevallen door paparazzi. Rhonda vertelde dat sommige meiden al via Facebook zijn benaderd door journalisten die wilden weten hoe ik op school ben en of ik het ooit over Julian heb. Ongelooflijk toch?' Ze slaakte een zucht. 'Als dat echt zo is, is het alleen maar logisch dat ik word weggestuurd.'

'Walgelijk. Wat een walgelijke lui. Weet je Brooke, ik vind dat je een keer met een vriendin van me moet afspreken. Je weet wel, die ene die getrouwd is met de winnaar van *American Idol*? Als er iemand is die weet wat je momenteel doormaakt, is zij het wel.' Heather zweeg veelbetekenend en keek haar ongerust aan, alsof ze bang was dat ze te veel had aangedrongen.

Brooke had helemaal geen zin om deze veel jongere vriendin van Heather uit Alabama te leren kennen en hun ellende met mannen te bespreken, maar ze knikte. 'Prima, geef me haar e-mailadres maar, dan stuur ik wel een berichtje.'

'Welnee, ik laat haar wel contact met jou opnemen, is dat goed?'

Dat was helemaal niet goed, maar ze kon geen kant op. Ze wilde hier alleen maar weg voordat ze iemand anders tegenkwam. 'Prima, klinkt goed,' zei ze, slecht op haar gemak.

Ze perste er een glimlach uit, zwaaide, en liep vlug naar de uitgang. Ze passeerde in de gang een groepje meiden en een van hen riep haar naam. Ze overwoog om te doen alsof ze het niet had gehoord, maar ze kon er niet omheen. Toen ze zich omdraaide, zag ze Kaylie op haar af komen lopen.

'Mevrouw Alter? Waar gaat u naartoe? We hebben vandaag toch

een afspraak? Ik hoor dat er een hoop journalisten voor de deur staan.'

Brooke keek naar het meisje, dat zoals gewoonlijk nerveus plukken pluizig haar om haar vinger draaide, en ze voelde zich schuldig. 'Hé lieverd. Ik vrees dat ik er een tijdje eh… tussenuit ga.' Toen ze Kaylies gezicht zag betrekken, voegde ze er gehaast aan toe: 'Maar maak je geen zorgen, het is maar tijdelijk, en trouwens, het gaat toch hartstikke goed met je?'

'Maar mevrouw Alter, ik geloof niet dat…'

Brooke viel haar in de rede en boog zich dichter naar haar toe, zodat de andere meisjes haar niet konden horen. 'Kaylie, je hebt mij niet eens meer nodig,' zei ze met een geruststellende glimlach – althans, dat hoopte ze. 'Je bent sterk en gezond en prima in staat om voor jezelf te zorgen. Waarschijnlijk beter dan alle andere leerlingen hier. Je bent hier nu goed op je plaats en je hebt ook nog eens de hoofdrol in de toneelvoorstelling. Je ziet er fantastisch uit en je zit lekker in je vel… Shit, wat hebben wij eigenlijk nog te bespreken?'

Kaylie beantwoordde haar glimlach en sloeg haar armen om haar heen. 'Ik zal tegen niemand zeggen dat u shit hebt gezegd.'

Brooke gaf het meisje grinnikend een klopje op haar arm, hoewel ze het gevoel had dat haar keel werd dichtgeknepen. 'Pas goed op jezelf. En als ik iets voor je kan doen, moet je me bellen. Maar geloof mij nou maar, jullie komen niet zo makkelijk van me af. Ik ben terug voor je het in de gaten hebt, oké?'

Kaylie knikte en Brooke slikte haar tranen weg. 'En denk erom: geen rare ontslakkingskuren. Daar zijn we nu toch wel klaar mee, mag ik hopen?'

'We zijn er klaar mee,' zei Kaylie lachend.

Brooke zwaaide even en draaide zich om naar de uitgang, vastbesloten om niet eens vaart te minderen voor de fotografen, die nog voor de deur stonden en haar weer allerlei vragen naar het hoofd slingerden zodra ze haar zagen. Ze ging pas langzamer lopen toen ze op Fifth Avenue was. Zodra ze zich ervan had verzekerd dat ze niet werd gevolgd, probeerde ze een taxi aan te houden, een volkomen kansloze actie om vier uur 's middags. Na twintig frustrerende minuten nam ze in 86th Street de bus naar het metrostation, en ze was blij dat ze nog een zitplaats vond in de allerlaatste wagon.

Ze leunde met gesloten ogen achterover, en het kon haar niets schelen dat haar haar de wand raakte waar al zo veel anderen met hun ongewassen hoofd tegenaan hadden gezeten. Zo voelde het dus als je niet één, maar twee keer in een week tijd werd ontslagen. Net toen ze erg veel medelijden met zichzelf begon te krijgen, deed ze haar ogen open en zag Julian naar haar lachen vanaf een advertentie die in het treinstel hing.

Het was dezelfde publiciteitsfoto die ze al honderden keren gezien had, met een foto van zijn eerste cd en de tekst 'For the Lost' erbij, maar het was de eerste keer dat ze hem in de metro zag, en het viel haar nu pas op dat Julian haar recht leek aan te kijken. De ironie ontging haar niet: hij zat met haar in de metro terwijl ze anders nooit meer samen iets deden. Brooke liep naar de andere kant van het treinstel en ging zo zitten dat ze alleen de advertenties zag van een kliniek waar je je tanden kon laten bleken en van een taleninstituut. Ze gluurde nog een keer naar de foto van Julian en voelde haar maag weer van streek raken toen hij haar opnieuw recht aankeek. Het maakte niet uit hoe ze ging zitten of hoe ze haar hoofd hield, zijn blik vond altijd de hare, en dat maakte, in combinatie met de kuiltjes in zijn wangen, dat ze zich nog ellendiger ging voelen. Bij het volgende station ging ze vlug in een wagon zitten waar haar man niet hing.

16

Een vriend met een villa
en een zoon

'Brooke, mocht je verder niet naar me willen luisteren, onthoud dan in ieder geval het volgende: ik vind dat we ervoor moeten knokken.' Julian nam haar hand in de zijne. 'Ik ga vechten voor ons huwelijk.'

'Sterke openingszin,' zei Brooke. 'Top.'

'Toe nou, Roekie, ik meen het.'

Er was absoluut niets grappigs aan de hele situatie, maar ze had sterk de behoefte om het luchtig te houden. In de tien minuten dat Julian nu thuis was, hadden ze zich gedragen als volslagen vreemden. Beleefde, behoedzame, afstandelijke vreemden.

'Ik ook,' zei ze zacht. En toen er geen reactie kwam, vroeg ze: 'Waarom ben je niet eerder naar huis gekomen? Ik weet dat je allerlei interviews moest doen, maar het is al donderdag. Vond je het niet belangrijk genoeg?'

Julian keek haar verbaasd aan. 'Hoe kun je dat nou denken, Roek? Ik had even tijd voor mezelf nodig. Er gebeurt zo veel tegelijk, ik heb het gevoel dat alles om me heen in elkaar stort...'

De fluitketel liet zich horen. Brooke wist zonder het te hoeven vragen dat Julian de gemberthee met citroen die ze voor zichzelf ging zetten niet hoefde, maar dat hij een kop gewone groene thee zou willen, mits ze die voor hem inschonk. Het gaf haar een heel klein beetje voldoening toen hij de beker dankbaar van haar aanpakte en een slokje nam.

Hij vouwde zijn handen om de beker. 'Je hebt geen idee hoe erg ik het allemaal vind. Wat moet het verschrikkelijk zijn geweest om die...'

'Het gaat helemaal niet om die foto's!' riep ze uit, vinniger dan ze het had bedoeld. Ze zweeg even. 'Ja, natuurlijk was het vreselijk en pijnlijk en vernederend, laat dat duidelijk zijn. Maar ik vind de reden waaróm die foto's er zijn veel erger.'

Toen hij niet reageerde, zei ze: 'Wat is er in godsnaam gebeurd die avond?'

'Dat weet je toch al, Roek. Ik heb een stomme, eenmalige vergissing begaan en ik verzeker je dat ik niet met haar naar bed ben geweest. Of met iemand anders,' voegde hij er snel aan toe.

'Wat is er dan wél gebeurd?'

'Weet ik veel… Het begon als een etentje met een hele groep en toen gingen er een paar mensen weg, en daarna nog meer en uiteindelijk zaten wij nog met z'n tweeën aan tafel.'

Brooke werd misselijk toen ze hem 'wij met z'n tweeën' hoorde zeggen zonder dat zij daar deel van uitmaakte.

'Ik ken haar niet eens, weet niet waar ze vandaan komt…'

'Maak je daar maar niet druk om,' zei Brooke sarcastisch. 'De rest van het land is je graag van dienst. Janelle Moser, vierentwintig, woont in een klein stadje in Michigan. Ze was in Los Angeles voor de vrijgezellenavond van een vriendin. Hoe ze ooit in Chateau Marmont terechtgekomen zijn, dat is pas een raadsel.'

'Ik heb daar niets…'

'En mocht het je interesseren – hoewel je het waarschijnlijk wel beter zult weten dan *Last Night* – ze zijn echt.'

Julian zuchtte diep. 'Ik had veel te veel gedronken en ze bood aan om me naar mijn kamer te brengen.' Hij zweeg en haalde zijn hand door zijn haar.

'En toen?'

'We hebben gezoend, en daarna trok ze haar kleren uit. Stond op en kleedde zich gewoon uit. Daardoor kwam ik weer bij mijn positieven. Ik zei dat ze zich moest aankleden. Dat deed ze ook, maar toen begon ze te huilen en zei dat ze het zo gênant vond. Ik wilde haar geruststellen en we hebben nog iets uit de minibar gepakt. Ik zou absoluut niet meer weten wat, en toen ik wakker werd lag ik aangekleed op bed en was ze verdwenen.'

'Verdwenen? En jij bent gewoon in slaap gevallen?'

'Weg. Geen briefje, niets. En nu weet ik pas weer hoe ze heet, omdat jij dat net hebt gezegd.'

'Snap je dat het niet meevalt om dat te geloven?'

'Zij kleedde zich uit – ik niet. En ik weet niet wat ik moet doen of moet zeggen om je daarvan te overtuigen. Ik zweer op jouw leven en het mijne, op alles wat me lief is, dat het echt zo is gegaan.'

'Waarom? Waarom heb je haar mee naar binnen gevraagd en hebben jullie gezoend?' vroeg ze, niet in staat om hem aan te kijken. 'Waarom met haar?'

'Ik weet het ook niet, Brooke. Zoals ik al zei: te veel drank, een inschattingsfout, eenzaamheid.' Hij zweeg en wreef over zijn slapen. 'Het is een zwaar jaar geweest. Ik had het hartstikke druk, was altijd weg, we deden nooit meer iets samen… Ik weet dat het geen excuus is en ik weet dat ik er een puinhoop van heb gemaakt – en of ik dat weet – maar je moet me geloven als ik zeg dat ik nooit ergens zo veel spijt van heb gehad als van die avond.'

Ze ging op haar handen zitten om het trillen tegen te gaan. 'En nu, Julian? Hoe moet het nu verder? Niet alleen vanwege dit, maar ook met de rest? Wat gaan we eraan doen dat we elkaar nooit meer zien? Dat we volledig langs elkaar heen leven? Hoe lossen we dat op?'

Hij schoof een stukje dichter naar haar toe en wilde zijn armen om haar heen slaan, maar Brooke verstijfde. 'Ik vond het moeilijk om te zien hoe zwaar jij het hebt gehad, terwijl ik toch echt dacht dat we dit allebei wilden,' zei hij.

'Dat wilden we ook. En ik vind het ook echt heel fijn voor je. Maar het is niet míjn succes. Het is niet míjn leven. Het is niet eens óns leven. Het is alleen dat van jou.'

Hij deed zijn mond open om iets te zeggen, maar ze stak haar hand op.

'Ik had geen idee wat me wachten stond, kon niet weten wat er stond te gebeuren toen je iedere dag naar de studio ging om je cd op te nemen. Het was een kans van één op een miljoen dat het zou lukken, maar het is gebeurd! Het is je gelukt!'

'Ik had alleen nooit gedacht, zelfs niet in mijn wildste fantasieën of mijn ergste nachtmerries, dat het zo zou uitpakken,' zei hij.

Ze haalde nog een keer diep adem en dwong zichzelf te zeggen wat haar al drie dagen bezighield. 'Ik weet niet of ik dit wel wil.'

Er volgde een lange stilte op haar woorden.

'Wat bedoel je daarmee?' vroeg Julian, na wat een eeuwigheid leek te duren. *'Wat wil je daarmee zeggen?'*

Ze begon te huilen. Niet hysterisch snikkend, maar zachtjes. 'Ik weet niet of ik zo wil leven. Ik weet niet of ik hier een rol in speel. En of ik dat wel wil. Het was allemaal al moeilijk genoeg, maar nu... En dit soort dingen blijft gebeuren. Keer op keer.'

'Je bent mijn grote liefde, Brooke. Mijn beste vriendin. De vraag is niet of jij er een rol in speelt – je bent het middelpunt.'

'Niet waar.' Ze veegde met haar hand haar wang af. 'Je kunt niet meer terug.'

Hij keek haar vermoeid aan. 'Het wordt heus wel een keer rustiger.'

'Natuurlijk niet! Wanneer dan? Na de tweede cd? De derde? En als je in het buitenland moet optreden? Dan ben je maanden achter elkaar van huis. Wat doen we dan?'

Door die opmerking verscheen er iets van begrip op zijn gezicht. Hij keek erbij alsof hij ook ieder moment in tranen kon uitbarsten.

'Het is een onmogelijke situatie.' Ze lachte flauwtjes en veegde een traan weg. 'Mensen zoals jij trouwen niet met mensen zoals ik.'

'Wat wil je daarmee zeggen?' vroeg hij, en hij keek haar verslagen aan.

'Dat weet je best, Julian. Je bent nu een beroemdheid. Ik ben maar heel gewoon.'

Ze zaten daar en bleven elkaar aankijken. Tien seconden werd dertig seconden en uiteindelijk een minuut. Er viel niets meer te zeggen.

Toen er anderhalve week later op zaterdagochtend om tien uur op de deur werd geklopt, nam Brooke aan dat het de conciërge was die het afvoerputje in de douche kwam ontstoppen. Ze keek naar haar verschoten joggingbroek en haar t-shirt vol gaten en besloot dat meneer Finley het er maar mee moest doen. Ze wist zelfs een plichtmatig lachje op haar gezicht te toveren voordat ze opendeed.

'Goeie god,' riep Nola vol afschuw uit toen ze Brooke van top tot teen bekeek. Ze stak snuffelend haar neus naar binnen en trok een vies gezicht. 'Ik geloof dat ik moet overgeven.'

Nola zag er zoals gewoonlijk fantastisch uit: haar laarzen met hoge hakken over een zwarte skinny jeans, een nauwsluitend kasjmier coltruitje en zo'n dure donzen jas die haar op de een of andere manier heel slank en elegant maakte, terwijl iemand anders erin zou uitzien alsof ze een slaapzak had aangetrokken. Haar wangen gloeiden van de kou en haar golvende blonde lokken zagen eruit alsof de wind ermee had gespeeld. Sexy.

'Gatver, vind je het echt nodig om hier zo te verschijnen?' vroeg Brooke, die op haar beurt Nola van top tot teen bekeek. 'Hoe ben je trouwens binnengekomen?'

Nola duwde haar opzij, trok haar jas uit en ging op de bank in de woonkamer zitten. Met een vies gezicht schoof ze met haar vingertoppen een dagen oude kom cornflakes aan de kant. 'Ik heb de sleutel nog van toen ik op Walter paste. Jezus, het is nog erger dan ik dacht.'

'Nola, alsjeblieft. Ik wil het niet horen.' Brooke schonk een glas sinaasappelsap voor zichzelf in, dronk het in één teug leeg en bood haar vriendin niets aan. 'Misschien kun je beter weer gaan.'

Nola snoof. 'Geloof mij nou maar, ik zou niets liever willen. Maar helaas. Jij en ik gaan vandaag nog hier weg, en dat doen we samen.'

'Echt niet. Ik ga de deur niet uit.' Brooke deed haar vette haar in een paardenstaart en ging in de kleine leunstoel tegenover de bank zitten. De stoel die ze samen met Julian had gekocht op een rommelmarkt in de Lower East Side, omdat Julian zei dat het cranberryrode fluweel hem aan Brookes haar deed denken.

'Nou en of. Ik wist niet dat je er zo erg aan toe was. Ik moet nog een paar uur wat dingen op kantoor regelen' – Nola keek op haar horloge – 'maar ik ben om drie uur terug en dan gaan we ergens lunchen.' Brooke deed haar mond open om te protesteren, maar Nola was haar voor. 'Allereerst ga jij deze rotzooi opruimen. Daarna ga je iets aan jezelf doen. Je ziet eruit alsof je auditie gaat doen voor de rol van depressieve afgewezen minnares.'

'En bedankt.'

Nola pakte met haar nagels een lege Häagen-Daszbeker op hield hem met een vernietigende blik omhoog. 'Raap jezelf alsjeblieft bij elkaar. Ruim die troep op en dan kom ik je over een paar uur ophalen.

En waag het eens om me niet te gehoorzamen, dan ben ik je vriendin niet meer.'

'Nola...' Het kwam eruit als gejammer, maar wel verslagen gejammer.

Nola was al naar de voordeur gelopen. 'Ik kom straks terug. En ik neem de sleutel mee, dus denk maar niet dat je kunt vluchten of je kunt verstoppen.' En met die woorden liep ze naar buiten.

Na de mededeling van haar gedwongen verlof op Huntley en het afschuwelijke gesprek met Julian was Brooke in bed gekropen en was er nauwelijks nog uitgekomen. Ze had het volgens het boekje gedaan: de *Cosmo* gelezen, hele bekers ijs gegeten, een fles witte wijn per avond gedronken, en achter elkaar door seizoen één tot en met drie van *Private Practice* gekeken op haar laptop, en op een vreemde manier had ze er nog bijna van genoten ook. Sinds ze in haar studententijd de ziekte van Pfeiffer had gehad en noodgedwongen de hele kerstvakantie van vijf weken in bed had doorgebracht, had ze niet meer zo geluierd en zich zo laten gaan. Maar Nola had gelijk; het was tijd om op te staan en wat te gaan doen. Trouwens, ze begon van zichzelf te walgen. Het was de hoogste tijd om haar schouders eronder te zetten.

Ze weerstond de neiging om weer onder het dekbed te kruipen, trok haar oude fleecejoggingbroek en sportschoenen aan en ging vijf kilometer hardlopen langs de Hudson. Het was ongewoon warm voor de tweede week van februari, en alle grijze drab van de zware sneeuwbui de week ervoor was gesmolten. Verkwikt en trots omdat ze zo gemotiveerd was, nam ze een lange, warme douche. Daarna beloonde ze zichzelf met twintig heerlijke minuten in bed, zodat haar haar aan de lucht kon drogen en ze een paar hoofdstukken kon lezen, en daarna maakte ze iets gezonds te eten: een kom vers fruit, een schaaltje cottage cheese en een geroosterde volkorenbagel. Pas toen voelde ze zich sterk genoeg om het appartement onder handen te nemen.

Ze deed drie uur over de gigantische schoonmaakklus en het deed meer voor haar mentale toestand dan alles wat ze zich maar had kunnen voorstellen. Voor het eerst in maanden nam ze stof af, stofzuigde ze en boende ze de vloeren, het aanrecht en de badkamers. Ze vouwde al haar kleren opnieuw op (maar die van Julian niet), gooide kleding uit hun gezamenlijke kledingkast die ze niet meer droeg weg, ruimde de garderobekast in de gang en het bureau in de woonkamer op, en verwisselde eindelijk, nadat ze het voor haar gevoel jaren had uitgesteld, het inktpatroon van de printer, belde haar telefoonaanbieder over een fout op hun rekening, nam zich voor een afspraak te maken voor een uitstrijkje en voor de tandarts (ook voor Julian, want ook al was ze nog zo kwaad op hem, gaatjes gunde ze hem niet), en bij de dierenarts voor Walter Alters inentingen.

Ze voelde zich een toonbeeld van efficiëntie en organisatietalent toen er om drie uur precies op de voordeur werd geklopt. Ze onthaalde Nola met een grote grijns.

'Zo, jij ziet er weer uit als een mens. Is dat lippenstift?'

Brooke knikte, blij met de reactie. Ze keek toe hoe Nola het appartement inspecteerde.

'Indrukwekkend!' Ze floot. 'Ik moet zeggen dat ik weinig hoop had, maar ik ben heel blij dat ik ernaast zat. Ze pakte een zwart jasje uit de garderobekast en gaf het aan Brooke. Kom, dan laat ik je zien hoe de buitenwereld eruitziet.'

Brooke liep met haar vriendin mee de straat op, stapte achter in een taxi en uiteindelijk op een bankje aan een tafel bij Cookshop, een van hun favoriete brunchadresjes in West Chelsea. Nola bestelde voor hen beiden koffie en een bloody mary en ze stond erop dat Brooke van allebei drie slokken nam voor ze iets zou zeggen. 'Zo,' zei ze op sussende toon toen Brooke braaf had gedaan wat haar werd opgedragen. 'Voel je je niet meteen een stuk beter?'

'Ja,' zei Brooke, die opeens wel kon huilen. Ze had de afgelopen week al heel wat afgejankt en barstte echt om alles – of om niets – in tranen uit. Nu was het de aanblik van een stel van haar leeftijd dat een portie wafels deelde. Ze vochten zogenaamd om ieder hapje en deden steeds alsof ze precies het stukje wilden pakken dat de ander op het oog had. Dan schoten ze in de lach en keken elkaar op die speciale manier aan. De blik die wilde zeggen: ik heb alleen oog voor jou. De blik die Julian tegenwoordig gebruikte voor volslagen vreemden op hotelkamers.

En daar was het weer. Het beeld van Julian en Janelle, naakt in elkaars armen, hevig zoenend. Hij zoog zachtjes op haar onderlip, precies zoals hij dat ook bij haar…

'Gaat het?' vroeg Nola, en ze stak haar hand uit over de tafel en pakte die van Brooke beet.

Ze probeerde de tranen weg te slikken, maar dat lukte niet. Vrijwel onmiddellijk stroomden er dikke, warme druppels over haar wangen, en hoewel ze niet snikte, naar adem hapte of trilde, had Brooke het gevoel dat ze nooit meer zou kunnen stoppen. 'Sorry,' zei ze ongelukkig, en ze veegde de tranen zo onopvallend mogelijk weg met haar servet.

Nola schoof de bloody mary onder haar neus. 'Neem nog een slok. Goed zo. Dit was te verwachten, lieverd; laat ze maar lekker komen.'

'Sorry, maar ik voel me zo vernederd,' fluisterde Brooke. Ze keek om zich heen en was opgelucht dat zo te zien niemand naar haar keek.

'Je bent van streek. Dat is heel normaal,' zei Nola, en zo mild had Brooke haar nog nooit gehoord. 'Heb je hem onlangs nog gesproken?'

Brooke snoot zo zacht mogelijk haar neus en voelde zich meteen schuldig omdat ze daar het stoffen servet van het restaurant voor gebruikte. 'Eergisteren voor het laatst. Hij zat in Orlando, volgens mij vanwege iets voor Disney World, en hij gaat binnenkort een week naar Engeland. Voor een betaald optreden en een of ander gigantisch muziekfestival. Ik weet het niet precies.'

Nola's kaak verstrakte.

'Ik was degene die vond dat we elkaar even niet moesten zien, Nool. Ik heb hem die avond gevraagd zijn spullen te pakken en tijdelijk ergens anders te gaan wonen, zodat we de dingen op een rijtje konden zetten. Hij is alleen vertrokken omdat ík dat per se wilde,' zei Brooke, en ze vroeg zich af waarom ze het nog steeds voor Julian opnam.

'Wanneer zien jullie elkaar dan weer? Verwaardigt hij zich om na Engeland naar huis te komen?'

Brooke ging er niet op in. 'Hij komt na Engeland naar New York, ja, maar niet naar huis. Ik heb tegen hem gezegd dat hij zolang ergens anders naartoe moet gaan tot we weten hoe we dit gaan oplossen.'

De ober kwam hun bestelling opnemen en had verder gelukkig weinig aandacht voor hen. Toen hij weer weg was, zei Nola: 'Waar hebben jullie het eigenlijk over gehad? Ben je er iets mee opgeschoten?'

Brooke stak een suikerklontje in haar mond en genoot van het gevoel van de smeltende suiker op haar tong. 'Of ik er iets mee opgeschoten ben? Nee, zo zou ik het niet willen noemen. We hebben ruzie gemaakt over de bruiloft van Trent.'

'Wat is daarmee?'

'Hij vindt dat we op het laatste moment moeten afzeggen, uit respect voor Trent en Fern. Hij is bang dat onze ellende hun grote dag zal "overschaduwen". Hij moet er nu niet aan denken om zijn hele familie te zien, en zo'n beetje iedereen met wie hij is opgegroeid. En hoewel ik daar wel begrip voor kan opbrengen, vind ik dat hij zich er maar overheen moet zetten. We hebben het wel over zijn favoriete neef.'

'En wat gaat het worden?'

Brooke slaakte een zucht. 'Ik weet dat hij Trent heeft gebeld om het met hem te bespreken, maar ik weet het niet. Ik denk niet dat hij gaat.'

'Nou, dat is in ieder geval goed nieuws voor jou. Ik weet zeker dat je hoofd er totaal niet naar staat.'

'O, maar ik ga wel. Desnoods in mijn eentje.'

'Doe normaal, Brooke. Dat slaat nergens op. Waarom zou je dat jezelf aandoen?'

'Omdat ik vind dat ik dat moet doen. En omdat je in mijn ogen niet zomaar een week van tevoren een bruiloft van een familielid kunt afzeggen, zonder dat je daar een heel goede reden voor hebt. Zonder Trent zouden Julian en ik elkaar niet eens gekend hebben, dus ik vind dat ik maar een keer moet slikken.'

Nola goot melk in haar net bijgeschonken koffie. 'Ik twijfel nog of ik dat heel moedig van je vind of gewoon oerstom. Ik denk allebei.'

Ze had weer veel zin om te gaan huilen – deze keer vanwege het idee dat ze alleen naar de bruiloft van Trent zou moeten – maar ze zette de gedachte uit haar hoofd. 'Kunnen we het ergens anders over hebben? Over jou, bijvoorbeeld? Ik kan wel wat afleiding gebruiken.'

'Hmm, eens even denken.' Nola grinnikte. Ze had hier duidelijk op zitten wachten.

'Ja hoor!' zei Brooke. 'Wie is het?'

Ik ga volgende week een lang weekend naar de Turks- en Caicoseilanden.'

'Hè? Sinds wanneer? En ga me nou niet vertellen dat je daar voor je werk naartoe moet. Jezus, ik heb echt het verkeerde beroep gekozen.'

'Het is niet voor mijn werk. Het is voor de lol. Voor de seks. Ik ga met Andrew.'

'O, heet hij tegenwoordig al Andrew? Wat volwassen zeg. Het is dus serieus tussen jullie?'

'Nee, *Drew* en ik zijn uit elkaar. Andrew is de man uit de taxi.'

'Schei uit.'

'Hoezo? Ik meen het, hoor.'

'Je hebt iets met de man met wie je het hebt gedaan nadat jullie een taxi hadden gedeeld?'

'Wat is daar nou vreemd aan?'

'Helemaal niks, het is alleen ongelooflijk! Je bent de enige vrouw ter wereld die dat voor elkaar krijgt. Het zijn meestal niet de types die je een dag later bellen om iets af te spreken…'

Nola lachte sluw. 'Ik heb hem een hele goede reden gegeven om een dag later wél terug te bellen. En de dag daarna. En de dag dáárna.'

'Je vindt hem leuk, hè? Ooo, je vindt hem leuk! Je bloost ervan. Dat ik dit nog mag meemaken. Spannend!'

'Oké, oké, ik vind hem leuk, ja. Nou en? Ik ga ervoor. Voor zolang het duurt. Voor zolang een lang weekend op de Turks- en Caicoseilanden duurt.'

Ze werden weer onderbroken door de ober, die nu hun Chinese kipsalades kwam brengen. Nola stortte zich op het eten, maar Brooke speelde er alleen een beetje mee.

'Vertel, hoe is het gegaan? Jullie lagen op een avond in bed en toen zei hij: "Zullen we een paar dagen weggaan?"'

'Zoiets, ja. Hij heeft er een huis. Een villa bij het Aman Hotel. Hij gaat daar regelmatig met zijn zoontje heen.'

'Nola! Kreng dat je bent! Waarom heb je me dat niet eerder verteld?'

Nola speelde de vermoorde onschuld. 'Wat bedoel je?'

'Nou, dat je een vriend hebt met een villa en een zóón!'

'Nou, "mijn vriend" zou ik hem niet direct willen noemen...'

'Nola!'

'Ach, we hebben het gewoon leuk samen. Heel relaxed. Ik probeer er niet te veel over na te denken, en jij had ook wel iets anders aan je hoofd...'

'Vertellen. Nu!'

'Goed dan. Hij heet Andrew, maar dat wist je al. Hij heeft bruin haar, kan heel goed tennissen en zijn lievelingseten is guacamole.'

'Ik geef je nog tien seconden.'

Nola klapte in haar handen en wipte opgewonden op en neer in haar stoel. 'Het is veel te leuk om je te zo te zien lijden.'

'Negen, acht, ze...'

'Oké! Hij is één meter vijfenzeventig, misschien zevenenzeventig op goede dagen en heeft een wasbordje, maar dat vind ik eigenlijk eerder intimiderend dan aantrekkelijk. Ik heb zo'n vermoeden dat al zijn overhemden en pakken op maat gemaakt zijn, maar dat weet ik niet helemaal zeker. Hij speelde als student op hoog niveau golf en heeft een paar jaar in Mexico gelanterfanterd en golfles gegeven, voordat hij een internetbedrijf begon, het vervolgens naar de beurs bracht en op zijn negenentwintigste heel goed heeft verkocht. Hij hoeft dus niet meer te werken, maar doet nog wel wat als consultant, wat dat dan ook mag zijn. Hij woont in een herenhuis in de Upper West Side, omdat hij graag in de buurt is van zijn zoon, die zes jaar is en bij Andrews ex-vrouw woont. Hij heeft een flat in Londen en die villa op de Turks- en Caicoseilanden. En hij heeft een onvoorstelbaar uihoudingsvermogen in bed.'

Brooke greep naar haar hart en deed net alsof ze achterover viel in de bank. 'Je liegt,' kreunde ze.

'Waarover?'

'Over alles.'

'Helaas,' zei Nola met een brede grijns. 'Het is allemaal waar.'

'Ik zou heel graag blij voor je willen zijn, echt waar, maar ik kan me niet over mijn verbittering heen zetten.'

'Word maar niet te enthousiast. Hij is nog altijd eenenveertig, ge-scheiden en vader. Niet bepaald een sprookjesprins. Maar het is een leuke man, ik kan niet anders zeggen.'

'Alsjeblieft zeg. Tenzij hij jou of zijn zoon slaat, is er helemaal niets mis mee. Heb je het je moeder al verteld? Ze valt ter plekke dood neer.'

'Wat denk je zelf? Ik weet al precies wat ze zou zeggen. "Ik heb het je toch gezegd, Nola? Je wordt net zo makkelijk verliefd op een rijke man als op een arme…" Getver, de wetenschap hoe blij ik haar hier-mee zou maken, maakt het al minder leuk.'

'Niet dat je iets aan mijn mening hebt, maar volgens mij zou je een uitstekende stiefmoeder zijn. Een natuurtalent,' mijmerde Brooke hardop.

'Daar ga ik niet eens op in,' zei Nola, en ze sloeg haar ogen ten he-mel.

Tegen de tijd dat ze klaar waren werd het al donker buiten, maar toen Nola een taxi wilde aanhouden, gaf Brooke haar vriendin een knuffel en zei: 'Ik ga lopend naar huis.'

'Echt? Het is afschuwelijk weer. Neem dan in ieder geval de metro.'

'Nee, ik heb zin om te lopen.' Ze pakte Nola's hand. 'Bedankt dat ik mee moest, Nool. Ik had een schop onder mijn kont nodig en ik ben blij dat die van jou kwam. Ik beloof je dat ik vanaf nu weer ge-woon aan het normale leven meedoe. En ik vind het heel leuk van jou en je taxivriend.'

Nola gaf haar een kus op haar wang en ging op de achterbank zit-ten. 'We bellen!' riep ze toen de taxi wegreed, en Brooke was weer al-leen.

Ze liep via 10th Avenue, waar ze even bleef staan kijken naar spe-lende honden op de kleine hondenuitlaatplaats in 23rd Street, en stak toen door naar 9th Avenue en liep een paar blokken om, om zichzelf te trakteren op een cupcake van Billy's en nog een kop koffie voordat ze verder liep in noordelijke richting. Het was gaan regenen, en tegen de tijd dat ze thuiskwam was haar jas doorweekt en zaten haar schoe-nen onder de zoute, vieze drab die je alleen in New York tegenkwam, dus trok ze in de hal haar natte spullen uit en sloeg ze de paarse kasj-mier deken om die haar moeder jaren geleden had gebreid. Zes uur op zondagmiddag en ze had de rest van de dag niets meer te doen, en wat nog gekker was: de volgende ochtend ook niet. Ze was helemaal alleen. Zonder werk. Zonder verplichtingen.

Met Walter als een balletje opgerold tegen haar heup aan gedrukt pakte Brooke haar laptop om haar mail te bekijken. Weinig interessants, op een mailtje na van een zekere Amber Bailey, een naam die haar bekend voorkwam. Ze klikte het aan en begon te lezen.

Beste Brooke,
Hoi! Volgens mij heeft mijn vriendin Heather je al verteld dat ik contact met je zou opnemen, dat hoop ik tenminste! Ik weet dat ik er wel heel laat mee kom (en waarschijnlijk denk je dat dit wel het laatste is waar je nu behoefte aan hebt), maar ik heb morgenavond met een paar vriendinnen afgesproken om te eten. Als je zin hebt om te komen, leg ik het je allemaal nog wel uit, maar het komt erop neer dat het een bijzonder groepje vrouwen is die allemaal, hoe zal ik het zeggen… ervaring hebben met bekende mannen, al dan niet in een huwelijk. Niets bijzonders, we komen gewoon eens in de paar maanden bij elkaar om te drinken. Veel! Ik hoop dat je zin hebt om met me mee te gaan. We hebben om acht uur afgesproken op 128 West 12th Street. Komen! Het wordt hartstikke leuk.
Amber Bailey, xxx

Op het overdreven aantal uitroeptekens na vond Brooke het best een leuk mailtje. Ze las het nog een keer, en voor ze duizend-en-een redenen kon bedenken om niet te gaan, klikte ze op 'beantwoorden' en typte:

Beste Amber,
Bedankt voor de uitnodiging. Zo te horen is dat precies wat ik nodig heb. Ik zie je morgen op de afgesproken plek.
Groetjes, Brooke

'Misschien is het wel helemaal niks, Walter, maar ik heb toch niets beters te doen,' zei ze, en ze klapte de laptop dicht en tilde de spaniël op schoot. Hij keek haar hijgend aan; zijn lange, roze tong hing aan de zijkant uit zijn bek.

Zonder waarschuwing kwam hij naar voren en likte haar neus.

'Dank je wel, vriendje,' zei ze, en ze gaf hem een kus terug. 'Ik ook van jou.'

17

Onze vriend Ed had een zwak voor prostituees

Toen Brooke de volgende morgen wakker werd en zag dat het half tien was, vloog ze met bonzend hart haar bed uit. En toen wist ze het weer: ze was niet te laat, nergens voor. Er waren op dat moment precies nul plekken waar ze werd verwacht, en al was dat geen ideaal – of houdbaar – scenario, ze was vastbesloten om het niet te beschouwen als het einde van de wereld. Bovendien had ze een plan voor die dag, en dat was de eerste stap in de richting van een vast ritme (een dagritme was heel belangrijk, volgens een artikel over werkloosheid in de nieuwe *Glamour*).

Punt één op de lijst van *Glamour* luidde: 'Werk als eerste de taak af waar je het meest tegenop ziet,' dus pakte ze, nog in badjas gehuld, de telefoon om Margaret te bellen. Ze wist dat haar voormalige bazin nu net de maandagochtendvergadering achter de rug zou hebben en dat ze waarschijnlijk op kantoor het rooster van die week aan het indelen was. En inderdaad, Margaret nam de telefoon na één keer overgaan op.

'Margaret, met Brooke Alter.' Haar hart ging zo tekeer dat het spreken erdoor werd bemoeilijkt.

'Brooke! Wat fijn om van je te horen. Hoe staat het er nu bij?'

Het was duidelijk geen beladen vraag – Margaret informeerde naar haar welzijn om het gesprek op gang te brengen – maar Brooke raakte even in paniek. Bedoelde ze hoe het erbij stond tussen Julian en haar? Of met die hele toestand rond die meid in het Chateau? De mediaheisa rond hun huwelijk? Of was het louter beleefdheid, een standaard openingsvraag?

'O, het gaat prima hoor. Z'n gangetje,' antwoordde ze, en ze voelde zich meteen idioot. 'En met jou?'

'Ach, we redden het hier net. Ik heb een paar sollicitanten gehad voor jouw positie, Brooke, en ik wil je nogmaals zeggen dat het me spijt hoe het is gelopen.'

Brooke voelde een sprankje hoop. Zei Margaret dat met de bedoeling dat Brooke haar baan terug zou vragen? Ze wilde er best om smeken, ze had er alles voor over, alles om zich te bewijzen tegenover Margaret. Maar nee, ze moest wel logisch blijven denken: als ze nu bereid waren haar terug te nemen, hadden ze haar niet hoeven ontslaan. Gewoon normaal doen, dacht ze. Zeggen waar je voor belt en dan ophangen.

'Margaret, ik besef dat ik niet bepaald in de positie ben om je om een gunst te vragen, maar... ik vroeg me af of je aan me zou willen denken wanneer er iets interessants voorbijkomt. Niet in het ziekenhuis, natuurlijk, maar mocht je iets anders horen...'

Er viel een korte stilte. 'Dat is goed, Brooke. Ik zal mijn oren en ogen voor je openhouden.'

'Dat zou ik heel fijn vinden! Ik wil heel graag weer aan de slag en ik beloof je – zoals ik ook mijn toekomstige werkgever kan beloven – dat de carrière van mijn man niet langer een obstakel zal vormen.'

Al was ze er misschien wel nieuwsgierig naar, Margaret stelde daar verder geen vragen over. Ze praatten nog een paar minuten over koetjes en kalfjes voordat ze het gesprek beëindigden, en Brooke slaakte een diepe zucht van verlichting. Gevreesde taak nummer één kon ze afstrepen.

Gevreesde taak nummer twee – Julians moeder bellen om iets af te spreken voor de bruiloft van Trent het weekend daarop – zou minder makkelijk worden. Haar schoonmoeder had sinds de bewuste Grammy-avond de gewoonte opgevat om Brooke dagelijks te bellen en hield lange, ongevraagde monologen over vrouwen die hun man dienden te steunen en te vergeven. Meestal kwam ze ook met voorbeelden van de misstappen van Julians vader (in ernst oplopend van geflirt met al zijn receptionistes en verpleegsters tot aan de vele weekenden per jaar dat hij zijn echtgenote alleen achterliet om met zijn vrienden te gaan golfen en 'god weet wat nog meer uit te spoken'), en steevast lag in die verhalen de nadruk op Elizabeth Alters overvloedige hoeveelheid geduld en begrip voor het mannelijke geslacht. Ze viel behoorlijk in herhaling met haar clichés in de trant van 'zo zijn mannen nu eenmaal' en 'achter iedere succesvolle man staat een vrouw', en dat niet alleen: de uitwerking ervan was voor Brooke ronduit verstikkend. Klein lichtpuntje was dat ze nooit had geweten dat het Julians moeder ook maar iets interesseerde of haar zoon en Brooke getrouwd bleven, gingen scheiden of allebei voorgoed van de aardbodem verdwenen. Gelukkig kreeg ze deze keer de voicemail, en kon ze haar schoonmoeder via een ingesproken bericht vragen haar het reisschema voor de bruiloft te mailen, aangezien Brooke de rest van de dag niet bereikbaar zou zijn.

Ze wilde net het volgende punt van haar lijstje afstrepen toen haar telefoon ging.

'Neha! Wat leuk! Hoe gaat het met je?'

'Brooke? Hoi, ik heb heel goed nieuws: Rohan en ik komen definitief terug naar New York. Deze zomer al!'

'Dat meen je niet! Wat goed. Heeft Rohan hier een baan aangeboden gekregen?' Brooke nam in gedachten de spannende mogelijkheden al door: een naam voor hun toekomstige kliniek, de manier waarop ze hun eerste klanten zouden werven en de verschillende ideeën die ze had om het nieuws naar buiten te brengen. En dat kwam nu een stapje dichterbij.

'Nee, ík ben degene die een aanbod heeft gekregen. Het is zo maf! Een vriendin van me had pasgeleden een contract getekend als invaller voor een diëtiste in vaste dienst die een jaar ouderschapsverlof opneemt. Maar die vriendin kan zelf niet, omdat ze voor haar zieke moeder moet zorgen. Nu heeft ze mij gevraagd of ik het niet wilde doen. Raad eens voor wie ik ga werken?'

Brooke nam in gedachten een lijst celebrity's door in de overtuiging dat Neha zou aankomen met Gwyneth of Heidi of Gisele, en ze baalde er nu al van dat hun eigen kliniek niet doorging. 'Geen idee. Wie dan?'

'De New York Jets! Ongelooflijk, hè? Ik word de vaste voedingsadviseur van het footballteam voor het seizoen 2010-2011. Ik heb nul komma nul verstand van de eetgewoonten en -behoeften van linebackers die honderdvijftig kilo wegen, maar dat komt wel.'

'Neha, wat geweldig! Dat is een prachtkans,' zei Brooke, en ze meende het. Ze moest toegeven dat ze zelf ook alles aan de kant zou schuiven als zich een dergelijke gelegenheid zou voordoen.

'Ja, ik vind het superspannend. En je zou Rohan eens moeten zien. Ik had het hem nog niet verteld of hij begon over kaartjes voor de wedstrijden. Het speelschema hangt al uitgeprint bij ons thuis op de koelkast.'

Brooke moest lachen. 'Ik zie jou met je één meter zevenenvijftig al de kleedkamer in lopen met een klembord en een megafoon, en vervolgens alle Big Macs en emmers met gefrituurde kip uit die kolenschoppen van handen van de spelers slaan.'

'Ja, hè? Zo van: "Pardon, meneer de belangrijke sportman die tachtig triljoen per jaar verdient, ik wil u vragen geen frisdrank met suiker meer te drinken." Dat wordt lachen!'

Toen Brooke een paar minuten later had opgehangen, kreeg ze onwillekeurig het gevoel dat iedereen zijn carrière op de rit had, behalve zij. Ze zou dus niet samen met Neha een eigen kliniek beginnen.

Haar telefoon ging meteen weer. In de overtuiging dat het Neha was die nog iets aan haar verhaal wilde toevoegen, nam Brooke op met de woorden: 'Wat ga je eigenlijk doen als een van hen je probeert te versieren?'

Ze hoorde het geluid van een man die zijn keel schraapte, gevolgd door de vraag: 'Spreek ik met Brooke Alter?'

Heel even – en zonder aanleiding – was ze ervan overtuigd dat het iemand was die belde om haar te vertellen dat Julian een afschuwelijk ongeluk had gehad, of dat hij ziek was of…

'Brooke, je spreekt met Art Mitchell van *Last Night*. Zou je commentaar willen geven op het *Page Six*-artikel van vanmorgen?'

Ze kon wel gillen, maar gelukkig wist ze zich voldoende te beheersen om haar telefoon dicht te klappen en het toestel uit te schakelen. Haar handen trilden toen ze het op de salontafel legde. Alleen haar nabije familie en goede vrienden hadden haar privénummer. Hoe had dit kunnen gebeuren?

Maar ze had geen tijd om erover na te denken, want ze had haar laptop al gepakt en toetste nu driftig het webadres in van '*Page Six*'.

En daar stond het, helemaal bovenaan op de openingspagina; het nam bijna haar complete computerscherm in beslag. Twee foto's, een van haar, huilend bij Cookshop, de vorige dag met Nola: ze veegde duidelijk zichtbaar haar tranen weg met een zakdoekje. Op de andere foto stond Julian, die uit een limousine stapte – aan de ouderwetse taxi op de achtergrond te zien, zou het wel eens in Londen kunnen zijn – met achter hem een buitengewoon aantrekkelijke jonge vrouw die nog in de auto zat. Het bijschrift onder Brookes foto luidde: 'Brooke Alter treurde gisteren tijdens een brunch met een vriendin om het einde van haar huwelijk,' en de hand waarmee ze haar tranen droogde was omcirkeld om aan te geven dat ze geen trouwring droeg. De tekst luidde verder: 'Het is beslist afgelopen,' aldus een bron die Brooke Alter van zeer dichtbij kent. 'Ze gaat volgend weekend zelfs alleen naar een bruiloft binnen de familie.' Het onderschrift bij Julians foto was niet minder charmant. 'Het schandaal remt hem niet af! Alter feest verder in Londen nadat zijn vrouw hem uit hun appartement in Manhattan heeft gegooid.'

Er kwam geen eind aan de heftige combinatie van woede en misselijkheid die inmiddels zo vertrouwd aanvoelde, maar Brooke probeerde diep adem te halen en goed na te denken. Ze had het vermoeden dat er een logische verklaring was voor de aanwezigheid van de mooie vrouw op de achterbank – of dat nu dom van haar was of niet, ze was ervan overtuigd dat Julian nooit zoiets respectloos zou doen, of zoiets ontzettend stoms – maar de rest van het artikel was om woest van te worden. Ze keek nog een keer naar de foto van haarzelf, en door de invalshoek en de korreligheid wist ze dat die genomen moest zijn door een medebezoeker van het restaurant, met een mobiele telefoon. Vol walging stompte ze tegen de bank, zo hard dat Walter er jankend vanaf sprong.

De vaste telefoon ging. Ze zag op de nummermelder dat het Samara was.

'Samara, ik kan hier niet meer tegen!' zei ze zonder begroeting. 'Het is toch jouw taak om zijn publiciteit in banen te leiden? Kun je niet iets doen tegen dit soort artikelen?' Brooke had nog nooit ook maar een béétje bot tegen Samara gedaan, maar ze kon zich geen seconde langer inhouden.

'Brooke, ik begrijp dat je van streek bent. Ik had gehoopt je te bereiken voordat je het artikel had gezien, maar…'

'Voordat ik het had gezien?' krijste ze. 'Ik ben al op mijn mobiel gebeld door een of andere schoft die om commentaar vroeg. Hoe komen ze aan mijn nummer?'

'Moet je horen, er zijn twee dingen die je moet weten. Ten eerste was de vrouw die bij Julian in de limousine zat zijn visagiste. Zijn vlucht vanuit Edinburgh had vertraging en er was niet genoeg tijd om voor het optreden zijn haar te doen en zijn gezicht te poederen, dus heeft ze dat in de auto gedaan. Dat is dus helemaal verkeerd geïnterpreteerd.'

'Oké,' zei Brooke. Ze was verbaasd over de enorme opluchting die ze voelde, want ze was er immers al van overtuigd geweest dat er een logische verklaring zou zijn.

'Ten tweede: ik kan weinig beginnen als mensen uit jouw eigen kring met de pers gaan praten. Mijn invloed kent ook zijn grenzen, en ik heb niets te vertellen over loslippige vrienden en familie.'

Brooke voelde zich alsof ze een klap in haar gezicht had gekregen. 'Hoe bedoel je?'

'Er is duidelijk iemand die de pers jouw geheime nummer heeft gegeven; iemand die weet dat je komend weekend een bruiloft hebt. Die persoon praat dus met de verslaggevers. Want ik kan je verzekeren dat de informatie niet van ónze kant komt.'

'Maar dat kan niet. Ik weet heel zeker…'

'Brooke, ik wil niet onbeleefd zijn, maar ik krijg een telefoontje op de andere lijn en ik moet opschieten. Spreek je eigen mensen er maar op aan, oké?' En met die woorden hing Samara op.

Te gestrest om zich nog ergens op te kunnen concentreren – en vooral uit schuldgevoel omdat ze het niet eerder had gedaan – deed ze Walter zijn riem om, viste haar Uggs en een paar handschoenen uit de gangkast en liep op een drafje naar buiten. Of het nu door de grote muts met pomponnen kwam of door haar kolossale, dikke jas, de paparazzi die ze op de hoek van de straat zag staan kéken niet eens naar haar, en ze was ontzettend trots op deze kleine overwinning. Ze wandelde naar 11th Avenue en vanaf daar in noordelijke richting, zo snel als ze kon in de drukte van deze doordeweekse dag. Onderweg bleef ze alleen even staan om Walter te laten drinken uit de bak met water die voor de trimsalon op de stoep stond, en tegen de tijd dat ze bij 65th Street aankwamen liep het arme beest te hijgen. Maar Brooke kwam net pas op gang.

In een tijdsbestek van twintig minuten slaagde ze erin half hysterische boodschappen achter te laten op de voicemail van haar moeder, haar vader, Cynthia, Randy en Nola (Nola was de enige die reageerde, en wel met de opmerking:'Goeie god, Brooke, als ik echt jouw leven zou doorspelen aan de pers, zou ik heus wel smeuïger verhalen weten dan de bruiloft van die slome Trent en zijn coassistente Fern. Kom op nou!') en nu toetste Brooke het nummer van Michelles mobiel in.

'O, hoi, Michelle,' zei ze na de pieptoon. 'Ik eh… weet niet waar je nu bent, maar ik wilde even iets kortsluiten over een artikel in *Page Six* van vanmorgen. Ik weet dat we het er al heel vaak over hebben gehad, maar ik maak me nogal zorgen dat jij misschien, eh… per ongeluk vragen van een verslaggaver hebt beantwoord, of heb je toevallig je vriendinnen iets verteld wat bij de verkeerde persoon terechtgekomen kan zijn? Ik weet het niet, maar ik vraag je – sterker nog, ik smeek je – om meteen op te hangen als er iemand belt die vragen stelt over Julian of over mij, en om ons privéleven met niemand te bespreken, oké?' Ze zweeg even. Eerst dacht ze dat het wel wat strenger had gemogen en vervolgens was ze bang dat ze juist te streng was geweest, maar ze besloot dat de boodschap waarschijnlijk wel duidelijk was, dus hing ze op.

Ze sleurde Walter mee naar huis, waar ze de rest van de avond haar toch al flink bijgeschaafde cv nog verder verfijnde, want ze had goede hoop dat ze het binnenkort zou kunnen versturen. Het was een teleurstellig dat Neha afviel als eventuele zakenpartner, maar daar zou Brooke haar plannen niet op laten stuklopen: nog een half jaar tot een jaar praktijkervaring en dan zou ze hopelijk de kans krijgen een eigen kliniek te openen.

Om een uur of half zeven overwoog Brooke haar afspraak met Amber voor die avond af te bellen – het leek haar opeens een heel slecht idee om nu een groep volslagen onbekende vrouwen te treffen – maar toen ze besefte dat ze Ambers nummer niet eens had, dwong ze zichzelf te gaan douchen en een spijkerbroek, laarzen en een blazer aan te trekken. In het ergste geval zijn het vreselijke mensen en dan stap ik met een smoes op, dacht ze terwijl de taxi vanaf Times Square in de richting van de Village reed. Ik ben tenminste een avond de deur uit, en dat is al een hele tijd niet gebeurd. Ze dacht dat ze zichzelf aardig had gekalmeerd, maar de zenuwen kwamen terug toen ze op 12th Street uit de taxi stapte en op de stoep een tamelijk knappe vrouw met een kort blond bobkapsel op de stoep zag staan. Ze rookte een sigaret.

'Brooke?' vroeg de vrouw, en ze blies een wolk rook uit die in de koude, vochtige lucht leek te blijven hangen.

'Hallo. Ben jij Amber?' Ze stapte voorzichtig over de berg half ge-smolten sneeuwdrab die zich op het trottoir had opgehoopt. Amber stond twee treden hoger dan zij, maar toch was Brooke een centime-ter of vijf langer. Tot haar verrassing stak er een vuurrode maillot on-der Ambers jas uit, met daaronder een paar fantastische schoenen met torenhoge hakken. Dat was, in combinatie met de sigaret, totaal niet wat ze had verwacht na Heathers beschrijving van haar naïeve, lieve vriendin die trouw naar de kerk ging.

Amber moest haar verbaasde blik hebben gezien. 'O, deze?' zei ze, al had Brooke geen woord gezegd. 'Giuseppe Zanotti. Mijn mannen-stampers, noem ik ze altijd.' Haar zuidelijke accent was honingzoet en bijna slepend traag, volledig in tegenspraak met haar voorkomen.

Brooke zei lachend: 'Kan ik ze niet een keer huren?'

Amber wenkte haar en liep de trap op. 'Het zijn allemaal leuke meiden,' zei ze, voordat ze de deur opendeed naar een halletje, waar een klein Perzisch tapijt lag en twee brievenbussen hingen. 'Je vindt ze vast heel aardig. En weet je wat zo fijn is? Ook al denk je dat je het nog zo slecht hebt, er is gegarandeerd iemand bij die het nóg beroerder heeft getroffen.'

'Goh, dat is… eh, fijn?' zei Brooke, en ze stapte achter Amber aan in een kleine lift. 'Hoewel ik na het artikel in *Page Six* van vanochtend betwijfel…'

'Ach, dat flutstukje met die amateurkiekjes? Kom op! Wacht maar tot je Isabel hebt gesproken. Laatst is er een paginagrote foto versche-nen van haar in bikini, waarop ze haar cellulite hadden omcirkeld. Dat is pas écht lullig.'

Brooke glimlachte. 'Ja, dat is behoorlijk lullig. Maar eh, je hebt het stuk in *Page Six* dus wel gezien?'

De lift kwam uit in een gang met hoogpolig tapijt, met gedempte verlichting die afkomstig was uit wandlampen van getint glas. Ze stapten beiden uit. 'Ach schat, iedereen heeft het gelezen. We zijn het erover eens dat het niks voorstelt, kruimelwerk. De foto van jou en je vriendin waarop je zit te huilen wekt alleen maar sympathie op – iedere vrouw heeft begrip voor je situatie – en dan die belachelijke suggestie dat je man zou hebben liggen rotzooien in een limousine op weg naar een druk bezocht optreden… Kom op, zeg. Iedereen weet toch dat die vrouw zijn pr-dame of visagiste moet zijn. Ik zou me er geen seconde druk om maken.'

Met die woorden zwaaide Amber de deur van het appartement open, en Brooke zag een enorme ruimte die wel erg veel weghad van een… basketbalveld? Aan de overkant hing iets wat eruitzag als een gewone basket en de zaal had een glimmende, hardhouten vloer, zijlijnen en een vrije-worplijn. De dichtstbijzijnde muur leek beschilderd te zijn als squashbaan, en aan de straatkant, tussen twee ramen die van de vloer tot aan het plafond reikten, stond een enorme bak vol ballen en rackets in alle soorten en maten. Aan de enige overgebleven wand hing een flatscreen van zeker anderhalve meter breed, met pal daarvoor een grote groene bank waarop twee tieners met bruin haar zaten, gekleed in een sportbroekje. Ze zaten pizza te eten een footballgame te spelen die Brooke zou moeten kennen; de een keek nog vervelder uit zijn ogen dan de ander.

'Ga je mee?' vroeg Amber, en ze stak het basketbalveld over. 'De rest zit al boven.'

'Van wie was dit appartement ook alweer?'

'O, ken je Diana Wolfe? Haar man Ed is congreslid geweest – ik weet niet precies waar, ergens in Manhattan – en uiteraard ook hoofd van de Commissie Ethiek.'

Brooke liep achter Amber aan de open trap op. 'Aha,' mompelde ze, al wist ze precies welke kant het verhaal op ging. Je had vorige zomer zeker zes weken in een afgelegen grot moeten doorbrengen om niét te weten waar het naartoe ging.

Amber zweeg, draaide zich om naar Brooke en dempte haar stem tot een fluistertoon. 'Je zult nog wel weten dat onze vriend Ed een zwak had voor postituees. En niet de betere categorie, hè, maar echte straathoertjes. Extra pikant omdat Diana in de running was voor de positie van procureur-generaal. Niet zo fijn.'

'Welkom!' riep een vrouw van begin veertig die boven aan de trap stond. Ze droeg een onberispelijk, nauwsluitend mauve mantelpakje, schitterende slangeleren schoenen met hoge hakken en het meest elegante dikke parelsnoer dat Brooke ooit had gezien.

Amber was boven aan de trap aangekomen. 'Brooke Alter, dit is Diana Wolfe, de eigenares van dit heerlijke huis. 'Diana, mag ik je voorstellen aan Brooke Alter.'

'B-bedankt voor de uitnodiging,' stotterde Brooke, onmiddellijk geïntimideerd door deze oudere, buitengewoon beheerste vrouw.

Diana wuifde het weg. 'Welnee, zo formeel is het niet. Kom binnen en neem iets te knabbelen. Zoals Amber je ongetwijfeld al heeft verteld: mijn man heeft – of liever hád, of eigenlijk weet ik dat niet, want hij is niet langer mijn echtgenoot, maar dergelijke gewoontes leert een mens niet makkelijk af – mijn man hééft een zwak voor prostituees.'

Brooke slaagde er kennelijk niet in de shock van haar gezicht te weren, want Diana moest lachen. 'Ach schat, ik vertel je hier niets wat het hele land nog niet weet.' Ze raakte even Brookes haar aan. 'Ik weet niet of het hele land ook weet dat hij dol was op vrouwen met rood haar. Daar had ik zelf geen flauw benul van, totdat ik de video-opnames van de FBI zag. Na zo'n vijfentwintig vrouwen begin je toch bepaalde patronen te ontdekken, en Ed had beslist een voorkeur voor een bepaald type.'

Diana lachte om haar eigen grapje en zei: 'Kenya zit in de huiskamer. Isabel kan vandaag niet komen omdat haar oppas heeft afgezegd. Ga de anderen maar begroeten, ik kom zo.'

Amber ging haar voor naar de spierwitte huiskamer, en Brooke herkende de statige Afro-Amerikaanse vrouw in de fantastische leren broek en het weelderige bontvest onmiddellijk: het was Kenya Dean, de ex-vrouw van de zeer aantrekkelijke Quincy Dean, die naast een groot filmster ook groot liefhebber was van minderjarige meisjes. Kenya kwam meteen overeind om Brooke te omhelzen.

'Wat leuk dat je er bent! Ga zitten.' Ze trok Brooke naast zich op de witleren bank, die uit moderne losse elementen bestond.

Brooke wilde haar bedanken, maar Amber had al een glas wijn voor haar inschonken en overhandigde haar dat. Ze nam dankbaar een grote slok.

Diana kwam de kamer in gelopen met een grote schaal verse zeevruchten op ijs: garnalencocktails, oesters in verschillende maten, krabscharen, kreeftenstaarten en coquilles, vergezeld van schaaltjes boter en cocktailsaus. 'We gaan Brooke niet uithoren! Als we nu eens het groepje rondgaan en haar wat vertellen over onze ervaringen? Dan voelt ze zich een beetje thuis. Amber, begin jij maar.'

Amber nam een hapje van een grote garnaal. 'Mijn verhaal kent iedereen al. Ik ben getrouwd met mijn schoolvriendje – in die tijd was hij trouwens een enorme nerd – en een jaar na ons huwelijk won hij *American Idol*. Laten we het erop houden dat Tommy er geen gras over liet groeien: hij genoot vanaf het allereerste moment van zijn kersverse roem, en tegen de tijd dat hij zijn Hollywood-ronde had afgelegd, was hij met meer vrouwen naar bed geweest dan Simon Cowell truien heeft. Maar dat was slechts een opwarmertje, want als ik nu moest schatten, zou ik zijn huidige aantal veroveringen ruim in de drie cijfers onderbrengen.'

'Wat erg voor je,' mompelde Brooke, die niet wist wat ze anders moest zeggen.

'Welnee,' zei Amber, en ze pakte nog een garnaal. 'Het heeft even geduurd voordat ik het inzag, maar ik ben duidelijk beter af zonder hem.'

Diana en Kenya knikten.

Kenya schonk nog wat wijn voor zichzelf in en nam een slok. 'Ja, zo denk ik er ook over, al kon ik het zo niet zien toen het nog zo pril was als bij jou,' zei ze met een veelbetekenende blik in Brookes richting.

'Hoe bedoel je?' vroeg Brooke.

'Na de eerste keer dacht ik dat het niet meer zou gebeuren – ik geloofde zelfs niet dat hij iets verkeerds had gedaan. Ik dacht dat hij er ingeluisd moest zijn door iemand die op roem uit was. Maar toen de beschuldigingen bleven komen, en daarna de arrestaties, en toen de meisjes met de seconde jonger werden… Zestien, vijftien. Laten we zeggen dat het steeds moeilijker te ontkennen was.'

'Zeg het maar eerlijk, Kenya, jij was net zoals ik: je geloofde niet eens dat er iets mis was toen Quincy voor de eerste keer werd opgepakt,' zei Diana behulpzaam.

'Klopt. Ik ben hem gaan ophalen op het politiebureau en heb zijn borg betaald. Maar toen 48 Hours opnames van de verborgen camera uitzond waarop mijn man langs de lijn stond bij een schoolvoetbaltoernooi om jonge meisjes te versieren, begon ik het te geloven.'

'Goh,' zei Brooke.

'Dat was niet fijn. Maar de horrorshow van de media was er in mijn geval tenminste op gericht dat híj niet deugde. Isabel Prince – ze is er vanavond niet – had het een stuk minder makkelijk.'

Brooke wist dat ze doelde op de sekstape die Isabels man, de wereldberoemde rapper Major к, expres had laten 'uitlekken'. Julian had de dvd gezien en de inhoud aan Brooke beschreven. Kennelijk zaten Isabel en Major к samen op een dakterras in een jacuzzi, naakt, dronken, kinky en ongeremd… gefilmd met de professionele HD-camera van Major к. De opnames waren kort daarna door Major persoonlijk naar zo'n beetje alle media in de Verenigde Staten gestuurd. Brooke had het interview gelezen waarin hem werd gevraagd waarom hij het vertrouwen van zijn echtgenote had geschonden, en hij had geantwoord: 'Man, het is zo'n lekker wijf, ik vind dat iedereen een keer moet kunnen zien wat ik iedere nacht meemaak.'

'Ja, ze is echt afgeslacht,' zei Amber. 'Ik weet nog dat haar vetrolletjes werden omcirkeld op foto's met beelden uit de sekstape. En er zijn in de talkshows nog wekenlang grappen over gemaakt. Het moet vreselijk voor haar zijn geweest.'

Er viel een stilte waarin iedereen daar even over nadacht, en Brooke besefte dat ze zich opgesloten begon te voelen, verstikt. Het lichte, witte appartment leek opeens wel een kooi, en door deze op zich aardige vrouwen – nog maar een paar minuten geleden waren ze heel hartelijk en vriendelijk geweest – voelde ze zich nog eenzamer en minder begrepen. Ze vond het heel vervelend voor hen wat ze hadden doorstaan en ze leken haar best leuk, maar haar situatie was heel anders. Julians grootste zonde was een dronken zoen met een doorsneemeisje van zijn eigen leeftijd; niet bepaald te vergelijken met sekstapes, seksverslaving, seks met minderjarigen of prostituees.

Haar gedachten moesten van haar gezicht te lezen zijn, want Diana maakte een *tsss*-geluid en zei: 'Jij denkt nu dat je situatie heel anders is dan die van ons, hè? Ik weet dat het niet meevalt, schat. Je man heeft een paar keer een pleziertje gehad in een hotelkamer, en welke man heeft dat nou niet. Toch? Maar hou jezelf alsjeblieft niet voor de gek. Zo begint het misschien,' – ze onderbrak haar betoog en gebaarde in een halve cirkel langs de bank – 'maar het eindigt zó.'

Het was genoeg geweest. Brooke was het zat. 'Nee, dat is het niet. Ik… eh sorry, ik waardeer jullie gastvrijheid en de uitnodiging om vanavond hier naartoe te komen, maar ik geloof dat ik nu moet gaan,' zei ze met haperende stem, en ze vermeed oogcontact met hen allemaal toen ze haar tas pakte. Ze wist dat het onbeleefd was, maar ze kon er niets aan doen; ze moest daar onmiddellijk weg.

'Ach Brooke, ik hoop dat ik je niet heb beledigd,' zei Diana op verzoenende toon, al kon Brooke zien dat ze geïrriteerd was.

'Nee, nee, helemaal niet. Het spijt me, ik ben gewoon niet…' Haar stem stierf weg. In plaats van iets te bedenken om de stilte te vullen, stond ze op en keek het rijtje langs.

'Je hebt niet eens de kans gekregen om jouw verhaal te vertellen!' zei Amber met een bezorgd gezicht. 'Ik zei je toch dat we te veel praten.'

'Het spijt me echt. Denk alsjeblieft niet dat het aan jullie ligt. Ik ben gewoon, eh… Ik denk dat ik hier nog niet aan toe ben. Nogmaals bedankt allemaal. Amber, dank je wel. En sorry.' Ze mompelde nu. Met haar tas en jas in de hand was ze bij de trap aangekomen, waar een van de jongens die beneden hadden gezeten net naar boven kwam lopen. Ze had opeens de idiote gedachte dat hij zou proberen haar tegen te houden. Toen ze hem harder opzij duwde dan nodig was, hoorde ze hem zeggen: 'Niet cool.' En even later: 'Mam, is er nog cola? Dylan heeft de hele fles leeggedronken.'

Dat was het laatste wat ze hoorde voordat ze het basketbalveld overstak. Ze nam de trap naar beneden in plaats van de lift. En toen stond ze buiten; de koude wind sneed in haar huid en ze kreeg weer lucht.

Er reed een vrije taxi langs, en nog een, en hoewel het een paar graden onder nul was, liet ze ze allemaal gaan en ging ze te voet, bijna op een drafje, naar haar appartement. Haar hoofd tolde terwijl ze alle verhalen die ze die avond had gehoord nog een keer de revue liet passeren; ze verwierp ze, negeerde ze en zocht naar gaten en details die niet strookten met het verhaal van Julian. Het sloeg nergens op om te denken dat het tussen Julian en haar ook zo zou eindigen, alleen vanwege één foutje, een eenzame vergissing. Ze hielden van elkaar. Dat het nu allemaal moeizaam verliep, wilde niet zeggen dat hun huwelijk ten dode opgeschreven was. Nee, toch?

Brooke stak 6th Avenue over, en toen 7th Avenue en 8th Avenue. Haar wangen en vingers werden gevoelloos, maar dat kon haar niet schelen. Ze was daar weg, weg van al die walgelijke verhalen, weg van de voorspellingen over haar huwelijk die nergens op gebaseerd waren. Die vrouwen kenden haar en Julian helemaal niet. Ze slaagde erin zichzelf te kalmeren en ging langzamer lopen, en ze haalde diep adem en hield zichzelf voor dat het allemaal goed zou komen.

Nu moest ze nog die knagende, koppige gedachte ergens ver in haar achterhoofd zien kwijt te raken: en als ze nou eens gelijk hebben?

18

De fase 'gek' hadden we bij het inchecken al bereikt

D e telefoon op het nachtkastje ging en Brooke vroeg zich voor de zoveelste keer af waarom hotels geen nummerherkenning hadden. Maar aangezien vrijwel iedereen die ze kende haar op haar mobiel zou bellen, plukte ze het toestel uit de houder en zette zich schrap voor de aanval.

'Dag Brooke, heb je al iets van Julian gehoord?' Dokter Alter klonk alsof hij in de kamer naast haar zat, wat ook het geval was – hoezeer Brooke ook haar best had gedaan om het te voorkomen.

Ze dwong zichzelf om in de telefoon te glimlachen, zodat ze niet per ongeluk iets heel onbeleefds zou zeggen. 'Hé, hallo!' zei ze opgewekt. Iemand die haar beter kende zou onmiddellijk hebben gehoord dat dit haar quasivriendelijke, professionele toon was. Net als de afgelopen vijf jaar vermeed ze een aanspreektitel voor Julians vader. 'Dokter Alter' was te formeel voor een schoonvader, 'William' voelde op de een of andere manier te familiair en hij had haar beslist nooit aangespoord om hem 'pa' te noemen.

'Jazeker,' zei Brooke voor de honderdste keer. 'Hij is nog stééds in Londen en daar blijft hij waarschijnlijk tot begin volgende week.' Die informatie hadden Julians ouders al. Ze had het allemaal doorgegeven zodra ze zich bij de hotelreceptie op haar hadden gestort. Ze hadden haar op hun beurt laten weten dat de receptioniste had geprobeerd hen helemaal aan de andere kant van het tweehonderd kamers tellende hotel te plaatsen (op Brookes verzoek), maar dat ze erop hadden gestaan dat ze aangrenzende kamers zouden krijgen, want dat was 'veel gemakkelijker'.

Nu was het haar schoonvaders beurt om afkeurend *tss* te zeggen. 'Hoe kan hij de bruiloft nou missen! Die twee zijn nog geen maand na elkaar geboren. Ze zijn samen opgegroeid. Trent heeft op jullie bruiloft een ontroerende toespraak gehouden, en dan blijft Julian weg op zíjn huwelijk.'

Ze moest glimlachen om de ironie. Zelf had ze Julian vreselijk op de huid gezeten omdat hij niet naar de bruiloft ging, in ongeveer dezelfde bewoordingen als die zijn vader zojuist had gebruikt, maar zodra ze het uit de mond van zijn vader hoorde, voelde ze zich geroepen om Julian te verdedigen.

'Het is niet niks, hoor. Hij heeft een optreden voor een aantal zeer hooggeplaatste mensen, onder anderen de premier van Engeland.' Ze vertelde er maar niet bij dat Julian tweehonderdduizend dollar betaald zou krijgen voor een evenement dat vier uur duurde. 'Hij wilde niet alle aandacht afleiden van de bruid en bruidegom, in het licht van eh… alles wat er is gebeurd.'

Dichter dan dit waren ze nog niet in de buurt gekomen van het bespreken van de huidige situatie. Julians vader leek het prima te vinden om te doen alsof er niets aan de hand was, alsof hij de beruchte foto's niet had gezien en hij de artikelen niet had gelezen waarin het ogenschijnlijke einde van zijn zoons huwelijk uitgebreid werd besproken. En nu weigerde hij te geloven dat Julian niet naar de bruiloft van Trent zou komen, ook al was hem dat al tien keer verteld.

Ze hoorde haar schoonmoeder op de achtergrond roepen: 'William! Waarom zit je aan de telefoon terwijl ze in de kamer hiernaast is?'

Een paar tellen later werd er op haar deur geklopt.

Ze hees zich van het bed en stak allebei haar middelvingers op naar de deur terwijl ze geluidloos 'Fuck you!' riep. Vervolgens zette ze zorgvuldig een glimlach op, schoof het kettinkje van de deur en zei: 'Hé hallo, buurvrouw!'

Voor de allereerste keer zo lang ze haar kende, leek haar schoonmoeder slecht op haar gemak. Ze zag er tamelijk belachelijk uit. Haar getailleerde jurkje van kasjmier had een schitterende, rijke auberginetint en leek op maat gemaakt te zijn voor haar slanke, strakke figuur. Ze droeg er een panty in precies de juiste tint paars onder, en een paar heftige enkellaarsjes met hoge hak, die op het randje waren, maar toch niet de indruk wekten dat ze zo nodig modern wilde doen. Haar dikke gouden ketting was cool maar ingetogen en haar make-up leek aangebracht te zijn door een professioneel visagist. Al met al was ze het toonbeeld van raffinement, een voorbeeld van hoe vrouwen er op hun vijfenvijftigste zouden willen uitzien. Het probleem zat 'm in de hoed. Die had de omtrek van een flink dienblad, en hoewel de kleur precies paste bij die van het jurkje, viel het niet mee om nog iets anders te zien dan de veren die alle kanten op piekten, de enorme hoeveelheid kunstbloemen en de crinoline die gipskruid moest voorstellen; dat alles bijeengehouden door een joekel van een zijden strik. Het gevaarte balanceerde vervaarlijk op haar hoofd; de rand hing artistiek schuin en onttrok haar linkeroog aan het zicht.

Brookes mond viel open.

'Wat vind je ervan?' vroeg Elizabeth, en ze tikte tegen de rand van de hoed. 'Is hij niet schitterend?'

'Goh,' reageerde Brooke. Ze wist niet wat ze nog meer moest zeggen. 'Waar eh... is die voor?'

'Hoe bedoel je, "waar is die voor"? Voor Tennessee natuurlijk!' Ze lachte hard en ging toen over op haar beste komische benadering van een zuidelijk accent, dat klonk als een vreemde combinatie van iemand die Engels als tweede taal had en een cowboy uit een oude western. 'We zitten hier in Chattanooga, *Bruck*. Vergeet niet dat alle dames in het diepe zuiden dit soort hoeden dragen!'

Brooke was het liefst diep onder de dekens weggekropen. Ze wilde dood. Dit was te gênant voor woorden.

'Echt waar?' piepte ze. Meer kon ze niet uitbrengen.

Gelukkig ging Elizabeth weer over op haar gewone, enigszins nasale New Yorkse uitspraak. 'Natuurlijk. Heb je de Kentucky Derby nooit gezien?'

'Jawel, maar we zijn hier niet in Kentucky. Is de Derby niet een gelegenheid waar je wordt geacht een hoed te dragen? Ik weet niet of je dat zomaar kunt vertalen naar andere feestelijke gelegenheden waar, eh...' Ze liet de zin langzaam wegsterven om haar woorden te verzachten, maar haar schoonmoeder merkte het amper.

'Ach Brooke, je weet niet waar je het over hebt. We zijn hier in het zuiden, liefje! De hoed die ik heb gekocht voor de bruiloft zelf is nog veel mooier. Morgen hebben we ruimschoots de tijd om er voor jou ook een aan te schaffen, dus maak je maar geen zorgen.' Ze zweeg even en bekeek Brooke, nog altijd vanuit de deuropening, van top tot teen. 'Ben je nog niet aangekleed?'

Brooke keek eerst naar haar joggingpak en wierp toen een blik op haar horloge. 'Ik dacht dat we pas om zes uur weg hoefden.'

'Jawel, maar het is al vijf uur. Je hebt nog maar net genoeg tijd.'

'Goh, inderdaad!' riep ze quasiverbaasd uit. 'Ik mag wel opschieten. Ik spring gauw onder de douche.'

'Prima, klop maar aan als je klaar bent. Nee, ik heb een beter idee: kom even bij ons een borrel drinken. William heeft goede wodka laten halen, dus je hoeft niet van dat hotelbocht te drinken.'

'Kunnen we niet gewoon om zes uur in de lobby afspreken? Zoals je ziet...' – Brooke deed een stapje terug en wees op haar gescheurde T-shirt en haar slordige haar – 'heb ik nog een heleboel werk te verrichten.'

'Hmm.' Haar schoonmoeder was het duidelijk met haar eens. 'Goed dan. We zien elkaar om zes uur. En eh, Brooke? Misschien kun je je ogen ook een beetje opmaken, dat doet wonderen voor het gezicht.'

De warme douche en de aflevering van *Millionaire Matchmaker* die ze op de achtergrond had aangezet deden ook weinig voor haar humeur, maar het eenpersoonsflesje witte wijn uit de minibar hielp wel enigszins. Helaas was het effect daarvan snel weer verdwenen. Tegen de tijd dat ze haar trouwe zwarte wikkeljurkje had aangetrokken, als een gehoorzame schoondochter oogschaduw had opgedaan en naar de lobby was getogen, was de stress weer in alle hevigheid terug.

Het was maar een paar kilometer rijden naar het restaurant. Dokter Alter klaagde de hele rit door: welk hotel had nou geen parkeerservice, hoe haalde Hertz het in zijn hoofd om alleen Amerikaanse auto's te verhuren en wie gaf er verdorie om half zeven 's avonds een diner? Dat was bijna lunchtijd. Hij kreeg het zelfs voor elkaar om te klagen dat het niet druk genoeg was op de weg voor een vrijdagavond in Chattanooga – want welke zichzelf respecterende stad had er nou begaanbare wegen en voldoende parkeergelegenheid? En waarom waren de andere weggebruikers allemaal zo verdomd beleefd? Iedereen bleef wel tien minuten stilstaan voor een stopbord en wenkte naar anderen dat ze konden doorrijden. Dat gebeurde mooi niet in de plaatsen waar hij voor zijn plezier kwam, van z'n leven niet. Echte steden hadden files, mensenmassa's, sneeuw, sirenes, gaten in de weg en andere ellende, zo hield hij vol. Het was de belachelijkste tirade die Brooke ooit had gehoord. Tegen de tijd dat ze met z'n drieën bij het restaurant naar binnen liepen, voelde ze zich alsof ze al de hele avond met hen op stap was.

Tot haar enorme opluchting stonden de ouders van Trent bij de deur. Brooke vroeg zich af wat ze van de belachelijke Derbyhoed van haar schoonmoeder zouden vinden. Trents vader en die van Julian waren broers en hadden een buitengewoon hechte band, ondanks een groot leeftijdsverschil, en ze togen onmiddellijk met z'n vieren naar de bar aan de andere kant van het vertrek. Brooke kneep ertussenuit met de mededeling dat ze Julian ging bellen. Ze zag hun opgeluchte gezichten: een vrouw die zomaar even haar man belde, ging heus niet scheiden, of wel soms?

Ze keek om zich heen op zoek naar Trent en Fern, maar ze zag hen nergens. Buiten was het een graad of twaalf, compleet tropisch in vergelijking met februari in New York, en ze nam niet eens de moeite om haar jas dicht te doen. Ze was ervan overtuigd dat Julian niet zou opnemen – het was middernacht in Engeland en hij was waarschijnlijk net klaar met zijn optreden – maar ze belde toch en was verrast toen ze zijn stem hoorde.

'Hoi! Wat fijn dat je belt.' Hij klonk net zo verrast als zij zich voelde. Er was geen lawaai op de achtergrond. Ze hoorde het enthousiasme in zijn stem. 'Ik liep net aan je te denken.'

'Echt?' vroeg ze, en ze kon het niet uitstaan dat haar stem zo onzeker klonk. Ze hadden elkaar de afgelopen tijd elke dag wel een keer gesproken, maar dat was telkens van Julian uitgegaan.

'Ik vind het verschrikkelijk dat je zonder mij op die bruiloft bent.'

'Nou, dat vinden je ouders ook.'

'Je wordt zeker gek van het gezeur?'

'Dat is het understatement van de eeuw. De fase "gek" hadden we bij het inchecken al bereikt. We zijn nu op weg naar zelfvernietiging.'

'Het spijt me,' zei hij zacht.

'Denk je dat je er goed aan doet, Julian? Ik heb Trent of Fern nog niet gezien, maar ik weet niet wat ik ga zeggen.'

Julian schraapte zijn keel. 'Zeg nog maar een keer dat ik hun bijzondere avond niet in een mediacircus wilde veranderen.'

Brooke zei even niets terug. Zelf dacht ze dat Trent vast liever het risico zou nemen dat er een of twee nieuwsgierige verslaggevers opdoken dan dat hij zijn neef en levenslange vriend moest missen op zijn bruiloft, maar ze zei niets.

'En, hoe is het vanavond gegaan?'

'Roek, het was geweldig. Echt geweldig. Vlak bij het terrein is een stadje, en boven op een heuvel ligt een oude middeleeuwse stad die uitkijkt op het moderne gedeelte beneden. De enige manier om daar te komen is via een kabelbaantje, met een man of vijftien tegelijk, en als je uitstapt, is het net een doolhof: al die enorme stenen muren met fakkels erop, en in de nissen zitten winkeltjes en huisjes. Pal in het midden was een amfitheater, met een waanzinnig uitzicht over het uitgestrekte Schotse heuvelland. Ik heb opgetreden in het donker; alles was verlicht met alleen kaarsen en fakkels. Ze schonken een warm citroendrankje met iets sterks erin, en de combinate van de kou en de warme drank en het spookachtige licht en dat uitzicht... Ik kan het niet goed uitleggen, maar het was zó gaaf.'

'Klinkt fantastisch.'

'Dat was het ook! En toen het afgelopen was, werd iedereen naar het hotel gebracht, of het resort... landgoed? Ik weet niet hoe ik het moet noemen, maar ook dat is schitterend. Stel je een oude boerenhoeve voor met wel honderd hectare glooiend heuvellandschap, maar wel flatscreens, vloerverwarming in de badkamer en het waanzinnigste buitenzwembad dat je ooit hebt gezien. De kamers kosten iets van tweeduizend dollar per nacht en hebben elk een open haard met een kleine bibliotheek, en je krijgt er een eigen butler bij.' Hij zweeg even en zei toen heel lief: 'Het zou pas helemaal perfect zijn als jij erbij was.'

Het was fijn om te horen – echt waar – dat hij zo tevreden en spraakzaam was. Hij koos er duidelijk voor om alles met haar te delen; misschien zat hij toch in een gewetenscrisis met betrekking tot hun communicatie van de laatste tijd. Het was alleen wat moeilijk te verteren, gezien de omstandigheden waarin zij zich nu bevond: vergezeld van haar schoonouders in plaats van staatshoofden en internationale topmodellen; rijen betonnen winkelpanden langs de snelweg in plaats van landelijke akkers, en een doorsnee hotelkamer in het plaatselijke Sheraton waar beslist geen privébutler rondliep. En bovendien was ze daar voor de bruiloft van zíjn neef – in haar eentje. Dus ook al was het heel fijn om te horen dat hij het zo naar zijn zin had, ze zou het niet erg hebben gevonden om wat minder bijzonderheden te horen over zijn huidige overvloed aan weelde en genot.

'Ik moet ophangen, we gaan zo aan tafel.'

Er liep een stel van haar leeftijd langs op weg naar de ingang van het restaurant, en ze lachten allemaal naar elkaar.

'Even serieus: hoe is het met mijn ouders?'

'Ik weet niet, volgens mij wel goed.'

'Gedragen ze zich een beetje?'

'Ze doen wel hun best, lijkt me. Je vader maakt zich druk over de huurauto – dat wil je niet weten – en je moeder lijkt te denken dat ze naar een gekostumeerd bal gaat, maar verder gaat het wel.'

'Je bent een kanjer, Brooke,' zei hij zacht. 'Je doet veel meer dan je plicht. Ik weet zeker dat Trent en Fern het op prijs zullen stellen.'

'Ik kon het niet maken om niet te gaan.'

'De meeste anderen zouden thuisgebleven zijn. Ik hoop dat ik er goed aan heb gedaan door weg te blijven.'

'Het gaat nu niet om ons en wat wij doormaken,' zei ze zacht. 'Het is onze taak om een vrolijk gezicht op te zetten en hun feest te vieren. En dat ga ik nu proberen.'

Ze werd onderbroken door het volgende passerende stelletje. Door de manier waarop ze naar haar keken, wist ze dat ze haar herkenden. De mensen zouden wel van alles denken als ze zagen dat ze daar alleen was.

'Brooke? Het spijt me, echt waar. Maar ik mis je en ik kan niet wachten tot ik je weer zie. Ik denk echt dat...'

'Ik moet opschieten,' zei ze, zich ervan bewust dat er mensen meeluisterden. 'Ik spreek je nog wel, oké?'

'Oké,' antwoordde hij, en ze kon horen dat hij gekwetst was. 'Doe iedereen maar de groeten van me en probeer er een leuke avond van te maken. Ik mis je en ik hou zielsveel van je.'

'Hm-hm, hier hetzelfde. Doei.' Toen ze de verbinding had verbroken, werd ze weer overmand door het maar al te bekende gevoel dat ze het liefst in een hoopje op de grond zou gaan liggen janken, en als Trent niet naar buiten gekomen was, zou ze dat misschien wel hebben gedaan. Hij droeg wat Brooke in gedachten 'kostschool chic' noemde: wit overhemd, blauwe blazer, cranberrykleurige das, Gucci-mocassins en – als klein gebaar naar de veranderde tijden – een gewaagde kakikleurige broek (want geen bandplooi). Zelfs na al die jaren nog moest ze denken aan hun date in dat nietszeggende Italiaanse restaurant, en de vlinders die ze in haar buik had gevoeld toen Trent haar had meegenomen naar de bar waar ze Julian had gezien.

'Hoi, ik had al geruchten gehoord dat je er was,' zei hij, en hij gaf haar een kus op haar wang. 'Was dat Julian?' Hij knikte naar de telefoon.

'Ja, hij zit in Schotland. Ik weet wel dat hij liever hier was geweest,' voegde ze er zwakjes aan toe.

Trent glimlachte. 'Dan had hij moeten komen. Ik heb wel honderd keer gezegd dat het hier besloten is en dat we met alle liefde beveiliging wilden inhuren om eventuele paparazzi op afstand te houden, maar hij bleef volhouden dat hij er geen mediacircus van wilde maken. Niets kon hem overtuigen. Dus…'

Ze pakte Trents hand. 'Ik vind het echt vervelend,' zei ze. 'Onze timing was behoorlijk beroerd.'

'Kom, dan halen we wat te drinken voor je,' zei Trent.

Ze kneep even in zijn onderarm. 'Nee, voor jóú,' zei ze lachend. 'Dit is jouw avond. En ik heb je lieftallige bruid nog niet eens begroet.'

Brooke liep de deur door die Trent voor haar openhield. Binnen klonk geroezemoes en overal liepen mensen die met een cocktail in de hand het gebruikelijke praatje maakten. De enige die ze kende, afgezien van haar schoonouders en het bruidspaar, was Trevor, de jongere broer van Trent, die tweedejaarsstudent was. Hij stond onderuitgezakt in een hoekje vurig te hopen dat er niemand naar hem toe zou komen en staarde strak naar zijn iPhone. Het leek wel alsof het hele vertrek, met uitzondering van Trevor, een fractie van een seconde stilviel en opkeek toen ze binnenkwamen; haar aanwezigheid – en de áfwezigheid van Julian – was niet onopgemerkt gebleven.

Onbewust kneep ze in Trents hand. Trent gaf een kneepje terug en Brooke zei: 'Vooruit, ga naar je toeschouwers! Geniet ervan – voor je het weet, is het weer voorbij.'

Het diner verliep heerlijk rustig. Fern was zo lief geweest om ongevraagd Brookes stoel weg te halen bij die van pa en ma Alter en hem naast die van haar te zetten. Brooke begreep meteen wat Trent zo leuk vond aan Fern: ze vertelde heerlijke verhalen en grappen, was in iedereen geïnteresseerd en nam zichzelf voortdurend op de hak. Ze slaagde er zelfs in de ongemakkelijke sfeer te verdrijven toen een van Trents oude studievrienden dronken proostte op Trents voormalige voorkeur voor nepborsten, door lachend haar jurk een stuk naar voren te trekken, naar beneden te kijken en te zeggen: 'Nou, daar is hij dan inmiddels wel van genezen!'

Toen pa en ma Alter Brooke na het etentje kwamen halen voor de terugrit naar het hotel, stak Fern haar arm door de hare, knipperde met haar lange wimpers naar Julians vader en wendde haar zuidelijke charme aan. 'Nee, daar komt niets van in!' zei ze, en ze overdreef haar accent schromelijk, merkte Brooke tot haar vermaak. 'Deze hier blijft bij ons. Alle ouwetjes gaan terug naar het hotel en wij gaan een feestje bouwen. We zullen ervoor zorgen dat ze veilig terugkomt op haar kamer.'

Meneer en mevrouw Alter glimlachten en gaven eerst Fern en toen Brooke twee luchtzoenen naast hun wang. Zodra ze hun hielen hadden gelicht, zei Brooke tegen Fern: 'Je hebt mijn leven gered. Ik had natuurlijk nog wat met hen moeten gaan drinken in het hotel. Daarna zouden ze zijn meegelopen naar mijn kamer om nog zesduizend vragen te stellen over Julian. De kans is groot dat ze commentaar hadden geleverd op mijn gewicht, mijn huwelijk of allebei. Ik kan je niet genoeg bedanken.'

Fern wuifde het weg. 'Hou op, ik kan je toch niet laten weggaan met iemand die rondloopt met zo'n hoed op? Stel je voor dat andere mensen je zouden zien!' Ze begon te lachen, en Brooke vond haar nog leuker dan eerst. 'En trouwens, ik doe het ook uit eigenbelang. Al mijn vrienden zijn weg van je.'

Ze wist dat Fern dat alleen maar zei om haar een plezier te doen – ze had immers de hele avond amper de kans gekregen om met iemand te praten, al leken de vrienden van Trent en Fern haar allemaal heel aardig – maar wat deed het ertoe? Het werkte. Ze voelde zich goed. Zo goed zelfs dat ze met Trent een tequilashot dronk 'op Julian' en daarna een paar wodka-limes met Fern en haar jaarclubgenoten (die overigens meer konden drinken dan alle vrouwen die ze ooit had gekend). Ze voelde zich nog steeds goed toen om twaalf uur de lichten uitgingen en iemand uitvogelde hoe ze een iPod konden aansluiten op de installatie van het restaurant, en ook de komende twee uur van drank, dansen en – als ze heel eerlijk was – lekker ouderwets flirten met een van Trents collega coassistenten. Volkomen onschuldig natuurlijk, maar ze was vergeten hoe het voelde wanneer een leuke, knappe jongen de hele avond alleen maar oog voor haar had, drankjes voor haar haalde en haar aan het lachen maakte. Ook dat deed haar goed.

Wat haar uiteraard minder goed deed, was de gruwelijke kater de volgende ochtend. Hoewel ze pas tegen drie uur op haar hotelkamer was teruggekomen, werd ze de volgende morgen om zeven uur wakker. Ze staarde naar het plafond in de zekerheid dat ze moest overgeven, en ze vroeg zich af hoe lang het zou duren voordat het zo ver was. Een half uur later zat ze op de vloer van de badkamer naar lucht te happen, en ze hoopte vurig dat pa en ma Alter niet op haar deur zouden kloppen. Gelukkig lukte het haar om weer in bed te kruipen en tot negen uur te slapen.

Ondanks een knallende koppijn en een smerige smaak in haar mond moest Brooke glimlachen toen ze haar ogen opendeed en ze haar telefoon bekeek. Julian had zes keer gebeld en ge-sms't: hij vroeg steeds waar ze was en waarom ze haar telefoon niet opnam. Hij was op weg naar het vliegveld voor zijn vlucht naar huis, hij miste haar en hield van haar en kon niet wachten tot hij haar weer zou zien in New York. Het was fijn dat de rollen nu omgedraaid waren, al was het maar voor één avond. Eindelijk was zij een keer degene die te veel had gedronken, te laat naar bed was gegaan en te lang had gefeest.

Brooke ging douchen en liep naar de lobby voor een kop koffie, in de hoop dat ze onderweg de Alters niet tegen het lijf zou lopen. Ze hadden haar de avond ervoor verteld dat ze de dag zouden door-brengen met de ouders van Trent: de vrouwen hadden een afspraak bij de kapper en de mannen gingen squashen. Toen Elizabeth aan Brooke had gevraagd of ze meeging, had ze schaamteloos gelogen en gezegd dat ze van plan was om bij Fern thuis te gaan lunchen met de bruidsmeisjes. Ze zat net met de krant en een dubbele koffie-ver-keerd voor zich toen ze haar naam hoorde noemen. Aan haar tafeltje stond Isaac, de knappe coassistent met wie ze de vorige avond had geflirt.

'Brooke? Hoi, hoe gaat-ie? Ik had al gehoopt dat ik je zou zien!'

Ze voelde zich gevleid, ze kon er niets aan doen.

'Hé Isaac, wat leuk.'

'Ik weet niet hoe het met jou is, maar ik voel me behoorlijk brak na gisteravond.'

Ze lachte. 'Ja, het was heftig. Maar ik vond het heel leuk gisteren.'

Ze wist tamelijk zeker dat het zo onschuldig had geklonken als ze het had bedoeld – al dat geflirt was leuk, maar ze was wel getrouwd – dus flapte ze er voor de zekerheid uit: 'Mijn man zal wel balen dat hij het heeft moeten missen.'

Er verscheen een eigenaardige uitdrukking op zijn gezicht. Geen verbazing, maar eerder een soort opluchting dat ze er eindelijk over begon. Toen begreep ze het.

'Jouw man is toch Julian Alter?' vroeg de jongen, en hij kwam naast haar zitten. 'Ik had er gisteravond wel het een en ander over gehoord, maar ik wist niet of het waar was.'

'De enige echte,' antwoordde Brooke.

'Wat gaaf! Je moest eens weten. Ik volg hem al sinds de tijd dat hij nog bij Nick's Bar in de Upper East Side speelde. En ineens zag je hem overal! Je kon geen tijdschrift openslaan of de tv aanzetten of je zag Julian Alter. Wauw. Wat moet dat bijzonder voor je zijn.'

'Fantastisch,' zei ze automatisch, terwijl het misselijkmakende be-sef tot haar doordrong… Ze vroeg zich af hoe lang ze hier moest blij-ven zitten voordat ze met goed fatsoen kon opstappen. Toch wel mi-nimaal drie oneindig lange minuten, besloot ze.

'Goh, ik hoop echt dat je het niet erg vindt dat ik het vraag, maar…'

Nee, hè? Hij zou over de foto's beginnen, ze wist het zeker. Achttien heerlijke uren lang had niemand het erover gehad, en nu moest Isaac het zonodig verpesten.

'Heb je zin in koffie?' flapte ze eruit, in een wanhopige poging hem af te leiden van het onvermijdelijke.

Heel even keek hij haar verbaasd aan en schudde toen zijn hoofd. Hij greep in de canvas koerierstas die bij zijn voeten stond, haalde er een grote bruine envelop uit en zei: 'Ik vroeg me af of je deze misschien aan Julian zou willen geven. Ik bedoel, ik weet hoe druk hij het heeft en zo – en ik zeg er meteen bij dat ik lang niet zo goed ben als hij – maar ik besteed iedere vrije minuut die ik heb aan muziek, en… Nou ja, ik ben gewoon heel erg benieuwd wat hij ervan vindt.' Hij graaide in de envelop, haalde er een cd uit en hield hem Brooke voor.

Ze wist niet of ze moest lachen of huilen.

'O, natuurlijk, ik… Wacht, ik zal je het adres van de studio geven. Dan kun je hem zelf naar hem opsturen.'

Isaac begon te stralen. 'Echt waar? Super. Ik wist niet goed hoe ik erover moest beginnen, gezien alles wat er eh… aan de hand is. Nou ja, ik wist niet of hij wel…'

'Ja hoor. Hij zit er nog steeds heel vaak, om aan zijn nieuwe album te werken. Sorry Isaac, maar ik moet even een telefoontje plegen. Ik zie je vanavond wel weer, oké?'

'Ja, lijkt me leuk. O, en Brooke? Nog één ding. Mijn vriendin – ze komt vanavond pas – heeft haar eigen blog. Ze schrijft over beroemdheden en feestjes en zo. Maar goed. Ik weet zeker dat ze je héél graag zou willen interviewen. Ze vroeg of ik je wilde vragen of je niet een keer jouw kant van het verhaal kwijt wilt aan een onpartijdig iemand. Om een lang verhaal kort te maken: ik weet zeker dat ze heel graag…'

Als ze nu niet meteen zou weglopen, zou ze iets vreselijks zeggen. 'Dank je wel, Isaac. Lief van haar om aan me te denken. Ik heb er momenteel niet zo'n behoefte aan, maar toch bedankt.' En voor hij nog een woord kon uitbrengen, beende ze naar de lift.

Het kamermeisje was haar kamer aan het schoonmaken toen Brooke binnenkwam, maar ze kon niet terug naar de lobby. Ze glimlachte naar de vrouw, die er afgepeigerd uitzag en zo te zien wel een pauze kon gebruiken, en zei dat ze rest wel mocht laten zitten. Toen het mens haar spullen had gepakt en was vertrokken, liet Brooke zich op het onopgemaakte bed vallen en probeerde zichzelf ertoe te zetten iets te gaan doen. Ze hoefde zich pas over zes uur te gaan voorbereiden, en ze was vastbesloten om tot die tijd op zoek te gaan naar vacatures, haar cv op internet te zetten en een paar algemene brieven op te stellen die ze naderhand persoonlijker kon maken.

Ze zocht op de wekkerradio naar een klassieke zender, om zich een beetje af te zetten tegen Julian, die haar iTunes had volgezet met niet alleen zijn eigen muziek, maar ook die van andere artiesten van wie hij vond dat ze er naar móést luisteren, en vervolgens installeerde ze zich achter het bureau. Het eerste uur werkte ze in opperste concentratie – geen geringe prestatie gezien haar zeurende hoofdpijn – en slaagde ze erin haar cv op alle grote vacaturesites te plaatsen. Het tweede uur bestelde ze een salade met gegrilde kip via de roomservice en zette ze haar verstand op nul door op haar laptop naar een oude aflevering van *Prison Break* te kijken. Daarna sliep ze een halfuurtje. Toen even na drie uur haar mobiele telefoon ging en ze 'privénummer' in het scherm zag staan, wilde ze eerst niet opnemen, maar omdat ze dacht dat het Julian weleens zou kunnen zijn, deed ze het toch.

'Brooke? Met Margaret. Margaret Walters.'

Ze was zo verbaasd dat ze bijna haar telefoon liet vallen. Haar eerste reactie was angst – had ze weer een dienst gemist? – maar toen ze weer helder kon nadenken, wist ze dat het ergste al was gebeurd. Waar ze ook voor belde, Brooke wist in ieder geval zeker dat het niet was om haar te ontslaan.

'Margaret! Hoe gaat het met je? Er is toch niets vervelends gebeurd?'

'Nee, het gaat prima. Sorry dat ik je in het weekend bel, maar ik wilde hier niet mee wachten tot volgende week.'

'Geeft niks! Ik ben toevallig net mijn cv aan het versturen,' zei ze, en ze glimlachte in de telefoon.

'Dat is goed om te horen, want ik denk dat ik nog wel een adres heb waar je het naartoe kunt sturen.'

'Echt waar?'

'Ik ben net gebeld door een collega, Anita Moore. Of liever gezegd: ze is een oud-werkneemster van me, maar van jaren terug. Ze heeft heel lang in het Mount Sinai-ziekenhuis gewerkt, maar daar is ze onlangs weggegaan om voor zichzelf te beginnen.'

'O, dat klinkt goed.'

'Ze moet het je allemaal zelf maar vertellen, maar als ik het goed begrepen heb, heeft ze overheidssubsidie gekregen om een soort interventiekliniek in een risicowijk te openen. Ze is op zoek naar een logopedist die gespecialiseerd is in kinderen en naar een gediplomeerd voedingsdeskundige die ervaring heeft met prenatale zorg, borstvoeding, vrouwen die pas bevallen zijn en zuigelingen. In de wijk waar de kliniek wordt geopend, wordt niet veel gedaan aan prenatale zorg en de patiënten weten niets van voeding, dus je zult helemaal bij de basis moeten beginnen – je zult hen bijvoorbeeld moeten zien te overtuigen van het nut van foliumzuur, dat soort dingen – maar het is dus beslist een uitdaging, en ook dankbaar werk. Ze wil de diëtisten van het Mount Sinai niet wegkapen, dus heeft ze mij gebeld om te vragen of ik niet iemand wist.'

'En toen heb je mij aanbevolen?'

'Inderdaad. Ik zal open kaart met je spelen, Brooke. Ik heb haar verteld van Julian, de keren dat je hebt verzuimd en je overvolle agenda, maar ik heb ook gezegd dat je een van de beste en slimste mensen bent die ooit voor me gewerkt hebben. Op deze manier kan iedereen elkaar recht in de ogen kijken.'

'Margaret, dat klinkt als een geweldige kans. Hoe kan ik je ooit bedanken?'

'Brooke? Ik vraag één ding van je. Als je denkt dat je drukke levensstijl van dien aard blijft dat het regelmatig van invloed zal zijn op je werk, zeg dat dan alsjeblieft eerlijk tegen Anita. Zelfs met personeel waarop ze kan bouwen krijgt ze het al moeilijk genoeg.'

Brooke knikte verwoed. 'Natuurlijk, Margaret. Ik snap het helemaal. De carrière van mijn man heeft vanaf nu geen invloed meer op die van mij. Dat garandeer ik je. En Anita ook.'

Het kostte haar grote moeite om niet te gaan gillen aan de telefoon, en ze noteerde Anita's contactgegevens. Ze trok een blikje cola light uit de minibar open – haar hoofdpijn was als bij toverslag verdwenen – en ze maakte een nieuw bericht aan in haar mailprogramma. Die baan was voor haar, dat móést.

19

Een dans uit medelijden

Brooke glimlachte lusteloos naar dokter Alter, die het achterportier voor haar openhield en een galant handgebaar maakte. 'Na jou, meiske,' zei hij. Gelukkig scheen hij over zijn woede jegens Hertz van de dag ervoor heen gegroeid te zijn en verliep de rit vrijwel zonder tirades.

Brooke vond het knap van zichzelf dat ze niets zei over de nieuwe Derbyhoed die Elisabeth vandaag droeg, die deze keer bestond uit minstens een halve kilo tafzijde en een heel boeket nep-pioenrozen. Dit in combinatie met een chique avondjapon van YSL, een elegante Chaneltas en schitterende met kraaltjes bezette Manolo's. Die vrouw was totaal gestoord.

'Heb je nog iets van Julian gehoord?' vroeg haar schoonmoeder toen ze de oprijlaan van het privéterrein afreden.

'Vandaag nog niet, nee. Hij heeft gisteren een paar berichten ingesproken, maar ik was te laat terug om nog te kunnen bellen. Tjonge, die studenten geneeskunde weten hoe ze moeten feesten zeg, en het kan ze niets schelen of je getrouwd bent of niet.'

In het spiegeltje van de zonneklep, waar Elisabeth in zat te turen, zag Brooke haar wenkbrauwen omhoog schieten, en ze genoot stiekem van deze kleine overwinning. De rest van de weg legden ze in stilte af. Toen ze bij het imposante gothische hekwerk kwamen dat rond het ouderlijk huis van Fern stond, zag Brooke haar schoonmoeder een bijna onzichtbaar knikje geven, alsof ze wilde zeggen: 'Nou, als je dan toch per se buiten Manhattan wilt wonen, dan is dit de juiste keuze.' De rit van het hek naar het huis voerde langs volwassen kersenbomen en torenhoge eiken, en was lang genoeg om te spreken van een landgoed in plaats van een huis. Hoewel het februari en tamelijk fris was, was alles weelderig en groen – het zag er op de een of andere manier *gezond* uit. Een medewerker van de parkeerservice, gekleed in smoking, zette de auto voor hen weg en een lieftallige jongedame begeleidde hen naar binnen; Brooke zag het meisje naar haar schoonmoeders hoed gluren, maar ze was zo beleefd om er niet openlijk naar te staren.

Brooke bad in stilte dat de Alters haar met rust zouden laten, en zodra ze de barkeepers met hun vlinderdasjes achter een enorme mahoniehouten bar zagen staan, stelden ze haar niet teleur. Brooke dacht terug aan de tijd dat ze nog single was geweest. Vreemd hoe snel je vergat hoe het was om alleen naar een bruiloft of een feestje te gaan waar verder alleen stellen kwamen. Moest ze er maar vast aan wennen?

Ze voelde haar telefoon trillen in haar tas, en gewapend met een glas champagne dat ze van een voorbijkomend dienblad pakte, dook ze de nabijgelegen toiletten in.

Het was Nola. 'Hoe gaat het?' De stem van haar vriendin was als een warme deken in dit kille, intimiderende landhuis.

'Ik zal het maar eerlijk toegeven: het valt niet mee.'

'Dat had ik je ook wel kunnen vertellen. Ik begrijp nog steeds niet waarom je dit jezelf aandoet…'

'Ik heb ook geen flauw idee. Jezus, ik ben al zes, zeven jaar niet meer alleen naar een bruiloft geweest. Het is echt klote.'

Nola snoof. 'Zie je nou wel. Het is absoluut klote. Je had er echt niet naartoe hoeven gaan om daar in je eentje achter te komen. Ik had het je ook kunnen vertellen.'

'Nola? Waar ben ik mee bezig? Niet alleen nu, maar sowieso?' Brooke hoorde hoe hoog en enigszins paniekerig haar stem klonk, en ze voelde dat de telefoon bijna uit haar zweterige hand gleed.

'Wat bedoel je, lieverd? Wat is er?'

'Wat er is? Je kunt beter vragen wat er níét is. We hebben het vreemde punt bereikt dat we allebei niet weten wat we hier mee aanmoeten, omdat we allebei niet kunnen vergeten en vergeven, en we weten niet of we überhaupt nog verder kunnen. Ik hou van hem, maar ik vertrouw hem niet, en ik heb nog nooit zo'n grote afstand gevoeld. En het gaat niet alleen om die meid, hoewel ik daar knettergek van word; het is álles.'

'Sst, rustig maar. Morgen ben je weer thuis. Ik sta morgen bij je voor de deur – er is niemand van wie ik genoeg houd om helemaal naar het vliegveld te komen – en dan hebben we het erover. Als het ook maar enigszins mogelijk is dat Julian en jij hier samen uitkomen, dan doen jullie dat. En als je besluit dat het er niet meer inzit, ben ik er voor je. Altijd. Net als heel veel anderen.'

'O, god, Nola…' Ze kreunde van pure ellende. Het was doodeng om iemand hardop te horen zeggen dat zij en Julian het misschien niet zouden redden.

'Doe het stap voor stap, Brooke. Het enige wat je vanavond hoeft te doen is op je tanden bijten en glimlachen tijdens de huwelijksvoltrekking, de receptie en het hoofdgerecht. Zodra ze de borden weghalen, bel je een taxi en maak je dat je in het hotel komt. Begrepen?'

Brooke knikte.

'Brooke? Ja of nee?'

'Ja,' zei ze.

'En nu kom je van die wc af en doe je wat ik gezegd heb, oké? Ik zie je morgen. Het komt goed. Echt.'

'Bedankt, Nool. Eén ding nog: Hoe gaat het met jou? Is het nog steeds leuk met Andrew?'

'Ja, ik ben hier met hem.'

'Ben je met hem samen? Waarom bel je me dan?'

'Het is pauze en hij is naar het toilet…'

Iets in Nola's stem wekte haar argwaan. 'Naar welke voorstelling zijn jullie?'

Er viel een stilte. '*The Lion King.*'

'Zit je bij *The Lion King*? Serieus? O, wacht even, je bent zeker aan het oefenen voor je rol als stiefmoeder?'

'Inderdaad ja, het kind is er ook bij. En wat dan nog? Het is een schatje.'

Brooke glimlachte, ondanks zichzelf. 'Je bent een schat, Nola. Bedankt voor alles.'

'Jij ook. En als je dit ooit verder vertelt…'

Brooke grinnikte nog steeds toen ze naar buiten liep, waar ze met-een tegen Isaac en zijn bloggende vriendin opbotste.

'Hé hallo!' zei Isaac met het seksloze enthousiasme van een vent die de hele avond ervoor had lopen flirten, louter om er zelf beter van te worden. 'Brooke, mag ik je voorstellen aan Susannah? Ik heb je geloof ik al verteld dat ze je graag…'

'Zou interviewen,' zei Susannah, en ze stak haar hand uit. Het meisje was jong, één en al glimlach en best knap, en Brooke kon het geen seconde langer verdragen.

Ze sprak een lang vergeten voorraad zelfvertrouwen en zelfbeheersing aan om Susannah recht in de ogen te kijken en te zeggen: 'Wat leuk om je te ontmoeten, en ik hoop dat je het me niet kwalijk zult nemen dat ik zo onbeleefd ben, maar ik moet echt even een boodschap overbrengen aan mijn schoonmoeder.'

Susannah knikte.

Met haar glas champagne als een reddingsboei in haar handen trof ze de Alters uiteindelijk aan in de tent waar het huwelijk voltrokken zou worden. Ze hadden een stoel voor haar vrijgehouden.

'Zijn jullie ook zo dol op bruiloften?' vroeg Brooke zo opgewekt mogelijk. Het sloeg nergens op, maar wat moest ze dan zeggen?

Haar schoonmoeder tuurde in het spiegeltje van haar poederdoos en werkte een onzichtbaar pukkeltje op haar kin weg. 'Ik vind het opzienbarend dat meer dan de helft van alle huwelijken op een mislukking uitdraait, en dat ieder stel dat naar het altaar loopt nog steeds schijnt te denken dat het hun niet zal overkomen.'

'Hmm,' mompelde Brooke. 'Wat enig om het tijdens een bruiloft over scheidingspercentages te hebben.'

Het was waarschijnlijk het onbeleefdste dat ze ooit tegen haar schoonmoeder had gezegd, maar de vrouw gaf geen krimp. Dokter Alter keek op van zijn BlackBerry, waarop hij aandelenkoersen had zitten bekijken, maar toen hij zag dat zijn vrouw niet reageerde, tuurde hij weer naar het schermpje.

Goddank zette de muziek in en werd iedereen stil in de tent. Trent en zijn ouders kwamen als eersten binnen, en Brooke glimlachte toen ze zag hoe oprecht gelukkig – en totaal niet zenuwachtig – hij eruitzag. Een voor een kwamen de bruidsmeisjes, -jonkers en bloemenmeisjes achter hen aan, en toen het Ferns beurt was, geflankeerd door haar beide ouders, straalde ze zoals alleen bruiden dat kunnen.

De ceremonie was een naadloze combinatie van joodse en christelijke tradities, en ondanks alles vond ze het een genot om Fern en Trent zo veelzeggend naar elkaar te zien kijken.

Pas toen de rabbijn de betekenis uitlegde van de choepa, het baldakijn dat het nieuwe gezin symboliseerde dat ze samen zouden vormen, en dat het hen moest beschermen tegen de buitenwereld, maar wel aan vier zijden open was om vrienden en familie toe te laten, vulden Brookes ogen zich met tranen. Dat was haar favoriete gedeelte van haar eigen huwelijksvoltrekking geweest, en als ze met Julian naar een bruiloft ging, was dit het moment waarop ze elkaars hand zochten en elkaar aankeken met diezelfde veelbetekenende blik die ze nu bij Trent en Fern zag. Nu zat ze hier niet alleen in haar eentje, het viel ook nog eens moeilijk te ontkennen dat ze zich al geruime tijd niet meer thuis voelde in hun appartement, en dat Julian en zij misschien wel op weg waren om de door haar schoonmoeder aangehaalde cijfers aan te vullen.

Tijdens de receptie boog een van Ferns vriendinnen zich naar haar man toe om iets zijn oor te fluisteren, waarna hij haar aankeek met een blik alsof hij wilde zeggen: Echt waar? Het meisje knikte en Brooke vroeg zich af waar ze het over hadden, tot de man opeens naast haar stoel stond en vroeg of ze met hem wilde dansen. Een dans uit medelijden. Dat kende ze maar al te goed, ze had zich er zelf ook vaak genoeg aan schuldig gemaakt door Julian op bruiloften te vragen of hij niet even wilde dansen met vrouwen die alleen waren, in de veronderstelling dat ze daarmee een goede daad verrichte. Nu ze wist hoe het voelde om hier het lijdend voorwerp van te zijn, zwoer ze dat ze dat nooit meer zou doen. Ze bedankte de man uitvoerig, maar sloeg het aanbod af en zei dat ze dringend op zoek moest naar een aspirientje, en ze zag zijn opluchting. Nu ze voor de tweede keer op weg was naar haar favoriete toilet op de gang, wist ze niet zeker of ze zich ertoe zou kunnen zetten om er nog uit te komen.

Ze keek op haar horloge. Kwart voor tien. Ze beloofde zichzelf dat als de Alters om elf uur nog niet weggingen, ze een taxi zou bellen. Ze glipte de gang weer in, waar het tochtte en waar gelukkig niemand was. Een snelle blik op haar telefoon leerde haar dat ze geen nieuwe berichten of sms'jes had, terwijl Julian toch onderhand thuis zou moeten zijn. Ze vroeg zich af wat hij aan het doen was; of hij Walter al had opgehaald bij de oppas en ze nu samen op de bank lagen. Misschien was hij meteen doorgegaan naar de studio. Ze wilde nog niet terug naar de receptie, dus liep ze een tijdje te ijsberen. Ze keek eerst op Facebook en zocht toen voor de zekerheid alvast het nummer op van een plaatselijk taxibedrijf. Toen ze geen smoesjes of afleiding meer kon bedenken, liet ze haar telefoon in haar enveloptasje glijden, sloeg haar armen om zich heen en liep in de richting van de muziek.

Ze voelde een hand op haar schouder, en ze wist voordat ze zich had omgedraaid, voordat hij iets kon zeggen, dat die hand van Julian was.

'Roek?' Zijn stem klonk vragend, onzeker. Hij wist niet hoe ze zou reageren.

Ze draaide zich niet meteen om – ze was bijna zenuwachtig dat ze zich vergiste, dat hij het niet was – maar toen ze dat deed, sloegen de hevige emoties haar om de oren. Daar stond hij, pal voor haar neus, in het enige kostuum dat hij bezat, verlegen glimlachend, nerveus, met een blik in zijn ogen die leek te zeggen: Hou me alsjeblieft stevig vast. En ondanks alles wat er was gebeurd, ook al waren ze de afgelopen weken nog zo ver uit elkaar gegroeid, wilde Brooke niets liever. Ontkennen had geen zin: haar reflexen en instinct maakten duidelijk dat ze dolblij was om hem te zien.

Nadat ze zich in zijn armen had gestort, kon ze bijna een halve minuut geen woord uitbrengen. Hij was lekker warm, rook precies goed en drukte haar zo hard tegen zich aan dat ze moest huilen.

'Ik hoop dat het tranen van blijdschap zijn?'

Ze veegde ze weg en was zich ervan bewust dat haar mascara uitliep, maar dat kon haar niets schelen. 'Blijdschap, opluchting en nog een paar duizend andere dingen,' zei ze.

Toen ze elkaar uiteindelijk loslieten, zag ze dat hij All Stars onder zijn pak droeg.

Hij volgde haar blik naar zijn schoenen. 'Ik was vergeten om nette schoenen in te pakken,' zei hij schouderophalend. Hij wees naar zijn hoofd, die mutsvrij was. 'En mijn haar zit voor geen meter.'

Brooke boog zich naar hem toe om hem weer te zoenen. Dat was zo fijn, zo normaal! Ze wilde graag boos zijn, maar ze was veel te blij om hem te zien. 'Dat kan niemand wat schelen. Ze vinden het alleen maar fijn dat je er bent.'

'Kom, dan gaan we naar Trent en Fern. Praten doen we daarna wel.'

Iets in de manier waarop hij het zei, stelde haar gerust. Hij was er, hij nam het heft in handen, en ze deed maar al te graag wat hij zei. Hij leidde haar door de gang, waar een paar bruiloftsgasten hun ogen niet konden geloven – zo ook Isaac en zijn vriendin, zag ze tot haar plezier – en ze liepen meteen door naar de tent. De band had even pauze omdat de gasten aan het dessert zaten, dus ze konden het wel vergeten om ongezien naar binnen te glippen. Toen ze binnenkwamen, veranderde de sfeer bijna voelbaar. Iedereen keek en fluisterde, en een meisje van een jaar of tien, elf wees naar Julian en riep heel hard zijn naam naar haar moeder. Brooke hoorde haar schoonmoeder nog voor ze haar zag.

'Julian!' fluisterde zijn moeder, die uit het niets leek op te duiken. 'Wat heb je nou weer voor kleren aan?'

Brooke reageerde hoofdschuddend. Dat mens bleef haar verbazen. 'Hoi mam, waar is…'

Dokter Alter meldde zich nu ook. 'Julian, waar was je verdomme? Je was niet bij het diner van je neef, je hebt je arme vrouw het hele weekend alleen gelaten en nu verschijn je opeens in zulke kleren? Wat héb jij toch?'

Brooke zette zich schrap voor een woordenwisseling, maar Julian zei alleen maar: 'Pap, mam, ik ben blij dat ik jullie zie, maar ik moet even iets doen.'

Julian trok haar mee naar Trent en Fern. Ze waren een rondje langs de gasten aan het maken, en Brooke voelde dat er honderden ogen op Julian en haar gericht waren toen ze op het gelukkige paar afliepen.

'Trent,' zei Julian zachtjes, en hij legde zijn hand op de rug van zijn neef.

Toen Trent zich omdraaide, viel er eerst schrik en daarna blijdschap van zijn gezicht af te lezen. Ze omhelsden elkaar. Fern glimlachte naar Brooke, en alle twijfel omdat ze bang was geweest dat Fern boos zou zijn dat Julian opeens voor hun neus stond, verdween.

'Allereerst: gefeliciteerd!' zei Julian, die Trent nog een keer op zijn rug sloeg en Fern een zoen op haar wang gaf.

'Dank je wel man,' zei Trent, die duidelijk blij was om Julian te zien.

'Fern, wat zie je er schitterend uit. Ik weet niet waar hij je aan verdiend heeft, maar hij mag wel in zijn handjes knijpen.'

'Dank je wel, Julian,' zei Fern met een brede glimlach. Ze pakte Brookes hand. 'Ik heb Brooke eindelijk wat beter leren kennen afgelopen weekend, en volgens mij geldt voor jou precies hetzelfde.'

Brooke gaf een kneepje in Ferns hand.

Julian grinnikte naar Brooke. 'Ik dacht het wel,' zei hij. 'Sorry hoor jongens, dat ik alles gemist heb.'

Trent wuifde het weg. 'Is al goed. We zijn blij dat je er bent.'

'Nee, ik had hier het hele weekend moeten zijn. Het spijt me echt.'

Heel even leek het of Julian zou gaan huilen. Fern moest op haar tenen staan om haar armen om hem heen te slaan en ze zei: 'Een paar eersterangskaarten voor je volgende optreden in Los Angeles en we praten nergens meer over. Toch, Trent?'

Iedereen moest lachen, en Brooke zag dat Julian Trent onopvallend een opgevouwen vel papier toestopte. 'Mijn speech van gisteren. Ik vind het heel jammer dat ik er niet was om hem te kunnen voorlezen.'

'Dan doe je het nu toch?' zei Trent.

Julian keek hem stomverbaasd aan. 'Wil je dat ik het alsnog doe?'

'Het is toch jouw speech?'

Julian knikte.

'Dan denk ik dat ik namens ons allebei spreek als ik zeg dat we hem heel graag zouden horen. Dus als je het niet erg vindt…'

'Natuurlijk niet,' zei Julian. Er verscheen vrijwel onmiddellijk iemand met een microfoon, en nadat er een paar keer iemand tegen zijn glas had getikt en *sst* had gezegd, werd het stil in de tent. Julian schraapte zijn keel en leek zich meteen te ontspannen. Brooke vroeg zich af of alle aanwezigen ook vonden dat hij er zo natuurlijk uitzag met een microfoon in zijn hand. Volledig op zijn gemak en ontzettend aantrekkelijk. Er ging een golf van trots door haar heen.

'Hallo allemaal,' zei hij met een grijns waardoor de kuiltjes in zijn wangen goed uitkwamen. 'Ik ben Julian, en Trent is mijn neef. We zijn maar ongeveer een half jaar na elkaar geboren, dus je kunt wel zeggen dat we elkaar al lang kennen. Sorry dat ik, eh… de festiviteiten onderbreek, maar ik wil mijn neef en zijn vrouw alleen maar even alle geluk van de wereld wensen.'

Hij pauzeerde even en frummelde aan het papier in zijn handen, maar nadat hij zijn blik er even over had laten gaan, stak hij het schouderophalend in zijn zak. Hij keek op.

'Ik ken Trent dus al heel lang, en ik kan gerust zeggen dat ik hem nog nooit zo gelukkig heb gezien. Fern, je bent een welkome aanwinst in onze gekke familie. Een frisse wind.'

Iedereen lachte, behalve Julians moeder. Brooke grijnsde.

'Wat misschien niet iedereen zich realiseert, is hoeveel dank ik Trent verschuldigd ben.' Julian kuchte en het werd nog stiller in de tent. 'Negen jaar geleden heeft hij me voorgesteld aan Brooke, mijn vrouw en tevens mijn grote liefde. Ik moet er niet aan denken wat er gebeurd zou zijn als hun blind date toen goed verlopen zou zijn,' – iedereen moest weer lachen – 'maar ik ben heel dankbaar dat dat niet is gebeurd. Als iemand me op mijn eigen bruiloft had gezegd dat ik vandaag de dag alleen maar meer van mijn vrouw zou zijn gaan houden, had ik dat niet voor mogelijk gehouden, maar nu ik haar hier vanavond zo zie staan, kan ik jullie vertellen dat dat inderdaad het geval is.'

Brooke voelde dat alle ogen op haar gericht waren, maar ze kon haar blik niet van Julian afwenden.

'Dat jullie iedere dag meer van elkaar mogen gaan houden, en weet dat jullie samen alle hindernissen kunnen nemen. Vanavond is slechts het begin voor jullie beiden, en ik denk dat ik namens alle aanwezigen spreek als ik zeg dat het een eer is dat ik hierbij aanwezig mag zijn. Laten we proosten op Trent en Fern!'

Er klonk een instemmend gejuich, iedereen proostte en iemand riep: 'Toegift! Toegift!'

Julian begon te blozen en boog zich voorover naar de microfoon. 'Nou, ik was eigenlijk van plan om een speciale versie van "Wind Beneath My Wings" te zingen voor het gelukkige paar. Dat vinden jullie toch wel goed?'

Hij keek naar Trent en Fern, die hem allebei vol afschuw aankeken. Er viel een heel korte stilte, totdat Julian de spanning doorbrak en zei: 'Geintje! Tenzij jullie het heel graag willen…'

Trent vloog overeind om Julian zogenaamd te tackelen, en Fern voegde zich bij hen en gaf Julian met tranen in haar ogen een zoen op zijn wang. En weer begon iedereen te lachen en te juichen. Julian fluisterde zijn neef iets in het oor en ze omhelsden elkaar. De band begon zachtjes te spelen, en Julian liep naar Brooke toe en leidde haar zonder iets te zeggen door de menigte terug naar de gang.

'Wat was dat mooi,' zei ze, en haar stem brak.

Hij pakte met twee handen haar gezicht vast en keek haar in de ogen. 'Ik meende er ieder woord van.'

Ze boog zich naar hem toe om hem te zoenen. Het was maar een korte kus, maar ze vroeg zich af of het niet de allerfijnste van hun relatie was. Net toen ze haar armen om zijn nek wilde slaan, trok hij naar mee buiten en vroeg: 'Heb je een jas bij je?'

Brooke keek naar het groepje rokers aan de overkant, die haar allemaal aanstaarden, en zei: 'Hij hangt in de garderobe.'

Julian trok zijn jasje uit en hielp haar erin. 'Ga je mee?' vroeg hij.

'Waar naartoe? Het hotel is te ver lopen,' fluisterde ze terwijl ze langs de rokers liepen, via de zijkant om het huis heen.

Julian legde zijn hand op haar onderrug en duwde haar zachtjes in de richting van de achtertuin. 'We moeten straks wel weer terug, maar ik denk niet dat iemand er bezwaar tegen heeft als we er even tussenuit knijpen.'

Hij leidde haar de tuin door, over een pad dat naar een vijver liep, en gebaarde dat ze op een stenen bankje moest gaan zitten dat uitkeek over het water. 'Gaat het?' vroeg hij.

Het steen voelde als een klomp ijs onder de dunne stof van haar jurk en haar tenen begonnen te tintelen. 'Ik heb het een beetje koud.'

Hij sloeg zijn armen om haar heen en trok haar tegen zich aan.

'Waarom ben je hier eigenlijk, Julian?'

Hij pakte haar hand. 'Ik wist al voor ik wegging dat ik het niet zou moeten doen. Ik probeerde het goed te praten door mezelf voor te houden dat het beter was om iedereen met rust te laten, maar dat was niet zo. Ik heb veel tijd gehad om na te denken, en ik wilde geen minuut langer wachten om met je te gaan praten.'

'Oké…'

Hij pakte haar hand vast. 'Ik zat laatst naast Tommy Bailey, dat ventje dat een paar jaar geleden *American Idol* heeft gewonnen, weet je nog?'

Brooke knikte. Ze zei maar niet dat ze Amber kende en dat ze alles wist wat er over Tommy te weten viel.

'We zaten zo'n beetje als enigen in de first class in het vliegtuig. Ik moest dus naar Engeland om te werken, maar hij ging er op vakantie. Hij hoefde een paar weken niet te touren en had ergens een of andere waanzinnige villa gehuurd. En wat me zo opviel – hij ging daar in zijn eentje naartoe.'

'Ach, kom op. Dat hij alleen vloog, wil toch niet zeggen dat hij daar ook alleen zou zijn?'

Julian stak zijn hand op. 'Nee, daar heb je helemaal gelijk in. Hij raakte niet uitgepraat over de meisjes die hij daar allemaal zou zien; die langskwamen of wat dan ook. Zijn agent en zijn manager zouden er ook nog naartoe komen, net als een paar zogenaamde vrienden die hij bij elkaar had gescharreld door hun ticket te betalen. Ik vond het een beetje sneu allemaal, maar ik dacht: misschien vergis ik me wel en vindt hij het echt leuk. Dat geldt waarschijnlijk voor heel veel mannen. Maar toen zette hij het op een zuipen – en ik bedoel écht zuipen – en tegen de tijd dat we halverwege de Atlantische Oceaan waren, zat hij te janken – letterlijk – en vertelde hij me dat hij zijn ex-vrouw, zijn familie en zijn jeugdvrienden zo miste. Dat hij niemand om zich heen heeft die hij langer dan een paar jaar kent en dat iedereen iets van hem wil. Hij was een hoopje ellende, Brooke. Een rampenplan. En ik kon alleen maar denken dat ik zo nooit wil worden.'

Brooke ademde eindelijk uit. Ze had zonder het te beseffen al sinds het begin van dit gesprek haar adem ingehouden. *Hij wil zo niet worden*. En paar eenvoudige woorden; woorden die ze al heel lang wilde horen.

Ze draaide zich een kwartslag om hem aan te kijken. 'Ik wil ook niet dat je zo wordt, maar ik wil ook niet de vrouw zijn die je tegenhoudt, die constant aan je hoofd zeurt en dreigt en vraagt hoe laat je thuis bent.'

Julian keek haar met opgetrokken wenkbrauwen aan. 'Schei toch uit. Je doet niks liever.'

Daar leek Brooke even over na te denken. 'Je hebt gelijk. Ik doe niks liever.'

Ze glimlachten allebei.

'Weet je, Roek, het blijft maar door mijn hoofd spoken. Ik weet dat het nog wel even zal duren voor ik je vertrouwen heb teruggewonnen, maar ik ga er alles aan doen. Dat rare niemandsland waarin we nu zitten... verschrikkelijk. Ik wil dat je één ding onthoudt: ik blijf voor ons knokken. Tot het bittere eind.'

'Julian...'

Hij leunde tegen haar schouder. 'Nee, luister nog heel even naar me. Je hebt je jarenlang uit de naad gewerkt met die twee banen. Ik... ik had geen idee hoe zwaar dat voor je was, en...'

Ze pakte zijn hand. 'Nee, ík ben degene die sorry moet zeggen. Ik wilde het zelf; voor jou, voor ons, maar ik had niet ten koste van alles aan beide banen moeten vasthouden toen jouw carrière van de grond kwam. Ik weet niet waarom ik dat deed. Ik begon me buitengesloten te voelen, alsof ik nergens meer vat op had, en ik probeerde uit alle macht om de dingen te houden zoals ze waren. Maar ik heb ook veel nagedacht, en ik had op z'n minst met Huntley moeten stoppen toen je cd uitkwam. En ik had misschien moeten vragen of ik in het ziekenhuis parttime kon gaan werken. Misschien dat we dan iets flexibeler waren geweest en iets meer tijd voor elkaar hadden gehad. Maar zelfs als ik nu parttime zou gaan werken of hopelijk ooit mijn eigen praktijk open, dan nog... Ik weet niet of het dan wel zou lukken.'

'Het moet lukken!' zei Julian, feller dan ze hem in lange tijd had meegemaakt.

Hij viste een stapeltje opgevouwen papieren uit zijn broekzak. 'Zijn dat...' Bijna had ze gezegd: 'echtscheidingspapieren?' maar ze slikte het op tijd in. Ze vroeg zich af of ze net zo warrig en onlogisch klonk als ze zich voelde.

'Dit is ons plan van aanpak, Brooke.'

'Ons plan van aanpak?' Ze zag haar eigen adem in de lucht en ze begon onbeheerst te rillen.

Julian knikte. 'Het is nog maar het begin,' zei hij, en hij streek een pluk haar achter haar oor. 'We gaan de mensen die slecht voor ons zijn voorgoed lozen. En als eerste? Leo.'

Ze kromp ineen bij het horen van zijn naam. 'Wat heeft hij met onze relatie te maken?'

'Nou, heel veel. Hij heeft op alle mogelijke manieren een verwoestende uitwerking gehad. Dat wist jij waarschijnlijk al lang, maar ik was zo'n sukkel dat ik het niet inzag. Hij heeft een heleboel naar de pers gelekt en hij heeft ervoor gezorgd dat die paparazzo van *Last Night* in Chateau Marmont was, en hij is degene die dat meisje op me af heeft gestuurd, allemaal onder het belachelijke motto: "Het geeft niet wat ze schrijven, áls ze maar over je schrijven". Hij heeft alles naar zijn hand gezet. Ik heb er zelf ook schuld aan – en niet zo'n beetje ook – maar Leo...'

'Walgelijk,' zei ze hoofdschuddend.

'Ik heb hem ontslagen.'

Brooke keek met een ruk naar hem op en zag dat Julian glimlachte. 'Echt waar?'

'Jazeker.' Hij overhandigde haar een opgevouwen vel papier. 'Hier. Dit is stap twee.'

Het leek op een printje van een website. Er stond een portretfoto op van een vriendelijke oudere man, Howard Liu, met zijn contactgegevens en een overzicht van de appartementen die hij de afgelopen jaren had verkocht. 'Moet ik Howard kennen?' vroeg ze.

'Nog niet,' zei Julian glimlachend. 'Howard is onze nieuwe makelaar. En als je het goed vindt, hebben we maandagochtend een afspraak met hem.'

'Gaan we op zoek naar een ander appartement?'

Hij gaf haar nog een paar vellen papier. 'Deze gaan we bezichtigen. Plus alles wat jij verder nog wilt zien, natuurlijk.'

Ze keek hem even zonder iets te zeggen aan, en haar adem stokte toen ze de papieren openvouwde. Het waren nog meer printjes, maar dan van schitterende herenhuizen in Brooklyn, in totaal een stuk of zes, zeven, allemaal met foto's, plattegrond en een opsomming van de kenmerken en voorzieningen. Haar blik bleef hangen bij het laatste huis, het patriciërshuis met drie verdiepingen, een veranda en een voortuin met een hekje eromheen, waar Julian en zij honderden keren langs waren gelopen.

'Die vind jij het leukste, hè?' vroeg hij terwijl hij het aanwees.

Ze knikte.

'Dat dacht ik al. Die gaan we als laatste bezichtigen. En als je het wat vindt, brengen we meteen een bod uit.'

'Ongelooflijk.' Het was bijna niet te bevatten. Er werd opeens niet meer gepraat over chique lofts in Tribeca of ultramoderne torenflats. Hij wilde net zo graag een huis – een echt huis – als zij.

'Hier,' zei hij, en hij gaf haar een vel papier.

'Nog meer verrassingen?'

'Maak maar open.'

Weer een printje. Nu een foto van een glimlachende man, een zekere Richard Goldberg, die zo te zien een jaar of vijfenveertig was. Hij werkte voor een bedrijf dat Original Artist Management heette. 'En deze aardige meneer?' vroeg ze glimlachend.

'Mijn nieuwe manager,' zei Julian. 'Ik heb een paar telefoontjes gepleegd, en ik geloof dat ik iemand heb gevonden die begrijpt wat ik wil.'

'Mag ik vragen wat dat is?'

'Een succesvolle carrière, zonder te verliezen wat me het dierbaarst is: jij,' zei hij zacht. Hij wees naar de foto van Richard. 'Ik heb hem gesproken, en hij begreep het meteen. Het gaat er niet om dat ik er zoveel mogelijk geld uit sleep, het gaat me alleen om jou.'

'Dan kunnen we toch nog wel dat huis in Brooklyn betalen, hè?' vroeg ze met een grijns.

'Wat dacht jij dan. En kennelijk, als ik met iets minder geld genoegen wil nemen, kan ik volstaan met één tour per jaar, en zelfs dan nog een kleintje. Maximaal zes tot acht weken, langer niet.'

'En wat vind je daar zelf van?'

'Prima. Je bent niet de enige die het niet leuk vindt als ik moet touren – dat is geen leven. Maar ik denk dat zes tot acht weken per jaar te doen moet zijn, als dat ons op andere fronten meer vrijheid geeft. Wat denk jij?'

Brooke knikte. 'Vind ik ook, dat is een goed compromis. Als jij tenminste niet vindt dat je jezelf op deze manier tekortdoet…'

'Het is niet ideaal – dat is het nooit – maar ik denk dat het een verdomd goed begin is. En voor alle duidelijkheid: ik verwacht niet van je dat je alles uit je handen laat vallen om met me mee te gaan. Ik weet dat je tegen die tijd allang weer een fantastische baan hebt, misschien zelfs een kindje…' Hij keek haar met opgetrokken wenkbrauwen aan en ze moest lachen. 'Ik kan een studio in de kelder laten bouwen, zodat ik veel thuis ben, bij ons gezin. Ik heb al gekeken: alle huizen op de lijst hebben een souterrain.'

'Julian, jeetje. Dit…' Ze gebaarde naar de printjes en verbaasde zich over de tijd en aandacht die hij eraan had besteed. 'Ik weet niet wat ik moet zeggen.'

'Je hoeft alleen maar "ja" te zeggen. Het gaat ons lukken, dat weet ik zeker. Wacht – nog even niets zeggen.' Hij trok het jasje open dat ze stevig om zich heen had getrokken en stak zijn hand in de binnenzak. In zijn handpalm zag ze een fluwelen sieradendoosje.

Ze sloeg haar hand voor haar mond. Net toen ze Julian wilde vragen wat erin zat, gleed hij van het bankje en knielde naast haar neer, met zijn vrije hand op haar knie.

'Brooke, wil je me heel erg gelukkig maken door nog een keer met me te trouwen?'

Hij klapte het doosje open. Er zat geen nieuwe, dure verlovingsring in met een grote diamant of andere glimmers, zoals ze had verwacht. Tussen twee laagjes fluweel lag Brookes eenvoudige gouden trouwring, die de styliste van haar vinger had gerukt op de avond van de Grammy-uitreiking, dezelfde ring die ze de afgelopen zes jaar dagelijks had gedragen en waarvan ze had gedacht dat ze hem misschien wel nooit meer terug zou zien.

'Ik draag hem al aan een kettinkje om mijn nek sinds ik terug ben,' zei hij.

'Het was niet mijn bedoeling,' haastte ze zich te zeggen. 'Ik ben hem toen door alle toestanden kwijtgeraakt, ik zweer je dat ik er niet iets symbolisch mee bedoelde…'

Hij kwam omhoog om haar te kussen. 'Zou je hem weer willen dragen?'

Ze sloeg haar armen om zijn nek, nu weer in tranen, en knikte. Ze probeerde ja te zeggen, maar ze kon geen woord uitbrengen. Hij wiegde haar lachend heen en weer en beantwoordde haar omhelzing.

'Kijk eens,' zei hij, en hij haalde de ring uit het doosje. Hij wees naar de binnenkant, waar hij naast hun trouwdag de datum van vandaag in had laten graveren. 'Zodat we nooit zullen vergeten dat we elkaar hebben beloofd om opnieuw te beginnen.' Hij pakte haar linkerhand en schoof haar eigen trouwring om haar ringvinger, en pas toen ze hem weer omhad, besefte ze hoe kaal ze zich zonder die ring had gevoeld.

'Eh, Roek...? Ik wil niet niet lullig doen door te eisen dat het allemaal heel officieel gebeurt, maar je hebt nog steeds geen antwoord gegeven.' Hij keek haar schaapachtig aan, en ze zag dat hij nog steeds een beetje nerveus was.

Dat beschouwde ze als een heel goed teken.

Ze konden niet alles in één gesprek oplossen, maar voor vanavond gaf dat niets. Ze hielden nog steeds van elkaar. Ze kon nu niet weten wat het leven hun de komende maanden of jaren zou brengen, of dat hun plannen goed zouden uitpakken, maar ze wist heel zeker – voor het eerst sinds lange, lange tijd – dat ze ervoor wilde gaan.

'Ik hou van je, Julian Alter,' zei ze, en ze pakte zijn beide handen. 'En ja, ik wil nog een keer met je trouwen. Heel graag.'

Dankwoord

Allereerst wil ik mijn agent Sloan Harris bedanken. Ik sta voor eeuwig bij hem in het krijt vanwege zijn niet-aflatende bijstand, zijn onschatbare adviezen en de rustige, nuchtere manier waarop hij iedere situatie aanpakt waarmee ik hem opzadel. Ik ben nog iedere dag dankbaar dat ik deel mag uitmaken van Sloans team. Verder heb ik grote bewondering voor de manier waarop hij het voor elkaar krijgt in vrijwel ieder gesprek het woord *kabuki* te laten vallen.

Ook bedank ik mijn eigen redactionele Dream Team, in volgorde van opkomst: Marysue Rucci, Lynne Drew en Geer Hendricks. Iedere auteur zou moeten weten hoe het voelt om zulke intelligente, scherpe en gevoelige feedback te krijgen. Een dikke kus voor Lynne, die zelfs zo ver ging dat ze de oceaan voor me overstak (een jaarlijke traditie?).

Dank aan Judith Curr, met haar aanstekelijke energie en enthousiasme, en David Rosenthal, omdat hij altijd in me heeft geloofd (en die een bloedhekel heeft aan de uitdrukking: 'Omdat hij altijd in me heeft geloofd'). Héél veel dank voor iedereen bij Atria, in het bijzonder Carolyn Reidy, Chris Lloreda, Jeanne Lee, Lisa Sciambria, Mellony Torres, Sarah Cantin, Lisa Keim, Nancy Inglis, Kimberly Goldstein, Aja Pollock, Rachel Bostic, Natalie White, Craig Dean en het volledige verkoopteam. Fantastisch dat ik deel uitmaak van die familie!

Betsy Robins, Vivienne Schuster, Alice Moss, Kate Burke, Cathy Gleason, Sophie Baker, Kyle White en Ludmilla Suvorova: bedankt. Ik ben dol op jullie allemaal. Speciale dank voor Kristyn Keene, voor haar wijze, rake adviezen over alles van plotontwikkeling tot naaldhakken. Je hebt altijd gelijk. Een dikke knuffel voor Cara Weisberger, voor de fantastische brainstormsessies. Damian Benders, bedankt voor je informatie over de muziekwereld, en ik bedank Victoria Stein omdat ze me op de hoogte heeft gebracht van alles wat ik moest weten op het gebied van voedingsleer. Eventuele fouten op dat gebied zijn helemaal aan mij te wijten.

Veel liefs voor mijn ouders en de rest van mijn fijne familie: Dana, Seth, oma, opa, Bernie, Judy, Jonathan, Brian, Lindsey, Dave, Allison, Jackie en Mel, die mijn eindeloze gezeur over dit boek moesten aanhoren en dat met zo veel liefde en steun deden. Omaatje, ik weet dat je dit ergens leest: ik mis je verschrikkelijk.

En tot slot de grootste dank van allemaal voor mijn man Mike. Zonder hem had deze roman (of mijn gezond verstand) nooit bestaan. We bespraken de personages aan het ontbijt, de plot bij de lunch, de structuur tijdens het avondeten, en hij heeft niet alleen nooit met een echtscheiding gedreigd, hij maakte me ook nog eens voortdurend aan het lachen. MC, ik hou van je.